김은신 단편소설집

江湖의 文士들

江湖의 文士들

작품집을 엮어 내며

안산까지 이어져 온 문학인의 길

　문학작품은 작가의 경험에서 우러나온다고 했다. 이번에 보니 개화기 대중문화에 관심이 많고, 한국 여인들의 전통적인 머리모양에도 관심을 두었던 일들이 그대로 드러나 있었다.
　그러면서 자연스럽게 생각하게 된 것은 내 소설의 주제였다. 쓰면서도 객관적으로 한 번도 생각해본 적이 없던 분야이다. 그런데 그것이 선명하게 드러나 있어 내심 놀라웠다. 그럼에따라 선별하는데 어려움이 있었으나 별다른 무리 없이 진행되었다. 마음에 드는 중편소설이 한 편 있어 꼭 넣으려 했는데 다음으로 미루고 그것도 탈락시켰다. 숫자가 중요한 것이 아니어서 스무편만 싣기로 했다. 그중 12편은 순수 창작품이다.

　축간사를 써주신 김진희 선생님은 한국일보 신춘문예 이후 처음으로 만나 평생의 연을 맺은 분이다. 신출내기였던 나는 처음으로 이 분을 통해 문단이라는 데를 알게 되었고, 그로 인한 인연 역시 지금까지 이어지고 있다. 가장 기억에 남는 것은 80년대 초 선생님의 주도로 발족되었던 신문예 동우회에 참여할 때이다. 당시 선생님은 천광출판사의 대표였고, 작가로서도 그 활약상은 지금도 기억하는 이가 많다. 돌이켜보면 나는 시건방만 떨었는데 문인으로서의 자세, 문학인으로서의 생활에 적지 않은 영향을 받았다는 것을 살아오면서 스스로 알게 되었다. 선생님은 나보다 열 살이나 위다. 두 손으로 축간사를 받아 여기에 싣는다.

또다른 축간사의 주인공 황성주 시인은 소년시절부터 나와 문학으로 맺어진 문우이다. 당연히 가장 오래 된 문우이기도 하다. 대전에서 작품을 쓰며 시집을 여러 권 내놓았다. 시간이 지나면서 때가 묻을 만한데도 청정한 기품 그대로 있어 늘 즐거운 마음으로 작품을 읽고 있다. 축간사를 써달라고 서슴치않고 말했는데 선뜻 응해주어 기쁘고 감사드린다.

돌이켜보면 세상은 날로 변했고, 문학인으로 산다는 것은 혼란스러울 때가 있었다. 그것은 곧 문학이 있는 곳에 세상을 바라보는 눈과 사람들에 대한 태도가 변하지 않는 큰 모습으로 자리잡고 있다는 점을 말해주는 것이기도 하다. 그 모습은 언제나 신선하고 안정감을 느끼게 했다. 문학과 함께 있는 한 나그네는 여유롭게 가던 길을 갈 수 있었다.

안산으로 이사해온지 이 년이 지났다. 어느때보다 편안하게 작품을 쓰고 있다. 좀 쓸쓸한 느낌이 들지만 그래도 본업에 충실하겠다면서 지내온 시간들을 확인할 수 있어 개운한 기분이 든다.

2024년 가을
지은이 김 은 신

축간사

경작하듯 만든 작품에 축복이 내리기를

작가 김은신 님을 알게 된 지도 어언 40여년이 넘는다. 내가 출판을 시작한지 얼마 되지 않아서라고 기억된다. 작가는 준수하고, 겸손했다.

내가 운영하던 천광출판사에 직원으로 있던 한 문학소녀가 입에 침이 마르도록 김은신 작가에 대한 이야기를 자랑스럽게 했다. 류동애라고 했던 직원이었다. 그 직원은 문학을 공부하고 있는 문학도였던 만큼 신춘문예로 등단한 김은신 작가는 그에게 선망의 대상이었다. 출판사로 오기 전 직장에서 같이 근무했던 사람이었다는데 매우 독특한 작품을 쓴다고 해서 나도 은근히 마음이 끌려 김은신 작가의 소설을 읽어 보았다. 이념적이고 사색적인 심층소설이었다. 나도 문학소녀만큼이나 김은신 작가에게 빠져들고 말았다.

김은신 작가는 1974년 《경향신문》 신춘문예에 단편소설 「꽃메기」가 입선했고, 이후 1979년 《한국일보》 신춘문예에 다시 단편소설 「김박사의 장난감」이 입선되어 이후 문단활동을 하게 되었다. 내가 기억하는 것만으로도 장편소설 『자동차 도둑』, 『서울아리랑』, 『호민(허균 일대기 전3권)』, 『한국 최초 101장면』, 『여러분이시여 기쁜 소식이 왔습니다』 등등 많은 저서가 있다. 이번에 또한 『강호의 문사들』이란 단편소설집을 발간해 내게 되어서 매우 반갑고 기쁘다.

김은신 작가는 나에게 선배니, 선생이니 해도 나는 깊은 우정을 나누는 친구로 생각하고 있다. 뿐만 아니라 은인이라고도 생각한다. 그것은 현재 본인이 35여년간 발행하고 있는 월간 『훈맥문학』 초창기 제작에 참여하여 그 노력이 『훈맥문학』 역사 속에 곰삭아 있기 때문이다. 고마운 분이다. 이번에 축간사를 써달라고 하는데 어찌 거절할 수 있겠는가.

우리는 그간 소식이 뜸해도 가깝게 느껴질 만큼 연락을 하면서 살아왔다. 김은신 작가의 고향은 전북 군산이고, 나의 고향은 경남 남해이다. 이제 서로가 백발이 성성하게 늙어 가고 있다. 하지만 쉬지 않고 집필 활동을 한다. 참으로 다행스럽고 행복한 일이라고 생각한다.

나이로 봐서는 내가 37년생 현재 87세이고, 김은신 작가는 10여세 아래라고 짐작된다. 그렇지만은 문학에 대한 열정만은 그 어느 경우보다 높고 뜨겁다. 향기롭고, 우아하고, 아무도 가로막지 못하기도 한다.

그래서 죽어도 살고, 살아도 다시 산다고 믿는다. 초조할 것도 없고, 긴장될 것도 없다. 우리가 경작해 내는 작품으로 덕을 받아들일 수 있는 마음가짐을 독자에게 키워주면 된다. 그것이 올곧게 힘을 발휘하고, 주변에 전달되어 인간의 본성을 깨닫게 한다면 죽어도 사는 것이 아니겠는가.

바로 김은신 작가는 그러한 작품들을 집필하여 읽는 이로 하여금 오래도록 각인되어 생각할 수 있는 심층소설을 경작해 내고 있다는 데서 나는 감격하고 있다. 이번에 출간되어 나오는 단편소설 작품들도 필경은 가슴을 설레게 할 명작일 것이 분명할 것이다. 우리들 세대는 민족적 고뇌와 울분이 가슴 밑바닥까지 깔려 있어 그 쓰라림과 아픔을 형상화시켜 내는데 많은 노고가 있었을 줄 믿는다.

아무튼 감사한 마음으로 축사를 마무리 한다.

2024년 가을
김 진 희(월간 『훈맥문학』 발행인. 소설가)

습작시절부터 지금까지

　김은신은 청년 시절부터 적지 않는 문학작품과 작가들을 소상히 꿰고 있었다. 그와 이야기를 나누는 날은 문학이라는 바다에 나가 꿈을 꾸는 듯하였다. 새로운 앎의 기쁨이란 어둠을 뚫고 깃드는 빛의 향연 같았다. 그를 만나 지금껏 문학 동반자로 살아온 건 행운이었다.

　해가 서산에 기울기 시작하자 그가 낚시채비를 거두는 게 보였다. 나도 서둘러 자리에서 일어났다. 우리는 같은 또래 이웃이라 누가 먼저라고 할 것 없이 자연스럽게 말을 나누며 금빛 노을 아래 집으로 돌아가고 있었다.
　그날 이후부터 그와 자주 만나는 사이가 되었다. 그는 매사 신중하면서도 대화의 결과를 시원시원하게 도출하곤 하였다. 아는 게 많은 힘에서 나오는 것 같았다. ….그리고 그의 집을 드나들면서 혼자 소설 습작을 하고 있음을 알게 되었다.… 친구와 나는 낚시터에서 만나 평생 문학 동반자로 지내왔고 그가 남긴 발자취는 문학이라는 큰 그릇에 하나의 소리로 남을 거라 믿는다. 그리고 나도 시집 두어 권 출간했으니 함께 해온 시간이 고맙고 소중하다.

　　　　　– 〈계간 『시와 정신』. 2023년 여름호. 황성주의 포에세이 '깃발' 중에서〉

　『기나긴 우수의 계절』이 나온 지 20년이나 되었다. 그 계절이 훨씬 지났는데도 시인은 아직도 길가에서 목이 마르다. 시인은 멀리 갔다온 것이 아니라 아직도 우리 곁에 계속 남아 있었다. 시집을 읽어보니 그가 얼마나 시대의 안팎에 두루 관심을 기울이며 살아 왔는지를 알 수 있었다.

　첫 번째 시집보다 문장은 훨씬 더 간결해졌고, 세련미를 풍겼다. 그것이 여전히 변함없는 특유의 비장미와 함께 하고 있어 깊은 여운을 남기고 있다.

　　　　　　– 〈황성주 시집 『칼날 위에 핀 꽃』 중, 김은신의 발문 중에서〉

　글을 쓴다는 게 얼마나 어렵고 벅찬 일인가. 하지만 그는 이미 젊은 날에 경향신문 신춘문예에 단편소설 「꽃메기」를 등단시켰고, 터울을 두고 한국일보 신춘문예에 「김박사의 장난감」을 등단시켰다. 그만큼 역량을 가진 친구였다. 그후 그는 다수의 소설을 펴내기도 하고, 역사소설인 허균의 일대기를 다룬 『호민(豪民)』을 발간하기도 하였다.

　사람의 마음을 사로잡는 게 문학이란 장르 아닌가. 그는 예리하고 날카로운 시선으로 허구 속 진실을 꺼내기도 하고, 가난하고 소외된 이들 곁에서 따듯한 시선으로 버거운 인생사를 풀어내기도 하고, 종묘공원에서 노숙하는 주인공을 통해 부조리한 사회현상에 끊임없이 질문하고 답을 구하려는 까다롭고 난해한 철학적 이야기를 익살스럽게 담기도 한다.

　평생 소설을 써온 그의 압축된 단편소설들이 이제 긴 빗장을 풀고 독자들을 만나야 할 시간이다. 각고 끝에 태어난 생생한 이야기들이 읽는 이들 가슴에 잊지 못할 추억으로 남길 바란다. 나는 최선을 다한 소설가에게 큰 축하를 보내야겠다.

2024년 가을
황 성 주(시인)

| 작가의 말 / 김은신
| 축 간 사 / 김진희
| 축 간 사 / 황성주

단편소설

꽃메기 · 11
김 박사의 장난감 · 33
할아버지의 비밀 · 52
지하도의 성자 · 78
자살도구상회 · 98
매가 있는 스카이라인 · 116
가체금지 살인사건 · 137
까치의 귀환 · 159
보쌈의 진실 · 180
동업 · 199
풍도선생風道先生 · 219
강호江湖의 문사文士들 · 250
잘 가, 나의 별똥별 · 271
그리마 · 292
업 · 314
틀니 · 334
징 · 356
주막거리 한 장면 · 376
갑질 · 398
솟대 · 418

꽃메기

낚시터라고는 하지만 넓은 저수지나 수로같은 곳이 아니고, 기껏해야 6백평 남짓한 웅덩이에 불과한 곳이었다. 두 사람의 젊은 낚시꾼이 그곳에 도착한 것은 아침 10시쯤이었다. 두 사람은 모두 차양이 넓은 캡을 쓰고 있었는데 한 사람은 하얀 것이었고, 다른 한 사람은 파란 것이었다.

그중 파란 모자를 쓴 사람은 굵은 검은 테 안경을 끼고 있었다. 일요일이어서 스무 명도 넘는 사람들이 웬만한 자리는 모두 차지하고 앉아 있었기 때문에 별로 탐탁한 장소가 눈에 띄지 않는 듯 두 사람은 한참이나 서성대며 사방을 두리번거렸다.

"소문대로 운치는 있는데?"

웅덩이 건너편에 일정한 간격으로 질서정연하게 늘어서 있는 수십 미터는 됨 직한 포플러의 무성한 이파리들을 올려다보며 하얀 모자가 그렇게 말했다. 사실 이 사나이가 운치가 있다고 생각하는 것은 이 낚시터엔 잘 어울리는 말이기도 했다. 장방형의 기다란 웅덩이 모양은 좀 멋쩍은 데가 있었지만 그 한가운데 몇 포기 허약한 잡초들을 머리에 이고 앉아 있는 돌무더기며, 웅덩이 둘레에 듬성듬성 무더기져 있는 갈대숲들, 그리고 물가에 아무렇게나 자라 푹신한 너른 잔디밭 등이 8월 아침의 느슨한 햇살 속에서 그런대로 아담한 분위기를 이루고 있었다.

"마땅한 자리가 없군. 그래도 이 자리가 제일 맘에 드는데. 난 여기에 앉겠어."

파란 모자가 그렇게 말하며 낚시가방을 내려놓은 곳은 여지껏 아무도 앉은 적이 없는 약간 둔덕진 곳으로 돌무더기 바로 옆에다 낚시를 드리울 수 있는 장소였다.

"아무 데나 앉지 뭐."

안경과 서너 걸음 떨어진 곳에 하얀 모자도 의자를 폈다.

아까부터 파란 모자의 뒤편 잔디밭에 쭈그리고 앉아 그들의 동정을 유심히 살피고 있던 아이는 바로 그 순간부터 가슴이 철렁 내려앉는 듯하며 불안해 하기 시작했다. 아무도 모르는 그 비밀의 장소를 침해하려는 그들이 죽이고 싶도록 미웠다.

갑자기 불길한 예감이 꼬리에 꼬리를 물고 연기처럼 피어올라 아이의 온몸을 삽시간에 휘감아 버렸다. 너무나 괴롭고, 안타까워 아이는 지금 저주라는 것 이외에는 그 어떤 것도 할 수가 없었다.

'맘에 든다고? 이 해골바가지같은 놈!'

사나이들은 곧 가방을 열고 받침대를 꺼내 꽂기 시작했다. 건너편에서 엊저녁에 밤낚시를 한 사람이 기지개를 늘어지게 한 번 켜고 나서 낚싯대를 거두기 시작했다.

"이런 곳에서까지 밤낚시를 해야 된다는 것은 너무 잔인한 것 같군."

하얀 모자가 낚싯줄을 풀면서 중얼거리듯 말했다.

"잉어 때문이겠지."

"바로 그거야. 이 극히 한정된 곳에 갇혀 있는 잉어를 밤을 새워 가며 노리다니. 치사하고, 야비하기 조차한 일인데."

"난 아까 처음 이곳에 오자마자 그렇게 소문난 잉어라지만 이미 사람들에게 정복되어 있는 것이라고 생각하고 있었어. 이 좁은 장소에서 불을 밝히고 밤을 새우다니. 낚시꾼의 수치야. 저 꾼들 좀 봐. 잉어를 노리고 있는 저 수상한 눈들 좀 보란 말야."

그때였다. 갑자기 건너편 수초가 잔잔히 깔린 근방에 하늘에서 커다란 바위라도 하나 떨어진 듯한 요란한 소리가 조용한 낚시터의 공간을 거세게 흔들어 놓았다. 여기저기서 환성이 터져나오고, 동시에 일제히 시선이 쏠린 그곳에선 황금빛 비늘을 찬란하게 번뜩이는 물고기의 꼬리 하나가 비누방울보다도 더 부드러운 곡선을 그으며 서서히 하강하고 있었다.

"꽃메기라고 했지? 저 잉어의 이름이."

자신도 모르게 벌떡 일어나 있던 하얀 모자가 안경을 돌아보며 말했다.

"그러더군. 누가 지어 놓았는지 예쁜 이름이야. 과연 그런 이름을 가질 만도 한 놈인데."

파란 모자는 별로 놀라는 기색이 없이 가볍게 한숨만을 토해냈다.

"정말 멋들어진 놈이야. 입에 침이 마르도록 허풍을 떨던 낚시꾼들의 얘기가 그럴듯도 하군 그래. 어떤 사람은 자기만 하다고 하고, 또 어떤 사람은 자기 아들만 하다고 하더니 과연 그럴듯한데."

수면에 비쳤던 포플러가 어지럽게 일그러지더니 다시 제모습을 찾아가고 있었다. 하얀 모자는 흙색으로 된 기다란 플라스틱 낚싯대로 수심을 재면서 자꾸 잉어가 뛰던 곳을 흘끔흘끔 쳐다봤다.

그들의 일거일동을 면밀히 주시하고 있던 아이는 무서운 환상 속으로 자꾸자꾸 빠져 들어가고 있었다. 그 환상은 그들이 가지고 있는 도구를 모두 알고 나서부터 더 커가고 무서워지기 시작했다. 하얀 모자가 벌여 놓은 두 대의 낚시대와 파란 모자가 꺼내 놓은 세 대의 낚싯대는 아이가 여지껏 보아온 것들 중에서 가장 훌륭한 낚싯대였다. 그것은 마치 유리로 만든 것처럼 번쩍거렸고, 지금 이 낚시터에선 가장 긴 것일 뿐만 아니라 어떤 힘센 물고기가 물고 늘어진다 해도 부러지지 않을 것만 같이 탄력이 있어 보였다. 또한 그들이 가지고 있는 줄이며 바늘이며 찌들은 아이가 여태 한 번도 본 적이 없는 정말 멋있고, 어마어마한 것들이었다. 더구나 사나이들은 '원자탄'이라고 하는 무시무시한 이름을 가진 미끼를 쓰는 것이 나을 거라고 그들끼리 말하기도 하는 것이었다. 아이는 어느덧 고통을 참지 못해 온몸을 뒤채며 끌려나오는 꽃메기의 모습을 눈앞에 그리고 있었다.

"어? 이상한데? 여긴 왜 이리 수심이 깊지?"

파란 모자가 찌를 올리기 위해서 다시 낚싯대를 올렸다. 그러나 그 때만 해도 그의 찌는 하얀 모자의 찌보다 두 배가량이나 더 높이 올라가 있었다. 하얀 모자가 놀랍다는 듯 떡밥 개던 손을 멈추고 찌의 높이를 올려봤다.

"이쪽과는 너무나 차이가 지는데? 그곳이 명당인가봐. 기대를 걸

만도 한 걸!"

"기대라고? 아무리 잉어의 주둥아리가 크다고 하지만 그곳에 이 바늘을 꽂을 수 있다는 건 천문학적인 노름이 아닐까?"

안경은 다시 낚싯대를 휘둘렀다. 찬란한 햇살을 예리하게 가르며 낚시줄은 휘파람을 불었다.

"그렇기는 하지만 이런 조그만 웅덩이에 그런 수심이 있다는 것은 예사로운 일이 아니야."

"설령 잉어가 나만의 것이 된다 해도 난 염치없게 생각할 거야. 그런 건 아무 의미가 없어."

"무슨 소리. 그거야 낚시꾼 최대의 영광이지."

'자네도 꽤나 이기적이군. 그렇지만 말이야…"

하면서 사나이는 미끼통을 집어 들고 캡의 차양을 약간 올린 다음 극히 자연스럽게 씩 웃었다.

"지금 난 은근히 그 예쁜 이름을 가진 놈이 내가 던진 미끼를 삼켜주길 바라고 있거든."

그런데 바로 그 말이 끝나자마자 방정맞을 정도로 아이의 음성이 옆에서 툭 튕겨나와 그들의 대화를 가로막았다.

"천만의 말씀예요."

귀엽도록 앳된 목소리였지만 그 말은 몹시 저돌적이어서 파란 모자는 순간 동작을 멈추고 어느새 옆자리에 와 앉아 있는 아이를 고개를 돌려 빤히 쳐다봤다.

"천만의 말씀이라니 뭐가 그렇다는 말이냐?"

"꽃메기는 절대로 잡히지 않아요."

사나이는 이번엔 다른 의미를 담고 약간 멋쩍게 또 씩 웃더니 어딘가 묘하다는 듯 아이를 찬찬히 훑어봤다.

"너 몇 살이냐?"

"여덟 살요."

하얀 모자가 떡밥뭉치를 안경에게 건네줬다. 안경은 그것에다 추를 호두알만하게 싸서는 추 위에 달려 있는 여러 개의 은빛 나는 바늘을 떡밥에 여기저기 꽂고선 멀리 던졌다.

"아저씨는 말이다, 큰 고기를 많이 잡아본 사람이야. 오늘도 꼭 잉어가 잡힐 것 같은데?"

"못 잡아요. 다른 놈은 몰라도 꽃메기만은 절대 안 잡혀요."

아이의 목소리엔 힘찬 맥박이 뛰는 듯한 당돌함이 있었지만 사나이는 재미있다는 듯 약간 장난기있게 싱글싱글 웃었다.

"이렇게 좋은 낚싯대와 미끼가 있는데도?"

"그럼요. 어림없는 말이에요."

"어째서 그렇다는 거냐?"

"어째서라고요? 그건…"

아이는 말문이 막혔다. 그러나 그건 잠시였다.

"나도 몰라요. 좌우지간 꽃메기는 잡히지도 않을 뿐더러 잡지도 못해요. 절대로요."

"만일 아저씨가 잉어를 잡는다면 어떡할래?"

"글쎄 어떻게든 잡을 수 없는 건데 뭘 어떻게 하겠다는 거예요? 잉어는요, 물 속에 살지만요 아저씨가 무슨 생각을 하고 있는 것까지도 다 알고 있단 말이에요. 전 그걸 알아요. 저만은요. 저만은 알고 있다구요."

사나이는 입을 크게 벌리고 하하, 하고 웃었다.

"이녀석 참 이상한 녀석인데."

아이를 그렇게 생각하고 있는 사람은 비단 이 안경 낀 낚시꾼만은 아니었다. 인근에 사는 사람들이나 잉어 때문에 이 낚시터에 오래 다녔던 몇몇 낚시꾼들이나 아이를 그렇게 '이상한 아이'라고 부르는 사람은 많았다. 사람들이 아이를 이상하다고 생각하는 것은 아이가 두 개의 목발을 겨드랑이에 끼고 심하게 절룩거리기 때문만은 아니었다. 제 또래의 아이들과는 한 번 어울리는 일이 없이 늘 혼자 웅덩이 근처만 어정거리는 아이의 눈에 띄는 행동 때문만도 아니었다. 새하얀 얼굴에 항상 새빨간 입술을 야무지게 꼭 다물고 눈썹까지 가린 긴 머리카락을 가끔 쓸어 올리면서 새까맣고 커다란 눈동자를 신기한 것을 보고 있는 듯 깜박거리는 아이의 계집애처럼 예쁘장한 특이한 인상 때문만도 아니었다.

아이는 정말 아이의 말대로 잉어를 알고 있는 듯했다. 그 잉어에 꽃메기라는 이름을 붙여준 건 아이였다. 아이는 잉어를 부를 줄 알았고, 잉어는 아이의 발짝소리를 알고 있었다. 아이의 조그만 가슴 속에는 아이도 모르고, 잉어도 모르는 이상한 힘이 하나 있었다. 그것은 아이의 집념이 결코 아니었다. 그것은 아이가 알고 있는 세계 속에서 가장 유일하게 아이의 생명을 자극하는 절대적인 존재였다. 아이는 오로지 그 힘에 의해서만 모든 동경과 욕구와 의지를 일으킬 수 있었다.

아이의 그런 가슴 속 내막을 가장 잘 알고 있는 사람은 아이를 낳아 길러온 아이의 아버지였다. 그는 아이가 다니는 학교의 교사였다.

그는 자신이 여태까지 확고부동하게 가지고 있던 교육적인 신념이 다름아닌 바로 자신의 자식 앞에서 여러 번 벽에 부딪치는 걸 체험했다. 그것은 두렵기조차 한 일이었다.

때때로 그는 갈대숲 근처의 아들을 관찰할 수가 있었다. 관찰이 있을 때마다 그는 아들의 근처에서 맴도는 잉어의 유영도 함께 볼 수 있었다. 그리고 처음 그는 그것이 우연의 일치라는 생각 외에는 어떤 생각도 할 수가 없었다. 어느 때는 무한히 기쁨에 찬 얼굴로 탐스럽고 늘씬한 몸매를 뒤채며 물장구를 치면서 물속으로 들어가는 잉어를 바라보는 아들을 볼 수 있었다. 그때 그는 예전에는 한 번도 볼 수 없었던 아들의 그런 얼굴이 귀엽다는 생각보다 두려운 감정이 앞섰다. 풀 속을 뒤져 잡은 벌레를 물 위에 던지면 냉큼 올라와 받아먹는 모습을 보는 것이 재미있는 듯 아이는 비틀거리는 동작을 오랫동안 반복하고 있었다. 그러나 그는 또 어느 땐가는 무서움에 질려서 몹시 겁먹은 얼굴로 턱을 괸 채 물속을 들여다보고 있는 아들의 모습도 볼 수가 있었다. 그 표정은 완전히 공포에 질려 있었고, 마치 무엇에 홀린 양 주위를 휘휘 돌아보기도 하는 것이었다.

광택이 나는 커다란 비늘이나 두툼하고 거무튀튀한 잉어의 등어리가 아들의 그런 행동을 지켜보는 그에게 그날따라 묘한 불안감을 자아내게 만들었다. 그 불안이 있는 한 아들에게서 눈을 돌릴 수 없는 아버지는 살며시 아들에게 다가갔다. 그때 어린 아들은 근심스런 얼굴로 자신을 내려다보고 있는 아버지를 빤히 쳐다보며 말하는 것이었다.

"아빠, 잉어가 항상 저에게 말을 해요. 재밌어요. 어디든 갈 수 있고, 올라갈 수도 있어요. 장난치면서 헤엄치는 게 정말 좋아요."

폭풍우가 몰아치는 어느 가을밤이었다. 바위라도 할퀴고 온 듯한 사나운 바람이 굵은 빗방울을 몰고 칠흑같은 어둠을 찢어 내리고 있었다. 뇌성은 바람을 재촉하는 듯했고, 번개는 순간순간 검은 하늘에 길을 터놓는 그런 밤이었다.

깊은 잠에 빠져 있던 아이의 아버지는 아내의 다급한 소리에 퍼뜩 잠을 깨게 되었다. 아내는 새파랗게 질려 있었고, 그는 곧 아들이 없어졌음을 알게 되었다. 그는 다짜고짜 웅덩이로 달려가기 시작했다. 이런 경우 곧장 웅덩이로 달려가지 않으면 안 되는 까닭은 아이의 아버지에게만은 생각할 여지도 없는 일이었다. 질척질척하고 미끄러운 논길을 가로질러 웅덩이 건너 높은 포플러 가지들이 서로 부딪치는 소리가 들리는 지점에 도달했을 때 그는 큰소리로 아들을 부르기 시작했다.

억센 빗줄기가 사정없이 얼굴을 내리치고, 아들을 부르는 소리는 바람 속으로 휘말려 들었다. 그러나 눈을 뜰 수 없을 정도의 강한 빗발 속에서 번개가 한 번 번쩍했을 때 그는 뿌연 웅덩이를 잠깐 볼 수가 있었고, 그 웅덩이의 가장 낮은 둑 근처에서 작은 짐승처럼 움직이는 하나의 물체를 언뜻 볼 수가 있었다. 빠지고, 미끌어지고, 엎어지면서 달려온 아버지는 작은 짐승 아닌 아들을 덥썩 안았다. 아들의 가느다란 흰 무릎은 돌에 짖이겨진 듯했고, 계속 내뿜는 다홍빛 피를 빗물이 씻어 내리고 있었다. 목발은 팽개쳐져 있었고, 아들은 핏물로 범벅이 된 한 쪽 다리를 질질 끌며 금방 터져 내릴 것같은 배수구 옆 둑에 열심히 돌을 날라 쌓고 있었다.

아버지는 순간 전신이 오싹함을 느꼈다. 갑자기 무서운 생각이 온몸에 전류처럼 흘렀다. 바람과 폭우와 뇌성과 번개 속에 그 정체를 감추고 있는 교활하고 음흉한 수많은 악령들이 아들의 생명을 유혹하고 있는 것만 같았다. '당신의 생명도 이리 줘' 하고, 수염난 늙은 잉어가 불쑥 달려들 것만 같기도 했다. 폭풍우가 무섭게 뒤를 쫓아오고 있는 것만 같아 뜨겁게 달구어진 아들을 들쳐업고 집으로 달려오면서 그는 몇 번인가 뒤를 돌아다봤다.

그런 일이 있은 후로 아이는 잉어에 대해서 더욱 민감해져 있었고, 아이의 아버지 역시 아들에게 더욱 신경을 쓰게 되었다. 괴괴한 함밤중에 첨벙, 하고 잉어가 뛰는 소리가 웅덩이 쪽에서 들리기라도 하면 아이는 곤히 자고 있다가도 벌떡 일어나 앉아 가만히 귀를 기울이곤 하는 것이었다.

배수구 옆의 낮은 둑이 무너질 뻔했던 날 밤 이후로 아들이 항상 걱정하고 궁리하던 일이 어떤 일인가를 잘 아는 아이의 아버지는 아무도 보는 사람이 없는 어느날 새벽, 옷을 벗고 웅덩이로 들어가기 시작했다. 원래 이 웅덩이를 잉어를 기르던 양어장으로 사용했던 그의 아버지로부터 웅덩이 밑에 조그맣고 깊은 또 하나의 웅덩이가 천연적으로 파여 있다는 사실을 어렸을 적부터 들어 알고 있기 때문이었다. 어디쯤이라는 것만 알고 있었을 뿐 정확한 장소를 알고 있지 못하고 있었다.

그러나 그 장소는 그날 새벽 곧 확인이 되었고, 아이는 어떠한 위험에 있어도 잉어가 곧 숨을 수 있다는 장소를 아버지로부터 엿들을 수 있었다. 아이는 자기의 새끼손가락을 아버지의 손가락에 걸고선 누구한테도 그곳을 알리지 말아주기를 몇 번인가 약속하면서 깡충깡충 뛰었다.

그리고 아이는 매일 새벽마다 그 자리에 깻묵 덩어리를 던져주는 일로 하루의 일과를 시작하는 것이었다. 그런 아이의 만족은 몇 달 동안 계속되었다. 아이가 그곳에 먹이를 던질 시간이 되면 그 근처에 잉어가 있다는 것을 수면의 움직임만 보아도 알 수 있게 되었다. 그러던 것이 여름으로 접어들면서 밤새도록 칸델라를 밝혀 놓고 낚시질을 하고 있는 사람들 때문에 그 자리가 발각되는 것이 두려워 아침마다 하던 일을 중지하고 있던 터였다. 그래서 요즈음은 은근한 불안 속에 있는 아이에게 오늘 아침 너무나 충격적인 일이 닥친 것이었다.

어느 누구도 앉아본 적이 없는 바로 그 자리에 안경을 끼고 파란 캡을 쓴 사나이는 벌써 큼직한 붕어들을 여러 마리 낚아 올리고 있는 것이었다. 다른 사람들이 잔챙이 붕어를 뜸뜸이 낚으면서 투덜거릴 때도 그는 그 기다란 낚싯대를 활처럼 휘게 만드는 커다란 놈들을 부지런히 낚아 올리는 것이었다. 그럴 때마다 아이의 가슴은 터질 것만 같이 안타까워서 조마조마한 마음으로 잉어가 걸리지 않기를 무작정 기원하고 있었다.

"어때. 아저씨 고기 잘 낚지?"

파란 모자가 떡밥 묻은 손으로 안경을 치켜 올리며 아이를 보고 다정하게 웃었지만 아이는 그 얼굴에 침이라도 뱉어주고 싶은 심정이었다.

"쳇!"

낚시꾼은 다시 낚싯대를 휘둘렀다.

수면에 비친 포플러 나무 가지 사이로 빨강과 파랑과 하얀색이 번갈아 칠해져 있는 기다란 찌가 약간 옆으로 기울어진 채 예쁘게 떠 있었다. 아이는 뚫어져라 그 찌의 움직임만 지켜보고 있었다.

"넌 잉어하고 친한가보지?"

아이는 대답 대신 고개를 끄덕였다. 그리고 나서 살며시 낚시꾼의 얼굴을 올려다봤다. 그 맑고 커다란 눈동자 속엔 그때 애원의 빛이 가득 들어 있었다.

"잉어를 아무나 잡을 수 있나? 잉어는 쉽게 잡히지 않는 거란다. 더군다나 네 친구는."

하다가 파란 모자가 갑자기 말을 뚝 끊고 세차게 가운데 낚싯대를 채 올렸다.

"제대로 걸었구낫!"

하는 안경의 고함소리와 함께 피융하고 낚싯줄이 떨었다. 순간 아이의 얼굴은 핏기가 걷히면서 긴장으로 굳어져 버렸다. 첨벙 하더니 낚시에 매달린 것이 한 번 요동을 쳤다. 굉장한 꼬리였다. 영롱한 비늘이었다. 황홀한 빛깔이었다. 꽃메기였다. 파란 모자는 일어나서 한 걸음 뒤로 물러섰다.

옆에 앉았던 하얀 모자가 뜰채를 들고 황급히 달려왔다. 저만큼에서 바늘을 갈아 끼우고 있던 다른 낚시꾼도 자기 뜰채를 들고 달려와 물에 담그고 대기하고 있었다. 그러나 잉어는 왔다갔다 할 뿐 끌리지를 않았다.

파란 모자가 서너 발짝 뒤로 물러나 두 손으로 잔뜩 낚싯대를 잡고 버티었다. 낚싯대는 초생달처럼 휘어져 있었다. 잉어가 요동을 칠 때마다 낚싯줄은 햇빛에 반짝거리며 경쾌한 소리를 냈다. 사람들이 우루루 몰려들었다. 이윽고 잉어가 끌려오기 시작했다. 몸을 뒤채는 모습이 역력히 보이기 시작했다.

"야! 이 미터는 되겠는데!"

누군가 그렇게 말했다. 모두들 잉어를 주시하고 있었다. 고통스런 동작이 거세게 물살을 이루었다.

아이의 두 눈은 정확한 초점에 집중돼 있었다. 아이에겐 오로지 잉어만이 보일 뿐이었다. 물이나 나무나 낚시 같은 것은 모두 다 하나의 빛깔이고, 한 평면이었다. 그 평면 위엔 아무런 소리도 들리지 않았다. 오로지 그 평면 위엔 몸부림치고 발버둥치는 한 마리의 잉어만이 보일 뿐이었다. 잉어와 아이의 사이에 놓여 있는 한 가닥 시선만이 아이의 숨통을 죄고 숨가쁘게 만들었다. 잉어의 처참한 몸부림이 아이에게 점점 가까워옴에 따라 그 시선은 더욱 더 강렬해져 가고 있었다. 이제 뜰채와 잉어와의 사이는 불과 몇 발짝의 거리였다.

잉어의 입에 낚시바늘을 꽂고서 잡아당기고 있는 사나이는 무섭도록 침착했다. 사나이의 검게 그을은 팔뚝에 우람한 근육이 뻗쳐 있는 것을 보고 아이는 완전한 절망에 빠져 버리고 말았다.

본능적인 저항이 치솟는 듯 아이가 갑자기 벌떡 일어섰다. 그때였다. 거세게 수면을 박차는 소리와 함께 잉어가 낚싯줄을 휘감아 버렸다. 그와 동시에 찌가 매달린 위쪽 두 뼘쯤 되는 지점에서 낚싯줄이 끊어지고 말았다.

사람들의 놀라는 소리가 한꺼번에 와아, 하고 울렸다. 그중에서 가장 흥분하는 건 하얀 모자였다. 뜰채를 내던지고 무릎을 내리치며 탄식했다. 잉어는 이미 시야에서 사라지고 없었다.

"저 잉어는 이제 도저히 잡을 수 없을 거야. 내 힘을 전부 뺏어가 버렸거든."

그렇게 큰 잉어를 놓치고도 도무지 얼굴색 하나 변하지 않는 파란 모자가 낚싯대를 서서히 접으면서 혼잣말처럼 중얼거렸다. 사람들은 홀렸다가 깨어났을 때처럼 한참 머뭇거리다가 자기 일처럼 애석해 하면서 뿔뿔이 흩어져 각기 자기 위치로 돌아가고 있었다.

"정말 잉어는 잡히지 않는구나. 용하게도 잘 알아맞히는데?"

파란 모자는 아이를 쳐다보지 않고 말했다. 아이는 그제야 그때까지 목발을 짚지 않고 서 있었던 자신을 의식하고는 풀썩 다시 주저앉아 버렸다. 아이의 얼굴은 그때 몹시 상기돼 있었다. 벌건 얼굴로 낚시꾼의 옆모습만 말똥말똥 쳐다볼 뿐 입술은 굳게 다물어져 있었다.

"그런 잉어는 잡을 수 없는 거야. 또 그런 걸 잡아서 뭘 해. 오히려 놓치는 재미가 더 좋은 거야. 안 그래?"

아이는 역시 아무 대꾸가 없었다. 아이의 심중엔 잉어가 잡히지 않았다는 안도감보다도 이제 다시는 잉어를 볼 수 없을 것이라는 고통이 스며오르고 있었다. 영원히 그 안식처에서 숨어 버릴 것이라고 생각했다. 아니 어쩌면 몰래 소리도 없이 물 밖으로 기어나와 사람을 물고 물 속으로 들어갈지도 모른다고 생각했다.

그러나 잉어가 줄을 끊고 살아 있다는 사실만은 아이에게 무한한 용기를 불러 일으켰다. 이제 잉어가 결코 잡히지 않는다는 것은 아이에겐 커다란 믿음이 되어 버렸다. 어떠한 사람도, 어떠한 방법으로도 잉어는 잡을 수 없는 것이라 믿었다. 아마 아이의 그런 믿음은 까마

득한 옛날 아이가 하나의 단세포였을 때부터 자연적으로 계승된 것인지도 모른다. 그러나 고통스런 순간의 연속이 그 믿음을 거역하고 있었다.

"잉어다!"

하는 고함소리가 아이의 심중을 또다시 세차게 흔들어 놓고 만 것이다. 고함소리는 웅덩이 맨 끝쪽, 수초가 잔잔히 깔린 곳에서 흥분된 어조로 들려왔다. 파란 모자가 벌떡 일어나 그쪽을 응시했다. 수초 근처에서 알락달락한 찌 하나가 떠 있는 게 아이에게도 보였다. 낚시바늘이 입에 박힌 잉어가 수심이 얕은 쪽으로 이동하자 그 바늘에 연결된 줄에 매달린 찌가 수면에 떠오른 것이었다.

"맞았어. 물고기란 한 번 놀라면 수초가로 찾아 들어가 안정을 찾게 마련이야."

하얀 모자가 좋아 죽겠다는 듯 뜰채를 들고 허겁지겁 뛰어갔다. 파란 모자는 피우던 담배를 물 위에 던지더니 받침대를 뽑아 들었다. 그 끝은 창끝처럼 예리한 것이었다. 그는 천천히 그쪽을 응시하며 걸어갔다.

낚시터는 다시 술렁대기 시작했다. 맨 먼저 그 찌를 발견한 사람이 자기 낚싯대를 들고 와 찌 있는 부분으로 휘둘렀다. 낚시바늘로 찌를 걸어서 어떻게 건져보자는 심산이었다. 그러나 좀처럼 그것은 걸어지지 않았다. 그러자 사람들이 몰려들기 시작하니까 갑자기 찌가 물속으로 들어가 버렸다.

"또 솟아오를 거야. 제까짓게 가면 어딜 가."

하얀 모자가 잉어를 금방 잡기라도 한 듯 의기양양하게 외쳤다. 한

참 있다가 가운데 돌무더기 근방에서 찌가 떴다고 또 누군가가 소릴 질렀다. 사람들은 또 우르르, 그곳으로 몰렸다. 찌는 꼼짝도 하지 않고 가만히 누워 있었다. 사람들은 또 낚싯대를 마구 휘둘렀지만 파란 모자는 이번엔 그것을 말렸다. 그리고는 훌훌 옷을 벗기 시작했다. 곧 그는 한 손에 뜰채, 다른 한 손엔 죽창같은 받침대를 들고 물속으로 들어가기 시작했다.

아이가 지켜보고 있는 바로 건너편 포플러나무 아래서였다. 수심은 고르게 젖가슴까지 올라왔다. 파란 모자는 살금살금 찌 있는 곳으로 접근했다. 그러나 불과 서너 발짝을 남겨 두고 찌는 또 쏙 들어가 버리고 말았다. 그는 물 속에 서서 사방을 두리번거리며 얼마 동안을 기다렸다. 햇볕은 점점 따가와져가고 있었다. 포플러도 지겨운 듯 축 늘어져 있었다.

"저기다!"

하얀 모자의 음성이었다. 찌가 떠 있는 곳은 맨 처음에 발견된 근처였다. 파란 모자는 재빨리 물 밖으로 나와 그곳으로 뛰어갔다. 이번엔 처음보다 더 신중히 살금살금 물속으로 들어갔다.

그러나 그것도 허사였다. 찌는 또 들어가 버리고 말았다. 사람들은 낚시질보다 그 큰 잉어에 더 흥미를 가지기 시작했다. 모두들 제 자리를 지키지 않고 우왕좌왕하며 잉어에만 관심을 기울이고 있었다. 이렇게 해야 된다는 둥 저렇게 해야 한다는 둥 갑론을박이 벌어지기도 했다.

아이는 그런 사람들의 움직임을 묵묵히 보고만 있었다. 아이는 평온한 상태 속에 있었다. 이제 누가 어떻게 한다 해도 잉어는 잡히지 않는다고 더욱 굳게 믿고 있었다.

꽤 오랜 시간이 지나서 찌가 또 수면에 떠오르는 게 보였다. 이번엔 엉뚱하게도 사람들이 몰려 있는 곳, 정반대 쪽의 갈대가 우거진 곳이었다. 그곳은 아이가 있는 곳을 거쳐 가면 가까웠기 때문에 파란 모자는 아이가 있는 쪽으로 달려왔다. 벌거벗은 낚시꾼과 아이는 눈이 마주쳤다.

"정말 잉어는 잡히지 않을까?"

"정말이구 말구요."

"잉어는 우물 안 개구리식으로 됐는데 아저씨가 저걸 못 잡을 것 같아?"

"어림없는 소리예요. 절대 잡히지 않아요. 만약에 아저씨가 꽃메기를 잡을 수 있다면."

아이는 갑자기 말을 뚝 끊고 낚시꾼의 얼굴을 매섭게 노려봤다.

"아저씨는 죽고 말 거예요."

벌거벗은 낚시꾼은 섬뜩 놀라는 듯 노한 안경으로 아이를 내려다보았다.

"이놈아, 그런 소리는 함부로 하는 게 아냐."

버럭 소리를 지르고 낚시꾼은 또다시 뛰어갔다.

아이가 잉어에 꽃메기라는 이름을 붙여주기 전에 이 웅덩이엔 세 마리의 잉어가 살고 있었다. 꽃메기와 항시 같이 어울려 다니는 두 잉어는 꽃메기보다 훨씬 작은 놈들이었다. 그런데 그 잉어들을 노리고 매일같이 웅덩이에 줄낚시를 던지는 사람이 있었다. 이웃 마을에 사는 사람이었는데 흔히들 권영감이라고 불렀다. 비오는 날도 빠지지 않고 끈질기게 잉어를 노린 어느날 권영감은 드디어 두 마리의 잉어를 낚는 데 성공했다. 잉어의 참상을 전해 들은 아이는 웬일인지 그때부터 권영감이 죽을 것이라는 얘기를 아무한테나 서슴없이 하고 다니는 것이었다. 몇 번인가 심한 꾸지람을 들었지만 아이는 좀처럼 고집을 버리지 않고 버릇처럼 그 말을 하고 다녔다. 그 바람에 아이의 집안 사람들조차 마을에서 빈축의 대상이 되기도 했다.

그러던 그 해 겨울, 바람조차 얼어붙은 듯 마른 풀잎 하나 까딱하지 않은 채 무작정 춥기만하던 어느날 아침 사람들은 웅덩이 한가운데에 꽁꽁 얼어붙어 있는 권영감을 발견하게 되었다. 밤중에 술을 마시고 빙판이 된 웅덩이를 가로질러 가다가 실족한 것임에 틀림없었지만 사람들의 별의별 억측은 아직까지도 구구한 터였다. 이런 이상한 기억을 지니고 있는 아이는 만약 꽃메기를 잡는 사람이 있다면 그 사람도 죽고 말 것이라는 맹목적인 믿음을 반드시 그렇게 되는 것이라고 확신하고 있는 것이었다.

잉어는 갈대 숲 근처로 이동했던 이번에도 자신의 위험을 눈치채 버리고 말았다. 잉어가 어디론가 사라져 버리자 이번엔 하얀 모자도 옷을 벗고 물속으로 들어갔다.

낚시터는 이제 온통 그들의 독무대가 되어 버렸다. 잉어는 가끔마다 이곳저곳으로 옮겨 다니고, 예쁘게 색칠해진 가느다란 찌는 잉어의 위치를 알려주고 있었지만 시간이 갈수록 잉어에게 접근하는 것은 더욱 어려워만 갔다. 몇 시간이 그렇게 어수선하게 흘러갔다. 햇볕은 폭염으로 내리쏟기 시작했다. 찌가 떠오르지 않을 때면 벌거벗은 낚시꾼들은 맥이 풀어지는 듯 포플러나무 그늘에서 멀거니 앉아 있기도 했다. 내기까지 걸고선 잉어가 낚이는 것을 보려고 기다리고 있던 사람들도 하나 둘씩 돌아가고 있었다. 낚시터는 약간 한산해졌다. 그러다가 찌가 또 떠오르면 모두들 법석을 떨어대는 것이었다.

"저걸 못 잡다니! 어떻게든 해봐!"

하얀 모자는 괴로운 표정으로 몇 번인가 그렇게 말했다. 긴 여름날은 지루하게 조금씩 기울어져 가고 있었다. 해가 뉘엿뉘엿할 무렵이 되어도 두 낚시꾼은 좀처럼 잉어에의 미련을 버리려고 하지 않았다.

그때 멀리 떨어진 강가에서 릴낚시를 하던 낚시꾼 한 사람이 낚싯대를 어깨에 메고 식어가는 들판을 지나 웅덩이 쪽으로 걸어오고 있었다. 릴낚시엔 미끼로 끼운 미꾸라지가 서너 마리 꿈틀거리고 있었다. 그는 곧 웅덩이의 사정을 알게 되었다. 그는 마치 마을에 내려온 산상의 성자처럼 사람들에게 둘러싸였다.

"문제 없습니다. 염려마십시오. 이거라면 낚시줄을 엉키게 해서라도 얼마든지 건져낼 수 있습니다."

사나이는 유심히 웅덩이를 살폈다. 돌무더기와 수초 사이 쯤에 찌가 떠 있었다. 사나이는 조심스레 낚싯대를 점검하고 나선 힘차게 휘둘렀다. 포물선을 그으며 줄은 나아갔다. 정확한 겨냥이었다. 사나이는 재빨리 줄을 감았다. 찌가 쑥 들어가려는 찰나 낚싯대가 앞으로 세차게 휘어졌다.

"옳게 걸렸구나. 이번에야말로 틀림없겠지."

하얀 모자의 고함소리였다. 옆에 있던 몇 사람들도 환호성을 올렸다. 잉어는 힘이 빠져 있는 것 같았다. 아침과 같은 힘찬 저항이 없었다. 아이는 또다시 비참한 잉어의 얼굴을 바라보고 있었다. 그러나 이제 아이는 그렇게 창백한 얼굴이 되어 있지는 않았다. 고통스러운 잉어의 몸짓을 바로 눈앞에 보고 있으면서도 아이는 조금도 동요하지 않고 있었다. 잡히지 않는다고 믿었다. 끝내 잡히지 않는다고 아이는 그때도 믿고 있었다. 그 믿음이 있는 한 아이는 두렵지 않았다. 잉어는 힘없이 끌려나오는 듯하더니 최후의 저항인 양 물장구를 치며 버티었다. 사나이와 잉어는 대치 상태에 놓이고 말았다. 그때 파란 모자가 뜰채를 들고 물속으로 들어갔다.

"뜰채가 너무나 작은데?"

그의 뜰채는 다른 사람이 가지고 있는 것보다 훨씬 큰 것이었지만 그렇게 말하며 손잡이를 단단히 움켜잡았다.

잉어는 다급한 듯이 마구 온몸을 뒤흔들었다. 주위는 온통 흙탕물로 변하고 말았다. 온 웅덩이물이 출렁거렸다. 한 발짝만 더 가면 파란 모자는 손을 뻗쳐 잉어를 껴안을 수 있는 거리가 되었다. 잉어는 상하좌우로 마구 요동을 쳤지만 낚싯대를 쥔 사나이는 파란 모자 쪽으로 힘을 주어 당기고 있었다. 그리고 그런 어느 한 순간이었다. 잉어가 너무나 요동을 쳐 파란 모자가 약간 당황한 듯 멈칫한 순간이었다. 낚시줄이 끊어지던 아침 때처럼 금속성 음향이 들림과 동시에 잉어가 스르르 물속으로 사라지고 말았다.

"어! 어, 어, 어…"

사라져 가는 잉어를 가리키며 물속으로 들어가는 사람은 릴 낚시꾼이었다.

"아이고! 분하다!"

하얀 모자가 자기 허벅지를 철썩 하고 내리쳤다. 파란 모자는 허망

한 듯 괜스레 뜰채로 잉어를 떠내는 시늉을 해보였다.

"억울하다, 억울해!"

구경꾼 중의 한 사람이 공연히 주먹을 내둘렀다. 어떤 사람은 못내 아쉽다는 듯 잉어가 사라진 물속을 바라보며 헛손질을 해댔다.

찌와 릴낚시의 미끼와 줄이 한데 엉켜 잉어가 끌려 나오긴 했었지만 잉어가 요동을 침에 따라 찌를 끼운 고무 벨트 사이로 잉어의 입에 매달린 줄이 미끄러져 빠져버린 것이었다. 엉킨 릴 낚시줄엔 빨강과 파랑과 하얀 색이 순서대로 번갈아 칠해져 있는 예쁜 수수깡 찌만이 걸려 나왔을 뿐이었다.

한참동안 낚시터는 흥분하는 소리들로 떠들썩했다. 해는 완전히 넘어가고 고운 노을이 은은하게 펼쳐져가고 있었다. 선선한 바람이 높은 포플러나무 위를 스치고 부드럽게 불어왔다.

풀들은 생기를 머금은 듯하고, 여기저기 수면 위에서 튀는 잔고기들은 벌써부터 이슬을 탐내고 있었다. 골짜기엔 밥짓는 연기가 자욱하게 괴어 있었다. 구경꾼들은 삼삼오오 떠들면서 돌아가고, 어둠은 일터에서 돌아오는 피곤한 황소처럼 한 발짝 두 발짝 서서히 밀려오고 있었다.

낚시터엔 도구를 챙기는 젊은 두 낚시꾼과 그들을 물끄러미 바라보며 목발을 짚고 서 있는 아이뿐이었다. 낚시꾼들이 가방을 메고 일어설 때 아이는 허약한 다리를 절룩거리며 마을을 향해 힘없이 걸어가고 있었다. 그 뒷모습을 바라보며 파란 모자를 쓴 사나이가 나지막하게 입을 열었다.

"우린 결국 저 아이의 가슴에 증오심만 심어놓고 말았군."

"아니야. 잉어의 아가리에 바늘을 심었을 뿐이야."

두 사람은 뒤도 돌아보지 않고, 희미한 들판의 어둠 속으로 서서히 사라져갔다.

그날 밤. 아이도 잠들고, 낚시꾼도 잠들고, 날짐승조차 날개를 접고 곤히 잠든 한밤중, 달도 없이 하늘빛만이 희끄무레하게 웅덩이를 비추고 있었다. 그 밤의 고요를 훼방놓지 않으려는 듯 낮 동안 북새를 떨었던 그 웅덩이 한가운데 가장 깊은 곳에서 소리도 없이 천천히 올라오는 하나의 물체가 있었다. 그 물체는 긴 꼬리가 있고, 날렵한 지느러미가 있었지만 전혀 움직이지 않았으며 아름다운 비늘로 덮여 있는 넓은 몸체는 피어 오르는 물안개 속에서 둥둥 떠 있을 뿐이었다.

*1974년 『경향신문』 신춘문예 입선작

김 박사의 장난감

　물리학자 김인웅 박사는 어느날 퇴근길에 건널목의 신호등이 바뀌기를 기다리면서 지나는 버스를 무심히 바라보다가 점잖지 못하게도 갑자기 킥, 하고 웃은 적이 있었다. 그 버스는 마치 잘 익은 꽈리의 씨앗이 껍질 밖에서도 그 질서정연한 배열이 보이듯이 내부가 훤히 들여다보이게끔 구조되어 있었는데 그가 웃은 것은 다름이 아니고, 그렇게 훤히 들여다보이는 상태, 바로 그것 때문이었다.
　일정한 모양을 하고, 일정한 방향으로 배열되어 있는 의자들과 거기에 일정한 자세를 하고 앉아 있는 승객들, 그리고 그것들을 태우고 소리 내며 굴러가는 버스, 거기에 그렇게 있다는 사실, 바로 그 사실이 문득 김 박사의 주의를 환기시켰던 것이다.
　그때 그의 웃음은 결코 어떤 자극이나 연유로 인한 것이 아니었다. 그 의자들이 그렇게 생겼고, 그 승객들이 그렇게 있었고, 그 버스가 그렇게 움직이고 있었다는 사실이 그것들을 바라보고 있던 그에게 일 순간 영악스럽게 보여졌고, 그 영악스러운 사실이 재미있게 느껴졌던 것이다.

그것은 비단 버스만이 아니었다. 그가 재미있어 하는 것은 그가 볼 수 있고, 알 수 있는 모든 사물이었으며 언제 어디서나 있는 것이었다. 빌딩들이 그렇게 있다는 사실, 산이 그렇게 있다는 사실, 육교가 그렇게 있고, 시장이 그렇게 있고, 도시가 그렇게 있고, 사람들이 그렇게 있다는 사실, 거기 그렇게 있다는 사실, 존재한다는 사실, 그것이 재미있을 뿐이었다.

어떤 감동이나 특별한 느낌이 있는 바도 아닌데 그는 그 있다는 사실 속에 놓여 있음을 퍽 재미있어 하는 것이었다. 늘 보는 아파트나 지하철에서도 그는 매일매일 새로운 감각을 느끼는 것이었다. 어떤 때는 거리를 걷다가도 아예 걸음을 멈추고 물끄러미 도시의 풍물을 바라보기도 하는 것이었다. 어떤 때는 가느다랗게 실눈을 하고, 마치 미술작품을 감상하듯이 바라볼 때도 있는데 그 표정은 바로 그 있다는 사실에 진진한 흥미를 느끼고 있음을 말해주는 것이었다.

김 박사의 나이는 올해 꼭 쉰 살이었다. 그러나 겉으로 보이는 나이는 실제 나이와 월등하게 차이가 있었다. 왜소한 몸집에다 구부정한 허리, 깡마른 얼굴, 새하얀 머리만 보아도 그 차이를 금방 알 수 있었다. 거기다가 독수리를 연상케 하는 매섭고 찌르는 듯한 눈매에, 푹 꺼진 두 볼에, 매부리코에, 길쭉한 턱에, 조그맣고 항상 분홍빛에 젖어 있는 입술은 어느 동화책에선가 본 듯한 인상을 풍기기도 했다.

가을로 접어들 무렵, 김 박사는 일상과 감정에 몇 가지 변화가 일어났는데 그것은 물론 말할 것도 없이 맨 처음 건널목에서 버스를 보고 재미를 느낀 이후의 일이었다. 볼일도 없으면서 무작정 혼자 거리를 배회한다든지 아무 상점에나 불쑥 들어가서는 사지도 않을 물건을 만지작거리면서 점원과 잡스런 얘기를 주고 받는 따위가 바로 그 변화의 한 예였다. 그는 잡다한 현상 속에 얽혀 있는 우화와 같은 것들을 재미있어 하고, 그 재미있어 하는 사실을 흡족해 했다. 뿐만 아니라 그는 사적이 됐든 공적이 됐든 동료 교수들과 얘기를 나누고 있을 때도 겉으로는 친절하고 부드럽고 자상했지만 속으로는 으레 공연한 욕지거리를 해대기 일쑤였고, 그리고 아무 때나 유행가를 흥얼거리기도 했다. 물론 그것은 아무나 눈치챌 수 없는 것이었다.

그런 김 박사의 변화 중에 가장 두드러진 점이 하나 있었는데 그것은 그것이 두드러졌음에도 불구하고 쉽게 눈에 뜨이지 않는다는 사실이었다. 그 가장 두드러진 점이라는 것은 전적으로 어느 장난감에 연유하고 있었다. 김 박사가 요즘 바로 그 장난감에 열중하고 있다는 사실을 알고 있는 사람은 아무도 없었던 것이다.

장난감이 놓여 있는 곳은 김 박사의 서재였다. 박사는 조용히 문을 밀고 들어와 책상 서랍 속의 담배를 피울까 하다가 곧 단념해버렸다. 흡연을 삼가는 것이 좋겠다고 말한 주치의의 차가운 안경이 떠올랐기 때문이었다.

"징그러운 녀석같으니라구."

김 박사는 시력이 몹시 약했지만 독수리의 눈처럼 예민해 보이는 시선으로 장난감의 두 눈을 쏘아보며 중얼거렸다. 실험도구 쳐다보듯 사람을 대하는 의사의 얼굴이 갑자기 싫어졌다. 아픈 데도 없으면서 종종 찾아와 시덥지 않은 얘기나 늘어놓다 가는 늙은 사나이를 틀림없이 귀찮게 여겼으리라 짐작했다. 그 의사에 대한 신뢰와 친근감이 일시에 어리석은 것처럼 여겨졌다.

"틀림없이 온갖 잡균에 감염되어 있을 거야."

이후에 만날 때는 손톱깎이나 면도기쯤 대하듯 해야겠다고 작정했다. 하지만 끝내 담배는 피우지 않았다.

그리고 장난감의 두 눈에 박혀 있던 그 독수리같은 시선도 역시 그대로였다.

"너무나 확실하고, 분명하군."

그는 중얼거리면서 빙긋이 웃었다. 그 표정에는 만족스러운 빛이 역력했고, 진지함이 어려 있었다. 그는 천천히 일어나 허리를 약간 굽히고, 마치 물속을 들여다보듯 장남감의 얼굴을 응시했다.

장난감은 어김없이 거기에 있었다. 그것이 재미있는 것이었다. 그것 이외엔 아무것도 아니었다. 장난감이 어김없이 거기에 그렇게 있다는 사실, 그 자체에 관심이 있을 뿐이었다. 있다는 사실의 확실함이 더없이 흥미로울 뿐이었다. 눈으로 볼 수 있고, 피부로 느낄 수 있다는 그 사실의 분명함이 주의를 불러 일으키고 있는 것이었다.

그는 장난감의 얼굴만이 아니라 몸까지도 마치 관찰하듯 하나하나 뜯어봤다. 대단한 발견이라도 한 것처럼 그의 얼굴에 생기가 돌아 있었다. 그는 신기한 것을 만져볼 때처럼 장난감의 머리 맨 윗부분을 살짝 건드렸다. 그러자 장난감은 그것이 어떤 신호라도 되는 듯 온몸에 커다란 경련을 일으키는 것이었다. 몸을 이루고 있는 각 기관의 마디마디가 예민한 용수철로 연결된 것같았다. 그 간단한 손의 자극에 용수철은 단 한 개의 빠짐도 없이 동시에 움직이는 모양이었다.

그것에 재미를 안 느낄 수 없다는 듯 김 박사는 갑자기 뒤로 돌아서서 어릿광대처럼 킬킬대며 웃었다. 그리고 그는 어느 순간 뭣에 놀라기라도 한 듯 그 웃음을 거두고, 사방을 두리번거렸다. 물론 거기엔 고요가 있었다. 서가엔 책들이 조용했으며 용설란은 싱싱했고, 유리창은 투명했다. 그 유리창 너머로 잔디는 햇볕을 받아 포근했고, 향나무는 거기 담장 아래 맵시있게 서 있었다.

고개를 돌려 보니 장난감은 역시 거기에 있었다. 거기 서재에 놓여 있었다. 어제도 그저께도 본 것처럼 산이 그렇게 있었고, 가로수가 그렇게 있었고, 구두를 파는 상점이 그렇게 있었듯이 장난감도 역시 그렇게 거기에 있었다. 그것의 있음은 모든 것의 있음과 똑같은 것이었다. 거리의 있음이 산의 있음과 똑같듯이 장난감의 있음은 거리의 있음과 같은 것이었다. 그 거리를 벗어나 벌판이 있고, 수풀이 있고, 적군과의 경계선이 있고, 바다가 있고, 언어가 다른 나라가 있지만 그것들 역시 존재한다는 사실 자체로서는 똑같듯이 장난감의 존재도 동일한 것이었다.

사방을 두리번거리던 김 박사는 그 쏘는 듯한 눈매를 치켜뜨고 이번에는 무슨 소린가를 탐지하려는 듯 고개를 갸우뚱한 채 한쪽 귀에 신경을 집중시켰다. 물론 거기엔 정적만이 감돌고 있었다. 모든 것은 그 있다는 사실 자체로써 동일한 것이었다. 추하거나 아름답거나 냄새가 나거나 요란하거나 검거나 희거나 그것의 존재 자체는 일단은 같은 것이었다. 태양도 달도 비바람도 그것의 있음이라는 사실로써 똑같았다. 김 박사는 그 아무렇지도 않은 있음의 사실 속에서 빙긋이 웃음짓고 있었다.

"얼마나 엄연한 사실인가."

그는 또다시 담배를 피우려다 말았다. 그 있다는 사실 속에 놓여 있음을 자꾸자꾸 반추하면서 그 속에서 빠져나오려 하지 않았다. 용설란은 저기에 저렇듯 있고, 책들은 이 옆에 이렇듯 있으며 나는 여기에 이렇게 있는 것이었다. 자세히 볼 필요도 없이 모든 것은 거기에 그렇게 있는 것이었다. 말할 것도 없이 너무나도 평이한 이 사실 속에 놓여 있음을 김 박사는 더없이 흡족하게 생각하고 있었다. 어디를 보나 존재한다는 엄연한 사실이 있음을 그는 퍽 흥미로워하는 것이었다.

그 사실에 아무것도 가미하지를 않았다. 그 사실은 사실 자체로써 언제까지나 그대로 있을 뿐이었고, 박사의 흥미와 흡족함은 바로 그 언제나 그대로 있을 뿐인 사실 속에서 자꾸자꾸 되풀이되고 있었다. 그는 그 사실의 단순함을 느끼고 있는 자신을 잊지 않기 위해서 언제까지나 그 단순함 속에서 맴돌고 있을 것만 같았다. 음미라도 하듯 거듭거듭 그 있음의 사실을 확인해보고 쉽사리 떨쳐버리려 하지 않았다.

장난감은 그때 공허한 눈빛으로 허공의 한 군데만 응시하고 있었다. 김 박사는 그 있음의 실체와 적나라함을 끝내 붙들고 싶은 양 조심스럽게 손을 뻗쳐 장난감의 얼굴을 어루만져보았다. 그리고 그 얇고 작은 분홍빛 입술로 빙긋이 웃음지었다.

"여기에도 있었군."

그의 미소는 냉소처럼 보였다. 그 미소는 장난감의 손가락을 만지작거리고, 어깨를 두드려볼 때도 마찬가지였다. 그는 그렇게 함으로써 그 있음의 사실을 더욱 더 확실하게 느끼고 있음에 틀림없었다. 그 느낌은 그를 상당히 안타깝게 만들었다. 극히 단순하고 아무것도 가미되지 않은 있다는 사실에 대한 느낌이었지만 그 속에서 그는 못내 마음 쓰이고 가슴 죄는 것이었다. 좀 더 가깝게, 좀 더 많이, 좀 더 흡족하게 그 느낌을 포용하고, 차지하고, 그 사실의 내부에 잠기고 싶었다. 애타고 어쩔 수 없어서 최후의 한 순간이라도 놓칠세라 안절부절하기도 했다. 그것의 느낌을 더없이 흥미로워하며 그 자체에 몰두하고 있었다. 장난감의 몸을 어루만지고, 쓰다듬으며 그 느낌에 열중하고 있었다.

뿐만 아니라 그는 장난감의 눈꺼풀을 들추고, 그 안을 유심히 살피기도 했다. 그때 눈동자는 상하좌우로 움직이고 있었다. 그것이 움직일 때마다 눈동자의 미세한 조직들은 꼭 살아서 안으로 숨으려고 하는 것만 같았다. 그것을 보고 박사는 어깨를 들썩이며 웃었다.

"바로 이것이란 말이야."

그는 장난감의 코 끝을 손가락 끝으로 치켜 올리고, 그 안을 열심히 들여다보기도 했다. 코 끝이 치켜 올려지자 장난감은 좀 바보스런 꼴이 되었다. 그리고 김 박사는 킬킬 웃으면서 재미있어 했다. 다음에는 어떻게 할까, 잠시 생각에 잠기다가 두 손으로 이마와 턱을 각기 잡고 억지로 입을 벌렸다. 박사는 그 벌려진 입안을 고개를 갸우뚱거리며 요모조모로 살폈다.

빨간 혓바닥이 저 안에 들어가 있었다. 박사는 그 혓바닥을 잡아보려고 손가락을 들이밀었지만 그것은 쉬운 일이 아니었다. 몇 번 시도해보다가 그만 두어 버렸다. 그러나 그의 얼굴엔 만족스런 빛이 역력했다. 그는 계속 그런 만족스런 표정으로 귓바퀴를 잡아당겼다. 귓바퀴는 고무줄처럼 탄력이 있었다. 세게 잡아당겼다 놓으면 원래의 제 모습으로 곧 돌아갔다. 박사는 그 귀를 잡고 나지막하게 말했다.

"이것이야. 이거란 말이야."

그는 더없이 재미있는 놀이감이라는 듯 흡족하게 웃으며 좋아했다. 귀엽고 사랑스러워서 못 견디겠다는 듯 팔을 만져보고, 엉덩이를 두드려보고, 발로 발을 툭툭 건드려보고, 위 아래로 훑어보고, 옆으로 뒤로 몇 번이고 고개를 돌려 훑어봤다.

거기에 장난감이 있는 것이었다. 거기에 그것이 그렇게 존재하는 것이었다. 그 사실에 갑자기 밀어닥친 감동처럼 벅참을 느끼며 김 박사는 장난감의 뺨을 철썩하고 때렸다. 너무나 애지중지하고 애틋하고 기가막혀서 그렇게 하지 않고는 못 배기겠다는 심정이었다. 그러자 장난감은 온몸으로 달그락달그락 소리를 내며 비틀비틀하다가 의자 위에 털썩 주저앉았다. 주저앉아서도 달그락거렸다.

박사는 또 어깨를 들썩이며 킥킥 웃었다. 그렇게 웃으면서 서랍을 열고 담배를 한 개비 꺼내 그 분홍 입술 사이에 끼웠다.

"담배는 건강에 이로울 때가 있지."

불을 붙이고 길게 연기를 내뿜었다. 그리고 지그시 장난감의 얼굴을 건너다 봤다. 장난감은 뽀얀 연기 속에 그 얼굴이 잠시 숨겨지더니 곧 되살아났다. 그러기를 몇 번인가 되풀이됐다. 연기에 모습이 가려지다가 다시 나타나고 다시 나타났다가는 또 가려지곤 했다.

박사는 그런 장난감의 모습에서 시종 눈길을 떼지 않았다. 그런 박사의 두 눈은 이미 어떤 새로운 사실을 바라보고 있는 것이었다. 그는 장난감의 모습에서 어떤 난처한 상황을 목격하고 있었던 것이다. 그때까지 따로 움직이고 있던 장난감의 각 기관이 서로를 맹렬히 배반하고 있다는 사실이었다. 그 사실이 새롭다는 것은 기실 주의력의 환기에 불과한 것이었다. 그는 진작부터 그 어떤 상황을 염두에 두고 있었던 것이다. 그는 고의적으로 그 상황에 접근하기를 꺼렸었다. 그가 장난감이 거기에 그렇게 있다는 사실 그 자체에 집착하면서 쉽게 빠져나오려 하지 않았던 것은 전적으로 그 상황의 난처함 때문이었다. 난처하고 애매한 사실을 그대로 둔 채 그것의 있다는 사실 속에만 머무르고 있는 것이 훨씬 홀가분했던 것이다.

그러나 그는 결국 어쩔 수 없이 그 배반하는 상황을 목격하지 않을 수 없었다. 도피할 수 없을 만큼 그 상황은 애초부터 저항해왔던 것이다. 장난감의 각 기관은 제각기 다른 방향으로 움직이면서 모순의 눈초리와 언어들을 끊임없이 주고 받고 있었다. 그러면서도 그 기관들은 장난감이라는 하나의 통일체에 속해 있었던 것이다. 그것은 분명 질서와 조화를 지니고 어떤 안정된 형태를 이루고 있었다. 그러나 서로 배반된 기관들을 한 몸에 지니고 있는 그 장난감의 체취와 분위기는 상당히 우스꽝스러운 것이었다.

"역시 모두들 거기에 그렇게 있을 뿐이군."

김 박사는 그 조그만 입술을 실룩거리며 어리석다는 듯 웃었다.

박사는 어느날 육교 위를 지나다가 걸음을 멈추고 도시의 하늘 끝, 저 먼 데까지 바라본 적이 있었다. 숱한 건물과 사람들과 구조물들이 그 하늘 아래로 빈틈없이 깔려 있었다. 그는 그 하늘 속을 지나가는 많은 언어를 생각해 보았다. 그 속에 얽혀 있는 수많은 웃음과 비명과 신음의 메아리를 생각해 보았다. 그 하늘에 여울져서 연기처럼 퍼져가는 숱한 목소리의 정체를 생각해 보았다. 그리고 그는 그때도 그렇게 어리석다는 듯 입술을 실룩거리며 웃었다.

그는 재떨이의 바닥에 담뱃불을 비벼 끄면서도 여전히 그 쏘는 듯한 눈매로 장난감의 눈을 응시하고 있었다. 장난감의 우스꽝스러운 모습이 바로 그 눈으로부터 느껴지기 시작하는 듯 김 박사의 시선은 바로 눈 위쪽의 허공을 향한 채 비스듬히 고정되어 있었다. 그 눈동자는 어느 방향으로도 움직일 수 있는 것이었지만 결국 그 시선이 멈추게 되는 곳은 언제나 허공의 위쪽이었다. 그 눈은 아무 데나 갈 수 있었다. 그 눈은 아무 곳이나 볼 수 있었고, 아무 때나 볼 수 있었다. 언제나 그 눈은 시선을 가지고 있는 것이었다.

어느날 그 눈은 가난한 자의 한숨짓는 모습을 보았다. 약한 자의 비애에 젖은 얼굴을 보았으며 굶주린 자의 부릅뜬 눈을 보았다. 어느날은 가진 자의 횡포를 보았으며 또 어느날은 부유한 자의 여유를 보았다. 단 한 번의 손짓으로 신음하는 자의 고통을 덜어주는 자를 보았으며 그 단 한 번의 손짓을 무엇에도 견줄 수 없는 권위처럼 생각하고 있는 자도 보았다. 또 어느날은 분노로 칼을 갈고 있는 자를 보았고, 한 순간을 위하여 짓밟히는 여자도 보았다. 어느 곳에서는 화려한 치장 뒤의 쓰레기 더미를 보았으며 그 쓰레기를 뒤집어 쓰고 환호하는 군중도 보았다. 음탕한 자의 성스러운 얼굴을 보았으며 교활한 줄 알면서도 웃는 자를 보았고, 나머지를 채우기 위해서 합법적인 채찍을 휘두르는 자도 보았다. 어느 때는 애통해하는 자를 위해서 눈물을 흘리는 자를 보았고, 애정과 분노와 냉소로 고통 받는 자와 아픔을 같이 하는 자도 보았다. 또 어느 곳에서는 지혜 있는 자의 탄식을 보았고, 또 어느날은 시간의 흐름이 울려주는 웅변도 보았던 것이다. 그리고 그 눈은 겸손하고 온당하게 그러나 그 내부에 열기와 패기를 지니고 눈길을 위로 하고 있는 것이었다.

하지만 장난감의 입은 그 눈의 인식과 자각과 의지를 모두 추상적인 것으로 만들어 버렸다. 도대체 무엇이 일어날 수 있단 말인가. 무엇인가가 일어나야만 하지 않는가. 그런 자발적인 의사가 갖추어졌다면 그것으로 말미암은 현실이라는 것이 보여져야 할 게 아니냐고 뇌까리는 것이었다. 두 다리를 쿵쿵 울리며 저 서재 밖으로 걸어 나가든지 얼어붙은 심장을 뱉어내 버리던지 무엇인가가 보여져야 할 게 아니냐는 것이었다. 자발적인 의사의 저해 요소를 그저 아픔과 비극이라고만 여기며 그 앞에서 주저앉아버린다면 그 의사라는 것은 한낱 감정의 느낌에 불과한 것이라고 말하는 것이었다.

분노나 저항이나 애정 따위는 그래서 추상적인 결과로 남는 것에 불과하다는 것이었다. 도대체 현실에 있어서의 역사의식이나 현실감각은 어떤 형태로 존재해야 하느냐고 반문하기도 했다. 그러면서 조소를 멈추지 않았다. 그 눈이 열정과 신념으로 가득 차고, 이상과 불굴의 정신으로 빛날 때에도 그 입은 빈정거리고 한탄하고 자학하기 조차 하는 것이었다. 그 위를 향한 눈길은 무엇으로 비로소 값어치 있을 수 있는 것인가. 그것이 추상적인 것으로 그치고 만다면 그것은 안일한 정신의 유희, 독선, 그리고 마지못한 책임감이나 연민의 발산에 불과하다는 것이었다.

그런데 또 장난감의 두 손은 눈과 입의 관심을 동시에 배반하고 있었다. 그것은 무엇인가를 항상 더듬거리고 있었다. 그것의 아귀는 항상 허전했으며 그것의 촉수는 항상 정확한 것만을 원하고 있었다. 그것의 가락은 항상 안으로 굽어 내향적이었고, 이기적이었으며 항상 시치미를 떼고 있었다. 관심이 있는 것은 오로지 항상 허전한 그 아귀 속으로 들어오는 사건들뿐이었다. 우선 그 촉수가 만족을 느껴야 하는 것이었다. 아니 그것 하나만 이루어지면 되는 것이었다. 그것 이외의 것은 그렇게 크게 관심을 가질 필요가 없는 것이었다. 관심을 갖고 참여를 한다고 해서 그 대상에 신경을 기울인 만큼의 어떤 변화가 오는 것은 아니었다. 왜냐하면 그 대상은 촉수에 닿기 전엔 정확한 것을 알 수 없으며 대상은 대상대로 어떤 문제가 있을 것으로 여겨지기 때문이었다. 따라서 그 대상이라는 것은 그 안의 현실을 의식하는 것만으로 족했다. 왈가왈부 떠들어봤자 결국 돌아오는 것은 공허한 촉수의 의무 자체이며 그것의 만족과 안정을 꾀하고 봐야 하는 것이었다.

그러나 그 순간에도 소리없는 호흡은 계속되고 있었으며 귀는 사방을 기웃거리면서 끊임없이 들려오는 소리들을 주워 모으고 있었다. 호흡은 극히 단조로운 것이었다. 그것은 허무라는 커다란 공간 속에서 움직이고 있는 유일한 것이었다. 그것은 찰나라고 하는 장벽을 사이에 두고 언제까지나 그 공간과 대면하고 있을 뿐이었다. 거기엔 마치 무언의 계약과도 같은 것이 있었다. 찰나의 저쪽엔 어디를 가도 끝맺는 곳이 없었고, 이렇다 할 아무 생각이 없었으며 무엇이든지 용해되고 있었다. 찰나의 이쪽은 언제나 덧없음과 무의미함을 최후의 나머지로 지니고 있었다. 언제라도 설레설레 고개를 흔들며 헛됨을 탄식할 수 있었다. 호흡하는 행위야말로 최후의 동작일 수 있었다. 그것은 언제나 그 찰나의 저쪽을 의식함으로 해서 어떤 것이든 쉽게 극복할 수 있는 것이었다.

그러나 귓가에서 맴돌고 있는 것은 그런 것이 아니었다. 장난감의 귀는 다른 어느 기관보다도 개방적이었고 관대했다. 그것은 외부로부터의 자극에 매우 민감한 반응을 보였는데 그것은 전혀 어떤 계산 하에 놓이지 않을 때가 많았다. 그 자극이란 대부분 안락하고 화려하고 경쾌하게 느껴지는 것들이었다. 그것에 대한 반응이 어떤 계산하에 놓이지 않았다는 것은 무의식적으로 또는 불가피하게 그 자극을 받아들였다는 얘기였다. 설령 어떤 계산이 있었다 하더라도 그것은 항상 자극받기를 원하고 있었으며 그것을 탐내고 있기 조차했다. 그 자극의 세계에 길들여져 있었기 때문이었다. 그것은 극복이 아니라 도달과 동화의 의지였다. 따라서 그것은 쾌락과 안락함의 추구가 되는 것이었다. 그러한 추구에서 또다른 자극이 파생되어 괴이한 모양을 갖추게 되어도 그것 역시 새로운 자극으로 받아들여졌다. 분별해야 할 것이 자극 자체에 있는 건지 받아들이는 쪽에 있는 건지 구분하기가 힘들 정도였다. 하여튼 자극은 언제 어디서나 그렇게 자유스럽게 전달되어오고 있었다.

 장난감은 그렇게 서로 배반하는 기관들을 한 몸에 지닌 채 쉴 새 없이 온 몸에서 기이한 소리를 내고 있는 것이었다. 그 눈이 짓밟히고 있는 한 인간의 신음하는 모습을 보고 분노로 차 있을 때 그 손은 이미 대상과 이질감을 느끼고 있었다. 그 눈이 어떤 횡포와 온당치 못함에 머물러 저항으로 빛날 때에도 그 귀는 이미 대상의 여유에 친근함을 느끼고 있는 것이었다. 김 박사의 장난감은 끝없이 배반하려는 여러 요소를 한 몸에 지닌 채 장난감이라는 통일체로 존재하는 것이었다. 그것을 바라보고 있는 김 박사의 얼굴은 어딘지 모르게 평소의 품위가 덜해 보였다. 남모르는 비밀을 다시 한 번 살피는 것 같기도 하고, 무언가 실망하는 것 같기도 했다. 그런가 하면 한편으론 어떤 감격으로 환해지는 듯하고, 두려운 빛도 떠올랐으며 엄숙한 표정이 되기도 하는 것이었다.

장난감은 여전히 단 하나만으로 존재하는 듯 허공만 바라본 채 앉아 있었다. 그러나 그것은 분명히 한쪽 방향을 향해서 앉아 있지만 잠시 후면 어디로 가게 될지 알 수 없을 만큼 각 기관은 쉴 새 없이 달그락거리며 배반하고 있었다. 고요한 것 같지만 열망과 신념으로 그 눈이 확실한 것을 말하고 있을 때 한쪽에서 그것은 곧 변질되고 말 것이라며 비난하는 것이었다. 그것은 곧 손의 더듬거림이 만족을 느끼고 있을 때 그 만족의 대상을 원래부터 잘 아는 시선이 혐오를 느끼는 경우와 마찬가지였다. 입술은 때때로 권위의 허무맹랑함을 힐난했다. 그것은 대개 보여지는 곳에 존재하며 안으로 들어가면 만나게 되는 것은 따로 있게 마련이라는 것이었다. 그러나 그때도 눈은 마치 권위의 상징처럼 아래를 내려다볼 수 있었다. 무엇이 권위냐 하는 것에 대한 대답은 바로 그렇게 아래를 내려다볼 수 있다는 사실로써 족했다. 손의 촉감이 정확한 것만을 요구하고 있을 때 귓가엔 온갖 소리가 아무런 방해도없이 맴돌고 있었으며 입술은 분별력 없음을 탓하고 있었다. 그 눈이 인습에 젖어 있는 대상을 경멸의 눈길로 바라볼 때에도 그 입은 어느 새 인습에 젖어 있는 그대로 말하고 있었으며그 손은 경멸당한 인습에 젖어들고 있었다. 자극은 사방에서 닥쳐왔고 입은 쉴 새 없이 절대가치를 외치고 있었으며 눈은 시선으로 극복하고 있었고, 손은 자신에게만 몰두했다. 그리고 그때도 순간순간 소리 없는 호흡은 이어지고 있었던 것이다.

눈은 끊임없이 가치를 규정짓고 언제라도 확인할 수 있었고, 입술은 어느 곳에서든 맹점을 지적하고 역겨움을 토로할 수 있었지만 동시에 그것은 배반하는 요소들과 함께 있었으며 때로는 그 요소들을 정당화시킬 때도 있었다. 한쪽에서는 의식하는 것만으로 끝나는 걸 원치 않았고, 그 순간에도 다른 한쪽에선 부정하고 저항하고 있었지만 동시에 다른 곳에서는 그 부정의 대상을 자신도 모르게 자기것으로 흡수하고 있었다. 뿐만 아니라 그 눈이 때때로 비겁해졌을 때 입술은 다물어졌으며 손은 자중했다. 그리고 그때도 호흡은 아무런 의사도 가지지 않은 채 그저 진행을 계속하기만 하여 그 모든 것을 배반하고 있었다. 그것만이 최후의 안식처며 도피처이고 극복의 대상이라도 되는 양 숨소리만이 크게 들려올 때도 있었던 것이다. 그러나 그것도 곧 사방으로부터 배반을 당하게 됨은 어쩔 수 없었다.

장난감은 거기에 그렇게 있었다. 그것은 상하좌우로 몹시 흔들릴 것 같았지만 허리를 꼿꼿이 세우고 의젓하게 앉아 있었다. 단지 그 기관의 조직을 연결하는 가느다란 용수철만이 가볍게 경련하듯 움직이고 있었다. 그 모습엔 확실히 어떤 다루기 힘든 도도함이 있었지만 그럼으로 해서 더욱 더 애매하고 우스꽝스러운 모습으로 김 박사 앞에 놓여 있는 것이었다.

그는 팔짱을 끼고 있었다. 배반하는 기관들로부터 장난감이라는 통일체로 생각이 옮겨진 순간이었다. 그리고 그는 벌떡 일어나 턱을 치켜들고 소리내지 않고 웃었다. 장난감이 저기에 저렇게 있다는 사실이 더없이 흥미로웠다. 아무 일도 없었다는 듯이 시치미를 뚝 떼고 점잖게 장난감이라는 하나의 사실로 존재하는 것이 더없이 우스꽝스러웠다. 구조는 어쩐지 균형이 맞지 않는 듯하여서 어딘가 괴상한 곳이 금방 발견될 것만 같았다. 순간 김 박사는 마치 상대편을 나무라듯 손가락으로 삿대질을 하며 장난감의 얼굴에 바짝 얼굴을 들이대곤 중얼거리듯 말했다.

"파괴할 값어치가 있군. 다시 조립할 필요가 있단 말야."

장난감의 그 눈은 아무래도 그렇게 뜨고 있는 것이 마땅치 않은 것 같았다. 그 시선이 다른 방향을 향하고 있든지 그 모양이 다른 형태를 취하고 있든지 하여튼 지금의 눈은 장난감이라는 전체적인 사실에도, 배반하고 있는 다른 기관에도 걸맞지 않은 것만 같았다. 그것은 어떤 변화가 있은 뒤에야 장난감의 눈으로써 진정한 값어치가 있을 것만 같았던 것이다.

그렇게 된다면 다른 기관에도 똑같은 변화가 있어야 할 것은 당연한 일이었다. 손과 발도 마찬가지였고, 입과 귀도 마찬가지였던 것이다. 그것들이 언제까지나 거기에 그런 모습을 하고 거기에 그렇게 있어야 할 아무런 이유가 없었던 것이다. 그것들은 서로 배반하지 않는 형태와 조직들로 존재할 수도 있는 것이며 그렇게 되기 위해서는 배반하고 있는 현실이 우선 파괴되지 않으면 안 되는 것이었다. 팔도 목도 다리도 그 원래의 구조를 다시 조립하게 된다면 최소한 불합리한 점은 모면할 수 있을 것 같았다. 배반하고 있는 각 요소에 어떤 질적인 변화가 오지 않는 바에야 차라리 그런 구조의 재조립이 이루어질 때 훨씬 정상에 가까워질 것만 같았다. 비정상적인 것이 정상적인 것처럼 보이고 존재한다는 사실은 아무래도 보기에 민망하고 저항감을 불러 일으킬 것이었다.

"머리를 떼어서 들고 다니게 하면 어떨까."

그것도 한 방법일 수는 있었다. 그러나 그것은 치밀하고 세부적인 것이 되지 못하여 자칫하면 실수를 자인하게 될지도 모르는 일이었다. 문제는 좀더 안정과 균형을 이룰 수 있는 처방이었다. 깡그리 부쉬 버리지 않으면 안 되는 것이었다. 그래서 조화있는 새로운 면모로 만들지 않으면 안 되는 것이었다. 저 다리도 팔도 얼굴도 일단 분해된 상태로 돌아가지 않으면 안 되는 것이었다. 그런 뒤의 조립은 쉽게 이루어질 것 같았다. 눈은 아무래도 귀의 바로 위에 놓여야만 할 것 같았다. 입술은 좀더 뚜렷한 윤곽으로 다시 만들어져야 할 것이며 코는 아무래도 손아귀 안으로 들어가는 것이 나을 것 같았다. 아니 두 팔은 뚝뚝 잘라서 아예 다른 모양으로 다시 만들 수도 있는 것이며 다리는 겨드랑이에서 시작하도록 만들 수도 있었다. 성기는 노출시켜 놓고 피부는 수시로 변질되게 만들 수도 있었다. 입은 더 작게 만들 수도 있는 것이며 눈은 두어 개 더 만들어 놓을 수도 있었고, 이마는 길게 튀어 나오도록 만들 수도 있었다.

하지만 그런 형태의 변모는 그다지 크게 필요할 것 같지 않았다. 있는 상태의 재조립만으로도 족한 것이었다. 그것이 분해될 때 서로의 배반은 이미 화합의 가능성을 도처에서 갖게 되는 것이었다. 서로의 배반을 알게 된 이상 그 가능성은 쉽게 발견될 것이었다. 그때 가치는 뚜렷해질 것이며 그 가치는 어떠한 배반에도 지탱해나갈 수 있을 것이었다. 지리멸렬하고 가소로운 배반 행위의 반복에서는 지성도 양심도 정의도 한낱 노리갯감에 불과할 뿐이었다. 그때의 가치는 완전한 것이 되지 못하며 언제나 한쪽 구석에 공간을 마련하기 일쑤였다.

눈이 눈답지 못하고, 손이 손답지 못하며 귀가 귀답지 못한 편이 훨씬 나을 것 같았다. 저 장난감을 차라리 기형아로 만들어 버리는 편이 훨씬 흡족할 것 같았던 것이다. 기형아처럼 보일 때 장난감은 비로소 만족스런 상태로 될 것이었다.

장난감은 거기에 그렇게 있었다. 그 자체가 배반될 위기에 놓여 있었다. 그 전체가 또 하나의 커다란 배반 앞에 적나라하게 드러나 있었으며 그 또 하나의 배반은 결코 막연한 것이 아니었다. 그것은 절대적인 대립이었으며 장난감이 지니고 있는 모든 배반 행위에 직접적인 영향력을 미칠 수 있는 것이었다.

"거기에 또다시 그렇게 있을 뿐이지."

김 박사는 이미 팽팽한 대립의 끄나풀이 파괴되려는 순간 앞에 놓여 있었다. 그것은 곧 상대되는 배반이 아무 거리낌 없이 의식됨을 뜻하는 것이었다.

거기에 그렇게 있다는 사실이 어느 때보다도 그에게 커다란 감동을 불러 일으키는 것이었다. 그는 파괴할 것이었다. 장난감이 거기에 그렇게 있다는 사실의 배반이 갖는 성질을 파괴할 것이었다. 대립은 절대적이었다. 대립은 구애 받음이 없었다. 배반 앞에 배반이 있을 뿐이었다.

그것이 눈에 보였다. 느껴졌다. 바로 앞에 있었다. 김 박사는 불현듯 벌떡 일어나 서랍을 열고 거기 보이는 연필 깎는 칼로 장난감의 손목을 신경질적으로 그었다. 순간,

"아악!"

하는 비명과 함께 김 박사는 손목을 쥐고 그 자리에 주저앉고 말

앉다. 그 바람에 책상 위에 올려 놓았던 거울이 바닥에 떨어져 박살 나고, 손목을 쥔 손가락 사이에선 붉은 피가 주르륵 흘러내렸다. 그는 그렇게 손목을 쥔 채 골목 밖에 있는 주치의의 병원으로 달려갔다.

"아니, 박사님, 웬일이십니까?"

의사는 휘둥그레진 눈으로 그를 재빨리 의자에 앉혔다.

"고쳐줘. 내 장난감 좀 고쳐줘."

"네? 장난감이라뇨?"

"아냐. 아냐. 아무것도 아냐."

숨을 헐떡이는 그의 눈은 여전히 독수리 눈처럼 빛나고 있었다.

*1979년 『한국일보』 신춘문예 입선작

할아버지의 비밀

"이상해요. 할아버지가 또 그래요. 오늘은 종일 장터를 헤매고 다니시면서 독한 소주만 마시더래요. 어떻게 해야 되는 거 아니예요?"

파주에서 또 전화가 왔다. 이번엔 고모 딸이었다. 아는 사람이 가보라고 해서 가봤더니 시장 입구, 옛날 출입문이 있던 자리에 세워진 안내판에 등을 기대고 앉아 목에 두르고 있던 꾀죄죄한 세수수건을 꺼내 연신 눈물을 닦고 있더라는 것이었다.

여든 세 살인 나의 할아버지. 유명한 변호사를 아들로 두었고, 그 아들보다 더 유명한 의사를 며느리로 둔 나의 할아버지. 평생을 목재상으로 존경과 신뢰를 받으면서 살아오신 할아버지. 현직에서 은퇴하신 십여년 전부터는 조상 대대로 살아왔던 파주로 물러나 앉아 조용히 노년을 보내고 계셨는데 두 달 전부터 그 이상하다는 전화가 걸려오기 시작한 것이다.

"너도 할아버지가 치매일지도 모른다고 생각하니?"

오빠가 그렇게 물은 건 당연히 뭔가 오빠 나름대로 석연치 않은 점이 있다고 생각하는 속내를 보여준 것이다. 과연 고시공부하는 사람답게 오빠는 확신감을 중요하게 여기고 있었다.

그리고 그것은 어머니에 대한 불만을 말하는 것이기도 했다. 어머니는 할아버지를 서울로 모셔와 별다른 증상이 보이지 않는다면서도 입원을 시켰고, 할아버지가 일주일만에 갑갑하다면서 도로 파주로 가신 뒤 아버지에게 대비를 해야겠어요, 치매일지도 몰라요, 하고 말했기 때문이다.

오빠는 할아버지의 그 이상한 행동을 아주 간단하게 치매와 연관시켜 버리려는 어머니에게 불만을 가지고 있는 것이다. 어머니는 의사로서 어떤 기미를 느꼈기 때문에 그렇게 말한 것이겠지만 그 말은 나에게도 충격일 수밖에 없었다. 할아버지가 치매라니, 도저히 있을 수 없는 일이라고 생각하기 때문이었다.

"오빠, 우리 방학하면 파주 가서 며칠 있다 와."

나는 우리의 확신감을 확인하고 싶은 것이었다. 할아버지와 며칠 지내다보면 무엇이 할아버지를 그토록 이상하게 보이게 하는 것인지 명확하게 알 수 있을 것이기 때문이었다.

"얘, 큰일났다. 니 할아버지 노망인가봐. 빨리 와봐야겠다."

할머니가 처음 그렇게 전화했을 때만 해도 사실 나는 그다지 놀라지 않았었다. 아버지가 급히 다녀오셔서는 침통한 얼굴로 나이가 나이인 만큼, 하고 말씀하셨을 때도 전혀 이상하게 생각하지 않았다.

자상하게 말을 들어보니 할아버지는 마치 드넓은 광야에서 밤새 별을 헤는 양치기 소년같았다. 친구들하고 여행을 하고 오신다면서 나가셨는데 하루는 할머니가 새벽에 대문 밖에 인기척이 있어 나가보니까 거기에 할아버지가 문설주에 어깨를 기댄 채 한없이 하늘을 올려다보고 있더라는 것이다. 할머니가 놀란 건 당연했을 것이다. 여행가신다고 나가신 할아버지가 거기에 그렇게 앉아 계신 것도 그렇지만 그동안 어디서 뭘 하다 오셨는지 몰골이 마치 노숙자같더라는 것이었다.

같이 가셨다는 친구분들한테 전화를 해보자 할아버지는 거짓말을 하고 집을 나갔다 오신 것으로 밝혀졌다. 어딘가 돌아다니다 오셨다는 사실을 알고 할머니는 다짜고짜 아들에게 그런 전화를 한 것이었다.

아버지 말을 들어보니까 할아버지에게는 아무 이상이 없었다. 어디 아프신 데도 없고, 말씀도 잘하셨으며 식사도 잘 하시더라고 했다. 그러면서도 아버지는 울먹이면서 말씀하셨다.

"나이가 들면 다 그렇게 되는 거다."

나는 그렇게 생각하지 않았다. 적어도 나의 할아버지에게만은 그런 논리가 적용되지 않는다고 생각했다. 정치학도인 이 손녀딸과 늘 이메일로 대화를 하고 있는 나의 할아버지는 내가 나의 할아버지라는 사실을 깜박 잊을 때가 있을 정도로 탐구력과 지식욕, 그리고 행동력을 지니고 있는 분이었다. 며칠 동안 어딘가 다녀오신 것은 할아버지 나름대로 뭔가 찾고 있는 것이 있기 때문이던가, 아니면 꼭 가보고 싶은 곳이 있어 갔다 오신 것이라는 게 나의 생각이었다.

내가 이메일을 보내 할아버지 어디 갔다 오셨어요, 하고 물으면 할아버지는 나한테만은 말씀하실 것 같았다. 그렇지만 나는 아무 말도 묻지 않았다. 할아버지와 나 사이에서 그것은 잠깐의 외출과 같은 것일 뿐 별다른 일이 아니었기 때문이었다.

그러나 그로부터 열흘쯤 후에 같은 동네에 사시는 친척 한 분이 전화로 알려온 소식에는 조금 걱정이 되지 않을 수 없었다. 할아버지가 산속에 쓰러진 채 발견되어 동네사람들이 업고 오셨다는 것이다. 그것도 비가 부슬부슬 내리는 한밤중이었다고 한다.

파주 집은 야트막한 산 아래에 있는데 그 산을 넘어가면 인근에서 흔히 내시산이라고 불리는 야산이 있다. 조선왕조에서 내시를 지냈던 사람들의 공동묘지같은 곳이었다. 수풀이 우거진 산속 이곳저곳에 봉분이 꽤 큰 묘지들이 널려 있는데 그것이 모두 내시들의 무덤이라는 것이다. 그래서 내시산인데 신도시가 들어선다고 길을 닦는 곳에서 밤일을 하다 귀가하던 인부들이 산속 지름길을 지나다가 무덤 앞에 할아버지가 쓰러져 있는 걸 발견한 것이다. 발견 당시 할아버지는 사람을 몰라볼 정도로 취해 있었고, 옆에 소주병이 세 병이나 있었다고 했다.

"도대체 왜 그러시지?"

그때도 아버지가 어머니와 함께 파주에 다녀오셨다. 그리고는 돌아오셔서 그렇게 말씀하시며 연방 고개를 갸우뚱거렸다.

"돌아가시는 줄 알았어요."

어머니는 침통한 얼굴로 길게 한숨을 내쉬었다. 할아버지가 의외로 아무렇지않게 내가 술이 좀 과했나보다고 하시자 그때 어이가 없었던 기분이 집에 와서도 그대로인 채 말씀하신 것이다.

그때 내가 조금 걱정이 되었던 것은 할아버지의 그 돌출적인 행동이 아니라 그로 인해 사람들이 할아버지를 여지껏 보아왔던 것과는 다르게 생각할지 모른다는 점 때문이었다. 그리고 그런 우려는 곧 현실이 되어 정신이 번쩍 들게 했다.

'얘, 아버지 혹시 거기 가시지 않았니?'

하루는 느닷없이 할아버지가 없어졌다면서 할머니가 그런 전화를 하는가 하면 고모가 찾아와 아버지를 어떻게 해야 할 게 아니냐면서 눈물바람을 한 적도 있었다.

'글쎄 그렇게 점잖고 인품있는 분으로 알려진 분이 왜 그러고 다니시냐고! 다 떨어진 신발에 남루한 옷차림으로 문산까지 오셨더래요. 기다란 대나무 지팡이를 짚고 절룩거리면서 땅만 내려다보고 한없이 걸어가시더래. 아는 사람을 만나도 몰라보고, 누가 물어도 대꾸조차 안 하시더란다. 다들 그래. 할아버지가 이상해졌다고. 뭣엔가 홀린 것 같다고.'

내가 관심을 갖기 시작한 것은 그때부터였다. 할아버지는 지금 다른 사람들이 상상조차 할 수 없는 비밀을 갖고 계신 것이 분명한 것같았다. 그렇다면 혹시 할아버지는 지금 몹시 고통스러워하고 계신 것이 아닐까? 뭔가 알 수 없는 운명같은 것이 찾아와 노년의 일상을 짓누르고 있는 것이 아닐까?

그것이 도대체 뭐란 말인가? 사람들이 붐비는 장터에서 술에 취해 주저앉아 눈물을 닦고 있었다니 평소의 할아버지에 비하면 어이없다 못해 해괴망측하기조차 했던 것이다.

마지막 여름방학이 시작되었을 때 오빠와 나는 마음을 먹고 파주로 향했다. 오빠는 그렇게 많은 시간을 할애할 수 없었지만 내가 방학을 하자마자 먼저 날짜를 정하자고 제의했다. 오빠에게도 할아버지는 우선 해결해야 할 과제인 것이 분명했다. 우리는 자상하게 의견

교환을 하지 않았어도 우리가 해야 할 일이 무엇인지 잘 알고 있었다.

"할아버지가 만일 돌아가신다면…"

오빠는 할아버지의 죽음과 그 이상한 행동들을 연관시켜 생각하는 것 같았다.

"언젠가는 돌아가시겠지만."

내가 운전하는 차안에서 오빠는 길게 벌판쪽으로 시선을 돌렸다. 몇 달만에 왔는데 파주로 가는 길은 확연하게 달라져 있었다. 신도시가 들어선다고 정지 작업이 끝나 있었고, 예전 도로는 초라하게 보였다. 벌써 고층 아파트들이 들어선 곳도 군데군데 보였다.

"뭔가 시달리고 계신 거야."

"짐작되는 게 없니? 할아버지는 너하고 잘 통하잖아."

"오빠, 우리 아무것도 짐작같은 것은 하지 말자구. 그럴 필요도 없고."

우리의 방문은 지극히 자연스러운 것이었다. 할아버지, 할머니가 보고 싶어 손자와 손녀가 찾아가는 것이었다.

어렸을 때 아버지, 어머니와 함께 파주 집에 오면 그날은 마치 잔칫집같았다. 친척들이 몰려오고, 이웃들이 우리를 보러 대문을 기웃거리기도 했다.

훗날에 안 일이지만 그런 환대는 결국 할아버지의 영향력 때문이었다. 할아버지는 대지주였고, 재력가였으며 그로 인해 인과관계를 맺고 있는 사람이 한둘이 아니었다. 거기다 후덕하시고 인품이 출중해서 어디를 가나 대우를 받았다.

일제 강점기 때 일본으로 유학해서 임업을 전공하신 할아버지는 귀국해서 줄곧 목재를 다루어 그 방면에는 알아주는 분이었다. 거기다 조상에게서 물려받은 토지를 잘 관리해 지금은 그것만으로도 거부로 통했다. 마을사람들은 그런 할아버지를 흔히 땅부자라고 불렀다.

아들 하나를 두었는데 아버지의 간절한 소망대로 고시에 패스해 부러움을 샀고, 며느리도 미인에다 부잣집 딸이어서 되는 집안은 뭔가 달라도 다르다는 말을 들었다.

할아버지는 또 서울 강남이 개발되기 전에 시금치밭을 사들여 농사를 대신 짓게 했다. 그런데 그것이 엉뚱하게 금싸라기로 변해 선견지명이 있다는 말도 들었다. 지금 우리가 살고 있는 집은 그때 할아버지가 그 땅의 일부에 지어주신 것이다.

할아버지가 구축해 놓은 그런 기반은 벌써부터 우리 집안을 명문가의 반열에 올려 놓았다. 사람들이 그렇게 평가해준 것이다. 뿐만 아니라 사회 지도층, 그리고 이른바 잘 나가는 집안이라고 불러주었다.

그러니까 나는 그런 집안의 고명딸인 셈이다. 나는 아무런 부족함이 없이 공부했고, 유학도 갈 예정이다. 오빠 역시 마찬가지였다. 아버지와 어머니는 독일로 유학해서 네 뜻대로 해보라고 권유하셨지만 오빠는 사법고시를 고집했고, 내년까지 해봐서 안 되면 미국으로 떠날 예정이다.

자라면서도 그랬지만 성장해서도 경제적인 문제는 애시당초에 있을 수 없었다. 그리고 어느날 문득 생각해보니 그 모든 것은 할아버지의 후광 때문이었다는 사실을 알게 되었다. 할아버지는 며느리에게 병원도 지어주셨다. 아버지는 동남아로 골프 여행을 자주 가신다.

그 밑바탕에 자리잡은 할아버지가 느껴지기 시작한 것은 그리 오래 전의 일이 아니었고, 할아버지가 이상하다는 소리를 들을 때마다 더욱 피부로 실감할 수 있었다. 말하자면 우리는 아무런 문제가 없을 것같은 우리 집안에 어느날 느닷없이 닥친 찬바람 때문에 우울해 하고 있는 것이었다.

할아버지로 인한 것이 아니었다면 나는 아마 이런저런 추측을 해 보았을지도 모른다. 그러나 아직까지도 할아버지의 영향력은 절대적이었기 때문에 추측 따위는 아예 엄두도 낼 수 없었다.

"어서 와라. 어디 한 번 안아보자."

할아버지는 여전히 그 큰 팔을 벌려 나를 한 번에 안아주시면서 볼을 부볐다. 변한 것은 별로 느낄 수 없었다. 좀 수척해진 것같을 뿐 장터에서 눈물을 흘리고 계셨다는 할아버지로는 도저히 믿어지지 않았다. 비오는 내시산에 쓰러져 있었다는 할아버지, 이 분이 어떻게 그런 분일 수 있단 말인가.

나는 물론 아무런 내색을 하지 않고 어리광도 부리고, 호들갑도 떨어댔다. 이 방 저 방 다니면서 친척들 소식을 묻기도 했다. 그리고 할아버지가 예전에 이메일로 부탁하신 책이며 씨디도 꺼내 놓았다.

"요즘도 영화 자주 보세요? 어떤 영화 좋아하세요?"

"영화 보는 건 이제 좀 시들해졌다."

"폭을 넓혀 보시지 그래요?"

"그래서 부탁한 거 아니냐? 우리나라에 잘 안 알려진 나라 영화 말이다. 중남미나 중동 지역, 동남아나 아프리카에서 만든 영화같은 거, 구하기 힘들더냐?"

"좀 그렇긴 해요. 여기저기 부탁해 놓았으니까 곧 제 손에 들어올 거예요."

할아버지와 나의 대화는 언제나 이런 식이었다. 할아버지는 또 책을 평하는 데 일가견을 가진 분이었다. 평을 하는 재미를 위해 책을 읽는다는 분이 바로 할아버지였다. 그리고 그때마다 풍겨져 나오는 풍부한 어휘 구사와 날카로운 지적에 나는 때때로 넋을 잃곤 했다. 이런 사실 한 가지만으로도 나는 할아버지에게 치매가 왔다고 생각하지 않는 것이다.

오빠는 저녁이 되자 할머니와 따로 자리를 마련해 그동안 할아버지에게 별다른 일이 없었느냐고 물었다. 우리가 온다는 연락을 받은 이후로 할아버지는 대부분 집에서 독서로 소일하셨다고 했다.

"내일 낚시 가자고 할까?"

오빠가 둘째날 저녁에 나에게 넌지시 말했다. 좋은 제안이었다. 할아버지는 오래 전부터 낚시를 취미로 삼고 있었기 때문이었다. 그래서 할아버지에게 임진강으로 낚시를 가자고 말하자 흔쾌히 응낙해 주셨다.

그러나 다음 날 우리는 낚시를 갈 수 없었다. 종일 비가 내리고 있었기 때문이었다. 친척들이 와서 감자부침을 한다, 떡을 한다, 부산을 떨어댔다. 궂은 날 부침개를 먹으면서 오랜만에 고향의 정취를 느낄 수 있었다.

비는 밤이 되도 그치지 않았다. 나는 자정이 훨씬 넘도록 잠을 이룰 수가 없었다. 할아버지 때문이었다. 도대체 할아버지에게 찾아온 것이 무엇이란 말인가. 할아버지를 어떻게 이해해야 하나. 서울로 가는 날까지 아무렇지 않은 할아버지를 대하고만 있는 것은 아닐까?

그런데 뭔가 마당에서 수상한 낌새가 느껴져 퍼뜩 정신이 들었다. 빗소리겠지, 하고 그냥 자려다가 그래도 뭔가 미심쩍어서 조용히 일어나 커튼 사이로 밖을 내다보았다. 그리고 순간 나는 소스라치게 놀라고 말았다.

비는 계속 내리고 있는데 그 어두운 마당으로 지나가는 할아버지가 보였기 때문이었다. 대문쪽으로 가고 있었다. 손에 뭔가 들고 있었는데 어둠 속에서도 그것이 삽이라는 것을 알 수 있었다. 다른 손엔 작은 보퉁이같은 것이 들려 있는데 그것은 뭔지 잘 분간이 되지 않았다. 할아버지는 지하실에서 삽을 꺼내 어디론가 가고 있는 게 분명했다. 수상한 낌새를 느낀 건 그렇게 지하실에서 나올 때 들리던 소리 때문이었다.

얼른 옷을 입고 마루로 나왔다. 그리고 우리는 역시 말하지 않아도 손발이 척척 맞아 떨어지는 짝꿍이었다. 오빠가 이층에서 도둑고양이처럼 소리를 죽여가면서 내려오고 있었기 때문이었다.

"쉬잇! 삽을 들고 어디로 가시는 것 같아."

오빠의 목소리에서 열기가 느껴졌다.

"그대로 비를 맞고 가시는데? 뒤따라 가봐?"

"당연하지."

오빠는 벌써 마당으로 내려가고 있었다. 우리는 할아버지가 열어놓고 간 대문에서 일단 바깥을 살펴보았다. 비는 하염없이 내리는데 옆마당으로 해서 뒷동산으로 올라가는 길쪽으로 인기척이 났다. 할아버지였다. 뒷모습이 마치 작은 덤불이 움직이는 것처럼 보였다.

"이 밤중에 대체 어딜 가시는 거지?"

나를 돌아보는 오빠의 얼굴로 빗물이 줄줄 흘러내리고 있었다. 그러나 빗물 따위는 안중에 둘 수 없었다. 할아버지 뒤를 놓치면 안 되었으므로 우리는 다시 몸을 사리고 비탈진 길을 따라 올라갔다.

"오빠, 저기 봐. 할아버지가 숲으로 들어가셔."

언덕길은 곧 펑퍼짐한 등성이로 통했다. 어린 시절 오빠와 함께 자주 오르내리던 곳이었다. 등성이에서 보면 왼편으로 노송으로 우거진 숲이 펼쳐져 있는데 그 숲속으로 난 오솔길로 들어가는 할아버지가 대뜸 눈에 들어왔다.

"믿어지지가 않아."

오빠가 중얼거렸다. 나 역시 그 숲길이 순간 황당하게 느껴졌기 때문에 두 눈을 똑바로 뜨고 할아버지가 사라진 쪽을 바라보고만 있는 오빠의 얼굴을 잠시 돌아보았다.

"있을 수 없는 일이야, 이건!"

"빨리 뒤따라가! 놓치겠어!"

미끄러운 길을 조심스럽게 디디며 우리는 다시 할아버지의 뒤를 밟아가기 시작했다. 숲속은 어둡고, 축축하고, 온갖 삭아 있는 것들이 풍기는 냄새가 배어 있는 듯 곰팡이 냄새 같기도 하고, 갯벌 냄새 같기도 한 짙은 기류 속에 잠겨 있었다.

할아버지는 숲길을 아무렇지 않게 지나더니 곧 모습을 감추어 버렸다. 걸음을 빨리 해 숲길 끝으로 나오자 그곳에 또다른 산길이 나왔고, 할아버지가 그 길을 가로질러 건너편 소나무숲으로 들어가는 게 보였다. 그리고 우리는 그 산길을 건너 할아버지가 간 방향으로 들어서려다가 그만 걸음을 멈추고 말았다. 순간 할아버지가 보이지 않았기 때문이었다.

"분명히 이리로 가셨는데?"

"쉿! 조용히 해!"

내가 어둠 속이지만 빤히 보이는 오솔길로 재빨리 들어서려 하자 오빠가 제지하며 말했다.

"우리가 뒤따라오는 걸 아신 게 아닐까?"

"그럴 리가."

"이리로 와!"

오빠가 내 팔을 끌면서 노송 뒤로 몸을 숨겼다. 우리는 그렇게 한참 동안 서서 주변을 둘러보기도 하고, 귀를 기울여보기도 했다. 그러나 높은 상수리나무 위에서 빗방울이 뚝뚝 떨어지는 소리가 유난히 크게 들릴 뿐 우리가 가야 할 방향을 알려주는 것은 아무것도 없었다.

할 수 없이 노송 뒤에서 나와 오솔길로 들어가면서 주변을 살펴보았다. 그러나 그 길을 벗어날 때까지 할아버지의 종적은 찾을 수 없었다. 다른 길이 또 나왔으므로 그곳으로도 가보았지만 세상은 온통 비에 젖어 있을 뿐 할아버지는 찾을 수 없었다.

"이대로 갈 수도 없잖아?"

"대체 어딜 가신 거지? 비를 맞으면서."

걱정이 되기 시작했다. 하지만 도리가 없었다. 우리는 오던 길을 밟아 다시 돌아오면서도 주변에 신경을 곤두세웠다. 그러던 어느 한 순간이었다.

"이게 무슨 소리지?"

오빠가 갑자기 걸음을 멈추고 오솔길 아래로 귀를 기울였다. 그랬다. 그곳에서 무슨 소리가 들려오고 있었다. 우리는 지체하지 않고 조심스럽게 오솔길 아래로 내려가 그곳에 있는 덤불 뒤에 몸을 숨겼다.

"할아버지야! 저기 계셔."

내가 먼저 발견하고 오빠의 팔을 끌었다. 덤불 아래 저만치 무덤이 하나 있는데 할아버지가 그 앞에 무릎을 꿇고 앉아 흐느끼고 있었다. 무슨 말인가를 계속하면서.

우리는 마치 굳어버린 듯 꼼짝하지 않고 할아버지의 그런 모습을 지켜보았다. 할아버지는 놀랍게도 어깨를 들썩이며 울면서 말하고 있었다.

"아버지! 아버지!"

우리는 순간 얼굴을 마주 보았는데 오빠도 전율을 느끼고 있는 게 분명했다. 눈빛이 파르르 떨리고 있을 뿐 아무 말이 없이 누이동생의 얼굴을 바라보고만 있었다.

"아버지이! 아버지이!"

처절한 소리였다. 온몸이 찢겨나가듯 아버지를 부르는 그 소리는 참혹하기 조차했다. 할아버지는 그렇게 엎드려 한참을 우시더니 앞에 있는 것을 주섬주섬 챙기는데 병소리가 나고 이윽고 연거푸 잔을 기울였다. 술과 음식을 마련해와 차려 놓고 절을 한 다음 그렇게 한없이 우시다가 술을 마시는 것 같았다.

"아버지? 할아버지의 아버지?"

우리집 족보에 의하면 할아버지의 선조는 대대로 사대부 집안으로 용인 외곽지대 선산에 모셔져 있었다. 그러나 어느 해 수해를 만나 산사태로 유실되고 말았다고 한다. 아버지는 할아버지에게 들은 선조의 내력을 우리에게 여러 차례 말한 적이 있었다. 그런데 할아버지가 지금 아버지 묘 앞에서 흐느끼고 있는 것이다. 오빠가 고개를 갸우뚱한 것은 그런 사실과 연관이 있는 것이라고 생각했다.

여하튼 할아버지는 술을 연거푸 몇 잔 마시더니 일어나 이번엔 가지고 온 삽으로 무덤 옆을 파기 시작했다.

"뭘 하시는 거지?"

이번엔 내 의구심이 강하게 발동했다. 그래서 고개를 길게 내밀고 유심히 살펴보았다. 할아버지는 힘겹게 땅을 파시더니 뭔가 나온 듯 손을 짚어보더니 이번엔 삽자루를 지렛대 삼아 돌같은 것을 드러냈다. 그 모습이 매우 힘이 들고 위태롭기조차 했다. 할아버지는 드러내려는 것이 잘 안 되는지 몇 번 비틀거리면서 계속 시도하다가 그만 미끄러져 넘어지고 말았다. 순간 오빠와 나는 덤불 뒤에서 재빨리 뛰어나와 할아버지를 부축해 일으켰다.

"할아버지! 대체 여기서 뭘 하시는 거예요?"

내가 할아버지를 일으키면서 말했다.

"누구! 누구야!"

할아버지의 목소리는 공허하게 들렸다. 어쩔 줄 몰라 하시면서 헛소리처럼 말했다.

"아니! 너희들! 너희들이!"

오빠는 삽을 들고 할아버지가 캐내려는 것을 잠시 내려다보더니 단번에 그것을 밖으로 드러냈다. 비석이었다. 황토를 뒤집어쓴 검은 비석이었다. 그것을 땅 밖으로 드러내자 빗물이 차츰 비석에 묻은 흙을 씻어 내렸다. 그러자 비면에 새겨진 글자가 선명하게 드러났다.

얼굴을 가까이 하고 들여다보자 비면에 이렇게 새겨져 있는 것이 보였다.

嘉義大夫內侍府事尙膳金公敬允之墓

가의대부는 조선왕조 관리의 품계를 말하는 것이고, 내시부는 근무한 부서, 그리고 상선은 주업무를 말하는 것이었다. 그러니까 비석의 주인공 김경윤은 임금의 식사를 전담했던 내시로 품계가 꽤 높았던 인물이었다. 뒷면에도 뭔가 새겨져 있었다. 그러나 그 글자는 식별할 수가 없었다. 그것은 뭔가 새겨 넣었다가 쪼아서 지워 버린 흔적이었기 때문이었다.

"할아버지, 왜 이러시는 거예요? 이러다가 병환이라도 나시면 어떡하시려구요."

나는 견딜 수 없도록 할아버지가 불쌍해서 와락 달려들어 비에 젖은 얼굴을 끌어안았다.

"할아버지, 뭐가 그렇게도 할아버지를 괴롭히시는 거예요? 이 비석인가요?"

할아버지는 조용히 눈을 감고 계셨다. 그리고는 나를 가만히 밀쳐 내면서 나지막하게 말씀하셨다.

"그래, 이 비석이다. 이 분이 바로 내 아버지시다."

"예?"

순간 숨이 멎을 듯이 내뱉은 것은 오빠였다.

"할아버지⋯ 우리는 박씨잖아요. 그리고 이 분은 내시잖습니까?"

오빠는 들고 있던 삽을 놓고, 할아버지 앞으로 성큼 다가섰다. 빗줄기가 조금씩 약해지고 있었다. 할아버지는 숨을 한 번 길게 내뱉더니 우리를 잠시 둘러보고는 중얼거리듯이 말씀하셨다.

"저리로 가 좀 앉거라."

나는 그때에야 지금 우리가 있는 곳이 다름아닌 내시산의 산자락이라는 걸 알았고, 할아버지가 싸 들고 오신 것이 오늘 낮에 친척들이 와 해먹었던 감자부침과 떡이라는 것도 알았다. 무덤으로 들어오는 입구쪽에 널려 있는 돌더미로 가 앉자 할아버지는 고개를 들어 어두운 하늘을 바라보다 말씀하셨다.

"비석 뒤에 새겼다가 지워진 것 보았지? 그건 바로 내 이름이다."

어디선가 바람 한 점이 쏴아, 소리를 내며 불어왔다. 우리는 할아버지의 다음 말을 기다릴 수밖에 없었다.

"성씨가 다른데 왜 아버지냐고? 그리고 내신데 어떻게 아버지가 될 수 있느냐고? 당연한 말이지. 김씨의 자식은 김씨여야 하고, 그리고 내시는 자손을 만들 수 없는 사람이니까. 그렇지만 나는 저 분의 자식이었다."

"우린 족보도 있고, 선산도 있었다면서요?"

오빠가 묻자 할아버지는 지체하지 않고 대답해 주셨다.

"족보는 가짜다. 내가 돈을 주고 만든 것이야. 선산이 있었다는 말은 처음부터 거짓말이었고."

"할아버지···"

나도 모르게 할아버지를 불러보았다. 그러나 할아버지는 시종 담담한 어조로 내 말에 개의치 않고 말을 이으셨다.

할아버지의 비밀 _ 67

"나는 저 분의 양아들이다. 나를 끔찍이도 위해주셨지. 남부럽지 않게 자라 일본에 가 공부를 할 수 있었던 것도 물론 전적으로 저 분의 덕택이었어. 아니 내가 많은 토지를 소유하게 되고 재산을 불릴 수 있었던 것도 물론 저 분이 아니었으면 불가능했지. 돌아가시면서 나에게 유산을 물려주고 가셨으니까. 그런데."

할아버지는 잠시 말을 멈추더니 다시 한 번 하늘을 올려다보았다. 그리고는 고개를 든 채로 조용히 말씀하셨다.

"그런데 난 비석에서 내 이름을 지우고, 그것도 창피스러워 비석을 땅에 묻어 버리고 말았다."

"그럼 할아버지의 진짜 아버지는 누구세요? 누구시길래 내시에게 양자로 가신 거예요?"

오빠가 물었는데 퍽 당혹스러운 눈치였다. 더듬으면서 묻는 걸 할아버지는 명료한 목소리로 말씀해 주셨다.

"말하려던 참이었다. 내가 열 살 때였다. 너의 증조할아버지가 되시는 그 분은 유명한 도둑이었어. 유명하다는 말이 이상하지? 이상할 거 없다. 일본 경찰이 잡으려고 해도 잡히지 않아 그렇게 된 것이니까. 천구백 이십구 년이었다. 소작농이었던 아버지는 소득 분배 문제로 지주와 다투다가 쫓겨난 이후로 도둑이 되었지. 하루는 서울 근교에서 나와 어머니를 주막에 맡겨 놓고, 대낮에 어느 부호의 집을 털러 들어갔다. 그러다가 발각이 돼 달아났는데 그 집을 지키고 있던 일본 경찰이 쏜 총탄에 맞아 그 자리에서 돌아가셨어. 어머니와 나는 그 소식을 듣고 급히 달려갔는데 가서 보니 아버지는 총에 맞은 길거리 그 자리에서 가마니에 덮인 채 누워 있었고, 일본 경찰이 경계를 하고 있었다. 그런 걸 어머니가 달려들어 시체를 부여안고 통곡하는데 일경이 달려들어 끌어내려 했지. 어머니는 완강히 거부하다가 힘에 부치자 그 일경의 장단지를 물어 버렸어. 그러자 그 일경은 착검된 총대로 어머니를 무자비하게 찔러 버렸어. 나는 어머니가 바로 눈앞에서 죽어가는 걸 보아야만 했어."

"그래서요? 그렇게 돌아가셨단 말예요?"

나의 목소리는 반사적으로 나온 것이었다. 할아버지의 목소리가 현실감이 들지 않을 정도로 담담했기 때문에 나만이라도 뭔가 감정대로 표현해야 그 분위기에 어울릴 것 같았다.

"아버지 어머니도 물론 이 사실을 모르고 계시겠죠?"

오빠가 엉뚱한 걸 물었다. 그것은 오빠도 지금 뭔가 심정적으로 정리할 필요를 느끼고 있다는 걸 의미하는 것이었다.

"알아서도 안 되는 일이었다. 특히 너의 외가에서 그런 사실을 알아 좋을 건 없지."

"그때가 열 살 때였다고요?"

방금 전에 열 살 때라고 했는데도 실감이 들지 않아 재차 물은 것이었다. 할아버지는 어둠 속에 시선을 두더니 바로 어제 일처럼 그때 일을 말씀하셨다.

"일경들이 나까지 잡아가려는 걸 어떤 아주머니가 치마폭에 싸 달아나는 바람에 간신히 목숨을 건질 수 있었어. 그후로 나는 밥을 빌어먹으면서 이 마을 저 마을로 떠돌아다녔지. 그러다가 하루는 다리밑에서 자는데 물이 불어난 것도 모르고 잠만 자다가 강물에 휩쓸려갔다. 하지만 그때에도 나는 죽지 않았어. 모래톱으로 떠내려온 걸 누군가 건져올려 집으로 데려간 것이다."

그 사람이 바로 양아버지 전직 내시 김경윤이었다. 이웃 마을에 다녀오다가 강변에 시체처럼 버려져 있는 소년을 발견한 것이었다.

김경윤의 나이는 당시 오십 삼 세 정도로 내시부 관원에서 물러나온 뒤 십 년쯤 되었을 때였다. 그가 내시부에서 물러나온 것은 스스로 그렇게 한 것이 아니라 일제에 의해 내시제도가 폐지되었기 때문이었다. 합방되기 이 년 전이었다.

"나중에 안 일이지만 우리 동네는 그렇게 해서 내시 생활을 청산한 사람들이 모여 사는 곳이었다. 그들이 그렇게 모여 사는 것은 다 이유가 있었지. 그들은 궁에 있을 때도 그랬지만 궁밖에서도 자칫 손가락질을 받곤 했지. 천하다는 거지. 비루하다는 거지. 자식을 낳지 못하면서도 첩을 얻고, 가정의 재미를 모르니 온갖 귓속말과 술수로 재물에만 눈을 밝힌다는 거지. 실은 그렇지도 않은데 색안경을 끼고 보자 동병상련식으로 퇴직 후에 가까이에 모여 살게 된 것이다."

전직 내시들은 그들 나름대로 족보도 가지고 있었다. 그것은 물론 친생자 관계가 있기 때문에 만들어진 것이 아니라 양자로 들어와 관직을 그대로 물려받기 때문에 가능한 것이었다. 말하자면 성적으로 불구인 아들을 양자로 들여 자신의 관직을 이어받게 하는 것이었다. 내시의 아들도 내시이고, 그 손자도 내시인 이유가 거기에 있었다. 이럴 경우 성씨는 각각이지만 이름자라도 같은 항렬을 쓰자 해서 양자가 여럿 있는 경우 끝 글자나 중간 글자를 같은 글자로 사용하기도 했다.

족보를 만드는 일은 어디까지나 궁 바깥에서 만들어지는 것으로 그것은 대개 부모의 은공을 잊지 않으려는 몇몇 퇴직 내시의 적극적인 발기에 의해 이루어졌다. 그런 일을 원활하게 하기 위해서라도 그들은 집단촌을 이루고 살 필요가 있었다는 것이다.

"양아버지가 내시였다는 사실을 알게 된 건 동네 아이들이 놀리면서부터였다. 어쩌다 싸움이라도 벌어지면 나를 고자대감 아들이라고 놀리더구나. 고자대감 아들이니까 너도 고자겠구나, 하고 놀릴 때도 있었지. 하루는 동네 어른들이 하는 소리를 몰래 엿들은 적이 있는데 양아버지는 세 살 때 집에서 기르던 개에게 성기를 물어뜯겨 불구가 되었다는 거야. 똥을 눌 때마다 핥아먹던 개가 느닷없이 성기를 물어뜯은 것이지. 그러다가 열 다섯 살이 되었을 때 궁궐 출입을 하는 어느 일가 친척의 주선으로 내시의 양자로 들어가 내시가 되었다는 거야."

궁에서 나온 내시들은 한결같이 궁핍한 생활을 하지는 않았다. 혹 그런 사람이 있으면 그들은 십시일반으로 도움을 주어 생활에 어려움이 없도록 만들어주었다.

기본적인 재산이 있었기 때문이었다. 의식주에 필요한 것은 물론 궁에 있을 때부터 넉넉하게 가지고 있었고, 대개 평생을 보장해줄 수 있는 토지를 하사받아 전답이나 임야를 많이 가지고 있었다. 그런 재산은 내시가 죽으면 당연히 그 뒤를 잇는 양자 내시가 물려받게 되어 있었다. 그래서 내시들은 퇴직 후에도 비교적 풍족하고 편안하게 여생을 보낼 수 있었다고 했다.

"양아버지의 재산에 관해서 나는 물론 아는 바가 없었고, 관심도 없었다. 그러다가 전쟁이 일어났을 때 내 신상에 변화가 일어난 것이지. 그때 너희들 아버지는 여덟 살쯤 되었을 때였고, 나는 서른을 갓 넘긴 나이였지. 나는 당연히 양아버지를 모시고 살아야 한다고 생각했기 때문에 결혼을 하고 나서도 같이 살았었다. 그런데 전쟁이 일어나고 피난길에서 양아버지가 폭격을 피해가다 파편에 맞아 중상을 입게 되었지."

그리고 하루는 웬 손님이 한 분 찾아왔는데 자리에 누워 있던 김경윤이 할아버지를 부르더니 인사를 하라시고는 너를 양아들로 삼아 족보에 이름을 올리겠다고 하시더라는 것이다. 그런 일은 이 분이 맡아 할 터이니까 앞으로도 나를 대하듯이 잘 따르라는 말까지 하더라는 것이었다. 그리고 나서 얼마 후에 그 사람이 다시 왔는데 할아버지가 김경윤의 양자로 들어가 있는 족보를 가지고 왔다는 것이다.

그날 밤, 그 손님이 돌아간 뒤 김경윤은 자신의 재산 일체가 들어 있는 문건들을 할아버지에게 건네주며 이 재산은 모두 너의 소유라고 말했다. 재산을 모두 양아들에게 건네준 것이었다. 그로부터 두 달 후에 김경윤은 끝내 일어나지 못하고 세상을 떠났다고 했다.

"내시였던 사람들이 주선해주어 장례는 무사히 끝냈지. 봉분도 크게 하고, 비석도 세웠다. 바로 이 무덤이었어. 비석 뒤에는 당연히 내 이름이 올라갔어. 그리고 그때부터 그동안 내가 살아왔던 생의 대부분이 무엇을 의미하는지 차츰 인식되기 시작하면서 갈등이 생기기 시작한 것이다. 그게 뭐였겠니? 내시제도가 없어진 지는 오래 되었는데 내가 내시들의 족보에 올라 있는 것이 마음에 걸린 것이었다. 무엇보다도 그런 생각을 하고 있는 사람이 나만이 아니라는 사실을 알고는 고민하기 시작했지."

할아버지는 그런 말조차도 스스럼없이 하면서 이따금 길게 한숨을 뱉어냈다. 가슴에 맺혀 있는 감정을 토해내는 듯한 한숨이 아니라 이야기를 좀더 명확하게 하기 위한 숨고르기처럼 느껴지는 한숨이었다. 할아버지는 이를테면 우리보다 냉철하게 자신의 이야기를 털어놓고 있는 것이었다.

"그러니까 마지막 내시들은 예전 자신들이 그래 왔던 것처럼 양자를 들이긴 했지만 그때는 그 양자가 내시가 될 필요가 없었기 때문에 정상인을 양자로 삼아 죽은 후에라도 대우를 받길 원했던 거로군요. 그래서 재산을 물려주기까지 한 거구요."

오빠가 할아버지의 이야기를 충분히 이해하겠다는 듯이 차근히 말했다. 나도 거기에 동조해 말했다.

"그런데 그 정상인 양자는 내시가 죽자 자신이 내시의 양자였다는 사실을 감추려고 한 거죠. 마음만 먹으면 그건 아주 간단한 것이었구요. 성씨가 다르다 보니 나는 아니다, 하면 그 순간부터 그만이었겠죠. 그리고 그때부터 재산은 자기 차지가 되었을 것이고, 그것으로 자기 가족을 위해, 가문을 위해 떵떵거리고 살아갔겠죠. 창피하게 내시의 양자였다는 사실은 철저하게 숨긴 채 말입니다. 말하자면 내시들은 죽어서 버림을 받은 셈이죠."

어느새 비는 그쳐 있었다. 바람이 불어와 숲을 흔들자 나뭇잎에 얹혀 있던 빗물이 후두둑 후두둑 떨어지는 게 마치 누군가 달려오는 소리처럼 들렸다. 할아버지는 내 말에 고개를 떨구고 있더니 이윽고 다시 말을 이으셨다.

"맞다. 나도 그랬으니까. 다른 내시들 무덤에 비석이 바뀌어지는 것을 나는 종종 볼 수 있었어. 그때마다 뒷면이 모두 공란으로 되어 있다는 것도 알게 되었다. 그러면서도 묘역은 관리가 되었지. 단지 누가 관리하는지 알지 못할 뿐이었어. 나 역시 그랬으니까. 나는 비석을 아예 땅에 묻어버렸다."

거기서 말이 멈추어졌을 때 침묵이 찾아왔다. 우리들 중 누구도 입을 열지 않았다. 단지 할아버지가 더듬더듬 몇 마디 말을 계속 했을 뿐이었다.

"시간이 지나면 지날수록 내시들은 점점 잊혀져갔다. 그리고 나의 안도감도 커지게 되었고, 너희들의 아버지가 결혼하는가 하면 너희들도 태어나게 되었지. 그런데, 그런데 말이다. 좀더 많은 시간이 지나갔을 때 나는 그게 안도감이 아니라는 것을 알게 된 것이다. 나는 그동안 내가 무슨 짓을 하면서 살아왔는지 생생하게 느끼기 시작한 것이다. 아주 생생하게 말이다."

그런데 그때였다. 갑자기 오빠가 벌떡 일어나더니 허공에 대고 버럭 소릴 질렀다.

"그만 하세요! 할아버지가 무슨 짓을 하셨는데요. 차라리 아무 말씀도 하시지 않는 편이 더 나았을 거라는 생각은 안 하셨어요?"

놀라운 일이었다. 도대체 오빠는 지금 무슨 생각으로 그런 말을 하는 것일까? 오빠도 젊은 날의 할아버지와 같은 생각을 하고 있는 것은 아닐까? 그래서 나도 일어나 소릴 질렀다.

"오빠, 지금 뭘 하는 거야? 왜 그래? 이건 할아버지를 더 괴롭히는 일이야."

"뭐가 괴로운데? 이 사실을 아버지 어머니가 아시게 되면 어떻게 생각하실지 그런 점은 생각해보지 않았니?"

그러자 할아버지가 오빠의 손을 잡아 앉히면서 말했다.

"그래, 나는 그 점이 무엇보다 두려웠다. 그렇지만 지금은 두렵지 않아."

"그만 하세요. 제발! 저 비석은 도로 묻어두겠어요."

그러더니 단숨에 달려가 비석을 도로 묻어 버렸다. 그리고는 우리 있는 대로 와 우악스럽게 말했다.

"그만 들어가시죠. 뭐가 뭔지 나도 모르겠어요. 할아버지, 이제 제발 그 이상한 행동은 그만 하세요. 할아버지 개인의 일로 끝나는 게 아니잖아요."

할아버지를 부축해 일으켰다.

"그래, 가자. 그렇지만 비석을 도로 세워야 할아버지 개인의 일로 끝나는 게야."

오빠는 내가 그 말을 소화해낼 겨를도 없이 할아버지를 부축해 숲속 길을 걸어나갔다. 우리의 목적은 달성된 셈이었다. 다음 날 서울로 가는 차안에서 오빠는 내내 말이 없었다.

"무슨 생각을 해? 어제 할아버지한테 지나쳤다고 생각되지 않아?"

내가 먼저 말을 걸자 오빠는 기다렸다는 듯이 대꾸했다.

"그럼 너는 아무 거리낌도 없이 단지 우리 할아버지라는 사실 때문에 모든 걸 할아버지 입장에서만 생각하는 거니?"

그 말에 나는 갑자기 말문이 막혔다. 나는 실은 오늘 새벽 눈을 뜨면서부터 내시였다는 그 양아버지보다 도둑이었다는 우리의 증조할아버지, 할아버지의 아버지, 아버지의 할아버지, 바로 그 분을 생각하고 있었다. 열 살밖에 안 된 아들이 아버지와 어머니가 바로 눈앞에서 참혹하게 죽는 광경을 목격해야 했던 그 현실을 그려보고 있었다. 그런 기억을 간직한 채 평생을 보내야 했던 나의 할아버지에게 삶은 가혹한 것이었을까, 처절한 것이었을까? 사람들이 둘러 서 있는 가운데 피를 흘린 채 가마니에 덮여 있는 아버지의 시체, 악을 쓰다 총검에 찔려 무참하게 죽어가던 어머니, 그곳에 있었던 소년이 바로 나의 할아버지였고, 나는 그 분의 손녀딸이었다.

천 구백 이십구 년이라고 했던가. 나는 할아버지에겐 잊을래야 잊을 수 없었을 그 시간과 잘 나가는 집의 고명딸로 살고 있는 오늘이라는 시간의 간격을 좁혀보려고 무던히 애를 쓰고 있었다. 그러나 눈앞이 뿌옇게 흐려져 속도를 제대로 낼 수 없을 뿐 할아버지의 세월이 나에게 주는 의미는 쉽게 감이 잡히지 않았다. 나는 몇 번이나 입술을 깨물며 눈물을 삼키다가 제대로 속도를 내 서울로 돌아왔다.

오빠는 집에 와서도 별로 말이 없었다. 아버지 어머니가 뭘 물어봐도 건성으로 대답하는 게 꼭 어딘가 아픈 사람같았다.

나는 집에 들어와 그 날 저녁을 먹고 내 방에 들어왔을 때 비로소 그동안 할아버지에게 찾아온 것이 무엇이었는지 알게 되었다. 할아버지에 찾아온 것은 다름아닌 양심과 진실이었다. 무엇보다도 마지막으로 할아버지를 찾아온 것은 용기, 바로 그것이었다. 그러니까 그동안 사람들이 이상하다고 했던 것은 찾아온 그 용기를 확인하는 과정에서 나온 돌출 행동이었다.

그것은 내가 아는 한 나의 할아버지다운 행동이었다. 과연 나의 할아버지는 달라도 뭔가 다른 분이었다. 할아버지는 절대 치매같은 것은 걸리지 않을 분이라는 걸 재차 확인할 수 있었다.

  나는 그 날 밤 늦게 여느때처럼 할아버지에게 이메일을 보내기 위해 편지를 썼다.

  할아버지, 너무 괴로워하지 마세요.
  우린 유명한 도둑의 후손이었군요. 말씀해주셔서 고맙습니다.
  그리고 내시들의 족보라는 그 족보를 찾으세요.
  제가 도와드리겠어요. 가지고 계실 만한 분이 있으면 저한테 알려주세요. 오빠는 언젠가 반드시 그 비석을 묘지 앞에 똑바로 세워 놓을 겁니다.
  걱정하지 마시고, 이제 편히 쉬세요.
  할아버지는 그동안 저에게 어떤 분보다 큰 힘을 가르쳐주셨습니다. 이제는 제가 할아버지의 희망이 되어 드리겠어요. 제가 할아버지를 지켜드리겠습니다.
  할아버지, 약속하실 수 있죠?
  너무 슬퍼하거나 자책하지 마세요.
  답장 꼭 주세요.

  이메일을 발송해 놓고, 내일은 오빠한테 어디 며칠 바닷가라도 가자고 졸라봐야겠다면서 파워를 껐다.

*『월간문학』 2003년 2월

지하도의 성자

사내가 월남 이상재 선생과 횡보 염상섭 선생 사이에 있는 작은 광장에 모습을 나타낸 건 아직 새벽 여명이 가시지 않은 다섯 시 반쯤이었다. 벤치에는 열대야에 시달린 노숙자들이 깊은 잠에 빠져 있었고, 일찍 잠에서 깬 비둘기들은 떼를 지어 벌써 몇 바퀴째 공원 주변을 날아다니고 있었다.

사내는 이상재 선생이 있는 곳에서 슬그머니 나타나더니 이내 앞으로 멘 배낭에서 뭔가 꺼내 공중으로 던지면서 걸어나갔다. 만원권 지폐였다.

사내가 공중으로 손짓을 할 때마다 지폐들은 가을날 낙엽처럼 팔랑거리며 내려와 담배꽁초가 널려 있는 시멘트 바닥이며 노숙자들이 덮고 있는 거적때기 위, 그리고 축축히 이슬에 젖은 채 아무렇게나 잔디밭에 나뒹굴고 있는 신문지 위에도 떨어졌다. 아니 그냥 노숙자들의 얼굴 위로 떨어져 내리는 놈들도 있었다.

사내가 앞으로 메고 있는 배낭에는 돈이 가득 들어 있는 모양이었다. 손을 넣어 꺼내 계속 뿌려대도 쉽게 줄어들지 않았.

공원 바닥에 돈이 깔리기 시작했다. 청소하는 아주머니가 당도하여 그 돈을 한 장 주워 이리저리 살펴보다가는 쓰레기통 안으로 던져 버렸다. 어느 노숙자는 얼굴의 촉감이 이상해 손으로 쓰윽 쓱 문대다가 돈이 잡히자 잠시 들어 올려다보고는 도로 바닥으로 던져 버렸다.

그리고 무슨 소리가 들려왔다. 횡보 선생 바로 뒤 잔디밭이었다. 사과나무도 있는 곳이었다. 고라니였다. 덧니가 심하게 삐져나와 내가 그렇게 부르는 아이였다. 지체부자유자인 그는 이 공원에서 가장 활동적이고 말이 많은 아이였다. 잠도 없었다. 진작부터 깨 사내의 하는 짓을 지켜보고 있었던 것 같았다. 사내가 점차 자기 쪽으로 다가오자 손뼉을 치며 한마디 던졌다.

"저 자식 돌았나봐! 얌마, 그런다고 누가 속을 줄 아니?"

그리고 순간 나는 깜짝 놀라 잠에서 깨고 말았다. 그랬다. 잠에서 깬 건 고라니의 말 때문이기도 했지만 무엇보다 돈을 뿌리고 다니던 그 사내가 누구라는 걸 알았기 때문이었다. 사내는 다름아닌 나였다.

또 하루가 시작되고 있었다. 지하 저쪽으로 사라져가는 전동차 바퀴들의 마찰음이 등으로 느껴지는 냉기와 함께 엄연한 하루의 시작을 알려주고 있었다. 조금 있으면 열차에서 내린 사람들이 층계에서 올라오는 소리가 들릴 것이고, 이내 또다른 마찰음이 들려올 것이었다.

동지들은 오늘도 잘 있을까?

핸드폰엔 계속 메시지가 들어와 있었겠지.

〈아빠, 용서해 주세요. 제발 전화해주세요.〉

〈여보, 제가 잘못했어요. 돌아와줘요. 매일 울면서 지내요.〉

지하도의 성자 _ 79

〈현수야, 내 약초 농장 보고 싶지 않니? 니 마누라하고 애들, 몇 번이나 여기 왔다 갔어. 친구 좋다는 게 뭐냐? 소식이라도 전해.〉

죽은 줄 알고 있을까? 메시지는 하루에도 몇 번씩 들어왔다. 메시지가 들어온지 일 주일쯤 되었을 때 핸드폰을 공원 청소차 적재함으로 던져 버렸다. 그게 벌써 두 달이나 되었다.

부탁인데 나를 비웃지 말아주었으면 좋겠다. 일순간에 삶조차도 죽음이 되는데 금융 전문가인 나의 일상이 갑자기 변해 고라니를 꿈에 보고, 동지들을 보고 싶어 하는 정도라면 기껏해야 횡설수설하는 정도밖에 되지 않을 테니 말이다. 인생은 어차피 불투명한 것이 아닌가. 당신과 나는 얼마쯤 가다가 헤어지고, 다시 만났지만 지금 당신은 출근 준비 중이고, 나는 지하도의 한쪽 구석에서 아침을 맞이하고 있을 뿐이다.

동지들은 언제나 그 자리에 있어 좋았다. 동지? 내가 그렇게 생각한다는 뜻이다. 네 명인데 한 명은 고무신이고, 한 명은 전화이며, 한 명은 따귀, 또 한 명은 우주인이다. 이곳 종묘공원에 온 이래로 그들은 나와 한 마디 대화도 나눠보지 못한 나의 동지들이었다.

고무신을 처음 만났을 때 그는 충격이었다. 보도에서 횡보 선생쪽으로 들어서는 초입에 그는 있었는데 거기 느티나무 둘레에 있는 바위 위에 열심히 뭔가 갈아대고 있었다. 검정고무신이었다. 그가 신고 있던 것이었다. 그 고무신의 바닥을 쉴 새 없이 그렇게 갈고 있었다.

그런 그를 눈여겨보는 사람이 아무도 없었기 때문에 나는 더욱 강렬한 인상을 가지고 그를 만날 수 있었다. 오십쯤 된 사내였다. 온 정성을 기울여 그는 종묘공원의 한켠에서 신발을 갈고 있는 것이었다. 다음 날에도, 또 그 다음 날에도, 꼭 그 자리에서, 꼭 그렇게 정성어린 자세로.

전화는 내 나이 또래쯤 된 여자였다. 공원 가운데 석조 조각물 뒤에 있는 층계에서 언제 봐도 누군가에게 전화를 하고 있었다. 전화기는 가슴에 품고 있는지 왼손으로 가슴을 부여안고, 오른손으로 수화기를 든 채 끝도 한도 없이 전화를 하고 있었다. 진지한 얼굴이었다. 아침에 봐도, 저녁에 봐도 성심성의껏 전화를 하고 있는 그녀의 모습은 첫 인상부터 진실하고 정성스럽게 보였다.

따귀는 종일 공원 안을 돌아다니는 사내였다. 그도 나처럼 사십대 중반쯤 되었는데 그냥 돌아다니는 것이 아니라 계속해서 자기 뺨을 때리며 다녔다. 건성으로 때리는 게 아니었다. 옹골차게, 매번 철썩, 하고 소리가 나도록 때렸다. 그를 처음 만났을 때의 경이로움을 나는 지금도 잊을 수가 없다. 그 경이로움은 공원에 가면 언제라도 그를 만날 수 있는 즐거움으로 변했다.

우주인은 종묘 정문 앞에 있는 하마비 근방에서 언제나 볼 수 있는 사나이였다. 사십쯤 된 남자인데 언제 봐도 성경을 펼쳐 들고 사십오도 각도로 동쪽 하늘을 올려다본 채 설교를 하고 있었다. 무슨 설교인지 그건 알 수 없었다. 러시아어인 것도 같고, 독일어인 것도 같고, 무슨 방언인가 하는 것 같기도 하고, 하여튼 그는 이상한 말을 쉴 새 없이 지껄여대며 나를 반겨주었다. 사십오도로 하늘을 올려다보지 않았더라면 그냥 전도사라고만 이를 붙였을 것이다. 그러나 그렇게 함으로써 꼭 외계인을 부르는 것처럼 보였기 때문에 낼 모레쯤 이 지상을 떠나갈 동료 외계인으로 보인 것이다.

다른 사람들은 나를 어떻게 보고 있을까?

집을 나와 한 달쯤 된 어느날 낮, 이순신 장군 앞을 지나 교보문고 쪽으로 건너다 퍼뜩 내가 사는 사회가 새로운 신분사회라는 사실을 알게 되고, 갑자기 가슴 속이 환해지는 기분을 느낀 적이 있다. 예전에 느껴보지 못했던 감정이었다. 이런 걸 깨달음이라고 하고, 행복감이라고도 한다면 다 맞는다고 말하고 싶다. 왜 여지껏 그런 사실을 모르고 살았을까? 왜 그걸 알았는데 행복감이 느껴진 것일까?

갑자기 쏟아지듯이 클랙슨이 울렸을 때에야 건널목 한가운데에서 주변을 두리번거리고 있는 자신을 발견할 수 있었다. 봉두난발, 꼬질꼬질한 차림새, 땟국이 흐르는 배낭을 어깨에 걸치고 엉거주춤 서 있는 키 큰 사내. 클랙슨을 울려대던 운전자들에게 나는 어떤 모습으로 보였을까? 나는 웃고 있었을까? 그랬던 것 같다. 운전자들은 나를 실성한 사람으로 보았을지도 모른다.

공원에 오는 사람들은 대부분 노인들이다. 밤이 되면 대부분 노숙자들이다. 노숙자들은 낮 동안 노인들 속에 묻혀 잘 보이지 않지만 그들끼리는 누가 누군지 다 알고 있다.

그들 사이에서 나는 어떻게 보이고 있는지 궁금해 하루는 직접 나서서 물어보기로 했다.

"저기요. 있잖아요. 나 뭐처럼 보여요?"

어정쩡하게 서서, 배낭을 멘 채, 제대로 답변을 들으려면 공손해야 했으므로 가능한한 그렇게 보이려고 노력하면서 벤치에 죽치고 앉아 있는 사람들에게 물어본 적이 있었다. 그런데 이해할 수 없는 일들이 그때 벌어졌다. 슬슬 자리를 피했기 때문이었다. 공원에서 아주 뻔뻔스럽기로 소문난 노숙자도 그랬고, 항상 술에 취해 있으면서 아무나 붙잡고 시비를 걸던 노숙자도 그랬다. 한참 자고 있다가 벌떡 일어나 그 자리에서 오줌을 갈겨대기로 유명한 노숙자도 그랬다.

너무 당혹스러워 비실비실거리다 나도 슬그머니 자리를 뜰 수밖에 없었다. 그런 내 뒤를 향해 누군가 말했었다.

"얌마, 그걸 몰라서 물어? 자아식, 디지게 웃기네."

돌아보니 고라니였다. 여전히 손뼉을 치면서 좋아했다.

나는 생각한다. 그런 고로 노숙자이다. 인생은 길고, 예술은 정말 짧은 것이다. 모두들 돈을 쫓아서, 위로만, 아니 앞으로만 달려갈 뿐이다.

궁금한 건 딱 두 가지였다. 첫째는 우리의 네 동지들이 저녁이면 어디서 자고, 어떻게 먹을거리를 해결하는지 그게 궁금했고, 또 한 가지는 사람들이 나를 어떻게 볼까, 하는 점이었다.

전동차의 바퀴가 굴러가는 소리가 오늘도 음산하면서 날카롭게 들려오고 있다. 때로는 누군가의 신음처럼 들리기도 하고, 때로는 영원히 벗어날 수 없는 아우성처럼 들리기도 한다. 때로는 체념처럼, 때로는 거친 숨소리처럼 들려올 때도 있다. 하지만 언제나 마지막엔 노숙자의 등을 통해 전해오는 냉기와 함께 음산하면서도 날카롭게 이 도시를 확인시켜 주고 있다.

전동차에서 내린 사람들이 내 옆구리 옆을 저만치 지나고 있다. 그들의 하루가 시작되고 있는 것이다. 하루는 언제나 그렇게 아무런 예고도 없이 의무적으로 시작되는 법이다. 그리고 그것은 곧 다름아닌

지하도의 성자 _ 83

불투명한 오늘 속으로 들어가는 것을 의미하는 것이기도 하다.

  인생은 슬픈 것인가? 아니다. 인생은 살아볼 만한 것인가? 노숙자가 정말 웃기고 있다. 하지만 진정 확실한 것은 웃기지 않는 하루가 시작되고 있다는 것을 지금 바로 눈앞에서 보고 있다는 사실이다.

  아내는 지금 뭘 하고 있을까? 아직 출근하기엔 이르고, 오늘의 회의 주제를 다시 검토하고 있을지도 모르지. 언제나 그랬으니까. 애들은 오늘도 무슨 생각을 하면서 하루를 맞이할까? 논술? 게임? 증발해 버린 아버지? 이 차가운 바닥에서 신문지를 얼굴에 덮고 어제 밤도 보낸 노숙자가 그런 생각을 하고 있는 지금이라는 시간은 얼마나 투명한 것인가.

  또 전동차가 지나고 있다. 그 소리를 반복해서 들으면서 하루는 시작되는 것이고, 당신과 나 사이의 차이점은 또 투명하게 나타난다.

  염상섭 선생은 술을 좋아했다. 고무신도 술을 좋아했다. 어두어지면 꼭 소주를 한 병씩 마셨다. 그것도 염상섭 선생하고 나란히 앉아서. 소주는 언제나 고라니가 얻어다 주었다. 고라니는 그게 재미있는지 히죽히죽 웃으면서 박수를 쳐댔다. 밤이 되면 염상섭 선생 바로 뒷자리는 그의 잠자리가 되었기 때문에 그와 고무신이 만나는 시간은 대개 정해져 있었다.

  고무신은 그렇게 술을 마시고 나면 고개를 떨군 채 종묘 담장 아래 예전 순라길을 따라 창덕궁 쪽으로 걸어갔다. 물론 낮 동안 갈아댔던 고무신을 제대로 신고서.

  그런 그를 따라가 본 적이 있었다. 도대체 고무신은 어디서 잠을 자며 어떻게 먹고 살까? 고무신은 낮은 한옥들이 밀집되어 있는 동네의 좁은 골목길을 이리저리 돌아가더니 어느 작은 공터로 들어갔다. 주택가 가운데에 있는 작은 주차장이었다. 유료 주차장인지 맞은편 구석에 관리소로 보이는 작은 상자같은 집이 보였다.

고무신은 그 집 옆으로 가더니 거기 굴뚝과 집 사이에 있는 틈새로 들어갔다. 그리고는 고무신을 벗어 안으로 들여놓고, 무릎을 세운 다음 하릴없이 하늘을 한 번 올려다보았다.

잠시 후, 관리소 문이 소리 없이 열리더니 웬 노인이 냉면 그릇을 들고 나와 고무신 앞에 놓아 두고 도로 들어갔다. 고무신은 그릇을 끌어당기더니 그 안에 있는 것들을 정신없이 손으로 집어 먹었다.

하늘 아래에 있는 그 작은 틈새에도 축복은 내려지고 있었다. 다음 날 아침 일찍 나는 종묘공원에서 또다시 고무신을 열심히 갈고 있는 그를 만날 수 있었다.

권고해서 사직한 이후 영화에 손을 대 모두 날린 어느날부터 아내는 툭하면 말했었다.

"여보, 아이들을 어떡하던지 뉴욕에서 공부시켜야 하겠어요."

집에서 놀면서 처음엔 그 말이 당신 그러지 말고 뉴욕에 미리 가 있으라는 말인 줄을 몰랐었다. 이런 머저리. 아이들도 다 알고 있었는데.

"아빠, 난 우리 아빠가 무슨 생각을 하면서 사시는지 모르겠어."

부부는 자주 싸웠다. 아내는 유능한 출판인이었다. 이 불황에도 꼭 일 년이면 한두 번씩 베스트셀러를 내놓았다.

"솔직히 말하자면 창피해 죽겠어요. 당신 남편 뭐하냐고 물을까봐 조마조마해서 괜히 내가 먼저 말을 많이 해요. 미국에 미리 가 있으라는 말이 뭐가 어때서요? 애들 위하고, 당신 위하는 일인데 그게 어때서요?"

미국 좋아하네. 그것이 결국은 고명하신 사장님 얼굴 닦아주는 일에 불과하다는 사실을 내가 모를 줄 알고. 미국은 그럴 때 더욱 돋보였겠지. 남편은 점차 잊혀질 것이고, 아이들까지 세뇌를 당해 눈빛까지 달라지다니!

전화의 뒤를 따라가 본 적도 있었다. 그날 그녀는 나를 몹시도 배고프게 만들었다. 열 한 시, 열 두 시가 되도록 인사동 뒷골목을 헤매고 다녔기 때문이었다.

그런데 그때 알았는데 인사동은 밤이 깊어가니까 뜻밖에도 요염한 자태를 드러내는 동네였다. 이 골목 저 골목에서 늘씬한 미녀들이 나오더니 골목 어귀에 삼삼오오 짝을 지어 서성댔다. 혼자 있을 땐 남자로 구분이 안 될 것 같은 여인들이었다. 남자도 그렇게 아름답게 보일 수 있다는 사실이 놀라웠다. 밤이 깊어갈수록 더했다. 이따금 고급 승용차가 당도해 그들 중 일부를 태우고 어디론가 사라졌다.

전화는 가로등도 없는 골목으로 들어가더니 중간쯤에 있는 허름한 건물의 현관 구석에 쪼그리고 앉았다. 그리고 잠시 후, 출입문이 열리고 거기서도 미인들 셋이 재잘거리며 나왔다. 맨 나중에 나온 여자는 유난히 키가 크고, 목소리도 굵직했다.

그 여자가 나오자 전화가 눈꼬리를 올려 쳐다보았다. 여자는 문을 잠그려다 말고 그냥 전화의 앞을 지나쳐 갔다. 일부러 늑장을 부리면서 나중에 나가는 게 분명했다. 그들이 골목 바깥으로 사라지자 전화는 여유있게 일어나 자연스럽게 문을 밀고 들어갔다. 그리고 안에서 잠금장치의 쇳소리가 들려왔다.

전화도 허겁지겁 뭔가 먹을 것이었다. 검은 하늘 아래, 그 넓은 하늘 아래엔 이런 축복도 있었다는 걸 그때 처음 알았다. 처음 안 건 그것뿐만이 아니었다. 이슬조차 피할 수 없어 공원 벤치에서 신문지 몇 장 덮고 자는 노숙자들은 참 더럽게도 재수없는 인간들이라는 것도 그때 처음 알았다. 다음 날 아침 일찍, 누군가에게 쉴 새 없이 전화를 하고 있는 그녀는 어김없이 공원에서 나를 반겨주고 있었다.

나는 도대체 누구인가? 도대체 당신과 나의 차이는 무엇이란 말인가?

재차 내가 뭘로 보이느냐고 물어본 적이 있었다. 그때 역시 제대로 된 답변을 들어야 했으므로 공손한 태도와 말투로 공원에 즐비하게 누워 있거나 앉아 있는 여러분에게 물었다.

"있잖아요. 제가 뭘로 보이는지 말씀해 주실 수 있죠? 제가 어떤 사람처럼 보여요? 제가 뭣처럼 보여요?"

두 번째 시도는 당연히 성공할 줄 알았다. 하지만 반응은 전혀 뜻밖이었다. 지난 번엔 슬슬 피하더니 이번엔 일제히 나를 향해 시선을 집중시켰다. 그때 보니 눈들이 모두 제법 똘망똘망하게 보였다. 의외였다. 사람을 똑바로 쳐다보지 않는 건 여기에 오는 노인들이나 노숙자들의 특징이랄 수 있는데.

또 한 가지, 아무나 보고 담배를 달라고 하고, 천원만 달라는 게 여기 사람들인데 이상하게도 누구 한 사람 말을 꺼내는 이가 없었다. 도대체 내 말이 어떻길래 저러는 것인지 도무지 이해할 수 없어 서 있는 자리에서 주춤거릴 수밖에 없었다.

고라니가 그때 불쑥 나타나 참견을 하지 않았더라면 나는 아마 그 자리에서 폭삭 무너지고 말았을 것이다.

"저 자식 또 시작이야. 얌마, 뭐긴 뭐야. 김창억이 같지. 김창억이! 이이그 자식, 골 때리긴!"

연방 손뼉을 치면서 재미있어 했다. 그 바람에 일단 화장실쪽으로 피신할 수 있었다.

그런데 김창억이라니? 김창억? 어디서 들어본 이름인데 도무지 생각이 나지 않았다. 김창억, 김창억, 하면서 되뇌이어 보았지만 오리무중이었다. 내가 나를 알고 싶어 대들었다가 오히려 혼쭐만 나고 말았다.

그날 저녁, 따귀의 뒤를 밟아 갔었다. 어스름이 찾아오자 따귀는 계속 뺨을 때리면서 청진동 뒷골목으로 갔다. 오래 된 빌딩들이 밀집되어 있는 지역이었다. 짐승들의 뼈를 몇 날 며칠이고 삶으면 나는 냄새, 그런 냄새가 잔뜩 고여 있는 골목으로 들어갔다. 이미 쓰레기들이 상당히 쌓여 있었다.

따귀는 거기서도 계속 뺨을 때리면서 가더니 맨 끝 막다른 곳에 다다르자 풀썩 주저앉아 길게 한숨을 내쉬었다. 그와 함께 숙명처럼 반복하던 따귀 때리기가 비로소 멈추어졌다.

하늘이 저만치 위에서 내가 덮고 자는 신문지만하게 보였다. 어디선가 술 취한 남자의 게걸스런 목소리가 흐느적거리다 골목 바닥으로 떨어져 내렸고, 춤판이라도 벌어지고 있는지 쿵쾅거리는 반주에 실린 색소폰소리가 하늘을 향하여 퍼져 나갔다.

그리고 그런 어느 한 순간에 골목 어귀 쓰레기 더미 뒤에 숨어 있던 나는 '나무꾼과 선녀'에 나오는 한 장면을 연상하지 않을 수 없었다. 두레박이 내려왔기 때문이었다. 분명히 두레박이었다. 아니 두레박이 아닐지도 몰랐다. 하여튼 하늘에서 밧줄에 매달려 내려온 것만은 분명했다.

따귀가 앉아 있는 바로 앞으로 그 밧줄에 매달린 것이 내려온 것이었다. 건물 맨 위층에 있는 창문에서 내려온 것이었다. 따귀는 아무렇지 않게 그 안에서 뭘 꺼내더니 쩝쩝 소리를 내며 먹었다. 숟가락도 있고, 젓가락도 있는 것 같았다. 두레박같은 것은 따귀가 당연하다는 듯이 몇 번 뭔가를 꺼내 놓자 자동적으로 위로 도로 올라갔다.

다 먹고 나서 따귀는 담배까지 피웠다. 담배를 피우고 나자 쏴아, 하고 물소리가 들려왔다. 샤워를 하는 게 분명했다. 건물 후문 같은데 문 옆 움푹 들어간 곳에서 그러고 있었다.

그러고 보면 땟국에 절어 있는 얼굴에 허구한 날 못 먹어서 퀭한 눈을 하고 멀거니 앉아 있는 노숙자들은 얼마나 복도 없는 인간들인가. 금은상가 직원들이 배달시켜 먹고 나서 밖에 내놓은 그릇들을 뒤지고 있는 노숙자들은 또 얼마나 지지리 복도 없는 자들인가.

궁금한 것은 그 날 저녁의 따귀였는데 다음 날 아침 어김없이 철썩, 철썩, 하는 소리가 정겹게 들려왔다. 그리고 맞다. 바로 그날 아침이었다. 그는 염상섭 선생 앞을 지나가면서도 뺨을 때리고 있었는데 그런 그를 따라가다가 문득 고라니가 말한 바로 그 오리무중이었던 김창억이가 누군지 생각이 났다. 〈표본실의 청개구리〉에 나오는 대동강가의 미치광이, 그의 이름이 바로 김창억이었다.

마침 염상섭 선생의 동상 바로 앞이었기 때문에 선생의 얼굴을 바라보았다. 혹은 여전했다. 아주 오래 전에 읽은 탓으로 이름만 문득 생각이 났기 때문에 당장에 정독 도서관까지 걸어가 〈표본실의 청개구리〉를 단숨에 읽어보았다.

고라니란 놈, 참! 내가 그 미치광이같다니! 염상섭 선생은 소설 속에서 그를 가리켜 '북국의 철인, 남포의 광인'이라 했다. 신경과민으로 시달리는 주인공 나는 중학교 때의 개구리 해부 장면으로 잠을 설치기도 하고, 서랍 속에 있는 면도를 창 밖으로 내던지기도 한다. 어느날 고향인 남포에 갔다가 그곳 친구들로부터 범상치 않은 인물이 있으니 찾아가보자고 해서 그의 집으로 간다.

그는 온갖 잡동사니를 모아 삼층 정도 되는 집을 스스로 짓고 혼자 그곳에서 살고 있었다. 그런데 친구들이 반농담의 대상으로 삼고 있는 그를 처음 대하는 순간 나는 묘한 전율을 느낀다. 정독 도서관에서 만난 횡보 선생은 그 장면을 이렇게 써 놓았다.

그러나 귀밑부터 귀얄같은 수염이 까맣게 덮인 주먹만한 하얀 상을 힐끗 볼 제 나는 앗! 하며 깜짝 놀랐다. 감전된 것같이 가슴이 선뜩하여 심한 전율이 전신을 압도하였다. 그리고 그 다음 순간에는 다소 안심된 가슴에 이상한 의혹과 맹렬한 호기심이 일시에 물밀 듯하였다. 중학교 실험실의 박물 선생이 따라온 줄로만 안 것이었다. 그러나 아무 이유 없이 무의식하게 경건한 혹은 숭엄한 느낌이 머리 뒤를 떼미는 것 같아서 나는 무심중간에 모자를 벗고 인사를 하였다.

김창억은 결국 자기가 힘들게 지은 삼층집을 모두 태워 버리고, 행방이 묘연해진다. 나는 오히려 그런 그가 좋은데 고라니란 놈은 어떤 김창억을 말하는 건지 그게 궁금했다.

횡보 선생님! 선생님은 제가 어떤 김창억으로 보이시나요? 예? 선생님이 생각하시는 김창억이 이 종묘공원엔 너무 많이 있다구요? 그래서 거기 그렇게 앉아 계신가요?

전동차 바퀴소리는 때로 꿈결처럼 들릴 때가 있다. 불규칙적으로 들리지만 자세히 들어보면 그것은 한꺼번에 움직이는 거대한 하모니다. 그것이 지상에서 지하로 흘러 들어왔다가 다시 더 깊은 지하로 흘러 들어간다는 생각을 하면 그 소리를 끝까지 따라가지 않을 수 없다. 그러다 보면 어느 새 꿈결 속으로 잠기기도 하고, 떠오르기도 한다.

외출에서 돌아왔을 때 보니 내 방 책상 위에 쪽지 한 장과 함께 웬 보퉁이가 놓여 있었다. 쪽지엔 이렇게 적혀 있었다.

이게 당신 퇴직금에서 남은 돈 전부예요.
당신 맘대로 쓰세요.
애들과 함께 뉴욕에 갔다가 오겠어요.

아내는 나에게 불륜을 저지른 것이다. 〈홍길동전〉의 배경이 된 칠서자 모반사건을 보면 서자들이 여강의 강변에 그들 나름의 집을 짓고 이름을 지어 붙이는데 칭하여 무륜당이라 했다. 허균의 행적을 읽으면서 그 무륜당을 만나게 되고, 느낀 점이 한두 가지가 아니었다. 칠서자들은 얼마나 선각자적인가. 불륜이 아니라 아예 무륜인 것이다.

칠서자들은 공공연하게 그런 용어를 사용하고 있었지만 아내는 자신이 저지른 일이 불륜인 줄도 모르고, 거침없이 그렇게 써놓고 갔다. 그 점이 바로 우리 부부의 비극이었다. 아니 새로운 신분사회인 이 나라에 사는 우리 모두의 비극이라는 것을 알았다.

집에서 나온 건 바로 그 날 저녁이었다. 용서해 달라는 메시지를 보내왔지만 나는 그때까지도 아내가 자신이 불륜을 저질렀다는 사실을 알고 있지 못한다고 생각했다.

우주인은 매일 공짜 밥을 먹으면서 살 수 있는 방법을 가르쳐 주었다. 그에게는 어떤 축복이 있는지 알고 싶어 하루는 뒤를 밟아 갔는데 서슴치 않고 어느 음식점으로 들어가 큰 소리로 우선 외쳤다.

"누님! 그냥 가?"

그러자 저쪽 안쪽에서 후덕하게 생긴 아주머니가 오늘은 안 되겠네, 하고 간단하게 말했다. 식당 안이 몹시 분주했다. 우주인은 두 말 하지 않고 나오더니 이번엔 길을 건너 골목 안에 있는 음식점으로 들어가 입구에서 또 말했다.

"누님! 그냥 가?"

그러자 대뜸 주인처럼 보이는 여자가 왜 이제야 와, 좀 일찍 왔으면 더 좋았을 텐데, 이리 와 앉아, 하면서 의자 하나를 끌어 당겼다. 우리의 우주인이 거기에 앉자 곧 음식들이 날라져 왔다. 꽤 괜찮은 식탁이었다. 좀 타서 그렇지 돼지갈비까지 푸짐하게 널려 있었다.

밥을 모두 먹고 나더니 이쑤시개를 입에 물고 밖으로 나왔다. 그러더니 곧바로 버스에 올라탔다. 버스는 삼십 분쯤 후에 정릉 종점에 멈추어 섰다. 우주인은 성경을 가슴에 꼭 안은 채 이번엔 계곡을 향해 성큼성큼 걸어 올라갔다.

어둠이 깔리고 있었다. 중턱쯤에 왔을 때는 그 어둠이 먹물을 풀어 놓은 듯했다. 그는 서슴치 않고 거기 골짜기에 낮게 엎드려 있는 지붕 앞마당으로 들어섰다. 지붕 위로 흰 깃발과 붉은 깃발이 나란히 그리고 높이 솟아 있지 않았더라면 거기에 집이 있다는 사실을 몰랐을 것이었다.

우주인은 종묘 정문 앞에서 성경을 읽고 있을 때처럼 아주 자연스럽게 툇마루로 올라서더니 방문을 열고 안으로 들어갔다. 그게 전부였다. 그곳은 다름아닌 우주인의 집이라고 생각하면서 다시 버스를 타고 종로로 나왔다. 그리고 나도 배가 고팠으므로 버스에서 내리자마자 거기 보이는 추어탕집으로 들어가 입구에서 소리쳐 보았다.

"누님! 그냥 가?"

그러자 안에서 깔끔하게 차려 입은 아주머니 한 분이 이거라도 괜찮을지 모르겠네, 하면서 들어오라고 손짓을 했다. 황송 감사한 노릇이었다. 미꾸라지와 수제비가 뒤엉켜서 냄새가 구수한 추어탕이 한 투가리나 있었다. 밥은 다 떨어졌으므로 이거라도 괜찮을지 모르겠다고 한 것이었다.

다음 날 아침, 종묘 앞을 지나는데 우주인은 여전히 성경책을 든 채 설교를 하고 있었다. 정말 자신에게 충실하고, 타인에게 이로움을 주는 사람이었다.

다시 한 번 내가 누구처럼 보이는지 시도해 보기로 했다. 그래서 오후 두 시쯤에 사람들이 가장 많았으므로 그때를 노려 작은 광장으로 갔다. 그리고 또렷한 음성으로 대중에게 말을 건넸다.

"제 말 잘 들리죠? 있잖아요. 저에 대해서 좀 말씀해 주시면 좋겠는데요. 저 뭘로 보여요? 뭣처럼 보여요? 말씀해 주실 수 있죠?"

그런데 이번엔 참 기가막혔다. 이것들이 갑자기 돌았나? 아무런 반응이 없는 것이었다. 들은 척도 아니 하는 것이었다. 뭐라고 다시 말하고 싶었지만 하도 기가막히니까 말문만 떠듬떠듬거려졌다. 그런 걸 어디서 나타났는지 고라니란 놈이 손뼉을 치면서 좋아했다.

"자아식, 뭐 그런 걸 또 물어봐? 얌마, 몰라서 묻니? 넌 성자야. 저분들은 모두 널 성자라고 생각해. 성자! 성자래!"

성자? 꼬리를 내리고 월남 선생 뒤에 숨어 버렸다. 몹시 충격을 받았다. 선생도 그때 충격을 받았을까? 월남 선생이 감옥에 갇혔을 때 전해오는 이야기로 기억에 남는 것이 있었다. 하루는 감방의 벽 틈새에 뭔가 보여서 꺼내 보았더니 꼬깃꼬깃 접혀 있는 웬 종이조각이었다. 뭔가 잔뜩 인쇄되어 있었다. 읽어보니까 그 유명한 구절이 거기에 있었다. 오른쪽 뺨을 때리거든 왼쪽 뺨도 내놓아라. 속옷을 달라하면 겉옷도 줘라. 원수도 네 이웃처럼 사랑하라는 바로 그 구절. 마태복음 5장 부분이 찢겨져 거기에 들어 박혀 있더라는 것이었다.

월남 선생은 그때의 감동이 계기가 되어 기독교인이 되었다는데 그게 정말일까? 감옥 안에 성경책 한 장이 그렇게 박혀 있다는 사실이 더 감동적이지 않았을까?

성자. 정말 알고보니 다들 돌았나봐. 지하도에서 주로 자니까 지하도의 성자냐?

월남 선생님, 죄송합니다. 키가 큰데다 머리가 길고, 수염이 길다 보니까 저것들이 날 예수로 착각하는 모양입니다. 선생님 앞에서 감히 어떻게 성자라는 말을 함부로 할 수 있겠습니까?

그나저나 선생님, 말이 나오다 보니 또 한 가지 생각나는 게 있어 여쭙고 싶은데 괜찮겠습니까? 돌아가시기 하루 전 날 우셨다는데 사실입니까? 왜 우셨습니까? 제자들이 문병을 가니까 그러셨다면서요? 야, 이놈들아, 나 뒈졌나 안 뒈졌나 보러 왔지? 그러더니 돌아누워 우셨다면서요? 아닌가요? 그런 걸 어떻게 아냐고요? 그야 책을 보고 알았죠. 아, 참, 정말 그러네요. 도무지 믿을 만한 책을 만난다는 게 쉽지 않아요. 지금 그 말씀하시려는 거죠? 죄송합니다. 그냥 갑자기 생각나서 여쭤본 겁니다.

마음이 좀 진정이 되어 이번엔 선생의 앞으로 와서 얼굴을 올려다보았다. 그리고 눈살이 찌푸려졌다. 월남 선생은 오른손에 지팡이를 짚고, 근심어린 얼굴로 왼쪽을 바라보고 있는데 오른쪽 이마 위로 비둘기똥이 허옇게 흘러 내려와 있었다. 망할 놈의 비둘기들, 똥을 싸도 좀 가려서 쌀 일이지.

비오는 날 전통차 바퀴소리는 피안으로 가는 신호음처럼 들릴 때가 있다. 가까이 올 때엔 유난히 크게 경적음을 울리는데 멀리 사라질 때는 정말 피안으로 간다는 생각이 들 정도로 아스라했다.

모두들 위로만 가려고 하고 있었다. 일등을 향해, 최고를 향해, 최첨단을 향해, 달려가고, 또 달려가고 있었다. 잘난 놈은 더 잘 났다는 소리를 듣기 위해, 예쁜 여인은 더 예뻐지기 위해, 가진 놈은 더 많이 가지기 위해 안간힘을 쓰고 있었다. 처지는 놈들은 내가 알 바 아니었다. 바닥을 다져? 너나 다져! 어느 세월에 바닥을 다지고 있어? 달려가기도 힘들어 죽겠는데!

어제그 그제도 신발은 계속 제자리를 지키고 있었다. 나 역시 담배를 피워 물고 그의 곁을 지나면서 횡보 선생을 건너다보았다. 조금 더 가자 전화가 여전히 날 기다리고 있었다. 하마비 앞에서는 오늘도 아무도 시비 걸지 않는 우주인의 설교가 진행되고 있었고, 철썩, 철썩 가까이 들려오는 소리는 분명 우리들의 따귀였다. 그 모든 평화를 월남 이상재 선생은 비둘기똥을 뒤집어쓴 채 내려다보고 있었다.

그런데 성자라고 했나? 일어서려다 갑자기 그 생각이 났다. 전동차가 오늘따라 이 역을 통과하면서 유난히 크고 길게 경적음을 냈기 때문인지도 모른다. 놀랄 일도 아닌데 얼굴을 덮고 있는 신문지를 밀쳐내고 벌떡 일어났다. 아니 이미 놀라고 있었다. 갑자기 성자, 그 말이 생각났기 때문이었다.

성자라고? 혼자 한참 웃어젖혔다. 속이 좀 풀어졌다. 오가는 사람들이 힐끗거려 더 이상 웃을 수 없었다.

일어나 배낭을 걸쳤다. 어디선가 따귀 치는 소리가 들려오는 듯했다. 밖으로 나오자 아직 어스름한 빛 속에 거리가 축축히 젖어 있었다.

엊저녁도 열대야였다. 공원은 아직 잠에서 깨어나지 않은 상태였다. 아니 여기저기서 하나 둘 깨어나고 있는 것 같았다.

배낭을 벗어서 앞으로 안아 팔을 끼웠다. 그리고 아가리를 열어 그 속에서 돈뭉치를 꺼냈다. 아내가 책상 위에 올려놓았던 그 돈, 퇴직금에서 남은 돈이라는 바로 그 돈이었다.

돈을 뿌려 보았다. 처음엔 잘 뿌려지지 않았다. 뭉치째 저만치 툭 떨어졌다. 그래서 이번엔 몇 번 펼쳐서 날려보았다. 그렇지. 돈은 그렇게 뿌리는 거로구만. 잘 뿌려졌다. 가을이 되면 주변에 있는 느티나무 이파리들도 저렇게 떨어져 내리겠지.

돈은 바닥에도 떨어지고, 쓰레기통 옆에도 떨어졌다. 일부러 노숙자 얼굴 위로도 뿌려 보았다. 그러자 귀찮다는 듯이 손등으로 털어내 버렸다. 청소하는 아주머니는 한 장 집어보더니 쓰레기통 속으로 던져 버렸다. 그래도 계속 뿌리면서 갔다.

고라니란 놈. 잠도 없어요. 나를 빤히 건너다보더니 온몸을 격렬하게 움직여 달려오면서 소리쳤다.

"얌마, 너 미쳤니? 저 자식 돌았나봐! 아줌마, 그거 진짜 돈이야!"

아줌마는 힐끗 한 번 돌아보더니 먹먹한 얼굴로 하던 일을 계속했다. 절반쯤만 뿌려야지. 나도 먹고 살아야 하니까. 고라니란 놈이 또 손벽을 치면서 좋아했다.

"김창억이 저 자식, 정말 돌았나봐. 얌마, 누가 속을 줄 알고?"

어디선가 철썩, 철썩, 소리가 들려왔다. 웅얼웅얼 설교하는 소리도 들려왔다. 전화도 걸고 있었다. 그렇지. 드디어 나타났다. 고무신은 나타나자마자 신발부터 벗었다.

우리의 새로운 신분사회가 밝아오고 있었다. 갑자기 차량들이 불어났다. 조금 있으면 저 빌딩들 사이로 쨍, 하고 볕이 들어오겠지.

배낭의 아가리를 힘껏 묶었다. 공원에 돈이 좌악 깔려 있었다. 약초농장으로 가기 위해서는 뭘 좀 먹어야 할 것 같았다. 돈을 밟으면서 공원을 가로질러 갔다. 아무런 예고도 없이 의무와 같은 하루가 또 시작되고 있었다.

*계간 『소설가』 2005년 겨울

자살도구상회

잘 오셨습니다. 어떻게 죽고 싶으십니까?

자기 빌딩에서 투신한 재벌 총수, 아시죠? 사람들은 그가 이십층 자기 집무실에서 투신자살한 걸로 알고 있죠. 그러나 실은 내가 밀어 떨어뜨린 겁니다. 아니 밀어 떨어뜨려준 거죠. 창문이 위쪽에서 밖으로 반쯤만 열리게끔 되어 있고, 투신하기에는 어려운 구조로 되어 있다고 해서 께름칙한 여운을 남기고 있는 그 사건을 말하는 겁니다. 정말 혼자 힘으로는 도저히 투신할 수 없다는 어느 신문기자의 주장은 맞습니다. 경찰은 자살로 단정지었죠. 세상사람들도 다 그렇게 알고 있습니다. 맞습니다. 그 사람은 자살했습니다. 단지 내가 밀어뜨려주었을 뿐입니다.

놀라지 않는군요. 맘에 듭니다. 자기집 이층 난간에 목을 매 자살한 여자 탤런트, 당신도 그 여자가 자살했다고 생각하십니까? 그래요. 맞습니다. 자살입니다. 단지 내가 목을 매달아 주었을 뿐입니다. 자기가 목을 매기에는 쉽지 않은 장소였습니다. 사람들은 앞으로도 그 탤런트가 스스로 목을 매 자살했다고 믿고 있을 겁니다.

저의 상점을 방문해 주셔서 감사드립니다. 바람이 몹시 불고 있죠? 그래도 오실 줄 알았습니다. 어떻습니까? 여기까지 오시는 동안 지나온 그 숲길, 자작나무 숲길입니다. 향기롭죠? 그 숲속을 지나 이런 집이 있다는 게 좀 신기하지 않았나요? 숲속의 외딴집, 담쟁이덩굴로 뒤덮인 붉은 벽돌집. 이 집을 본 순간 안도의 숨을 쉬셨으리라고 생각합니다.

아, 어떻든 좋습니다. 잘 오셨어요. 어떻게 자살하고 싶으세요? 잔인하게 죽고 싶나요? 아니면 죽은 듯이 고요하게 죽고 싶나요? 아니면 최후의 순간까지 고통을 느끼면서 죽고 싶나요? 좋아요. 설마 십자가에 목 박혀 죽고 싶은 건 아니겠죠? 아, 아닙니다. 그것도 가능합니다. 말씀만 하십시오. 여기서는 뭐든 가능하답니다.

일단 거기 좀 앉으시죠. 작년 이맘 때쯤 유명한 박수무당이 자기 소유 무인도 신당 앞마당에서 시체로 발견된 사건 아시죠? 아, 물어보는 게 잘못이겠군요. 워낙 떠들썩한 사건이었으니까요. 자기 혼자는 불가능한 그 일을 도대체 누가 했는지 아직도 단서조차 잡지 못하고 있죠. 그럴 수밖에요. 내가 했으니까요. 내가 못질을 해줬죠. 십자가도 제작해서 제공했고, 거꾸로 매달기도 해주었죠. 못을 박고 그냥 놔두고 가라고 해서 왔을 뿐입니다.

그 사람이 여길 찾아왔더라고요. 속으로 무당도 자살하는구나, 했는데 그 생각이 참 어이없더군요. 그 무당의 빛나던 눈빛을 지금도 똑똑하게 기억하고 있습니다. 정말 아름다운 얼굴이었습니다. 아니 그보다도 거룩하다고나 할까, 거룩하다? 그래요, 별다르게 다른 표현은 생각나지 않는군요. 그 말밖에는. 그래요. 거룩하다는 표현이 가장 잘 어울리는군요. 나로 하여금 확신감을 갖게 해주는 얼굴이었죠.

당신도 오늘 그렇습니다. 그렇게 느껴지지 않았다면 나는 결코 당신에게 이곳으로 오는 길을 가리켜 주지 않았을 겁니다.

학교 일은 정리하고 있겠죠? 아직 마무리가 되지 않았다는 걸 알고 당신이 언제 죽기를 원하는지 짐작할 수 있었습니다. 낮에 죽기를 원하고 있죠? 오후 세시쯤. 아니면 다섯시쯤. 당신은 점심식사를 하러 나갔다가 돌아오지 않았는데 그로부터 이틀 후 어느 야산에서 변시체로 발견되는 그런 방법을 원하고 있을 거라는 생각을 해보았습니다. 대개 교직에 있고, 나이가 든 여성이며, 봄에 자살하는 사람들이 그런 방법을 택하죠. 경험에 의해 생각해본 거니까 나무라지는 마십시오.

사람들은 증발하듯 사라졌다가 자살한 시체로 발견된 저명한 대학교수를 두고 당혹해 하겠지만 당신에게 그런 것들은 아무런 의미가 없죠. 당신에게 관심이 있는 건 자살하는 방법과 시기, 장소, 등등 뭐, 그런 것들이 아니겠습니까? 아니 더 정확하게 말하자면 그런 것들을 아주 구체적으로 생각해두는 것이었죠. 그리고 나를 만났을 때 계획이 완성된 게 아니겠어요?

당신이 연락을 해왔을 때, 아니 당신이 누구라는 걸 알게 되었을 때 대뜸 알 수 있었습니다. 새로운 고객이 생겼다는 사실을 말입니다. 텔레비전 화면을 통해 자주 볼 수 있던 얼굴, 저명한 범죄학자, 끔찍한 사건이 벌어질 때마다 당신은 텔레비전에 나와 범죄 동기나 범인의 심리 상태에 대해서 말하곤 했죠. 텔레비전에 자주 나온다는 사실만으로도 당신은 대표적인, 아니 유일한 범죄학자처럼 보였습니다.

그러나 나는 평소 당신의 말하는 스타일을 보고 범죄가 전문이 아니라 자살이 전문이라는 생각을 갖고 있었습니다. 아니나 다를까 좀 더 당신 곁으로 다가가 보자 당신은 자살 연구로 박사학위를 받았더군요.

놀라지 않았냐구요? 다름아닌 그 대학교수가 자살하기 위해 은밀하게 연락해 왔다는 걸 알고 놀라지 않았냐고 묻는 거겠죠? 하지만 놀라울 게 뭐가 있겠습니까? 당신과 연결되어 있는 이상 그런 일 역시 아무 의미가 없으니까요. 단지 하나 하마터면 실수할 뻔했다는 생각은 했습니다. 당신에게 들킬 뻔한 적이 있다는 것도 그때 알 수 있었죠. 기억나십니까? 끈질기게 나를 찾아다니고, 덫을 놓기까지 했던 일, 역시 당신은 전문가였습니다.

불편하신 데 없죠? 당신의 모습은 여지껏 본 어느 때보다 아름답습니다. 말씀드렸으니까 알고 있겠죠? 내가 그렇게 말한다는 건 곧 당신이 거룩하게 보인다는 뜻이라는 걸.

삶과 죽음만이 있는 건 아닙니다. 그 사이에도 공간이 있죠. 우리는 지금 그곳에서 만나고 있는 겁니다. 자살하려고 마음먹고 있는 사람들, 진정으로 자살하려고 마음먹고 있는 사람들은 한결같이 똑같은 얼굴을 하고 있죠. 어떤 얼굴인지 물론 알고 계시죠? 아름답습니다. 거룩하게 보입니다. 삶과 죽음의 그 사이에서 말입니다. 그곳에서만 볼 수 있는 얼굴이죠. 구체적으로 그곳이 어딘 줄 이제 아시겠죠? 비단 바람이 몹시 부는 자작나무 숲속만이 아닙니다.

잘 오셨습니다. 오늘 당신이 코트깃을 올린 채 숲속으로 들어서는 모습을 본 순간 아, 당신은 정말 아름답게 보였습니다.

도구들을 보고 싶다면 지금이라도 보여드릴 수 있습니다. 뒷마당엔 승용차도 있고, 우물같은 구덩이도 있습니다. 화장터같은 소각장치도 있고요. 단두대같은 대형 칼날, 톱, 그리고 창도 있습니다. 올가미는 직접 만들 수 있도록 재료를 다양하게 준비해 두었습니다. 끊어지지 않겠느냐고 염려하는 분들이 계셔서요. 청산가리도 성능을 우려하시는 경우가 있는데 절대적으로 믿으셔도 됩니다. 실수한 적이 단 한 번도 없었으니까요. 총도 있습니다. 권총입니다. 물론 방아쇠를 당겨줄 수 있습니다. 간혹 철도를 선택하시는 분이 있죠. 기관사한테 대단히 미안하긴 하지만 꼭 그 방법을 고집하신다면 어쩔 수 없죠. 그 역시 실수한 적이 한 번도 없었습니다.

대부분은 도구들을 살펴보기 전에 정하고 옵니다. 시험해 보고 오는 경우도 있습니다. 그러나 나는 어느 누가 와도 도구들을 꼼꼼하게 잘 살펴보라고 먼저 권합니다. 왜냐하면 무엇보다 정확하게 죽을 수 있어야 하며 그것은 죽고자 하는 방법과 직접적인 연관이 있기 때문입니다.

죽고자 하는 방법. 아시겠습니까? 죽고자 하는 이유가 아니라 방법입니다. 여기서는, 그러니까 당신과 내가 만나고 있는 지금이라는 바로 여기서는 죽고자 하는 이유 따위는 아무런 필요가 없습니다.

살아 있는 자들은, 아니 남아 있는 자들은 방법보다 이유에 더 관심이 있죠. 재벌총수는 왜 죽었을까? 비자금 문제 때문에 검찰에 불려 다녔다는데 그때 가혹 행위가 있었다지? 그게 사실일까? 새파랗게 젊은 검사가 책상 아래로 발길질을 하면서 그랬다며? 당신, 돈이면 단 줄 알아? 돈에 마취되니까 보이는 게 없는 모양이지? 뭐? 조국과 민족을 위해 그랬다고? 당신은 조국과 민족에게 죽어 마땅한 짓을 한 거야. 그 뭉칫돈은 누구에게 건너갔냐고? 나도 그렇게 물어보려다 말았습니다. 하지만 그 아름다운 얼굴을 하고 있던 재벌총수는 조용히, 아, 정말 그 얼굴처럼 거룩하게 말하더군요. 의자 위에 올라가 있겠습니다. 그때 힘껏 밀어 주시면 됩니다. 탤런트도 말했죠. 올가미를 난간 기둥에 묶어놓고 나니까 그것을 목에 걸면서 잔잔히 미소지으며 말했습니다. 먼저 나가세요. 수고하셨어요. 왜 죽으려 하는지 그것이 그 자리에서 무슨 소용이 있겠습니까? 아, 참, 박수무당은 그랬습니다. 망치는 단번에 내려치세요. 아니, 아니, 단번에 안 되면 두 번, 세 번 해도 괜찮습니다. 입금 확인하셨죠? 그 자리에서 탤런트에게 무명으로 있다가 이제 막 뜨기 시작했는데 왜 죽으려 하냐고 묻는다는 게 얼마나 무의미한 일인 줄 아시겠죠? 무당한테 당신이 베드로도 아닌데 왜 거꾸로 매달리려 하느냐고 묻는다면 그 얼마나 한심스런 질문이냐구요.

그런 건 모두 남아 있는 자들의 관심에 불과한 겁니다. 이상한 얼굴 구조를 하고 있는 군상들의 관심사에 불과하죠.

자살바위 사건 때에도 보십시오. 하마터면 당신한테 꼬리를 밟힐 뻔했던 그 사건 말입니다. 벼랑에 자살바위라는 이름이 붙어 있으니까 그곳에서 죽으면 다 자살이라고 생각하죠. 하지만 현지답사를 하면서 알게 된 바로는 그곳에서 떨어져 죽은 시체는 모두 실족사로 인한 것이지 자살로 죽은 사람은 한 사람도 없었습니다.

어느날 남자친구들과 놀러온 한 여대생이 벼랑 위에서 떨어져 죽었는데 경찰은 곧 사인을 타살같다고 하면서 같이 간 남자친구 중 한 학생에게 혐의를 두었죠. 여대생에게는 당시 애인이 생겨 열애중이었는데 실은 먼저 사귄 건 그 남학생이었다는 것입니다. 새로운 애인의 말을 듣고 일단 그렇게 몰고 갔는데 차츰 정황이 남학생에게 불리하게 전개되었습니다. 일기장에는 죽고 싶다는 말과 죽이고 싶다는 말이 번갈아 적혀 있었고, 죽기 사흘 전에는 심하게 다투기까지 했다는 것입니다. 남학생은 구속되었습니다.

여학생이 자살했다는 사실을 알고 있는 사람은 한 사람뿐이었습니다. 나요. 내가 뒤에서 밀어주었으니까요. 우리는 한 달 전부터 바로 이 집에서 만나 현지답사를 갔었습니다. 어떻게 죽고 싶냐니까 처음에는 장희빈처럼 죽고 싶다고 하더군요. 그렇지만 도구들을 자세히 살펴보고 나서는 꼭 그 자살바위 위에서 떨어져 죽고 싶다고 마음을 고쳐 먹었습니다. 너무 너무 좋을 것 같대요. 단지 최후의 순간만 내 손을 빌리자고 했습니다.

당신처럼 내 사이트에 접속해 왔었습니다. 당신도 아시다시피 맨 먼저 눈에 뜨이는 글은 '어서오십시오. 저희 상회에 오신 걸 환영합니다'였습니다. 그걸 보고 시비조로 글을 올렸더라구요. '뭘 환영하신다는 거예요? 상점에 온 게 뭐가 어쨌길래 환영한다는 거죠?' 그래서 곧 답장을 보냈습니다. '살아 있는 당신이 얼마나 아름다운지 알 수 있으니 환영할 만하지 않겠어요?' 그러자 또 곧 답장이 왔습니다. 뭐라고 온 줄 아십니까? '장희빈처럼 죽을 수 있을까요? 돈은 얼마든지 드릴 수 있어요.' 그렇게 해서 우리들의 계약은 성립되었던 겁니다.

그런데 당신까지 나서서 타살이라고 말하더군요. 다른 때같으면 대개 당신 의견은 경찰과 달랐죠. 시청자들이 당신을 좋아하고, 방송국에서 당신의 의견을 우선시하는 이유는 바로 그 점에 있었습니다.

경찰은 너무 피상적이다, 전문성이 결여되어 있다, 초동수사를 제대로 해보지도 않고 어떻게 그렇게 단정지을 수 있단 말인가, 그런 식이었고 결과도 당신의 추정대로 될 때가 많아 경찰보다 낫다는 게 일반적인 평이었습니다. 그런데 자살바위 사건만은 처음부터 경찰과 똑같이 타살로 단정짓고 남학생을 구속하는데 아무런 이의를 제기하지 않았습니다.

그때 일 물론 잊지 않으셨겠죠? 당신은 실은 그 여학생이 자살했다는 사실을 알고 있었습니다. 여학생의 생활 주변을 재빠르게 탐문수사한 결과였죠. 가족, 친구들, 의사, 뭐 그런 걸 말하는 거죠. 세 번의 자살미수가 어렵지 않게 드러나 당신에게 확신감을 주었습니다. 그런데도 아무 죄가 없는 남학생을 가두어 놓고 뭔가를 기다린 겁니다. 평소 여운처럼 지니고 다녔던 의혹 한 점. 기분나쁜 그 찌꺼기가 냄새를 풍기기를 기다리고 있었던 거죠. 뭔가 석연치 않은 점이 한두 가지씩 꼭 있거든요. 자살은 자살인데 타살같은.

과연 당신은 남다른 면이 있었습니다. 시신이 병원으로 실려가고, 매스컴이 들끓고, 장례식이 치러지는 동안 당신은 현장 주변과 사망자가 남기고 간 생의 흔적들을 예의주시하고 있었죠.

하지만 나도 역시 주시하고 있었다는 점은 모르고 있더군요. 당신은 망원경으로 자살바위를 사흘 동안이나 지키고 있던 적이 있었습니다. 지나가던 뱀꾼이 여기서 뭘 하냐고 물어봐도 모른 척했죠. 그 뱀꾼, 바로 나였습니다.

그 사건은 당신이 병원 기록을 공개하며 재수사를 요청해서 남학생은 풀려났습니다. 타살을 주장했던 경찰관은 사표를 냈구요. 매스컴이 또 들끓기 시작했죠. 당신은 텔레비전에 나와서 말했습니다. 타살처럼 보이는 자살이 늘어나고 있는데 걱정이라고요.

근엄하시더군요. 그때만큼은 이 시대 최고의 자살 전문가였습니다. 하지만 좀 비슷하게 말하자면 초보 자살 전문가에 불과하죠. 내 눈에 당신은 속으로 초조감을 감추지 못하고 있는 것으로 보였습니다. 한마디만 해드리고 싶습니다. 당신 논문의 첫 구절은 '자살은 스스로 목숨을 끊는 행위이다.'라고 되어 있는데 그것은 잘못된 것입니다. 일단 '타살 아닌 자살은 드물다.'로 써놓고 다시 한 번 생각해보시기를 권해드립니다.

여하튼 여학생의 사인은 자살로 판명되었습니다. 당신이 들이대는 증거들이 조목조목 자살자의 행적과 들어맞았습니다. 그런 당신을 보면서 나는 자살바위 사건을 마무리하고 있었죠.

그런데 그로부터 석 달 후, 이번엔 당신이 나의 고객으로 등록된 겁니다. '평온한 시대로 접어들고 있습니다.' 당신이 남긴 첫 번째 메시지였습니다. 그 글을 읽는 순간 고객 한 사람이 또 확보되었다는 직감이 들었고, 그가 누구인지 몹시 궁금했습니다.

처음에는 노인인 줄 알았습니다. '단성사에서 요즘 뭐하죠?' 기억 나시죠? 내 첫 번째 답장. 우리들의 접촉은 그렇게 해서 시작되었습니다. 그리고 거래에 대해 조건을 맞추어 보는 동안 나는 새로운 고객이 누구인지 알아보기 시작했습니다. 나한테 그 일은 아주 중요한 일 중 하나죠. 마지막 확신감을 갖기 위해서 반드시 필요한 일이니까요. 남자인가, 여자인가, 몇 살인가, 어디 사나, 무슨 일을 하나, 그리고 마지막으로 그 사람을 직접 보러 갑니다.

어떻습니까? 인간들이 사는 동네가 한눈에 보이는 것같지 않습니까? 보이는 것, 보이지 않는 것이 한데 어울려 있는 그 동네 말입니다. 그 동네의 어느 한 모퉁이를 아무렇지 않게 지나고 있는 사내는 실은 자살도구를 파는 사나이죠. 원하면 다리에서 밀어 떨어뜨려주기도 합니다. 사람들은 그것을 투신자살이라고 하더군요. 가장 수요가 많은 것은 올가미입니다. 그 이유에 대해서는 한 번도 생각해본 적이 없습니다. 단지 사람들이 고전을 좋아한다는 사실을 알았을 뿐이죠. 올가미를 이용해 자살한 사건을 다룬 보도를 볼 때마다 느낀 건데 자살자가 사용한 올가미에 대해서 자세하게 살핀 기사는 한 번도 본 적이 없습니다.

사내는 길을 가면서도 생각합니다. 즐겁고 활기차게 보이는군. 죽고 싶어 하는 사람들도 많고.

얘기가 좀 옆길로 비켜갔나요? 하여튼 당신에게 마지막 확신감을 갖게 되기까지에는 오랜 시간과 절차가 필요하지 않았어요. 당신의 책, 『자살에 관한 명상』인가요, 그것도 읽었고, 강연하는 곳에도 가듣기도 했죠. 그쯤 되었을 때 당신은 구체적으로 묻기 시작했습니다. 주사액은 어떻게 보내줄 것이며, 가격은 얼마이고, 송금은 어떻게 하면 되느냐, 폭약을 사용한다면 어떤 장소가 좋을 것 같으며, 만약에 비가 온다면 어떻게 하면 되느냐, 뭐 이런 식이었죠. 나는 그때쯤에 늘 그래왔듯이 그건 만나서 의논해야 할 일이라고 말하고요.

그 후에 나는 당신이 재혼한 남편으로부터 거의 매일 얻어맞고 있다는 사실을 알았습니다. 놀라지 않는군요. 역시 맘에 듭니다. 그 의사, 오늘도 출근 잘하셨나요? 나만 모르고 있지 유명한 외과의사더군요. 두 사람 다 재혼이라면서요? 이른바 잉꼬부부로 알려져 있는 재혼부부였습니다. 그러나 사람들은 나만큼 모르고 있는 게 한 가지 있었습니다. 당신은 이미 멍들어 있었죠. 남편한테 구타당해서요. 악질 술꾼이더군요. 상습적인 폭력에 시달리면서 살고 있는 당신. 뭐, 그런 거야 이상할 게 있겠어요? 인간이란 게 워낙 믿을 게 못 되니까요.

아무튼 이곳 상회를 방문해 주신 건 잘하신 겁니다. 여기서는 비밀이 이미 비밀이 아닙니다. 비극도, 희극도 이미 각색되어 같은 드라마로 남게 됩니다. 그렇다고 지옥의 악령이 지키고 있기라도 하는 것처럼 고약한 곳으로 생각하지는 마십시오. 저승사자가 두 눈을 부릅뜨고 누군가를 기다리고 있는 곳쯤으로 생각하셔도 안 됩니다. 신천지로 갈 수 있는 문이 저만치 앞에 있는 것처럼 어떤 기대를 가져도 안 됩니다. 짐을 벗고, 쉴 수 있는 곳이라고 생각하신다면 더더욱 안 될 일이지요. 이곳에 오는 사람들의 얼굴이 모두 한결같이 보이는 것은 세상과의 인연을 일단 잘 정리했다는 것을 말해주는 겁니다. 그 이상도 이하도 아니라는 것을 우선 알아주었으면 해요.

오시는 길에 뭘 보셨습니까? 무슨 생각을 하면서 오셨나요? 마지막에 여기로 와야 한다고 한 말을 이제 이해할 수 있으리라고 생각합니다. 보긴 뭘 보았겠습니까? 아무 생각도 할 수 없었겠지요. 그 역시 이곳에 온 사람들이 똑같은 얼굴을 하고 있는 것과 같은 현상입니다.

묻지도 않았는데 소리 소문도 없이 사라질 수 있도록 도와달라고 한 사람이 있었습니다. 차에 타고 물속으로 들어가 버리던지, 구덩이 속에 묻히던지, 아무도 모르게 감쪽같이 사라지게 해달라는 거죠. 수증기처럼 말입니다. 그뿐인가요? 마지막 숨이 끊어지는 순간까지 고통을 느끼게 해달라고 한 사람도 있었습니다. 숨을 쉬고 싶어도 쉬지 못하고, 보고 싶어도 볼 수 없고, 말하고 싶어도 말할 수 없도록 고통을 느끼면서 죽어가게 해달라고 하더군요. 가장 잔인한 자살 방법으로 어떤 것이 있냐고 집요하게 물어온 사람도 있어요. 독사에게 물려 죽는 건가요? 그럴 수도 있겠다고 말해주었습니다. 그랬더니 아, 미친개한테 물려죽는 거겠네요, 하고 말하더군요. 그도 그럴 수 있겠다고 말해주었죠. 이런 사람도 있었어요. 지옥도에 보면 끓는 기름에 빠져 허우적이는 사람들이 있는데 그렇게 죽게 해줄 수 있느냐고 묻는 거예요. 당연히 해줄 수 있다고 했죠. 그럼 발가벗은 채 연탄불 위에 올라가 타죽을 수도 있겠네요, 하고 말하더군요. 여자였습니다. 그때도 물론 해줄 수 있다고 했습니다. 아, 참, 그 연탄, 요즘 연탄의 성공률에 대해서 물어보는 사람이 부쩍 늘었습니다. 쇠꼬챙이로 혓바닥을 뚫어 철사로 나무에 매달아 놓고 죽고 싶은데 되겠느냐고 묻는 사람도 있었어요. 다 된다고 했죠. 그 사람이 누구인지 만나러 갔을 때 보니까 팔십이 넘은 남자 노인인데 허구한 날 창문가에 앉아 골목길 저쪽만을 응시하고 있었습니다. 심장만을 정확하게 도려내고 싶은데 안 되겠느냐고 물은 간호사도 있었어요. 아무런 고통 없이 가장 짧은 순간에 죽고 싶은데 어떤 방법이 있겠느냐고 물은 택시기사도 있죠. 고통 없이 죽고 싶다는 사람은 의외로 많았습니다. 비율로 보면 증발해 버리듯이 죽고 싶다는 사람과 오십보백보라고나 할까요? 어떤 여고생은 처연한 모습으로 죽었다는 말을 듣기 위해 문신을 하고 싶은데 어떻게 생각하느냐고 물었습니다. 물속에서 죽고 싶은데 좋은 방법이 있으면 소개해 달라는 초등학교 여교사도 있었죠.

그냥 죽고 싶다는 사람도 꽤 됩니다. 잘 나가는 기업체 사장도 있고, 화가도 있고, 포장마차하는 아주머니, 은행원, 초등학교 학생도 있습니다. 껌을 질겅거리며 묻는 젊은 여자들도 있고, 남대문시장에서 화장품가게 하는 남자, 포도농장하는 농민도 있어요. 그냥 죽고 싶대요. 그냥요. 갑자기 그런 건 아닌 것 같아요. 이따금씩 그런다는데 언젠가는 꼭 죽고야 말겠다고 하더군요. 그러더니 정말 대부분 자살하고 말았습니다.

어찌 되었든 그들은 이곳에 올 때 똑같은 얼굴을 하고 옵니다. 또 한 가지 공통점이 있다면 올 때 뭘 보았다거나 무슨 생각을 했는지 그에 대해서 말하는 경우를 본 적이 없어요. 당신도 마찬가질 거라고 일방적으로 생각해도 되겠죠?

그럼 그렇게 알고 오늘의 주업무로 들어가볼까요? 우선 당신이 원하는 날이 따로 있는지 묻고 싶습니다. 그 다음에는 장소를 결정해야 합니다. 그리고 방법을 선택하면 되죠.

여기 오기 전에 이 부분부터 결정해서 말하는 사람이 있습니다. 뭐, 그런다고 해서 나쁠 건 없죠. 하지만 그런 사람들은 대부분 중도에서 포기하고 말더군요. 어떻게 하면서 포기하는지 잘 모르시죠? 한숨을 쉬고 눈물을 흘리다 그만 두고 맙니다. 죄송하다는 말을 몇 번이나 하면서 포기하는 사람도 있죠. 죽고 싶었는데, 정말 죽고 싶었는데, 하다가 흐느끼는 사람도 있었죠. 자장면시킨 거 취소하듯이 나 그거 안 할래요, 하고 만 사람도 있어요. 당신 누구야? 당신 장의사 맞지? 뿐만 아니라, 당신 얼굴 좀 올려줘봐. 당신 지옥에서 왔지? 저승사자 얼굴 좀 보게 디카로 찍던지 핸폰으로 찍던지, 올려줘보라고, 한 사람도 있습니다. 여보세요, 전데요, 저 죽지 않을래요. 모기만한 소리로 그렇게 말한 사람도 있어요. '예수천당', '불신지옥'이라고 써놓고 포기한 사람도 여럿 있었죠.

어느날로 할까요? 미리 정해 놓은 날이 있으면 말씀해보세요. 토요일? 일요일? 불교신자시던데 태어난 날? 그러면 목요일이고, 23일이군요. 태어난 시간은 잘 모르겠더라구요. 밤입니까? 밤이라도 괜찮으니까 시간에는 구애받지 마십시오.

저는 오늘같이 햇빛이 눈부시도록 아름다운 날을 권해 드리고 싶습니다. 아침 동이 틀 때 저쪽 숲 건너편으로 가보았는데 자작나무 숲 위로 쏟아져 들어오는 햇빛이 마치 오색 실이 풀어져 나오는 것처럼 보이더군요. 얼마나 아름답고 감동적이었는지 모릅니다. 보는 것만으로도, 내가 그 광경을 볼 수 있다는 것만으로도 가슴이 벅차 올랐습니다. 그 이상은 어떤 것도 바랄 게 없었습니다. 이슬은 그 햇빛을 받아 보석처럼 빛나고, 새들은 소리도 아까운지 조용조용히 노래했습니다. 거미줄에도 이슬이 송글송글 맺혀 있었는데 그 이슬에도 햇빛은 마치 축복처럼 내려와 있었습니다. 지금쯤 숲속에는 하루 중 가장 평화스러운 시간이 머물고 있을 겁니다. 바람이 불고 있긴 해도 숲속엔 원래부터 있던 벌레들, 새들, 잡초들, 이끼, 버섯들이 숲속을 숲속답게 가꾸느라 부지런을 떨고 있겠죠. 그러다 밤이 되면 일찍 잠이 들고, 내일 아침 동이 트면 또 부스럭거리며 일어날 겁니다. 어떻습니까? 좋은 날 아닙니까? 그 모든 좋은 일, 좋은 것들이 모두 아무런 조건도 없이 기쁨을 주는 햇빛 때문이라는 것을 물론 알고 계시겠죠? 죽는 날을 이런 날로 택한다면 더 이상 바랄 게 뭐가 있겠습니까?

장소에 대해서는 신중해야 합니다. 해변을 원하는 사람들이 의외로 많더군요. 모래밭에 누워 있는 시체로 발견되고 싶은 겁니다. 그 중에 이옥봉처럼 죽고 싶다던 여자가 있었습니다. 이옥봉이라고 조선 후기 시인 아시죠? 황진이보다 낫고, 이계생보다 좋다는 여인 말입니다. 요사이 안부를 묻노니 어떠하시나요. 달 비친 사창에 저의 한이 많습니다. 다 외우지는 못하겠는데 하여튼 그렇게 시작하는 산뜻한 시가 있죠.

부여 사람 승지 조원의 소실이었습니다. 여자가 시를 잘 짓는다는 이유로 버림받은 후 행방불명이 되었는데 어느날 중국 어느 낯선 해변에서 시체로 발견되었습니다. 아시죠? 이옥봉. 해변 물가에 둥둥 떠 있었죠. 온몸에 뭔가 칭칭 감겨진 채 떠 있었다고 해요. 그 모습이 너무나 참혹해서 수습할 엄두를 내지 못하다가 지방관의 엄명으로 간신히 건져 냈는데 수습하고 보니 시체는 여자이고, 온몸에 감겨 있는 건 뭔가 잔뜩 적혀 있는 한지였습니다.

지방관이 이상해서 한지를 조심스럽게 풀어 거기에 적혀 있는 걸 읽어보니까 모두 가슴을 써늘하게 하는 싯귀절들이었습니다. 그리고 맨 끝에 자기는 조선 조원의 첩이고, 이름은 이옥봉이라고 적어 놓은 겁니다. 박정한 조원에게 버림받은 후 임진왜란 때 죽었다는 소문이 있었는데 어떤 연유에서인지 그렇게 중국의 해변에서 시체로 떠 있었던 겁니다.

글쎄 바로 그 이옥봉처럼 죽고 싶다고 하더라구요. 이옥봉은 어디선가 떠내려 왔을 겁니다. 그녀는 자살했을까요, 아니면 누군가에 의해 그렇게 발견된 것일까요? 제 생각엔 누군가 유언을 들어주었던 것으로 보입니다. 조선의 이옥봉이라고 한 걸 보면 죽은 장소는 중국으로 보이죠? 그런 이야기를 주욱 해주고 나서 결론을 얻어 냈습니다. 보셨는지 모르겠네요. 지방신문에 크게 보도된 적이 있죠. 해변에서 파도에 떠밀려온 것으로 보이는 여자 시체 한 구가 발견되었는데 온몸에 뭔가 칭칭 감겨 있어서 풀어보니까 다름아닌 여자가 쓴 시였답니다. 부검 결과 수면제 과다 복용으로 인한 자살로 판명이 되었습니다. 그러나 어떻게 그 시들을 감아 놓고 노끈으로 칭칭 묶었는지 알 수 없어 아직까지 의문으로 남아 있습니다. 어떤 사람은 그게 뭐가 이상하냐, 죽은 사람이 얼마든지 할 수 있다고 본다. 이옥봉 봐라, 이옥봉이도 그렇게 죽은 것으로 안다고 한 걸 읽은 적이 있습니다.

신중하셔야 합니다. 누군가 의식할 필요가 있고, 벌어질 일에 대해서도 생각해 두어야 합니다. 그래서 아예 고층 빌딩 옥상을 선택하는 사람이 있죠. 철길을 선택하는 사람도 있고요. 해변은 그와는 정반대입니다. 당신의 자살은 충격파가 클 것입니다. 세상을 크게 놀라게 할 테죠. 하기야 그건 어떤 방법을 선택하느냐에 따라 달라질 수 있겠지만요.

당신은 현명하니까 최후의 순간까지, 아니 자살 후의 일까지 용의주도하게 생각해 두셨을 줄 압니다. 그래서 말인데 이제 어떤 방법을 택하실지 말씀해 주시겠습니까? 아, 기다리고 있었군요. 핸드백 안에 그 대답이 있는 모양이죠?

거듭 말씀드리지만 왜 죽으려 하는지, 이를테면 이유가 뭐고, 무슨 사연이 있고, 어떤 기구한 일에 얽혀 있길래 스스로 목숨을 끊으려 하는지 등등 그런 일에 대해서는 묻지도 말고 따지지도 말자고요. 그와 관련된 이야기라면 그 어떤 내용이라도 비슷비슷하다는 게 제 생각입니다. 뭐가 비슷비슷하냐고요? 살아 있는 자들의 모든 이야기를 말하는 겁니다. 그 이야기들 속에 자살하려는 이유나 동기 같은 것들도 있을 뿐이라는 것이죠. 이곳이기 때문에 그런 점을 서슴치않고 말할 수 있는 겁니다. 바로 이곳이기 때문에요.

핸드백을 여는 건 때가 임박했다는 것을 말해주는 것 같군요. 그게 뭔가요? 총이군요. 알았습니다. 미리 준비하고 오셨군요. 벨기에제 리볼버군요. 육연발이고, 삼백 그램도 안 나가는 것이어서 휴대하기에는 그만이죠.

경찰에서 호신용으로 제공한 것이군요. 범죄 전문가라면 그 정도는 가지고 다녀야 하겠죠. 자살 전문가하고는 어울리지 않지만. 경찰은 당신을 끝까지 범죄 전문가로 대해주었다는 걸 의미하는 겁니다. 그밖에 다른 호신용 무기도 있을 거라고 생각합니다. 보통 가스총이나 전자충격기도 몸 어딘가에 부착하고 다니죠. 그런데 그것만 꺼내 드시는 건 무슨 이유 때문이죠?

설마 그것으로 날 쏘려는 건 아니겠죠? 실탄은 미리 넣어둔 것 같군요. 몇 발 남았습니까? 당신을 위해서는 두 발은 있어야 할 겁니다. 그렇지만 그것으로 나를 쏘겠다면!

설마. 아니겠죠. 하기야 당신은 오늘 대어를 낚은 셈이나 다름이 없지요. 만약 날 체포해 그동안 있었던 일들, 이를테면 재벌총수의 자살이나 탤런트 자살, 자살바위 사건, 이옥봉 사건 등등 몇 가지만 세상에 밝혀 놓아도 일약 스타가 되고 말 겁니다. 논문도 하나 더 쓰시죠. 박사학위 하나 더 받는 건 시간문젭니다. 당신은 어쩌면 세계적으로 유명한 자살 전문가가 될 수 있을지도 모릅니다.

안 그렇습니까? 그때 당신의 남편은 어떻게 되는 걸까요? 그 총으로 차라리 당신 남편을 쏘지 그래요. 아, 그래요. 죄송합니다. 우리 그런 이야기 하지 않기로 했죠. 정말 쏘고 싶었는지 모르죠. 죽이고 싶었는지 모르죠. 머리채를 잡힌 채로 주먹으로 맞을 때마다, 발길질을 당할 때마다 핸드백 속의 그 총, 그 총을 꺼내 들려고 몇 번이나 생각했을지도 모르죠. 하지만 거룩한 당신, 결국 당신은 평온해지기로 했던 것입니다.

당신을 나의 고객으로 확실하게 인정합니다. 당신은 아까 이곳에 들어올 때하고 표정이 조금도 변하지 않았습니다. 아름답습니다. 거룩하기 조차합니다. 그 총을 이리 주십시오. 염려하지 마시고요.

알았어요. 오늘을 선택해서 오신 겁니다. 햇빛이 가장 밝을 때입니다. 숲속으로 가시죠. 바람이 불고 있기 때문에 총소리 몇 방 들린다 해도 곧 묻혀 버리고 말 겁니다.

이리로, 이리로 오십시오. 숲속으로 들어가는 오솔길이 저기 보이죠? 가실까요? 탄환이 두 개로군요. 일 년 중 가장 깨끗한 때입니다. 참 좋은 날씨로군요.

*『월간문학』 2009년 9월

매가 있는 스카이라인

보물선이 발견되던 날 응암동 사진이 실린 그 신문기사를 읽었다. 무심히 신문을 펼쳐 들었는데 갑자기 상단 가운데에서 눈길을 끄는 제목과 사진이 있었다.

백련산 자락에 15층 규모 39개동
응암동 스카이라인 '확' 바뀌었네

굵은 제목 위로 백련산 기슭에 빼곡히 들어선 아파트 단지 사진이 옆으로 길게 자리잡고 있었다. 사진 설명은 이렇게 되어 있었다.

서울 은평구 응암동에 대규모 단지 '백련산 힐스테이트'가 다음 달 말부터 집들이에 들어간다. 조합원 몫을 제외한 일반분양 물량도 나온다.

사진을 본 순간 내 눈길은 금방 백련산, 그 봉우리들이 이루는 곡선에 머물렀고, 문득 바로 눈앞의 허공에 떠오르는 것이 있었다. 매. 언제나 그 동네 위 허공에서 맴돌던 매들이었다.

스카이라인은 겹쳐지고 있었다. 정말 아파트 단지가 들어섬으로 해서 몰라보게 변해버린 스카이라인과 내가 살던 동네, 그 초라했던 동네 위에 언제 봐도 유유히 떠돌고 있던 매들이 있는 스카이라인이었다. 백련산이 아니었다면, 신문에 응암동이라는 굵은 활자가 없었다면 몰라보았을 그 백련산이 아니었다면 스카이라인은 그렇게 겹쳐지지 않았을 것이다. 변하지 않은 백련산이 있음으로 해서 겹쳐진 그 스카이라인은 한동안 그대로 있었다.

누나는 어떻게 되었을까? 숙영이 누나. 그랬다. 잊혀지지 않았던 그 이름이 떠오른 것도 바로 그때였다.

보물선 발견은 우리에게 새로운 활력을 불어 넣었다. 지난 석 달 동안 악전고투 끝에 겨우 찾아내긴 했지만 탐색 결과는 기대에 못 미치는 것이었다. 그래서 포기하고 이번엔 대마도로 갈 예정이었다. 그러나 어제 저녁 갯벌을 더 파고 들어가자 거기에 뜻밖에도 파손된 채 묻혀 있는 배의 뒷부분을 발견하게 된 것이었다. 마지막으로 갯벌을 한 번 더 파보자고 하더니 금화 한 잎을 손에 들고 올라온 박전무가 길게 숨을 내쉬고 나서 말했다.

"싸이판 날씨 좋을까?"

주전무와 나는 환호성을 지르며 손바닥을 마주 부딪쳤다. 박전무가 싸이판에 가서 일주일만 놀다가 본격적으로 시작하자고 제의했다. 동의하지 않을 수 없는 제의였다. 단지 하나, 그 제의가 합의를 보기 전에 내가 먼저 단서 하나를 붙였다.

"모레 떠나도 되지? 내일 하루 서울에 좀 다녀올게."

"서울? 거긴 왜?"

박전무가 물었지만 대꾸를 하지 않았다. 더 이상 묻지도 않았다. 그것이 우리들 세 명, 서로를 전무라 부르는 동업자 사이에 있는 불문율이었다.

아침나절에 서해안을 떠났다. 성산대교를 지나고 우측으로 월드컵 경기장을 지나자 곧 터널이 나오고 오른쪽으로 길게 개천이 흐르고 있었다.

그리고 물결같은 감정이 가슴 위를 스치고 지나갔다. 삼십 이 년만이었다. 이마 위로 멀리 백련산이 보이고, 신문에서 보았듯이 확 바뀐 스카이라인이 한눈에 들어왔다.

속도를 줄이고 다시 한 번 그 동네를 바라보았다. 동네를 떠나올 때 지금 이 길은 논바닥이었다. 그때 이곳에서 보면 백련산 아래 동네는 황량하기 그지없었지만 지금은 주택들로 뒤덮여 있고, 그중에서도 아파트 단지가 한눈에도 예전 동네 대신 들어서 있다는 것을 알 수 있었다.

지금도 매들이 날고 있을까? 또 하나의 스카이라인이 겹쳐져 눈앞에 나타났다. 매들은 왜 유난히 그 동네 위에서 많이 살고 있었을까? 갑자기 떠오른 생각이었다. 그 동네에서 이십 년이나 살았으면서도, 그리고 매일같이 매들을 보고 살았으면서도 한 번도 해본 적이 없는 그 생각이 예순이 넘어 찾아온 지금 갑자기 떠오른 이유는 무엇일까? 무엇엔가 감동을 받았을 때처럼 가슴이 순간 일렁거렸다.

개천에는 여러 개 다리가 놓여져 있었다. 그중에서 낯익은 다리 이름이 있었다. 와산교였다. 다리를 건너자 도로변에 주차장이 있어 일단 차를 멈추고, 핸들을 잡은 채 거리를 살펴보았다. 저쪽 앞이 예전의 버스 정류장이었다. 비포장도로였을 때 정류장의 이름은 백련사 입구였고, 그 다음이 가게 앞이었다. 나와 숙영이 누나는 언제나 백련사 입구에서 내려 시장이 있는 사거리를 지나 왼쪽의 동산을 가로질러 동네로 올라갔다. 옛길은 감으로도 방향을 잡을 수 있었다. 두리번거릴 필요도 없이 그때처럼 사거리를 지나갔다. 그런데 갑자기 누군가 뒤에서 부르는 소리가 들렸다.

"형님! 종수 형님 아니세요? 형님!"

돌아보니 한영이었다. 첫눈에 알 수 있었다. 나보다 더 늙어 보였다. 한영이를 여기서 만나다니.

"형님! 정말 종수 형님 맞네! 형님! 이게 얼마만입니까?"

뜻밖이었다. 반가웠다. 숙영이 누나는 어찌 되었을까? 그리고 지영이는.

"아직도 응암동에 살고 있었구나! 반갑다! 정말!"

한영이는 사거리 인근에서 노래방을 하고 있었다. 숙영이 누나 동생이었다. 누나와 한영이 사이에는 나와 나이가 같은 지영이가 있었다. 비만 오면 발작을 일으키는 아이였다. 유난히 희고 긴 목을 탐스러운 머리채로 가리고 다니는 아이였다. 평소에는 종일 우두커니 앉아 있다가 비만 오면 온갖 욕지거리를 퍼부으며 맨발로 빗속을 뛰어다녔다.

지금도 기억에 생생하다. 비오는 날이면 우르릉, 우르릉, 하고 축대 무너지는 소리가 들려왔다. 절망과도 같은 소리였다. 그 소리 사이사이에 들려오는 지영이의 절규는 그 절망을 더욱 더 선명하게 만들곤 했다.

백련산 아래는 원래 수재민촌이었다. 사일구가 일어나기 전 해에 서부이촌동 강변에 판자촌을 이루고 살던 사람들이 태풍 사라호로 수재민이 되자 정부에서 외국 구호금으로 이곳에 정착촌을 만들고 이주시켜 형성된 동네였다.

산비탈을 계단식으로 대충 밀고, 그 위에 14평짜리 블록 건물을 일자로 지어 두 세대가 들어가 살 수 있도록 했다. 그러니까 한 세대가 7평씩 차지해서 방 두 개와 부엌을 겨우 만들었다.

우리집 이웃이 바로 한영이네였다. 지붕엔 기와를 얹어 비를 피할 수 있게 했지만 마당에는 울타리도 축대도 없었다. 각자 알아서 돌을 주워 축대를 쌓고 살았는데 그것이 엉성하다 보니 비만 오면 무너져 내렸다. 쌓으면 무너지고, 쌓으면 또 무너지고, 무너질 줄 알면서도 쌓고 또 쌓아 마당을 확보했다.

지영이의 절규는 그때 어김없이 들려오곤 했다. 한밤중, 빗소리와 함께 들려오는 축대 무너지는 소리와 지영이의 절규는 얼마 전 꿈속에서 들려오기도 했다.

저쪽 아래에서 보면 동네는 마치 무슨 집단 수용소처럼 보였다. 아니 토끼장이나 비둘기장처럼 보이기도 했다. 응암동의 스카이라인을 확 바꾸어 놓은 그 아파트 단지가 바로 그 동네가 있던 자리였다. 언제나 매가 떠다니던 동네였다. 우리집은 아래에서 보면 가운데에서 약간 오른쪽에 있었다. 마당에 나가 정면을 바라보면 멀리 수색 변전소가 보였고, 그보다 가까운 곳에는 묘지들이 빼곡히 들어차 있는 공동묘지가 보였다. 고택골이라고 불리는 곳이었다. 고개를 돌려 뒷산을 보면 산 바로 위로 드넓게 펼쳐져 있는 하늘 아래에 언제나 매들이 유유히 떠 있었다.

"강씨 아저씨 소식 알아?"

예전 동네로 올라가는 초입에 카페라고 쓴 간판이 있어 들어가 먼저 물어보았다. 그는 떠돌이 이발사였다. 예전에 막걸리 주조장이었던 이곳 마당 옆에서 깨진 거울을 앞에 놓고 머리를 깎아 주던 그가 갑자기 생각이 났기 때문이었다.

"그 아저씨 죽은지 십 년도 더 돼요. 자살했어요."

"자살?"

괜히 물은 것 같았다. 그러나 무슨 말인지 하지 않으면 안 되었다.

"김목수는?"

언제나 술에 취해 다니던 전직 목수였다. 오른쪽 턱 밑에 조롱박만 한 혹이 붙어 있었다. 동네에서 가장 유명했던 아저씨였다. 아무 데나 오줌을 누고, 아무 데나 쓰러져 잤다. 아주머니는 꿀꿀이죽 장사를 했다. 저녁에 용산에서 죽을 받아 동네로 팔러 오는데 시궁창에 머리를 박은 채 쓰러져 있는 아저씨를 보아도 못본 척 그냥 지나쳐 버렸다. 옛날 이야기를 많이 알고 있었다. 동네 아이들을 모아 놓고 옛날 이야기하기를 좋아했다. 실감나게 했다. 예전에 변사였다는 말도 있었다. 어린 우리들은 아저씨의 혹 속에 옛날 이야기가 무진장 들어 있다고 생각했다.

"그 아저씨도 죽었어요. 간암으로. 아주머니는 지금도 살아 계셔요. 폐지를 주우러 다니죠. 가끔 우리 노래방에도 와요. 제가 폐지를 모아 놓거든요. 형님, 그동안 어떻게 지내셨어요? 정말 궁금했습니다. 사시는 데는요?"

"난 잘 있어. 며칠 전 신문에서 힐스테이트 기사를 보았어. 사진까지 크게 실려 있는 걸 보았지. 한번 오고 싶더라고. 자네를 이렇게 만날 줄은 꿈에도 생각지 못했지."

유난히 나를 잘 따랐던 한영이었다. 숙영이 누나는 그런 사실을 알고 나에게 충고했었다.

"한 가지 부탁 좀 하자."

누나는 피우던 담배를 바닥에 버리고 거칠게 밟아 끄면서 조용히 말했다.

"우리 한영이 말이야. 부탁인데 이런 데 끌어들이지 마."

충무로에서 가짜 양주를 만들고 있을 때였다. 목풀기라는 것이었다. 어두운 골목에서 누나는 내가 하는 일이 다름아닌 목풀기라는 걸 알고 그렇게 말한 것이다. 매섭고 싸늘한 어조가 아니었다. 가느다랗게 신음같은 한숨을 내뱉던 누나였다.

숙영이 누나는 드러머였다. 누나가 드러머였다는 사실을 알았을 때 놀라지 않을 수 없었다. 호텔 나이트클럽에 가짜 양주를 대주던 어느날 무대 위에서 미친 듯이 북을 두들기던 누나를 처음 발견하게 된 것이다. 동네에서는 누나를 술집 여자로 알고 있었다. 나도 그렇게 알고 있었다. 오후 늦게 집을 나서 자정 무렵에나 들어왔다. 빠걸이니, 작부니, 그렇고 그런 년이니 하고 쑥덕거리는 소리를 들은 게 한두 번이 아니었다.

하루는 술을 날라주고 뒷문으로 나오다가 기다리고 있던 세 명에게 가로막힌 적이 있었다. 영업권을 포기하라고 한 놈들이었다. 한 녀석은 아는 얼굴이었다. 그 나이트클럽의 웨이터였다. 계속 협박조로 말하다가 말을 안 듣자 마음먹고 온 것이었다. 내가 먼저 주먹을 날렸다. 월남전에서 돌아와 제대한지 석 달밖에 되지 않은 주먹 솜씨였다. 그러나 상대방은 세 명이었다. 계속 얻어맞고 있는데 갑자기 누군가 소리쳤다.

"야, 이새끼야! 그만 두지 못해!"

누나였다. 담배를 피우러 나온 모양이었다. 웨이터가 누군가를 때리고 있는 걸 보고 소리친 것이었다. 녀석들이 슬금슬금 사라지자 나한테 다가오더니 대뜸 눈을 크게 뜨고 나직이 말했다.

"어? 종수 아냐?"

하늘은 어둡게 빌딩과 빌딩 사이에 있었다. 한영이는 고등학교를 졸업하고 놀고 있었다. 누나의 아버지는 기타리스트였는데 삼 년 전에 세상을 떠났다. 만담가였던 어머니는 반신불수로 바깥 출입도 제대로 하지 못했다. 누나는 있는 듯 없는 듯했다. 낮에 누나의 목소리를 들은 적이 없었다. 그런 누나를 나이트클럽 뒷골목에서 만나게 되었고, 한영이 이야기를 꺼내면서 부탁한 그 말은 나에게 가슴을 씻어내리게 하는 듯한 신선감을 주었다.

여지껏 나에게 그런 식으로 말한 사람은 한 사람도 없었다. 관심을 가져주는 사람도 없었고, 눈여겨보아준 사람도 없었다. 기회가 없어도 너무 없다고 생각하고 있었다. 재수가 없어도 더럽게 없다고 생각하면서 살고 있었다. 참 지긋지긋하게 운도 없다면서 살고 있었다. 그런데 누나의 그 말이 처음으로 느껴보는 감정이 된 것이다.

그날 이후로 우리는 같은 버스를 타고 퇴근할 때가 많았다. 시청앞까지 걸어와 응암동으로 가는 버스를 탔다. 혹시나 하고 다음 버스를 기다리면 어김없이 누나가 헉헉거리며 뛰어오곤 했다. 막차를 놓치면 안 되었기 때문이었다.

"내 말 기분 나쁘지 않았니? 맘에 걸리더라."

한영이 얘기를 한 지 며칠 지나서 집으로 오는 길에 누나가 그렇게 말했다. 다음 날에도 누나는 말했다.

"종수야, 너 그 일 그만 하면 안 되겠니?"

나는 이미 그 일에 깊숙하게 관여하고 있었다. 기술자가 다 되어 있었다. 익숙한 솜씨로 어떤 양주병이라도 뚜껑을 열고 닫았다. 월남 파병 때 알게 된 동기로부터 배운 게 직접적인 원인이 되었다. 제대하고 할 일 없으면 찾아오라 해서 갔더니 가짜 양주를 만드는 곳이었다. 재일교포라고 했다. 일본말을 잘했다. 수입은 짭짤했다. 누나의 말은 점점 가슴에 불을 지피기 시작했다. 더없이 기분이 좋았고, 흥분이 되기조차 했다. 일본으로 밀항한 것도 결국은 그 기분 때문이었다.

나는 이미 여자를 느끼기 시작하고 있었다. 마음 속에 싹트는 새싹들을 매일같이 마구 스스로 짓밟아대고 있었다.

"넌 뭐든 잘할 수 있을 것 같아. 돈도 많이 벌어 잘 살 거야. 착하고 예쁜 여자하고 결혼도 할 거고. 왜 그런지 몰라도 나는 그런 생각이 들어. 너 생기기도 잘 생겼잖아. 그렇지만, 종수야."

어느 여름날 밤이었다. 비가 몹시 오는 날, 우산을 같이 받고 가면서 누나가 말을 이었다. 그날 누나는 처음으로 내 손을 잡아주었다.

"지금 하는 일만은 안 하면 안 되겠니? 누나가 취직자리 하나 알아봐 줄까? 말해볼 만한 사람이 있거든.”

밀항을 결심한 건 그날 밤이었다. 재일교포가 꼬드겼기 때문이었다. 야반도주하듯이 한밤중에 아무도 몰래 동네를 떠났다. 바람이 몹시 불고 있었다. 지나는 사람도 없었다.

응암동은 백련산 산자락에 간신히 뿌리를 붙이고 있었다. 누나에게만은 알려야 할 것 같아 서울역에서 편지를 부쳤다. ‘누나, 일본으로 떠납니다. 언제 올지 몰라요. 누나 말 잊지 않을 게요. 내가 돌아올 때는 누나도 그 일 그만 두세요.’ 술 취한 손님이 지폐에 침을 뱉어 이마에 붙여 주면서 같이 놀자 하면 웃기만 하던 누나. 지영이가 발작을 일으키면 뛰쳐 나가지 못하도록 허리를 붙잡고 있다가 같이 비탈길에서 나뒹굴던 누나. 언제나 손이 따뜻했던 숙영이 누나.

매들은 지금도 응암동 하늘 위에 있을까? 일본에서도 그 생각을 여러 번 한 적이 있었다. 수십 마리씩 떼를 지어 동네 위를 맴돌던 매들. 매들 생각을 한 것이 아니라 응암동이 생각날 때마다 떠오르곤 했다.

“형님네 뒤에 살던 형선이라고 있잖아요. 걔는 목사됐어요.”

“그 노름꾼?”

우리는 주로 동네를 주름잡던 사람들에 대해서 말을 나누었다. 한영이가 소상하게 알고 있었다.

“잘 나가고 있어요. 그리고 형님, 지씨 아저씨 알죠? 왕년의 챔피언.”

“내가 왜 몰라.”

그 아저씨 모르면 응암동 사람이 아니었다. 우물을 파주러 다니던 지씨 아저씨는 모르는 사람이 동네에 오면 어떻게든 시비를 걸어 주먹을 날리곤 했다. 주먹을 날릴 때는 꼭 권투 폼을 잡았다. 자칭 전국체전 플라이급 챔피언이라고 하면서 눈을 치뜨기도 했다. 어떨 때는 빤탐급이라고도 했다.

"전라도로 우물 파러 갔다가 객사했어요. 구덩이가 무너졌대나봐요."

사주 봐주러 다니던 양씨 아저씨는 중이 되었고, 미장이 변씨 아저씨는 서오릉 입구에서 붕어빵을 굽는다고 했다. 땜쟁이 김씨 아저씨는 길을 가다가도 사사건건 참견을 하면서 살더니 한영이네 아래집에 살던 과부 무당하고 눈이 맞아 동네를 떠났다고 했다. 남대문 시장에서 빨랫줄 장사를 하던 영식이 형제는 어느날부터 보이지 않아 궁금했는데 알고 보니 형무소에 있었고, 딸만 여섯을 두었던 두식이 아저씨는 기어이 아들을 낳겠다고 첩을 얻었다가 또 딸만 내리 둘을 낳았다고 했다.

"그 아저씨 둘째 딸 있잖아요. 현정이. 이쁘게 생긴 애. 걔가 형님 소식을 묻더라고요."

청주에 볼일이 있어 갔는데 거기서 보신탕집을 하고 있더라고 했다. 그런데 거기서 또 내 소식을 묻더라는 것이다.

"형님, 기억 나세요? 그땐 참 매가 많았어요."

카페에서 나와 아파트단지 바로 아랫길로 나왔을 때 한영이가 백련산을 올려다보며 말했다. 예전 모습은 한 가지도 남아 있지 않았다. 백련산이 아니었다면 전혀 알아볼 수 없었다.

"저쪽 윗길로 해서 백련사로 가는 길이 있었어요. 그렇지만 지금은 다 막혀 버렸어요. 형님, 형님네집이 어디에 있었는지 아세요?"

한영이의 목소리가 쓸쓸하게 들렸다. 목을 기웃거리며 위를 올려다보았지만 나는 이미 알고 있었다. 산봉우리를 기준으로 해서 대충 짚어보고 있었다. 저기쯤이라고 생각하니 꿈결 속에 와 있는 기분이었다.

산기슭은 언제 봐도 여기저기 돌부리가 튀어나와 있던 비탈길이었다. 그 비탈길에서 애들은 아무 데나 똥을 누웠다. 세숫물, 개숫물도 아무렇지 않게 길바닥에 버렸다. 그래서 언제나 똥이며 콩나물 대가리며, 고춧가루 묻은 깍두기 조각들을 쉽게 볼 수 있었다. 그 길 위에 지금 고층 아파트들이 단지를 이루며 들어차 있는 것이었다. 스카이라인을 '확' 바꾸어 놓았다는 표현은 정말 그럴듯하다는 생각이 들었다.

일본에서 우리는 우동장사를 해서 돈을 많이 벌었다. 월남전 전우는 알고 보니 매우 성실한 친구였다. 전우는 5년 후에 결혼을 했고, 나는 귀국해서 이력서를 허위로 꾸며 재벌이 운영하는 무역회사에 입사했다. 시험삼아 넣어본 것인데 보기좋게 합격한 것이다. 나는 회사에서 대학을 졸업한 후 일본에 유학까지 갔다 온 유능한 인재였다. 기획실에 발령이 났고, 결혼도 했다. 1980년이었다.

일본에서 돌아와 맨 먼저 찾아본 곳은 응암동이었다. 그러나 동네는 낯설게만 느껴졌고, 누나의 소식도 알 수 없었다. 재개발인가 뭔가 해서 예전 동네 군데군데에 연립주택이 들어서 있었고, 비탈길엔 시멘트가 덮여져 있었다. 매들은 그대로 있었다. 그러나 예전에 비해 숫자가 훨씬 줄어든 것으로 보였다.

직장생활은 순탄치 못했다. 퇴직한 사원들과 주가 조작을 시도하다가 적발되는 바람에 형무소에 가게 되었고, 곧 파면에다 이혼까지 당했다.

형을 받고 감방생활을 시작한지 며칠 되지 않았을 때였다. 하루는 잠결에 누군가 시선이 느껴져 퍼뜩 정신이 들면서 살며시 눈을 떠본 적이 있었다. 정말 누군가 바로 코 앞에서 내 얼굴을 빤히 들여다 보고 있었다. 먼저 들어와 있던 사내였다. 사내는 그때 뜻밖의 말을 해서 나를 설레게 만들었다. 내가 깼다는 것을 알고 중얼거리듯 한 말이었다.

"이렇게 선량하게 생긴 얼굴이 어쩌다가 여기에서 자고 있을까?"

사내가 팔베개를 한 채 자고 있는 내 얼굴을 한참이나 보고 있었다는 것을 그때 알았다. 운동시간이면 사내는 늘 내 주변에 있었다. 그때 보면 항상 같이 다니는 사람이 있었다. 한 달도 못가 나도 그들과 한 패가 되었다. 아삼륙이었다. 나이도 비슷하고 들어온 동기도 비슷했다. 그리고 그들이 나를 필요로 한다는 사실을 알게 된 건 출소일이 가까워오는 어느날이었다.

"먼저 석탑 밑에 있는 금괴를 캐자고. 그걸 가지고 자금을 마련하는 거야."

그들은 서로를 박전무, 주전무라고 불렀다. 나는 김전무라고 부르겠다고 했다. 도굴범들이었다. 할 수 있는 일은 그 일뿐이라고 했다. 확실한 것으로만 먼저 시작하자고 하더니 강원도 어느 절에 있는 석탑을 지목했다. 그 탑 밑에 금덩어리가 숨겨져 있다는 것이다. 황당무계했지만 그것이 사실이라는 것을 알게 된 날 응암동을 다시 한 번 생각했다.

동대문시장에서 옷수선으로 겨우겨우 살아가던 부모님은 재개발이 될 때 할 수 없이 고향인 조치원으로 내려갔다. 감방에서 나와 보니 아버지는 심장마비로 돌아가셨고, 우리들 3남매는 뿔뿔이 흩어진 채 홀로 계신 어머니조차 제대로 모시지 못했다. 박전무는 수많은 보물지도를 가지고 있었다. 모두 떳떳치 못한 재물들이 숨겨져 있는 곳을 말해주고 있는 지도라고 했다. 그중에서도 가장 믿음이 가는 지도는 이거라고 하면서 사진이 첨부된 낡은 청사진 한 장을 늘 소중히 다루었다.

"보물선이라고 생각하면 되네. 우리의 목표는 바로 이것이야!"

떳떳치 못한 재물. 그것이 무엇인지 당연히 궁금했다. 그에 대한 답변은 주전무가 해주었다.

"정확하게 말해준다면 나도 몰라. 단지 하나, 재물인 것만은 분명한데 함부로 쓸 수 없는 돈, 금덩어리, 보석같은 것들을 말하지. 몰래 다른 나라로 가져가려다 폭격을 맞아 가라앉은 배도 그중 하나야."

박전무는 주전무의 말이 떨어지자마자 아무렇지 않게 말했다.

"내년쯤에 우리도 빌딩 하나 짓자고. 아파트 사업에 뛰어들던지."

자금은 이를테면 그 보물선을 캐내기 위한 자금을 말하는 것이었다. 우리는 우선 잠수 기술을 익히기 위해 스킨 스쿠버 다이버들을 개인교수로 채용했고, 이어서 잠수 산업기사 자격증까지 따놓았다. 그리고 어선 한 척을 사 고기잡이배로 위장한 다음 탐사 장비를 구입해 바다를 샅샅이 뒤져 나갔다.

"형님."

한영이 내 얼굴을 지긋이 바라보았다. 불러 놓고 말이 없었.

"형님, 궁금했습니다. 그간 어찌 지내셨어요?"

"응, 나도 우여곡절이 좀 있었지. 예전 동네에 다시 와보니까 어렸을 때 일이 생생하게 기억나. 저쯤 되었을 거야. 하루는 보니까 형사들이 널 데려가는데 니가 안 따라가려고 막 발버둥치더라고."

달려가서 왜 이러는 거냐고 따졌다. 얘가 무슨 죄가 있다고 이러는 거냐면서 형사들의 앞을 가로막았다. 그 순간을 이용하여 한영이 잽싸게 몸을 날려 산쪽으로 달아나기 시작했다.

"그때 정말 억울했어. 역촌동 은행에서 금고가 털렸는데 내가 목격자들이 말하는 사람과 인상착의가 비슷하다는 거야. 사건이 일어났을 때 수색 친구네집에 있었다고 해도 막무가내로 가자고 하는 거야."

산비탈엔 경찰관들이 이따금 찾아오곤 했다. 특별한 일이 없어도 찾아오는 것이었다. 뒷짐을 지고 산비탈 이곳저곳을 다니면서 젊은 사람을 만나면 집이 어디냐, 군대는 갔다왔느냐, 하고 물었다.

아파트단지에 초겨울 오후 햇볕이 환하게 내려앉아 있었다. 우리는 그곳으로 쉽게 접근하지 못한 채 머뭇거리고만 있었다. 잘 아는 동네인데 마치 꿈속에서 만나고 있는 듯했다. 반갑기는 한데 왠지 생소해서 어색하게 느껴지는 것이었다. 신문에는 지하 6층, 지상 15층짜리 아파트가 39개동, 모두 3,200세대가 들어서 있다고 했다. 내가 살고 있었을 때는 비둘기집같은 집들이 3백 채 정도는 되었을 것 같았다. 그 기억을 간직한 채 이제는 늙어가고 있는 두 사나이가 다시 그 동네에 와 있다는 사실이 신기하게 느껴지기도 했다. 모든 것이 변했는데 우리만 변하지 않은 것일까? 아니면 우리도 변했고, 동네도 변한 것인가? 아니다. 실제로 변한 것은 아무것도 없을지 모른다. 그렇다면 기억 속의 그 동네에 빼곡히 들어찬 아파트 단지는 신기루가 분명했다.

"골프 연습장도 있어요. 체력 단련장도 있고요. 애들 놀이터도 잘 해 놓았더라구요. 바닥이 전부 고무칩이더라니까요. 출입할 때도 열쇠가 필요 없어요. 터치만 하면 문이 열리고 닫히고 해요."

걸어다니는 사람은 별로 눈에 띄지 않았다. 이따금 승용차들이 오르내리는데 운전자는 대개 어머니로 보이는 여인들이었고, 뒷좌석엔 아이들이 타고 있었다.

"참, 그땐 매들도 많았는데."

한영이 아파트 위 하늘을 올려다보며 혼잣말처럼 말했다. 그런 그의 입가에 순진한 미소가 잠시 번졌다.

싸움질하는 소리가 들리지 않는 날이 거의 없던 동네였다. 술 마시다 싸우고, 화투하다 싸우고, 돈 받으러 왔다 싸웠다. 형제들이 싸우는 집도 있었고, 부자지간이 싸우는 집도 있었다. 한밤중에 잠자리에서 들으면 지붕 위 저쪽에서 들려오는 고함과 욕지꺼리가 아득히 먼 곳에서 들려오는 아우성처럼 들려올 때도 있었다. 누군가 울부짖는 소리, 세간이 마구 부숴지는 소리, 어린 것들의 비명, 똥이 여기저기 갈겨져 있는 골목길을 마구 뛰어가는 소리, 맨발로 뛰어가면서 남편을 향해 고래고래 악다구니를 부리는 여인, 이놈아, 나 죽이고 가라면서 쉰 소리로 울부짖는 늙은 어머니, 날이 새면 언제 그랬느냐는 듯이 평온한 동네 그대로였다. 만나는 얼굴들도 늘 보던 어제의 핏기 없는 얼굴 그대로였다.

"왜들 그렇게 싸우고 살았는지."

"특히 비오는 밤에."

한영이 말을 받더니 히죽 웃었다. 한영이네집에서 큰소리가 나던 날도 비오는 밤이었다. 지영이가 여고 2학년 때였다. 번들거리는 승용차 한 대가 지영이네 집 마당 바로 앞에 서더니 모녀지간으로 보이는 여인 두 사람이 급하게 내렸다. 그리고는 다짜고짜 지영이네집 그 허름하고 덜컹거리는 합판 문짝을 열어젖히더니 안에다 대고 소리쳤다.

"그래 너 집에 있었구나! 이리 좀 나와 봐!"

집에는 마침 지영이와 어머니만 있었다. 지영이 여인들을 보고 고분고분하게 구는 걸 보면 잘 아는 사이 같았다. 그런데 부슬부슬 비가 내리는 마당에서 젊은 여인과 지영이가 무슨 말인가를 주고 받더니 갑자기 나이 든 여자가 지영이의 머리채를 휘어잡고 소리쳤다.

"아니 뭐 이딴 게 있어!"

지영이가 어머니, 어쩌고 하면서 비명을 질렀다. 그 말에 지영이는 질척거리는 바닥에 쓰러질 정도로 얻어맞았고, 질질 끌려다니기까지 했다. 놀라서 뛰어나갔을 때 보니 승용차는 이미 저만치 아래로 내려가고 있었다. 교생과 연애를 했다고 한다. 교생이 가출하자 지영이를 찾아온 것이다. 그후 지영이가 이상해졌다. 비만 오면 울부짖으며 뛰쳐나가려고 했다. 어머니, 저예요, 저란 말예요, 하면서 흐느껴 울다가 깔깔거리기도 했다. 석달간이나 입원을 한 적도 있었다. 누나는 그때 허리까지 내려오는 머리채를 귀밑에서 잘라 버렸다.

"다들 그래도 어떻게든 비비고 살았었어요."

"이런 동네가 들어설 줄 안 사람이 있었을까?"

우리는 동문서답을 하고 있었다. 매는 보이지 않았다. 응암동, 할 때의 응, 자는 매응 자라고 했다. 백련산 정상에 가면 집채만한 바위들이 무더기져 있는데 매들이 주로 그곳에서 서식하고 있기 때문에 그런 이름이 붙은 것이라고 했다. 기슭 북쪽으로 가면 매 형상을 한 바위가 있는데 그 바위를 응암이라고 했고, 동네 이름은 바로 그 바위의 이름에서 유래한 것이라는 말도 있었다. 정말 매들이 참 많았었다. 지금은 한 마리도 보이지 않았다.

"그만 내려가지."

한영이 아파트 단지를 힐끗 뒤돌아보더니 말없이 내 뒤를 따라왔다.

"한영이 꼭 널 만나러 온 것만 같아."

이상하다고 생각한 적이 한두 번이 아니었다. 응암동 꿈을 꾼 적이 여러 번, 아니 이따금 있었기 때문이었다. 이상하다고 생각한 것은 잊혀지면 좋을 것 같은 그 동네에서의 일들이 꿈속에 다시 나타난다는 사실이었다. 일본에서도 꿈을 꾼 적이 있고, 감방 안에서도 꾼 적이 있었다. 석탑 아래 금괴를 훔치기 위해 석탑 위 산속에 굴을 파고 지하 터널을 뚫을 때에도 꾼 적이 있었다. 박전무와 함께 골동품을 팔러 다니다가 경찰에게 쫓겨 어촌마을에서 열흘간 숨어 지낼 때에도 그 꿈을 꾸었다. 꿈속에서도 싸우는 소리가 들려왔다. 지영이가 울부짖는 소리, 축대가 무너지는 소리도 들려왔다. 나는 어느 층계에서 엉거주춤 서 있기도 하고, 밤새 달아나기도 했다. 꿈에서 깨면 백련산 자락에 간신히 붙어 살던 그 동네가 으레 눈앞에 펼쳐졌고, 청명한 하늘 아래에서 유유히 떠다니던 매들이 손에 잡힐 듯이 가깝게 느껴졌다.

숙영이 누나가 생각난 것도 물론이었다. 매들은 언제나 백련산에 있었고, 누나는 언제나 백련산 아래에 있었다.

"형님 차에요?"

주차장에 도착하자 한영이 내 차를 보고 눈이 휘둥그레졌다. 볼보를 보고 그런 것이 분명했다. 차 한 번 쳐다보고, 나 한 번 쳐다보다가 잠시 말이 없더니 눈길을 내리며 가만히 말했다.

"형님, 왜 그러세요?"

무슨 말을 하려는 것인지 짐작할 수 있었다.

"누나 소식 궁금하지 않으세요? 왜 한 번도 묻지 않으세요?"

"지영이는 어떻게 되었지?"

바로 물었다. 한영이 차체에 손을 짚은 채 말했다.

"요양소에 있어요."

"어머니는?"

아직도 생존해 계시다고 했다. 한영은 백련산을 길게 건너다 보면서 다시 말했다.

"누난…재작년에 돌아가셨어요."

시간을 좁혀 보려 애를 써보았지만 누나는 충무로 나이트클럽의 드러머 그 이상은 아니었다.

"결혼은 하셨니?"

"안 했어요."

가볍게 고개를 가로젓더니 이어서 말했다.

"형님, 누나가 죽고 나서 유품을 정리하다 형님이 일본에 갈 때 보낸 편지를 발견했어요."

"결혼도 안 했단 말야?"

마땅한 남자가 있었다고 했다. 그러나 어머니와 지영이를 어떻게 하느냐면서 결혼을 포기했다고 했다.

"형님 소식을 무척 알고 싶어 했어요."

"언제까지 일을 하셨지?"

한영은 내 말에는 아랑곳하지 않고 혼잣말처럼 말했다.

"저는 구치소를 들락거리느라 누나가 암에 걸린 줄도 몰랐어요. 오십이 다 돼 일을 그만 두었는데 그때는 이미 누나 인생도 막을 내린 거죠."

고개를 돌려 응암동 아파트 단지 위로 펼쳐진 스카이라인을 돌아보았다. 그리고 순간 꽤 신통하게 느껴지는 생각 한 가지가 머리에 떠올랐다. 그 순간 왜 그 생각이 들었는지 그 이유는 나도 모른다. 그 생각이란 다른 게 아니고 왜 그렇게 그곳에 매들이 많이 살고 있었는지 그 이유를 알게 된 것이었다. 살기에 좋았기 때문이었다. 먹을 것 많고, 놀기에 좋았고, 구애받는 것이 없었기 때문이었다. 매들에게 그곳은 잘 먹고 잘 살기에 아주 적합한 곳이었다. 그래서 그렇게 떼를 지어 날개를 활짝 펴고 맴돌면서 놀고 있었던 것이다. 청명한 날이면 매들은 어른 아이 할 것 없이 모두 날아올라 오르락내리락, 미끄러지듯이, 굽이치듯이 응암동 그 동네 위를 떠다녔다. 매들은 그 동네를 알고 있었을 것이다. 그 동네를 굽어보면서 놀고 있었으니까. 매들이 굽어본 그 동네는 어떤 모습이었을까? 매들은 그 동네사람들을 어떻게 생각하고 있었을까? 매들이 살기 좋았던 응암동. 신통하게도 방금 전 매들이 그렇게 많았던 이유를 알게 되었다니!

확 바뀌어진 응암동 스카이라인. 나의 스카이라인에는 여전히 매들이 맴돌고 있었다. 보물선은 잘 있겠지. 와산교를 지날 때 다시 한 번 뒤를 돌아보았다. 바뀌어진 응암동 스카이라인은 점점 멀어져 가고 있었다.

*『월간문학』 2013년 4월

가체금지 살인사건

 상주에서 검시관이 왔을 때 여쾌女僧의 시신은 바위 위에 반듯하게 누워 있었다. 사람들의 왕래가 잦은 대로변이었다. 바위는 어른 허리쯤 되는 높이로 넓적한 멍석처럼 생긴 것이었다. 문경으로 가는 길목, 관아가 빤히 바라보이는 곳이었다. 봄내음이 나기엔 아직 이른 이월 초순이었다. 어제 밤새 짠 명주를 문경으로 팔러가던 아낙이 길가의 시신을 발견하고 기겁을 해서 신고를 한 것이었다.
 "상주 고을에서 유명한 방물장수 여인입니다. 문경은 말할 것도 없고, 대구에까지도 명성이 자자하다고 합니다. 이름은 선화라고 합니다. 나이는 사십 육세, 열 아홉 살 때 과부가 되었답니다. 빼앗긴 것은 아무것도 없습니다. 허리춤에 찬 주머니를 보니까 진주, 홍옥, 비취, 산호로 장식된 값비싼 머리꽂이들이 십여 개나 있었습니다. 강도 같지는 않습니다."
 검시관이 첫 번째 보고를 하는 동안 목사牧使는 묵묵히 시신의 얼굴을 내려다보고만 있었다. 죽은 자의 개략적인 신상에 대해서는 관아에 있는 사람이라면 누구나 알 만큼 선화라는 여인은 널리 알려져 있었다. 그럼에도 목사에게 자세하게 설명을 하는 이유는 목사가 외관직으로 처음 부임해온지 한 달밖에 되지 않은 신관 사또였기 때문이었다.

"시선이 아직도 느껴지는군."

차가운 목소리였다. 죽은 자의 두 눈을 보고 하는 소리였다. 시신은 두 눈을 똑바로 뜨고 있었다. 고정되어 있는 시선은 허공을 향하고 있는 것이 아니라 바로 눈앞에서 멈추어 있는 듯이 보였다. 그러니까 목을 조르고 있던 자의 얼굴을 똑바로 쳐다보다가 죽은 것처럼 보이는 것이었다.

"그리고 저 머리카락, 저 목에 감겨 있는 월자."

머리를 가볍게 옆으로 흔들었다. 미심쩍다는 뜻이었다. 시신의 머리는 쪽이 풀어진 채 산발된 상태였고, 시신의 목에는 엉성하게 풀어져 있는 다리 가닥이 둘러져 있었다. 원래는 촘촘하게 잘 짜여진 새끼줄처럼 보였을 것 같았다. 그것이 촘촘한 부분이 느슨해진 채 감겨져 있었다. 목사는 바로 그 땋은머리를 주의깊게 살피고 있는 것이었다. 목사의 내심을 미리 알아채기라도 한 듯 검시관이 얼른 나서서 말했다.

"나리, 저도 그 점을 이상하게 생각하고 있습니다. 다리는 다른 사람 머리카락인데 그것으로 목을 조른다고 해서 사람이 죽을 수 있을까, 하는 점입니다. 그래서 상주에서 이름난 수모首母와 월자장月子匠을 불렀는데 지금 저쪽 방에 와 있답니다."

이리로 오라 하자 머리가 희끗한 남자와 중년 여자가 들어왔다. 목사가 목에 감겨 있는 다리에 대해 아는 대로 말해보라 하자 이모저모 살피더니 의견을 말했다. 그 말을 종합해 보면 이러했다.

'결론적으로 말하자면 살인이 가능하다. 다리는 작은 다리꼭지를 엮어서 만드는 것이기 때문에 힘을 주면 풀어진다. 시신을 보니 다리는 죽은 사람이 머리에 덧대고 있었던 것으로 보인다. 그걸 풀어 정면으로 바라보면서 목 뒤로 둘러 앞에서 엇갈리게 한 다음 양손으로 다리 양 끝을 세게 당겨 목을 졸라 죽인 것이다. 이럴 경우 보통의 다리라고 하면 금방 풀어지고 만다. 끊어져 파손이 된다. 그런데 저 다리를 보면 전체가 한 가닥으로 되어 있는 아주 보기 드문 것이다. 언뜻 보면 모르겠지만 전체적으로 위에서 아래로 갈수록 폭이 좁게 되어 있다. 아주 긴 머리카락을 땋아서 한 가닥으로 만든 다리라는 걸 의미한다. 저렇게 고급스런 다리는 어떤 무당이 사용하고 있는 걸 보고 이번이 처음이다. 범인은 다리가 무엇인지 잘 아는 자 같다. 처음부터 다리가 한 가닥으로 되어 있다는 걸 알고 사용한 것이 분명하다. 다리를 많이 다루어본 사람이 아니면 절대 저렇게 할 수 없다.'

목사도 수긍이 간다는 듯 고개를 끄덕였다. 적이 놀라는 눈치였다.

"참 대범한 놈이군. 길가에서 목을 졸라 죽이다니! 다리로 목을 졸라 죽인 게 분명하다. 도대체 이유가 뭘까?"

수사는 신속하게 진행되었다. 목사의 진두지휘하에 우선 현장을 다시 한 번 면밀히 살피고, 선화의 집, 어젯밤 행적, 최근 만난 사람, 친한 사람 등을 알아보기 위해 군관들은 말할 것도 없고, 좌수, 아전, 별감, 사령들까지 사방으로 흩어져 발빠르게 움직이도록 했다.

선화는 키가 크고 빼어난 미모를 지니고 있었다. 주로 인근의 사대부가 규방을 찾아다니면서 패물이며 옷감 등속은 말할 것도 없고, 규방에서 필요한 것은 무엇이든 가져다 주는 장사꾼으로 널리 소문이 나 있었다. 때로는 혼인 중매를 하기도 했지만 때로는 바람난 과부, 건달들을 연결해 주는 뚜쟁이 노릇을 하기도 했다. 돈이 많다고도 했다. 특히 가체금지령이 내려진 이후로는 다리 거래가 금지되었고, 그로 인해 규방에서 거래되는 다리의 값이 부르는 게 값이었기 때문에 가체금지가 있었던 지난 십여년 동안 다리 거래만으로도 큰 돈을 만졌을 거라는 게 누구나 하는 말이었다.

선화는 또한 윤기나는 긴 머리카락으로도 유명한 여인이었다. 장발에다 미발이었다. 여자라면 부러워하지 않는 사람이 없었다. 선화는 늘 나는 다리를 사용하지 않는다, 내 머리는 항상 본머리다, 하면서 숱 많은 쪽을 자랑스럽게 올리고 다녔다.

그런데 시신으로 발견되면서부터 그 말이 다시 화제에 올랐다. 본머리가 아니라 남의 머리카락을 사용했다는 사실이 드러났기 때문이었다. 아무나 가질 수 없는 매끈하고 탐스러운 다리 한 가닥을 사용한 것이 분명했다. 여지껏 돋보였던 머리는 바로 그 다리로 인한 것이었다는 말이 입소문으로 퍼져 나갔다. 그 당사자가 다름아닌 선화였기 때문에 더욱 그랬다. 가체금지 이전부터 다리, 하면 먼저 떠오르는 여인이 바로 여쾌 선화였는데 그 선화가 다름아닌 다리로 목이 졸려 살해당한 것이다.

집에 가보자 선화는 어제 초저녁에 나간 이후로 들어오지 않았다고 했다. 어젯밤 어딘가 들렀다가 살해당한 것이 분명했다.

어제 저녁에 들른 곳은 유대감집 규방이었다. 예전에 판서를 한 집안이어서 상주고을 사람들이 흔히 유대감집으로 부르는 집이었다.

그 집 규방에서는 다섯 명이나 되는 여인들이 항상 거대한 가체머리를 하고 있었다. 집주인인 안방마님을 비롯해서 같은 울안에 사는 동서 두 명과 과부 시누이 그리고 시동생의 첩이 바로 그들이었다. 아침상을 물리면 모두 마님의 방으로 와 머리 치장으로 하루를 보냈다. 다리를 덧대 머리를 크게 하고, 각종 보석으로 장식된 비녀와 꽃이를 꽂아보면서 어떻게 하면 더 우람하고, 풍만하고, 요염하게 보일까, 하고 이리 보고, 저리 보면서 꾸미고 가꾸기를 거듭했다.

평가를 해주는 일은 언제나 선화가 맡아 했다. 다리를 더 올려야겠다면 더 올렸고, 굵기를 다양하게 사용하는 편이 더 멋질 거라고 하면 돈 아까운 줄 모르고 수십 가닥씩 사들였다. 물론 선화를 통해 구매하는 것이었다.

"글쎄 어제 들은 얘긴데 이 댁 마님보다 가체를 더 화려하게 했다면서 의기양양하더라니까요? 나더러 절대 입단속하라고 했는데 내가 누굽니까? 마님 땜에 큰 선화인데."

당파색이 다른 집안에서 이 집 마님 머리장식을 흉보더라면서 은근히 이 집 얘기도 다른 데 가서 할 수 있다는 뜻을 바닥에 깔고 태연하게 말했다. 세력가들 집이라면 안 가는 데가 없는 선화였다. 무시로 드나들었다. 규방 여인들도 그 점을 잘 알고 있기 때문에 선화를 함부로 대하지 못했다. 그런데 최근 유대감집에 오더니 이상한 말을 해서 여인들을 긴장시켰다.

"조심들 하세요. 몇 집이 걸렸어요. 도대체 누가 말을 함부로 하고 다니는 건지, 원. 걸리게 되면 어떻게 되는지 아시죠?"

가체금지령 이후 다리를 사용한 머리를 하고 있다가 걸리게 되면 다리는 압수당하고, 가체를 한 사람의 아버지나 오빠가 대신 벌을 받았다. 정도에 따라 옥살이를 하는가 하면 매질을 당하기도 했다.

하지만 사대부가 규방에서는 가체 사용이 더하면 더했지 조금도 줄어들지 않았다. 이따금 중문을 지나 가운데뜰로 바람을 쐬러 나가기라도 하려면 하녀들이 양쪽에서 받쳐 주어야 할 정도로 다리를 크게 올리는 여인도 있었다. 어떤 나이린 며느리는 시아버지가 갑자기 방에 들어오자 놀라 얼른 일어나는 바람에 큰 가체머리 무게에 눌려 목뼈가 부러지기도 했다. 열 세 살된 며느리라고 했다. 그 며느리는 결국 죽고 말았다.

들키게 되면 망신이라는 것을 알면서도 세력가의 여인들은 가체머리를 한껏 뽐내고 있었다. 그런데 선화가 자꾸 들킨 집이 있다는 말을 하는 바람에 불안하기 짝이 없었다. 그래서 패물 몇 가지를 준비해 달래보았다.

"이거 갖게나. 다른 뜻은 없으니까 부담 느끼지 말고 받게."

다른 집에 가 우리 집 얘기 절대 하지 말라는 압력이라는 것쯤은 물론 잘 알고 있는 터였다. 선화는 패물을 슬쩍 물리며 눈을 내려 깔고 말했다.

"제가 할 수 있는 일이 있고, 할 수 없는 일이 있죠. 이게 다 무슨 소용이 있겠어요. 마님, 안 그래요?"

마님 역시 패물이 너무 적다는 속내인 줄을 모를 리가 없었다. 내일 다시 보자고 하자 어김없이 초저녁에 찾아온 것이었다. 훨씬 많은 패물을 준비해 건네자 입이 귀밑까지 찢어지며 콧소리로 말했다.

"제가 누굽니까? 저를 안 믿고 누굴 믿을 수 있겠어요? 염려라는 건 그냥 푹 재워두시어요."

그런데 바로 그때였다. 안방문이 스르르 열리더니 웬 시커먼 얼굴 하나가 성큼 들어섰다. 다섯 여자와 선화가 동시에 그 사람을 보고 소스라치게 놀랐다. 검은 복면을 하고 있었다. 버선도 신고 있었다. 두 눈만이 반짝거리는 게 보였다. 여자들이 놀라자 순간 환도를 뽑아 들이대는데 칼날에서 서슬이 시퍼렇게 일렁거렸다.

"누, 누구요?"

첩이 말을 더듬거리자 복면은 손에 들고 있던 빈 자루에 가까이에 있던 다리 가닥들을 집어 넣었다. 마님이 하고 있던 것이었다. 그리고는 칼을 겨누며 각기 하고 있는 다리들을 자루 속에 넣으라는 듯이 손짓을 해댔다. 여자들이 머뭇거리다가 머리를 풀어 다리를 자루 속에 넣기 시작했다. 복면은 그때 경대 옆에 있는 다리함을 버선발로 차면서 그 안에 있는 것도 넣으라고 손짓을 했다. 말은 한 마디도 하지 않았다. 여자들은 꼼짝없이 다리함 두 개에 있는 크고 작은 다리들을 모두 자루 속에 넣었다. 목적이 다리에 있는 것 같았다. 자루가 다 채워지자 이번에는 칼끝을 선화의 턱에 대고 치켜올리더니 잠시 내려다 보았다.

"당신, 도대체 누군데! 여기가 감히 어디라고!"

선화가 목이 잠겨 간신히 말했다. 그러자 복면은 순식간에 자루를 둘러멘 채 규방에서 나가 버리고 말았다.

"강도야! 강도!"

역시 선화가 소리를 질렀다. 어쩔 줄 몰라 하며 소리만 질러댔다. 그 선화가 다음 날 새벽 시체로 발견된 것이었다.

"나리, 참 이상한 일입니다. 선화를 아는 사람은 한두 사람이 아니었습니다. 그런데도 단서되는 것이 한 가지도 없습니다. 한결같이 하는 말이 다른 사람에게 그렇게 죽을 사람이 절대 아니라는 겁니다."

아전들이 혀를 내두르며 보고를 하는데 내용은 비슷비슷했다. 상주, 문경, 보은 인근에 사는 왈짜패, 양아치, 불한당, 무뢰배, 여리꾼 등등 한마디로 오사리잡놈치고 평소 선화로부터 용돈을 받아 쓰지 않은 자는 드문 정도였다. 이미 죽었다는 소식이 널리 퍼져 있었다. 기생들도 눈을 휘둥그렇게 뜨고, 다투어 말해주었다.

"어떤 떠돌이 중놈하고 한 일 년인가 산 적이 있는데 중은 허구한 날 맞고 살다가 눈오는 어느 겨울날 아침에 속곳 차림으로 쫓겨나고 말았어요. 그런 여자가 목졸려 죽었다고요? 정말이요?"

왜 죽였을까? 죽이고 나서 어디로 간 거지? 시체가 발견된 날이 다 기울어가도록 목사의 의구심은 단 한 가지도 풀려지지 않았다.

목사뿐이 아니었다. 해옥도 마찬가지였다. 뭔가 있는 게 분명한데 단 한 가지도 손에 잡히는 게 없었다. 노래 잘하고, 춤 잘 추고, 시를 잘 지을 뿐만 아니라 빼어난 자색으로 가야금만 잡으면 천하를 들뜨게 만드는 상주 제일 기생 해옥은 몇 달 전부터 머릿속이 상쾌하지 못하고, 심기가 편안하지 못한데 오늘 유대감집으로부터 전갈을 받고 덜컥 가슴이 내려앉고 말았다.

'저녁에 들려줬으면 좋겠네. 긴히 할 이야기가 있네.'

화장품이 필요해서 보낸 전갈은 결코 아닐 것이었다. 쪽지를 가지고 온 하녀도 그렇게 말했다. 지난 가을부터 상주 인근 사대부가 규방에 밤이면 숨어들어 다리만 강탈해가는 복면 강도가 있었다. 다리를 강탈당하고서도 쉬쉬하면서 아무도 그 사실을 발설하지 못했다. 가체는 지금 국법으로 금지하고 있는 상태였기 때문이었다. 더구나 당파는 상주에도 마찬가지여서 상대방 당이 그 사실을 알기라도 하면 어떤 공격의 빌미로 이용할지도 몰랐기 때문에 안방문도 새어나가지 않도록 극비로 했다. 그러다보니 집안에서 조차 어젯밤 안방에서 무슨 일이 있었는지 모를 정도였다.

사정이 이렇다 보니 바로 이런 점을 이용해서 금품을 갈취하는 자들이 생겨나 물의를 빚은 적도 있었다. 한 여쾌가 드나드는 규방 여인들에게 가체한 사실을 고발한다고 협박하여 여러 차례 금붙이를 요구하다가 적발된 사건이 있었다. 그 여쾌는 곤장 오십 대를 맞은 후에 섬으로 귀양을 갔다. 반대당 집에 알리겠다면서 은근히 협박하여 백비단을 받아간 수모도 있었다. 그 수모 역시 적발되어 곤장 삼십 대에 협박한 사대부가의 종이 되었다.

사대부가의 규방에 드나들 수 있는 사람은 선화같은 여쾌나 매분구, 수모가 고작이었다. 해옥과 같은 기생은 특별한 경우에 속했다. 기생이라고 하면 겉으로는 천한 것, 쌍것, 하면서도 뒤로는 좋은 연지나 분이 있으면 구해 달라고 손을 벌리는 게 바로 규방의 여인들이었다.

답답하니까 평소 중국 화장품을 뒷거래로 들여오는 해옥을 몰래 불러 바깥 동정을 살필 겸 하소연 아닌 하소연을 해왔는데 이 집 저 집 그런 일로 전갈을 보내오는 횟수가 늘어날수록 해옥도 점차 불안해지기 시작한 터였다. 백방으로 알아보았지만 도대체 어떤 놈이 그런 짓을 하는 것인지 그야말로 오리무중이었기 때문이었다. 나이는 스물다섯에 불과했지만 상주 바닥에서 발이 넓다면 빠지지 않는 해옥이었는데 자신있게 해결할 수 있다고 생각했던 일이 점차 미궁에 빠지자 그 강도놈이 언젠가는 자신의 기방에까지 쳐들어와 트레머리 다리를 몽땅 빼앗아가고 말 것이라는 불안감이 엄습해오고 있었던 것이다.

임금은 등극하자마자 궁안에서의 가체 행위를 일체 금지시켰다. 이때부터 명부들이 하고 다니던 거두미는 나무를 깎아 그 형태를 만들어 착용하도록 했고, 민간의 혼례 때에만 이를 허용하도록 했다. 민간에 허용한 것은 그동안 혼례 때 궁중 양식을 모방하여 머리 치장을 하는데 너무 많은 돈이 들어갔기 때문이었다. 소 한 마리 값이 이십 냥이었는데 제대로 된 머리모양을 하고 혼례를 치르기 위해서는 육십 냥 이상이 들어간 것이다. 비용이 그렇다 보니 육칠년씩 혼기를 늦추는 사례가 비일비재했다. 여자들이 머리 치장에 막대한 돈을 쓰는 풍조는 전 임금 때에도 있었다. 그때 처음으로 가체를 금지시켰는데 한참 있다 알아보니 조정 대신들의 집에서 조차 잘 지키지 않자 중단하고 말았다. 그러던 것을 전임금의 손자인 지금의 임금이 처음부터 강직하게 나와 궁에서의 가체는 하루 아침에 사라지고 말았다. 그러던 중 등극 십이년 후에는 아예 전국적으로 금지령을 내려 가체 대신 쪽머리를 하도록 했다.

임금은 전임금이 실패했던 정책을 다시 실시한 것이었다. 사치풍조를 뿌리 뽑겠다는 것이 목적이었다. 가체금지를 단속하기 위해 그 이유와 목적 그리고 세부 규정을 문서로 작성하여 전국에 배부하였다. 가체신금사목加髢申禁事目이라는 것이 바로 그것이었다. 이 문서는 한문을 모르는 백성들도 읽을 수 있도록 뒤에 한글본도 첨부해서 인쇄해 넣었고, 임시직을 채용하여 동짓날 이후부터는 전국에서 실시

될 수 있도록 배부했다. 뿐만 아니라 행정구역이 정비되어 있지 않아 고르게 배부되지 않을 수도 있을지 몰라 사전에 행정구역까지 정비해두는 치밀함을 보이기까지 했다.

이때부터 가체는 차츰 사라지기 시작했다. 여염의 여인들은 말할 것도 없고, 시장에서 생선을 파는 여인들도 가체를 하고 다녔던 광경은 점차 볼 수 없게 되었다. 그럼에도 불구하고 가체가 사라지지 않은 곳이 두 군데가 있었는데 한 군데는 규방이었고, 다른 한 군데는 기방이었다. 사대부가 여인들은 그때부터 그들의 주활동무대인 안방에서 집안 여인들끼리 가체를 즐기고 있었기 때문이었다. 가체금지를 한다고 해서 단속을 하는 관리들에게 들킬 염려는 전혀 없었다. 대문, 중문을 지나 안방에까지 들어올 강심장은 없을 것이기 때문이었다. 김홍도, 신윤복 같은 화원들의 그림들이 모사화로 만들어져 돌아다닌 적이 있었다. 그 그림들 속에 등장하는 여인들은 대부분 기생들이었다. 사대부가 여인들은 별로 보이지 않았다. 기껏해야 사녀도仕女圖 한두 점과 뒷마당에서 애기 업고 서성이는 며느리, 그리고 남이 못볼 줄 알고 담장 안 마당에서 흘레붙은 개들을 구경하는 양반가 규수들이 고작이었다. 규방까지 들어갈 수 없었기 때문이었다. 그곳에 가서 보게 되었다면 그들의 그림은 확연하게 달라졌을 것이었다. 조선 여인들이 얼마나 다채롭게 머리모양을 하고 있었는지 생생하게 보여졌을 것이었다. 하지만 쉽게 볼 수 있는 여인들이 담장 밖의 여인들이다 보니 맨날 보여지는 것이 트레머리요, 어여머리, 사양머리, 낭자머리뿐이었다. 기생들은 코웃음을 쳤다. 잡혀가도 곧바로 풀려나왔다. 그들의 남자들이 모두 관리들이었기 때문이었다. 버젓이 거대한 트레

머리를 하고 다녀도 누구 한 사람 건드리는 사람이 없었다.

다리를 만들기 위해서는 다른 사람 머리카락이 필요했다. 그렇지만 머리카락이라는 것이 생산할 수 있는 것도 아니고, 아무 때나 공급받을 수 있는 것도 아니어서 구하기가 매우 힘이 들었다. 공급처 중엔 시부모의 병구완을 위해 머리카락을 잘라 파는 여인들이 있었다. 한량인 남편이 친구들과 잘 어울리도록 술상을 마련하기 위해 머리카락을 잘라 파는 아낙도 있었다. 포로나 사형수의 머리카락을 사용하기도 했다. 어떤 죄수는 머리카락이 비싼 가격에 팔린다는 사실을 알고 자기 머리카락을 잘라 간수에게 뇌물로 주고 탈옥한 경우도 있었다.

그중 질 좋은 머리카락은 여승이 많은 절간에서 나왔다. 중이 될 때 삭발을 해서 종이에 감아 잘 간수해 놓기 때문이었다. 그것을 빼앗다시피해서 가져오는 경우가 많았다. 불상이나 촛대까지 빼앗아 제기로 만들어도 아무 말을 할 수 없었기 때문에 속수무책으로 빼앗기는 경우가 비일비재했다. 그렇게 해서 수집된 머리카락은 선별해서 일률적으로 염색을 하고, 땋지 않은 상태로 엮어서 다리로 사용하거나 굵게 땋아서 변발 다리로 만들어 본머리에 덧대는 용도로 사용되었다.

그런데 그런 다리들만 강탈해가는 복면강도가 나타난 것이다. 벌써 열 군데도 넘었다. 유대감집은 어떤지 모르겠다 했는데 오늘 연락이 온 것이고, 필경 복면 강도가 거기에도 들렀기 때문이라는 생각을 지울 수가 없었다.

사인교를 타고 장죽을 물다가 도로 내려놓았다. 보통 일이 아니라는 생각이 들자 입맛이 싹 가셔 버렸다. 거기다가 선화 이야기를 듣고는 흠칫 놀라지 않을 수 없었다.

"아니 선화가 엊저녁에 여기 왔었다고요?"

"그렇다니까. 어제 그놈이 왔을 때 선화도 있었어."

새로운 소식이 아닐 수 없었다. 여지껏 오리무중이었던 시야에 새로운 길 하나를 트여 주는 소식이기도 했다. 해옥은 유대감집을 나오는 길로 관아로 발길을 돌렸다.

"그렇지 않아도 내 자네를 만나보려던 참이었네."

"그렇게 느려 가지고서야 어찌 범인을 잡겠습니까? 저한테 끌려다니기 십상이겠네요."

"저 주둥아리! 닥치지 못해! 여기가 어디라고!"

목사와 몇 마디 나누기 전인데 옆에 있던 군관이 버럭 소리를 질렀다. 해옥이 실눈을 뜨고 군관을 째려보고는 찌르듯이 쏘아붙였다.

"왜요? 여기가 어딘데요? 내 저고리 밑으로 손 집어 넣을 때는 신관 사또가 아니라 관찰사 어른 부임 자리 아니었던가요?"

"이년이!"

그러자 목사가 손을 들어 제지했다. 나가 있으라고 눈짓을 하자 해옥이 정색을 하고 말했다.

"제안을 한 가지 하려고 들렸습니다. 복면강도를 잡을지도 모릅니다."

"말해봐. 무슨 제안이지?"

"소문 한 가지를 내주셔요."

다음 날 아침, 상주 고을에 파다하게 퍼진 소문 한 가지가 있었다. 새로 온 사또께서 가체금지령이 잘 지켜지지 않는다고 판단하고, 특별 단속을 실시했는데 예상했던 대로 너도 나도 여전히 가체를 하고 다녀 압수한 것만 해도 우마차로 두 대 분량이나 되었다고 했다. 그걸 지금 관아 우물 옆에 있는 관물 창고에 보관해 놓았는데 며칠 있다 대구 감영으로 옮긴다는 것이었다.

그리고 그날 밤, 자정이 막 지났을 무렵이었다. 창고 뒷문을 뜯고 소리없이 들어가는 사람이 있었다. 복면에, 버선을 신고 허리에는 호신용 환도를 차고 있었다. 복면은 잠시 두리번거리더니 창고 안에 거친 베로 만든 자루들이 쌓여 있는 것을 발견하고는 조심스럽게 그중 하나의 주둥이를 열어보았다. 그리고는 순간 고개를 번쩍 들고 밖에서 나는 소리에 귀를 기울였다.

"꼼짝 마라! 너는 독안에 든 쥐다!"

속은 것이다. 자루에서 꺼내든 것은 헝겊 쪼가리들이었다. 와장창, 하고 뒷문이 부서져 나가고 창을 든 군졸들이 앞을 막아섰다.

"포박해!"

그러나 복면의 동작은 그 소리보다 더 빨랐다. 순식간에 몸을 날려 창살을 부수고 밖으로 뛰쳐나갔다.

"잡아랏!"

군졸들이 창고를 에워싸고 있었다. 그러나 복면은 다람쥐같이 담장 위로 올라가더니 갑자기 눈앞에서 사라지고 말았다. 군졸들이 우왕좌왕하면서 뒤를 쫓고 있는데 복면은 어느새 성곽쪽으로 달려가고 있었다.

"뛰어봤자 벼룩이지."

군관이 느긋하게 말했다. 성곽이 가로막고 있는데다 그쪽에도 군졸들을 안팎으로 배치해 놓았기 때문이었다. 그러나 복면은 조금도 지체하지 않고 아홉 자나 되는 성곽을 눈 깜짝할 사이에 벗어나고 말았다. 개구멍으로 빠져 나간 줄을 아무도 몰랐다.

상주 관아 주변은 소란해지기 시작했다. 횃불을 대낮같이 밝혀 놓고 복면이 달아난 쪽을 뒤쫓기 시작했다. 복면은 천봉산으로 들어가고 있었다. 그곳 정상에는 봉수대가 있었고, 그곳에도 수비대가 있었다. 미리 연락이 되어 있었기 때문에 횃불을 밝혀 놓고 호응하고 있었다. 복면은 그런 사실을 아는지 모르는지 천봉산 정상을 향해 달려가고만 있었다.

"반드시 생포해야 한다."

군관은 서슬이 퍼렇게 소리를 지르고 있었고, 군졸들은 거침없이 산길을 헤치며 나아갔다. 그런데 앞서 가던 군졸 한 명이 갑자기 걸음을 멈추더니 말했다.

"사라졌어요. 저 집으로요."

깊은 산중이었다. 웬 초막이 한 칸 있었다. 언뜻 보면 작은 초가처럼 보였다. 복면이 그 집으로 들어가 버렸다는 것이었다.

"포위해!"

군졸들이 초막을 에워쌌다. 그러나 섣불리 집안으로 들어가지 못했다. 집안에서는 아무런 기척도 나지 않았기 때문에 포위는 긴장감 속에 계속되기만 했다. 군관이 온갖 협박과 회유하는 말로 소리를 질러 보았지만 안에서는 끝내 아무 소리도 들려오지 않았다. 할 수 없이 접근하여 안의 동정을 살폈을 때에야 안에 정말 아무도 없다는 걸 알게 되었다.

"분명 이리로 들어갔어?"

"예! 확실합니다."

그런데 바로 그때였다. 한 군졸이 안에서 초막 안 바닥이 걷혀 있는 걸 발견하였다.

"땅굴이네."

들어가 보니 굴은 건너편 계곡 너머로 통해 있었다. 자연 동굴이었다. 복면이 그리로 달아난 게 분명했다. 허탈하게 있는데 또 한 군졸이 소리쳤다.

"여기 좀 보세요!"

모두들 가보자 다리가 한쪽 벽면에 가득 걸려 있었다. 그것뿐만이 아니었다. 발 아래가 어찌 푹신하다 해서 바닥의 거적을 걷어보자 그 아래로 다리가 잔뜩 쌓여 있었다. 그 위에서 잠을 잔 것이 분명했다. 다리로 요를 삼아 아니 구들장삼아 산 것이었다. 다리는 그곳에만 있는 게 아니었다. 천장에도 전부 다리로 덮여 있었다. 대나무를 시렁처럼 엮어 놓았는데 그 위에 크고 작은 다리들이 잔뜩 올려져 있었다.

모두 한동안 어안이 벙벙해져 다리들을 둘러보고만 있었다. 어마어마한 양의 다리가 그 안에 있었다. 다리로 사방 벽을 두르고, 천장과 구들까지 다리로 덮어 놓은 것이었다. 다리도 여러 형태였다. 천장에는 가발처럼 모양이 갖추어져 있는 것이 모여 있었는데 그것은 모두 중국제였다. 소 한 마리 값과 맞먹는 다리였다. 벽에는 변발 다리들이 줄줄이 걸려 있었다. 굵은 것은 한 손으로 잡기가 힘들 정도였다. 그런 다리는 태어나 한 번도 자른 적이 없는 처녀 머리 일곱 명분 정도가 들어가야 만들 수 있는 것이었다. 그 정도면 중국 상인들이 특히 좋아하는 물건으로 무엇보다 구하기가 쉽지 않을 뿐만 아니라 부르는 게 값이었다. 다리는 함경도에서 나온 걸 최고로 쳐주었는데 윤기가 나고 긴 것이 특징이었다. 한쪽 벽면에는 그 함경도산이 분명해 보이는 탐스러운 다리 수백 개가 벽에 가득 걸려 있었다.

"기가막히군."

군관이 혀를 내둘렀다. 겨울에 아무리 추위도 끄떡 없을 것 같았다. 사람의 머리카락 속에 들어가 있기 때문이었다. 그리고 그 집 주인은 땅굴로 사라지고 만 것이었다. 도대체 그 자는 어떤 자일까? 군졸들은 그 다리들을 모두 수거해 우물 옆 창고에 갖다 놓았다.

"선화를 죽인 건 그 자일까? 왜 죽였지? 그 다리들은 뭐고?"

목사는 창고로 가 다리들을 확인한 후 다시 해옥을 불렀다.

"떠주는 밥도 못먹었네요."

"땅굴이 있을 줄 누가 알았겠나? 뭐 좀 짚이는 게 없나?"

"좀더 기다려 보자고요. 상주를 벗어나지는 못했을 겁니다."

해옥의 말은 또 적중하고 말았다. 며칠이 지나 기방에 있는데 엊그제 사귄 서생이 성안에 있는 왕산 기슭 고목 아래에서 만나자고 연락해와 장옷을 입고 나섰다. 달이 막 떠오르고 있었다. 서생은 미리 와 기다리고 있었다.

"왜 이리 오랜만이어요. 늘상 기다리고 있었어요."

미소를 띠며 서생의 팔을 안았다. 그때 서생이 얼굴을 가린 부채를 접더니 갑자기 해옥의 트레머리를 나꿔채 목을 칭칭 감으며 말했다.

"해옥이 너 이년! 나를 죽이려고 해?"

해옥이 캑캑 거리면서 간신히 발버둥치다 눈을 치켜뜨고 말했다.

"당신! 여자? 그 복면 맞지? 선화를 죽인 것도 당신이지?"

"그래 맞다! 다 맞어! 이 나쁜 년!"

목을 더 세게 조여왔다. 해옥이 죽을 것처럼 자지러지자 목을 거세게 풀어주었다.

"뭐? 창고 안에 다리가 가득 있어? 지금은 내 방에 있던 걸 다 가져다 채워 놓았겠지. 이 앙큼한 기생년! 내가 그리도 호락호락해 보이더냐?"

분명히 여자였다. 머리는 짧았고, 얼굴이 거칠어 보였지만 목소리하며 말하는 품으로 볼 때 스무 살은 넘지 않은 것으로 보였다. 두 눈엔 살기가 서려 있었지만 솜털이 보송보송한 인중이며 보조개가 파인 양볼은 분명 앳된 티를 아직 벗지 못했다.

"어쩔 거야? 내 다리 어쩔 거야?"

"사람을 죽인 건 어떻게 할 건데?"

해옥도 지지 않고 대들었다. 좀 떨어져서 보니까 계집애가 확실했다.

"왜 죽였어? 선화 왜 죽였어?"

"죽일 만하니까 죽인 거야. 나쁜 년! 너 오늘 각오해."

여자가 의외로 차분해졌다. 옷에 묻은 먼지를 털어내고 환도를 바로 찼다. 해옥이 그 틈을 놓치지 않고 여자를 유심히 살피며 물었다.

"이곳 사람이니?"

"그걸 니가 알아서 뭐 하려고 그러니?"

여자가 그러면서 칼을 빼들어 해옥의 턱에 갖다 댔다.

"내가 오늘 여기에 왜 온 줄 알아?"

"알고 싶어. 여기 사람이야?"

여자가 순간 칼을 도로 칼집에 넣더니 옆에 있는 바위에 걸터앉았다.
"그래. 여기 사람이야. 이곳에서 태어났어. 이십 년 전에. 선화 그 여자는 처음엔 날 알아보지 못했어. 그렇지만 목을 조르면서 내 얼굴을 똑바로 쳐다봐, 똑바로! 하니까 그때에야 두 눈을 크게 뜨고 나를 올려다 보더니 고개를 끄덕였어. 너, 너, 그러더니 영란이 아니냐, 하더군. 맞아. 나 영란이야. 조 참판댁 둘째 딸 영란이. 경란이 동생 영란이. 여덟 살 때 일, 기억나지? 그때 내가 맨 먼저 뭘 물어본 줄 알아?"
여자가 갑자기 고개를 떨구더니 두 손으로 얼굴을 가리고 흐느끼기 시작했다. 해옥은 그런 여자를 그대로 놔두고 있었다. 여자가 두 손을 내리고 다시 말했다.
"우리 언니 어떻게 했니? 하고 물었어. 그랬더니 그러더군. 미안하다고. 청국 사람에게 팔았다고. 살아 있으면 스물 다섯이야. 부디 좋은 사람 만나 죽지만 않았으면 좋겠는데."
여자가 처음부터 죽일 생각은 없었다면서 울부짖다 다시 흐느끼기 시작했다. 해옥은 짐짓 놀라면서 여자에게 다가갔다.
"언니가 나하고 동갑이구나."
영란의 아버지가 상주로 낙향한 것은 지금 임금이 등극한지 이년이 되던 무렵이었다. 원래 노론에 속해 있던 영란의 아버지는 사도세자의 죽음을 대하는 노론 내의 의견이 또다른 당파로 번지자 그 당위성에 신물을 느끼고, 낙향해 버렸다. 사도세자의 죽음에 대한 태도는 명분에 불과했고, 실제로는 정권장악에 목표가 있었기 때문이었다.
평생을 청빈하게 살아온 그는 낙향 이후 극심한 가난에 시달려야 했다. 거기다 지병이 있어 무엇보다 아직 어린 두 딸이 가장 큰 걱정이었다. 낙향한지 팔 년쯤 되는 어느날이었다. 하루는 산책하기 위해 마당으로 내려왔는데 웬 아낙이 흰 수건을 머리에 쓰고 툇마루를 닦고 있는 게 보였다. 누구시냐면서 묻고, 다가가자 다름아닌 아내라는 걸 알고 머릿수건을 벗겨보았다. 그리고 깜짝 놀라고 말았다. 아내의 머리카락이 절반쯤 잘려져 나가고 없었기 때문이었다. 자르지 않은 머리카락으로 잘려나간 부분을 가린 채 수건을 쓰고 있는 것이었다. 남편의 병구완을 위해 머리카락을 잘라 판 것이었다. 참판 벼슬까지 한 영란의 아버지는 통곡하다가 며칠 후에 병사하고 말았다.

그리고 어머니는 두 딸을 다니는 암자의 여승에게 맡기고, 목을 매 자살했다. 지아비를 먼저 보내고 머리카락까지 없앤 여자가 무슨 낯으로 조상님을 보겠느냐는 유서를 남겨 놓았다. 유서 끝에는 아직 머리카락 값을 받지 못했으니 여쾌 선화에게 가서 받으라고 적혀 있었다.

맏딸 경란의 나이는 당시 열 네 살, 동생 영란의 나이는 여덟 살이었다. 가체금지령이 내려진 직후의 일이었다. 그런데 여승이 경란을 데리고 선화한테 머리카락 값을 받으러 가자 가체금지 때문에 유통을 시킬 수 없다는 핑계를 대고 차일피일 미루기만 하더니 하루는 왈짜패를 데리고 나타나 암자를 함부로 뒤져 보관되어 있던 다리를 모조리 찾아내고, 그것도 모자라 자매의 머리카락까지 잘라냈다.

그날 경란이가 없어진 것이다. 선화와 왈짜들이 암자를 쑥밭으로 만들어 놓고, 경란을 어디론가 데려간 것이었다. 며칠 후엔 영란이도 데려가려고 온 걸 여승이 산신각 마루밑에 숨겨 화를 면할 수 있었다.

여승은 절을 떠나야겠다면서 스스로 암자에 불을 질러 태운 후 너라도 살라면서 마침 한성으로 이사를 가는 이웃 마을 점쟁이 할멈에게 부탁하여 영란을 서울 수표교 아래에 산다는 친척의 연초전으로 딸려 보냈다. 팔십이 넘은 친척이 하는 연초전이었다. 그러나 두 달도 안 돼 노인이 죽는 바람에 운종가의 거지가 되었다.

"소매치기와 양아치로 십 년을 살았어. 그러다 고향에 가고 싶더라고. 아버지, 어머니 무덤은 찾을 수도 없었고, 우리집은 다 무너져 연못이 되어 있었어. 그때부터 상주로 비단을 사러온 중국 상인들의 주머니를 털기 시작했지. 그리고 그 사람들이 다리를 비싼 가격으로 사간다는 사실을 알게 되었어. 대갓집만 골라 털어온 건 그때부터야. 그러다 선화를 만났으니 우연보다 필연이라고 생각해. 처음에 머리를 보고 대뜸 아주 고급스럽게 가체를 하고 있다는 걸 알았지. 다른 건 다 용서해 줄 수 있었어. 언니를 팔았다는 말만 하지 않았더래도."

해옥은 아무 말이 없이 떠오르는 달만 바라보고 있었다. 어디선가 사람들이 떠드는 소리가 들려왔다. 그리고 매캐한 냄새가 확 풍겨왔다. 관아쪽이 환하게 보이기도 했다. 불이 난 모양이었다. 해옥이 일어나 그쪽을 바라보는데 영란은 전혀 놀라는 기색이 없이 태연하게 말했다.

"불이 났어. 내가 모아 두었던 다리가 모두 타고 있네."

어디선가 꽹과리소리가 들려왔다. 날라리소리도 들려왔다. 관아쪽이 몹시도 소란스러웠다.

"왜 내가 찾아온 이유를 묻지 않는 거야?"

영란이 떠나려는 모양이었다. 날라리소리가 점점 가까워지는 산기슭 언저리를 바라보면서 몇 걸음 걷다가 물었다.

"영란이라고 했지? 그래. 왜 날 찾아온 거지?"

"실은 한밤중에 복면을 쓰고 기방으로 널 찾아가려고 했어. 다리를 많이 가지고 있다면서?"

두 사람이 얼굴을 마주 대하고 바라보았다.

"이제 그만 해. 그 트레머리 그만 벗어 던져. 그리고 쪽머리를 하고 살아. 그 말 해주려고 왔어."

"가는 거야?"

사당패로 보였다. 어스름 달빛 속에서 한 무리의 풍물패가 산기슭을 돌아나가고 있었다.

영란은 그 무리들을 향해 천천히 걸어나가다 뒤를 돌아보며 말했다.

"지난 여름에 나를 수표교 연초전으로 보냈던 그 여승을 만났어. 여사당패를 만들어 살고 있더라고. 모갑이되는 아저씨에게 부탁을 드렸더니 내가 모아둔 다리들을 확실하게 처리해 주셨군."

"그럼 저 불이."

영란은 가만히 고개를 끄덕이다 몸을 돌렸다. 그런 영란의 뒤를 향해 해옥이 큰소리로 말했다.

"언니는 찾을 수 있을지 몰라. 내가 중국 상인들을 많이 알고 있거든. 잊지 않고 있다가 말해볼게."

영란은 뒤도 돌아보지 않고 걸어가더니 이내 풍물패 속으로 섞여 들어갔다. 해옥은 손을 흔들다 또 말했다.

"잘 가! 힘들면 날 찾아와! 언제라도!"

달이 점점 높이 떠오르고 있었다.

*계간 『자유문학』 2016년 겨울

까치의 귀환

　오늘도 사형장 앞 둥지는 여전히 빈 채로 남아 있었다. 주변에 있는 까치집들 중엔 올들어 새로 지은 것들이 많았다. 예전의 집을 보수해서 사용하는 둥지도 여럿 보였다. 그렇지만 나의 머리 꼭대기에 지어졌다가 일 년만에 빈 둥지가 된 까치집은 삼년이나 지난 지금까지도 비어 있는 그대로였다.
　까치는 집을 짓고 번식을 하고 나면 대부분 다시 돌아오지 않는다. 어쩌다 돌아와 보수해서 다시 보금자리를 만들기도 하지만 아주 드문 일이다. 그런 까치들의 습성을 잘 알고 있으면서도 나는 오늘도 까치들을 기다리고 있다. 잊었을지도 모른다고, 다신 오지 않을 거라는 생각을 하면서도 다시 봄이 왔을 때 그들을 기다리고 있는 것이다.
　종일 안산에서 훈훈하고 상큼한 바람이 불어오고 있었다. 햇볕은 독립문 위에서 머무는 시간이 많았고, 나 역시 이파리를 피우느라 바람과 햇빛을 한껏 머금고 있었다.
　나는 이곳에서 키가 가장 크다. 나이도 가장 많이 먹었다. 백 열 살이나 되었다. 미루나무 수명은 보통 백 년이라고 하는데 그보다 열 살이나 더 살고 있으니까 장수가 분명하다. 멀리서 보면 빗자루 모양으로 길게 뻗어 올랐지만 가까이에 와서 보면 눈길을 쉽게 뗄 수 없을 정도로 우람하다. 밑둥에 썩은 곳이 있어서 우레탄으로 충전해 놓은 부분은 그대로 연륜을 말해주고, 가슴팍 부분에 커다랗게 덮여 있는 푸른 이끼 역시 세월을 가늠하게 해준다. 무엇보다도 바람이 조금만 세게 불어도 온몸을 가눌 수 없을 정도로 휘청거려 생의 마지막 장면이 다가오고 있음을 누구보다 내가 잘 알고 있다.

내가 이곳 사형장 앞으로 옮겨진 것은 1923년이었다. 형무소는 1908년에 지어졌는데 처음에는 사형장이 지금보다 안쪽에 있었다. 독립문을 지나 나오는 형무소 정문에서 보면 감방 건물들이 늘어선 우측 중간 지점 옥사와 옥사 사이에 세워졌다. 그러던 것이 삼일만세운동 이후 사상범들이 대거 발생하면서 형무소 전체를 확장하게 되었는데 그때 사형장을 북서쪽 구석으로 옮겨 놓았다. 증산 고택골에 살고 있던 내가 이곳으로 이식되어 온 것은 바로 그때였다.

예전 사형장과 새로운 사형장은 구조면에서 별반 다른 점이 없었다. 단지 새로운 사형장에는 교수대가 한 개밖에 없었는데 예전 사형장에는 한꺼번에 두 명을 처형할 수 있도록 교수대가 나란히 있었다고 한다. 예전 사형장 자리는 지금 작은 연못으로 변해 있다.

고택골은 고씨들이 살고 있던 곳에서 유래한 지명인데 서울에서 가까운 공동묘지로 더 유명하다. 묘지로 덮힌 산 아래로는 북한산에서 흘러 내린 크고 작은 냇물이 합쳐져 한강으로 흐르는 개천이 있다. 이곳이 바로 내 출생지이다. 1910년 어느 봄날 한 외국인 선교사가 물에 젖은 한지에 둘둘 말려 있는 막대기들을 들고 와 이곳 개천가 습지에 군데군데 심어 놓았는데 그중 한 막대기가 바로 나였다. 자치기 할 때 채로 쓰는 나무의 두 배 정도 되는 막대기였다. 나는 그곳에서 뿌리를 내리고 잎을 피우며 13년을 살고 있었다.

그러던 어느날 공동묘지에 손수레로 시신을 싣고 온 형무소 사람이 대충 매장을 끝내 놓고는 개천가로 내려오더니 다짜고짜 잘 자라고 있는 우리들 미루나무들을 캐내 형무소로 가지고 가 여기저기 심어 놓았다. 정신을 차리고 보니 새로 지은 건물들이 많았다. 나는 유난히 높고 붉은 벽돌 담장에 왠지 음산하게 보이는 출입문 앞 왼쪽 모퉁이에 심겨졌는데 며칠 후 그 담장 안에 다름아닌 사형 집행 장소가 있다는 사실을 알게 되었다. 새로 지어 옮겨온 것이다.

사형수들은 용수를 쓰고 포승에 묶인 채 바로 내 앞에 보이는 출입문을 통해 안으로 들어갔다. 그곳까지 가는 동안 울부짖기도 하고, 발버둥치기도 하는 사형수들이 많았다. 어떤 사형수는 일본을 저주하다가 크게 웃기도 했다. 나는 처음 그런 광경을 보고 몸서리치며 주저앉고 싶었다. 하지만 몇 번 겪고 나서는 이내 담담하게 받아들였다. 고택골에 있을 때 겪은 일들로 인해 어느 정도 단련이 되어 있었기 때문이었다.

간수들이 묻는 시신들은 대개 인수해 갈 가족이 없는 시신들이었다. 그보다 더 중요한 것은 시신의 훼손 상태가 심해 다른 사람이 보면 좋지 않은 인상을 주고 그로 인해 세상에 나쁜 소문이 퍼질 것이라는 염려 때문이었다. 아무리 그래도 우리는 다 알고 있었다. 대개 젊은이들이었는데 얼굴이 온통 피투성이가 되어 퉁퉁 부어 있거나 팔다리에 살점이 떨어져 있기도 했다.

그중에서도 삼일만세운동이 일어나던 해 초겨울에 있었던 일은 가장 잊을 수가 없다. 강우규라는 노인이 초대 총독으로 부임하는 사이토 마코토에게 폭탄을 던지고 구금된지 몇 달 되지 않았을 때이다. 이 사건으로 인해 곳곳에서 무력으로 저항하는 젊은이들이 등장해 시국이 어수선했는데 하루는 고택골 골짜기로 형무소 간수들로 보이는 사람들에 의해 손수레에 실린 시신 한 구가 들어오고 있었다. 그런데 가만 보니 수레 뒤로 열 두어살쯤 되어 보이는 사내아이가 아부지, 아부지, 하면서 울며 따라오는 모습이 보였다. 아이는 시신에 가까이 갈 수가 없었다. 시신을 운반하는 간수들이 자꾸 저리 가라면서 돌멩이를 집어 던지고 있었기 때문이었다. 아이는 돌멩이를 피하면서 계속 수레 뒤를 따라가고 있었고, 간수들은 때로는 흙을 집어 뿌리기도 하고, 고함을 지르기도 했다.

그 광경을 보면서 개천가에 뿌리를 내린 우리들 가슴은 미어지고 있었다. 나중에 알았는데 젊은이는 일 년 전에 행군하는 일본 군대에 폭탄을 던져 잡힌 후 사형언도를 받고 수감중이었다가 강우규 사건이 터지자 서둘러 사형집행을 당한 사람이었다. 어린 아들은 서대문 형무소 시구문에서 그곳까지 울면서 따라온 것이었다. 무악재를 넘고, 녹번리 고개를 넘어 올 때까지 내내 간수들로부터 호통을 들으면서 따라온 것이었다.

아들은 아버지의 얼굴을 끝내 볼 수가 없었다. 간수들이 돌을 던지면서 가라고 한 것은 어린 아들에게 차마 아버지의 흉한 얼굴을 보여줄 수 없었기 때문이었다. 결국 저만치 떨어져 있는 아들의 오열을 들으며 처참하게 훼손된 젊은 아버지의 시신은 고택골 차가운 산기슭에 서둘러 묻히고 말았다.

한 가지 예에 불과한 그런 경험으로 인해 사형장 앞의 절규는 곧 아무렇지 않은 일이 되었고, 나는 내가 서 있는 자리라도 잘 지키고 있어야겠다는 생각을 했을 뿐이었다.

일본인들이 근대식 감옥이라면서 새로 지은 서대문 형무소의 모습이 제대로 보이기 시작한 것도 그때부터였다. 형무소에는 4미터 높이로 담장이 둘러쳐져 있었다. 탈옥범이나 침입자를 색출하기 위해 여섯 군데에 망루가 있었는데 그 높이는 10미터에 이르렀다. 사형장에 둘러쳐진 담장은 형무소 담장보다 1미터가 더 높았다. 사형장은 사방 어느 곳에서도 담장에 가려져 보이지 않았다.

사형장은 감옥이라고 해서 아무 데나 있는 곳이 아니었다. 조선에서는 경성과 평양, 대구 세 군데에만 있었다. 일제는 이미 국권을 찬탈하기 일 년 전에 사법권과 감옥 처리권을 위탁이라는 명분하에 장악하고 항소 법원인 공소원을 두어 그곳에서 사형이 선고된 사람들을 형장에서 교수형에 처했다. 경성의 경우 관할 구역이 경성, 경기, 충청, 강원, 함경도 일대였으므로 그곳의 지방법원과 지청에서 재판의 결과로 사형이 언도되면 서대문 형무소에 수감되었다가 사형을 집행하였다.

일방적인 이러한 조치는 두말할 필요도 없이 식민지 지배를 원활하고 정당화하기 위한 방편으로 이루어졌다. 뿐만 아니라 날로 높아가는 독립운동의 열기를 잠재우기 위해 보안법이니 치안유지법 등 특별법을 만들어 적용했으며 이를 운용하는 인원들 역시 일본인들이 주도하게 되었다. 식민지 지배자들에게 독립운동과 관련된 사람들은 위험한 사상을 가진 사람들이었으며 사회 혼란을 획책하는 불순한 무리이므로 식민지 사회에서 축출해야만 했다.

사형장은 그 축출의 마지막 순서를 집행하는 장소였다. 식민 통치에 방해가 되는 인물을 합법적으로 영구히 제거하는 수단이기도 했다. 지난 세월 그 마지막 순간을 지켜본 것만 해도 이백 명은 넘을 것으로 보인다. 말을 들으니 이곳으로 오기 전 그러니까 사형장이 처음 생기고 나서 내가 올 때까지에도 그 정도 사형 집행이 이루어졌다고 한다. 말하자면 대부분의 사형 집행은 일제 식민지 시절에 이루어졌다는 것을 알 수 있다.

사형수들의 죄명에서 가장 많은 비중을 차지하는 것은 강도살인이었다. 그밖에 모살도 있고, 시체유기, 방화, 존속살인, 살인교사, 주거침입도 있는가 하면 치안유지법 위반이나 폭발물 취체 벌칙 위반, 보안법 위반, 내란죄도 있었다. 그러나 그 죄명을 곧이 곧대로 믿고 있는 사람은 아무도 없었다. 그 말은 곧 식민지 시절 이곳에서 처형당한 사람들이 누구이며 무슨 이유로 사형에 처해지게 되었는지 제대로 알려지지 않았다는 점을 의미하는 것이기도 했다.

내 키는 이곳에 왔을 당시 사형장 담장보다 낮았다. 지금은 40미터에 이른다. 몸피는 가장 굵은 부분이 직경 1미터에 이르고 있다. 그러다 보니 형무소 어떤 곳이던지 내 눈 아래 보일 수밖에 없다.

감옥으로 사용했던 붉은색 벽돌 건물들, 죄수들의 노동력을 이용하여 군수물자를 만들었던 공작사, 너른 마당에 부채꼴 모양의 칸막이를 세워 놓고 오후에 잠깐씩 그 안에 머물 수 있도록 만들어 놓았던 격벽장, 여자 죄수들만 수감했던 여옥사, 한센병 환자들만 수용했던 한센병사, 그리고 한번 들어가면 나올 수 없었던 문, 교수대 위의 올가미, 시신을 밖으로 운반했던 시구문까지 내 눈을 벗어날 수가 없었다. 지금은 국가 사적이 되어 서대문 형무소 역사관으로 개관한 이래 수많은 사람들이 관람객으로 오고 있는데 그들의 일거수 일투족 역시 내 눈을 벗어날 수가 없다.

내가 기다리고 있는 까치들이 버리고 간 집은 인근에 있는 까치집들 중에서도 가장 높은 곳에 자리잡고 있다. 아스라하게 높은 곳에 있다. 그래서 그런지 때로는 하늘로 오갈 때 거쳐야 하는 간이역이나 기착지쯤으로 보일 때가 있다. 내 키는 더 이상 자라지 않을 것으로 보인다. 그래서 더욱 그런 생각이 든다. 비어 있는 까치집이 다시 보일 때가 있는 것이다.

새들의 비상을 나는 매일 한눈에 내려다 보면서 살아왔다. 형무소는 해발 삼백미터쯤 되는 안산의 남쪽 기슭에 자리잡고 있었기 때문에 마을과 산기슭을 오가는 온갖 산새들이 자유롭게 드나드는 곳이었다. 처음에 왔을 때만 해도 안산 기슭은 민둥산에 가까웠고, 남쪽 담장 너머로는 초가들이 즐비하게 들어차 있었다. 산새들은 원래의 터전을 빼앗긴 셈이 되었지만 그들만의 불문율이 깨진 것은 아닌 것으로 보였다.

까치는 그중 대표적인 텃새이다. 비둘기, 휘파람새, 참새, 때까치, 찌르래기, 꾀꼬리, 직박구리, 박새, 딱새 등 어느 때나 볼 수 있는 새들이 많지만 그중에서도 대표적인 텃새로는 뭐니뭐니해도 까치를 빼놓을 수 없다.

유난히 인근에 많다. 예전부터 그랬던 것으로 보인다. 나의 고향 고택골 앞 개천을 예로부터 까치내라고 불러온 것이라든가 까치내가 흐르고 있는 행정구역인 서대문구의 상징 새를 까치로 정해 놓은 것도 알고보면 다 그런 데에 연유했을 것이라는 생각이 든다.

나는 오늘도 고요히 멈추어 서 있다. 뿌리는 한껏 대지를 움켜쥔 채 혼신의 힘을 다하고 있었고, 새로 돋아난 이파리들은 여전히 반짝거리며 바람이 없는 날에도 하늘거린다.

올지 안 올지도 모르는데 오늘도 둥지가 빈 채로 있었다고 했거니와 실은 그렇게 말한 데에는 따로 이유가 있다. 기대감을 버리지 못하고 있기 때문이다. 막연한 기대감은 아니다. 그건 예전에도 뜻하지 않은 일들이 몇 번 있었다는 것을 의미하는 것이다. 기대감조차 갖지 않았지만 까치들이 다시 돌아와 예전보다 더 우람하게 둥지를 보수해서 어엿하게 알을 낳고 새끼들을 기른 적이 있었기 때문이었다.

기대감을 버리지 못하고 있는 이유는 또 한 가지가 있다. 그 기억은 예상치 못한 충격과 함께 하고 있어서 생각이 날 때마다 서울의 하늘을 다시 한 번 바라보곤 했다. 충격일 뿐만 아니라 당혹감이기도 했다. 지금도 어제 일처럼 생생하다.

이곳으로 옮겨온지 삼 년쯤되던 해로 기억이 된다. 한 젊은 사형수가 그날도 돌아올 수 없는 문으로 들어가고 말았다. 그런데 내가 충격을 받고 당혹스러워했다는 일이 바로 그날 밤에 일어났다.

장소가 장소니 만큼 사형 집행이 있는 날이라고 해서 특별히 눈에 띄는 일은 없었는데 내 눈에는 단 한 가지 평소 볼 수 없던 일이 벌어지고 있었다. 이상하게 까치들이 여기저기서 몰려오더니 사형장 주변에 있는 나무들을 온통 차지하고 앉았던 일이 바로 그것이었다. 그렇게 많은 까치들은 처음 보았다. 주로 안산쪽에서 날아 들어오고, 인왕산, 한강쪽에서도 날아 들어왔다. 상현달이 구름 사이를 오락가락 하고 있는데 까치들은 수십 마리씩 떼를 지어 소리도 없이 날아와 약속이나 한 듯이 크고 작은 나무는 물론 사형장 지붕 위에까지 차지하고 앉기 시작했다. 작은 내 몸에도 수십 마리가 다닥다닥 붙어 앉는 바람에 지탱하기에 애를 먹었다.

어느 놈 하나 소리를 내지 않았다. 그 점도 이상했다. 좀 방정맞다고 생각되는 것이 까치소리인데 그 날은 누구 하나 그 특유의 소리를 내지 않았다. 밤에 돌아다니는 것은 종종 볼 수 있었기 때문에 이상하달 것이 전혀 없는데 모이면 잘도 까악깍대던 놈들이 그날은 침묵하기로 사전에 입을 맞춘 듯 누구도 입을 열지 않았다.

밤이 깊어가고 있었다. 가까이에 있는 전차 종점에서 들려오던 소리들도 잠잠해지고 망루의 전등불빛이 유난히 사납게 보이기 시작했다. 그런데 그렇게 악명높은 형무소의 밤이 깊어가고 있을 때 갑자기 사형장 주변으로 몰려와 있던 까치들이 일제히 사형장 너머 하늘 위로 날아 올라가기 시작했다. 그리고는 여지껏 잠자코 있더니 일제히 목청을 높여 울기 시작했다.

화들짝 놀라지 않을 수 없었다. 이것은 분명 사전에 모의를 했거나 준비된 행동이라고 생각할 수밖에 없었다. 까치들의 행동은 그만큼 일사불란하게 보여서 밤하늘의 광경은 한눈으로도 정확하게 파악할 수가 있었다.

까치들은 어느때보다도 높은 소리로 울어대고 있었다. 여지껏 듣던 소리하고는 판이하게 달랐다. 수백 마리가 한몸이 된 듯 밤하늘로 날아오르더니 형무소 지붕 위를 휘젓고 돌면서 마치 울부짖듯이, 절규하듯이 울어대고 있었다. 한 바퀴, 두 바퀴, 나 있는 곳까지 와서는 다시 또 한 바퀴, 울어대는 소리는 목이 터질 듯이 처절하게 들려왔다.

나는 망연히 서서 그 광경을 보면서 긴장하고 있었다. 도대체 까치들이 오늘 밤 왜 저러는 것일까, 하고 생각해보았지만 알 수 있는 것은 아무것도 없었다. 그러는 사이에 까치들은 십여 차례나 그렇게 형무소 하늘을 맴돌더니 어느 한 순간에 안산 숲속을 향해 이동해 가기 시작했다. 가면서도 그 처절한 울음소리는 계속해서 들려왔다. 나는 그 소리가 들리지 않을 때까지 까치들이 사라진 밤하늘을 바라보면서 무슨 일인지는 몰라도 심상치 않다는 생각을 막연하게 가지게 되었다.

사형장에 다시 적막이 찾아왔다. 적막은 낮에도 계속되기만 했다. 까치들이 한 마리도 보이지 않았기 때문이었다. 까치들은 그렇게 사라지고 난 후에 한 마리도 형무소 담장 안으로 넘어오지 않았다.

그리고 며칠 후, 까치들이 발광을 하듯이 울어대던 그 날 낮에 사형당한 젊은이에 관한 이야기가 내 주변에서 파다하게 퍼지기 시작했다. 우리들은 모두 그 젊은이가 상습적으로 강도짓을 하다가 사람을 죽이고 붙잡혀 사형당한 것으로 알고 있었다. 그런데 그게 아니라는 것이었다. 젊은이는 독립운동 단체의 행동대원으로 일하면서 일본인 부호의 집에 침입하여 육혈포를 들이대고 금고를 들고 나오다가 잡히는 바람에 사형언도를 받은 것이라고 했다.

부호의 집은 본정통에 있었다. 육혈포를 든 이인조 강도는 금고를 들고 나오는 것까지는 성공했으나 바깥에 형사들이 매복되어 있다는 사실은 까맣게 모르고 있었다. 사전에 발각이 된 것이었다. 일경과 총격전을 벌이면서 달아나기 시작했는데 막다른 골목에서 이인조 중 한 명이 총에 맞아 죽고, 젊은이만 붙잡히게 되었다. 그 과정에서 일본 경찰 두 명이 총상을 입었다.

배후를 캐기 위해 고문이 가해졌다. 그러나 끝내 배후를 말하지 않다가 사형언도가 내려진 것이었다. 그리고 그의 죄명은 확실하게 강도살인으로 되어 있었다. 누구나 그렇게 알게 되었다.

이런 사실은 그가 죽은 직후부터 조금씩 알려지다가 까치들이 사라진 후에는 누구나 알게 된 것이었다. 그때에야 나는 그 젊은이의 사실과 다른 죽음과 까치들의 그날 밤 분노에 찬 울음소리에 어떤 연관이 있다고 생각하게 되었다. 까치들은 그 젊은이가 어떤 사람이라는 것을 진작부터 알고 있었고, 왜 왜곡된 죄명이 그의 죽음에 씌워지게 되었는지 잘 알고 있었다고 믿게 되었다.

언젠가부터 사형장과 가까운 형무소 담장 바깥에서 밤만 되면 어떤 여인이 슬피 우는 소리가 들려왔다. 누군가 하고 고개를 내밀어 내다보니 웬 노파인데 지팡이를 짚고 담장에 의지한 채 누군가를 부르며 울고 있는 것이었다. 노파의 울음소리는 그 젊은이가 사형을 당한 이후에도 계속 들려왔다. 나중에 안 일인데 그 노파는 다름아닌 육혈포 강도로 처형당한 젊은이의 노모였다. 아들이 사형장에서 처형된 줄도 모르고 밤마다 찾아와 오열하더니 끝내는 그 소리도 들리지 않았다.

까치들은 어찌 되었을까. 정말 돌아오지 않는 것일까. 나는 하루에도 몇 번씩 안산 숲쪽을 바라보며 우울하게 지냈다. 그러던 한 달쯤 후에 다시는 오지 않을 것 같던 까치들이 한 마리 두 마리씩 형무소 담장을 넘어 날아오기 시작했다.

반갑기 그지없었다. 더 반가운 것은 까치들이 예전보다 훨씬 더 활기차 보였다는 점이었다. 까치들은 짝을 지어 둥지를 새로 짓기도 했지만 기존에 있던 빈 둥지를 보수해 예전보다 더 크고 우람하게 만드느라 여념이 없었다.

까치들이 어떻게 집을 짓는지 그때 처음 알게 되었다. 담장 아래 아까시나무에 짓는 걸 보았는데 나는 그때처럼 감탄스럽고 놀라운 광경을 본 적이 없다.

까치는 암수가 힘을 합쳐 집을 짓기 시작했다. 처음엔 저렇게 해서 어떻게 둥지가 만들어지나 하고 의아스러웠다. 내가 서 있는 주변을 부지런히 다니면서 나뭇가지들을 부리로 물어와 세우기도 하고 가름장을 놓듯이 엮기도 하는가 하면 비스듬히 연결하기를 반복했기 때문이었다. 그런데 자세히 보니 까치들은 나뭇가지들을 이용할 때 처음부터 계산된 생각에 의하고 있다는 사실을 알게 되었다. 까치들은 주로 소나무가지나, 은행나무, 상수리나무, 느티나무가지들을 이용했는데 중간중간 진흙을 물어와 가지와 가지 사이에 난 틈새에 바르고 있었다. 그뿐이 아니라 나뭇가지들이 엮어지면 위로 올라가 발로 다지기도 하고, 굴러보기도 했다. 그렇게 하기를 한 달 가까이 했을 때 둥지에는 크고 작은 나뭇가지들이 팔백 개 이상이나 동원되었다. 얼기설기 엮어지는 것 같은 나뭇가지들은 흙과 함께 엮어지면 엮어질수록 더 균형이 잡히고 단단해졌다.

까치들은 40여일을 집 짓는 데만 온 정성을 쏟더니 주로 마른풀을 물어다 보금자리를 만들고 7개의 알을 낳았다. 수컷은 옆으로 낸 출입문으로 드나들며 부지런히 먹이를 물어 포란하는 암컷에게 주더니 이십일 가까이 되어서야 부화가 이루어졌다. 새끼들은 어미로부터 한 달 정도 먹이를 받아먹고 독립생활을 시작했다.

그 과정을 가까이에서 지켜보며 나는 까치에 대한 생각을 달리하기 시작했다. 그들은 집단으로 절규하듯 울어대던 밤은 잊어 버린 듯 어느 때보다 활기차게 형무소 담장을 넘나들었다.

가장 높은 곳에 있는 둥지에도 다시 까치의 귀환이 있을지도 모르겠다는 기대감은 그런 기억이 다시 살아났기 때문이었다. 더구나 그런 기억은 한 가지로 끝나는 게 아니어서 기대감은 더욱 커질 수밖에 없었다.

해방 되기 오 년 전에 있었던 일이다. 충청도 지역에서 문맹퇴치운동을 하던 기독교 단체의 청년들이 허가도 받지 않고 집회를 갖는가 하면 대중을 소요케 했다는 죄명으로 수십 명이 수감된 적이 있었다. 교회 지도자들이 문맹률을 줄여보자고 나선 것인데 대상은 주로 농민들이었고, 그중엔 머슴들이 대다수를 차지하고 있었다. 감시의 눈은 이들이 외부인사와 연락이 닿고 있다는 정보를 입수하고 나서 날이 서기 시작했다. 교회 지도자들은 해외의 독립운동 단체에서 신문을 발행하고, 외교 활동을 하는데 보태 쓰라고 모금을 해서 보내던 사람들과 암암리에 연결이 되어 있었는데 머슴으로 위장하고 집회에 참석하던 일경의 끄나풀이 낌새를 눈치챈 것이었다.

경찰이 들이닥친 것은 일 년 동안 모은 돈을 모금책에 전달하기 며칠 전이었다. 모금한 돈은 큰 자루에 넣어 교회에 딸린 복숭아 과수원

한가운데에 묻어 둔 상태였다. 다행히 취조 과정에서 어느 누구도 그 사실을 발설한 사람이 없었다. 모두 조마조마하고 있었는데 다행히 어떤 낌새도 눈치채지 못하고 불법 집회와 불온한 선동을 일삼는다는 명목으로 육개월의 형을 받고 서대문 형무소에 수감되었다.

이들 중에 육손이라는 별명으로 통하는 스무살 청년이 있었다. 오른손 새끼손가락이 하나 더 있어 그런 별명이 붙은 것이었다. 육손이는 아버지가 남사당 출신으로 남사당에서 나온 이후로 조직한 솟대놀이패에서 앞곤두와 뒷곤두로 남다른 재능을 보유하고 있는 청년이었다. 아버지의 지도로 익힌 재능인데 아버지도 혀를 내두를 정도로 탁월한 실력을 지니고 있어서 흥행에도 적지 않은 도움을 주고 있던 터였다.

그런데 육손이가 어느날부터 좀 수상한 짓을 하는 게 눈에 띄었다. 오후에 격벽장에 나갈 때 특히 그랬는데 다른 때는 과묵한 편이었기 때문에 일부러 좀 모자란 듯이 행동하는 태도가 대번에 눈에 뜨인 것이다. 격벽장은 이를테면 죄수들의 운동장이었다. 부채꼴 모양의 칸막이를 해 놓고 그 안으로 서너 명씩 들여보내 햇볕도 쬐고, 간단하게 운동도 할 수 있게 꾸며 놓은 야외 감옥이었다. 격벽이라는 말은 그 칸막이에서 나온 것이었다. 칸막이는 모두 열 개로 이루어져 있는데 꼭짓점 부분 안쪽에 모든 격벽의 사이를 내려다볼 수 있도록 단이 만들어져 있어 그곳에서 간수가 대화를 하거나 수상한 행동을 하는 죄수들이 없는지 지켜보게끔 되어 있었다.

그런데 육손이가 그런 규칙을 미리 말해주었음에도 어느날부터 슬금슬금 간수에게 접근해 가더니 히죽히죽 웃으면서 말을 걸었다. 사형장으로 들어가려면 어떻게 하면 되느냐는 것이 첫 번째 질문이었다. 간수가 어이없는지 웃으면서 살인강도가 되면 들어갈 수 있다고 간단하게 대답해 주자 이번에는 궁금해서 그러니까 한 가지만 더 말해 줄 수 없느냐면서 몸을 배배 틀기까지 했다. 간수가 눈을 동그랗게 뜨고 여기선 말을 해서는 안 된다고 하지 않았느냐면서 대꾸를 안 하자 이번엔 간수 턱 밑으로 얼굴을 들이대고 사형수가 들어가는 문은 어느 쪽에 있으며 목에 밧줄이 매달리면 바닥이 열리면서 마루 밑으로 떨어진다는데 그곳으로 들어가려면 어디로 가면 되느냐면서 느물느물 물어댔다. 간수가 소리를 버럭 지르자 움찔하고 물러서더니 다음 격벽장에 나온 날에도 또 느닷없이 궁금해 죽을 것 같아서 그런다고 하면서 밧줄에 매달려 떨어지는 마루 아래로 들어가려면 어떻게 하면 되느냐면서 아양을 떨 듯이 손바닥을 부비면서 애원조로 말했다. 격벽장에 나올 때마다 간수를 귀찮게 하는 육손이의 질문은 두 달이 넘도록 계속되었다. 사형수가 교수형에 처해졌을 때 죽지 않으면 어떻게 하느냐는 둥, 저쪽 뒤쪽에 시구문이 있다는데 거기 가봤느냐는 둥, 그곳으로 나가면 담장 밖이라는데 좋겠다는 둥 말도 안 되는 소리들만 골라서 했다.

그러더니 결국은 담벼락 안에 있는 사형장은 15평 정도 되는 일본식 목조 건물이며 담벼락에는 문이 두 개 있는데 하나는 옥사들이 있는 앞쪽에 있고, 다른 하나는 그 반대편에 있어 교수형이 끝난 시신을 밖으로 내가는 곳이라는 사실을 알아냈다. 앞쪽 문으로 들어가면 곧바로 사형장 건물이 나오고, 그 왼편 구석으로 꼭 세워 놓은 관처럼 생긴 작은 칸이 있는데 그곳은 사형수가 잠시 대기하는 장소라는 것도 알아냈다. 사형장 안으로 들어가면 전면으로 작은 무대같은 교수대가 있고, 가운데에 올가미가 매달려 있으며 그 아래로 등받이도 팔걸이도 없는 나무 걸상이 하나 놓여 있다고 했다. 검사를 비롯한 사형 집행관들은 교수대 앞에서 십여 걸음 떨어진 곳에 마련되어 있는 책상 앞에 앉게 되는데 죄수에 대한 확인 작업이 끝나면 검은 천으로 된 장막으로 전면을 가리고 곧바로 올가미를 씌운 다음 무대 뒤에 있는 레바를 움직여 걸상 아래의 바닥이 아래로 열리게 했다. 그와 동시에 죄수는 그 아래 허공으로 떨어져 매달리게 되는데 그 아래 공간에는 검시관이 있어 사망 여부를 확인했다. 사망이 확인되고 나서도 곧바로 시체를 운반하는 게 아니라 5분 정도 있다가 비로소 올가미를 벗기고 밖으로 이송했다. 지하 공간과 바깥은 층계로 연결되어 있다 했다.

　밖으로 나가면 곧바로 담장을 벗어나 50미터쯤 뒤쪽으로 보이는 형무소 담장 아래 철문으로 들어가는데 둥근 동굴형으로 뚫려진 공간을 200미터쯤 지나가면 또다른 철문이 나오고 그곳을 통과하면 형무소 바깥이었다. 이곳이야말로 서대문 형무소 담장 바깥으로 나갈 수 있는 유일한 통로였다. 하지만 아무나 이곳으로 나갈 수 있는 것이 아니었다. 보여주면 여론이 나빠질 수 있는 시신들만 이곳으로 보냈기 때문이었다.

　육손이는 이런 사정까지 모두 알고 난 후 이번엔 사형이 언제 집행되는지 촉각을 곤두세우고 알아보았다. 그는 진작부터 탈옥을 준비하고 있었던 것이다. 과수원에 묻어 둔 그 돈 자루가 도무지 눈에 밟혀 견딜 수가 없었다. 또 지금 수감중에도 가끔 불러내 취조를 하는데 언제 누가 고문을 견디지 못하고 불어댈지 모르는 일이었다. 그러던 중 생각난 것이 바로 사형장 시구문이었다. 시체가 되어 바깥으로 나갈 수 있는 유일한 길이 있다는 것을 안 것이었다. 육손이는 살아서 그 문으로 나가려 한 것이다.

하루는 간수들의 행동이 기민해지는가 싶더니 낮이고 밤이고 누군가를 찾으러 다녔다. 탈옥수가 생겼다고 했다. 육손이가 사라진 것이었다. 격벽장에서 감방으로 돌아갈 때 맨 뒤로 슬쩍 빠지더니 옥사 모퉁이를 돌아갈 즈음 재빨리 빠져나와 내 뒤에 몸을 숨겼다. 그 시간은 잠깐에 불과했고, 갑자기 몸을 솟구치더니 사형장 담장을 두 번의 앞곤두로 뛰어 넘었다.

다음 날은 사형 집행이 예고되어 있는 날이었다. 육손이는 비어 있는 사형장 마당으로 들어가 우선 이모저모를 살펴보았다. 격벽장에서 간수가 한 말과 큰 차이가 없었다. 일단 숨기 좋은 곳을 찾아 놓았다가 시구문으로 나갈 수 있는 방법을 찾아보기로 했다. 직접 눈으로 보면 무슨 수가 나올 것이라 생각했다.

날이 밝아오고 있었다. 담장 밖 가까운 곳에서 수탉이 길게 목청을 돋우었다. 목탁소리도 간간이 들려왔다. 안산 어딘가에 절이 있는 모양이었다.

사형장 현관에서 안을 기웃거리고 있는데 출입문 여는 소리가 들려왔다. 재빨리 문 옆으로 가 숨을 죽인 채 살펴보니 허리가 구부정한 간수 한 명이 물통을 든 채 하품을 하면서 들어오고 있었다. 청소를 하러 오는 것 같았다.

안으로 들어서자마자 뒤에서 목을 조르고 물통 속에 있는 걸레를 찢어 입에 재갈을 물렸다. 그런 다음 간수의 혁대로 손을 뒤로 해서 단단히 묶어 대기실로 끌고 갔다. 그곳에 넣어 두고 주머니에서 열쇠 꾸러미를 꺼냈다.

육손이의 행동은 어둠에 쫓기고 있는 작은 짐승처럼 보였다. 거침없이 달려가 시체를 내가는 뒷문을 열고 시구문으로 달려갔다. 철문에는 굵은 자물쇠가 채워져 있었다. 그러나 아무렇지 않게 그 문은 열리고 육손이는 성큼 안으로 들어가 달리기 시작했다.

먹물을 채워 놓은 듯이 어두웠다. 점점 안으로 들어갈수록 빠져 나가지 못한 죽음의 냄새가 매캐하게 풍겨왔다. 그리고 그 냄새가 차츰 따라오지 않는다고 생각이 들 때 뿌연 빛이 보이기 시작했다. 그곳에도 철문이 있었지만 간단히 열고 밖으로 나왔다.

대뜸 쇠방울 소리가 가까이에서 들려왔다. 정신을 차리고 보니 어느 산기슭인데 전원이 펼쳐져 있고, 한 농부가 소를 몰고 저만치에서 지나가고 있었다. 육손이는 뒤를 한 번 힐끗 쳐다보고는 가던 길을 재촉했다.

나는 지금 까치 이야기를 하려는 것이다. 육손이가 그렇게 탈옥에 성공할 때 형무소의 까치들이 어떻게 하고 있었는지 그 이야기를 하려는 것이다. 그날 까치들은 평소의 까치들이 분명 아니었다. 한 마리 두 마리 날아오더니 형무소 담장 위는 물론 사형장 담장 위에까지 마치 일렬 횡대를 이루듯이 앉기 시작하는데 예사롭지 않다는 생각을 갖지 않을 수 없었다.

까치들은 담장 위에 앉아 조용히 육손이의 행동을 내려다보고 있었다. 물론 나는 그런 까치들과 육손이를 동시에 내려다보며 파르르 떨고 있었다. 까치들은 육손이가 간수에게서 열쇠를 훔쳐내고 사형장을 벗어나는 동안 어느 누구도 입을 열지 않은 채 그 새벽을 지켜보고 있을 뿐이었다.

그리고는 육손이가 시구문으로 나간 후 한참이나 지나서야 약속이나 한 듯이 일제히 날아올라 안산쪽으로 날아갔다. 까치들은 그때에도 아무 소리를 내지 않았다. 울부짖듯이 울어대기는커녕 날갯짓소리만 조심스럽게 들려오는 듯했다. 어두운 밤하늘로 집단을 이루면서 날아가고 있을 뿐이었다.

그럴지도 모르겠다 했는데 까치들은 또 한 달쯤 지난 후에 형무소 담장을 넘어와 집을 짓기 시작했다. 예전의 그 어느날처럼.

나는 오늘도 홀로 서 있다. 그리고 까치집은 여전히 비어 있다. 지난 세월 기억에 또렷한 까치들을 생각하며 빈 둥지를 바라보고만 있다.

육손이 사건 이후 예사롭잖게 느꼈던 까치들의 기억은 한 가지도 없다. 서대문 형무소는 일본인들이 물러난 이후 그들에게 수십 년 당한 사람들이 물려받듯이 그대로 이용해 왔다. 해방이 되자 일본인 간수들은 모두 도망가 버리고 죄수들은 석방되었다. 죄수들 중엔 사형수들도 있었다. 미군들은 달아난 일본인 간수들을 다시 오도록 해 형무소 업무를 맡겼다. 전쟁이 일어나자 인민군들은 옥사에 총을 쏘며 들이닥쳤고, 달아날 때는 수감되어 있던 민족지도자들을 북으로 납치해 갔다. 인민군들이 남겨 놓은 총알자국은 아직까지도 남아 있다. 서울이 수복되자 이번엔 인민군에 부역한 사람들이 감방에 들어갔고, 그때에도 까치들은 아무렇지 않게 형무소 담장 이쪽 저쪽을 넘나들었다. 이후 좌우대립, 정치깡패, 군사정부, 민주인사라는 말이 떠돌아

다녔고, 서대문 형무소는 사상범 전용 수용소라는 말을 듣기도 했다. 까치들은 대통령에게 총을 쏴 죽게 한 사람이 사형장에서 처형당하고 신군부라는 말이 나돌 때에도 예사롭잖은 행동을 보이지 않았다.

그러던 1987년 경기도 의왕시에 새로운 구치소가 지어지고 서대문 형무소는 그곳으로 이전하게 되었다. 79년의 역사에 종지부를 찍은 것이었다. 서대문 형무소는 이후 국가 사적으로 지정되고 1998년 서대문 형무소 역사관으로 재탄생하였다. 옛 시설들을 보존하여 아픈 역사를 재현해서 남녀노소 누구나 와서 관람할 수 있는 형태로 보여주자는 목적으로 변신한 것이었다.

나는 운 좋게 원래 자리에 남아 있게 되었다. 사형장 앞에 홀로 서 있다. 까치들은 여전히 편안하게 지낸다. 어떤 이상 행동도 하지 않았다. 육혈포 강도나 육손이를 괴롭혔던 감방은 지금 텅 비어 있고, 격벽장은 없어졌다가 재현해 놓았다. 사형장은 누구나 담장 안으로 들어가 볼 수 있었고, 사진 촬영도 할 수 있었다.

역사관이 개관되던 날이었다. 오후 두시쯤 되었는데 나는 내 발치로 천천히 걸어들어오는 한 노인을 보고 깜짝 놀라지 않을 수 없었다. 백발에 흰 수염이 무성한 노인이었다. 낡은 바랑을 메고 긴 대나무 지팡이를 짚은 채 내 몸을 한 손으로 짚고 사형장을 건너보는데 틀림없이 육손이 바로 그 사람이었다. 잘못 본 것 같아 손을 유심히 보았더니 틀림없었다. 손가락이 여섯 개였다. 육손이가 돌아온 것이었다.

행색이 걸인처럼 보였다. 노인은 퍼뜩 생각이 난 듯 나를 올려다보았다. 내려다보니 그런 얼굴이 환하게 보였다. 두 눈이 크게 일렁이고 있었고, 그 눈빛은 오래도록 사그라들지 않았다. 노인은 서너 걸음 뒤로 물러나 내 머리 꼭대기까지 자세하게 살펴보겠다는 듯 오래오래 올려다보았다. 그런 노인을 향해 나는 속으로 국가 유공자로 대접은 받고 있느냐고 묻고 있었다.

그로부터 며칠 후의 일이었다. 젊은 부부가 세 살쯤 되어 보이는 사내아이를 데리고 형무소 관람을 왔다가 사형장까지 모두 보고 돌아가다가 발길을 돌려 다시 사형장을 망연히 바라보고 있었다. 바로 내 앞이어서 그 모습이 똑똑하게 보였다.

부부의 얼굴은 우울하게 보였다. 아무런 말도 없이 그들은 그저 망연히 관람객들이 마음대로 드나드는 사형장 바깥 출입문쪽을 바라보고만 있었다. 그리고 얼마나 지났을까. 아이 엄마가 입술을 실룩거리더니 손수건으로 눈물을 훔쳐냈다. 아이가 그런 엄마를 올려다보며 엄마, 왜 우느냐고 물었다. 엄마가 그런 아이를 가만히 안아 주었다. 아이의 아버지는 그때에도 아무런 말이 없더니 곧 어느새 눈시울이 붉어지면서 목젖에 힘을 주었다.

까치들은 정말 돌아오지 않을까? 오늘도 까치집은 빈 채로 남아 있다. 아침에 일기예보를 들으니 내일 많은 비와 함께 큰 바람이 불 것이라고 한다. 내가 가장 싫어하는 날이다. 어쩌면 나는 내일 그 바람을 이기지 못하고 쓰러질지 모른다. 그렇지만 까치들이 다시 올 것이라는 기대는 버리지 않으려고 한다. 다시 둥지를 찾아와 예전보다 더 튼튼하고 멋있게 보금자리를 만들 것이라고 믿고 있다. 나는 오늘도 폭풍우가 몰려올지도 모른다는 예고 속에서 까치의 귀환을 기다리며 홀로 서 있다.

*계간 『한국문학인』 2022년 가을

보쌈의 진실

졸지에 상투를 잡히고 보니 정신을 차릴 수가 없었다. 발버둥을 치고, 악을 써봐도 아무 소용이 없었다. 다짜고짜 시커먼 자루를 뒤집어 씌우고 번쩍 들더니 무작정 달려가고 있는 것이었다.

"야, 이놈들아! 뭐야! 너희 누구야! 야! 이놈들!"

온몸을 뒤채며 발악을 해보았지만 아무 소용이 없었다. 입에는 재갈이 물려 있어 발음이 제대로 나오지 않았고, 혼자 발광할 뿐이었다. 발목이 묶여 있고, 손도 뒤로 묶여 있다는 건 한참 지나서야 알았다.

"사람 살려요!"

후다다닥, 하고 달려가는 소리가 들려왔다. 그랬다. 성벽 아랫길을 따라 돈의문쪽으로 가고 있는데 웬 낯선 젊은 남자 서넛이 다가서는가 하더니 갑자기 달려들어 상투를 잡아채고, 손발을 묶고, 재갈을 물리고, 자루에 넣은 다음 떠메고 달리고 있는 것이었다. 순식간에 벌어진 일이었다.

"사람 살려!"

계속 발버둥치자 이번엔 주먹이 아랫배를 연거푸 내지르고, 상투를 잡아 뽑듯이 세게 당겼다. 유난히 큰 상투였다. 하나로 만들 수 없어 쌍상투로 하고 다니는 상투였다. 본명이 있었지만 김선돌이라는 별명으로 불려지게 해준 쌍상투였다. 상투가 동구밖 명물인 선돌을 닮았다고 해서 사람들이 붙여준 별명이었다. 아버지도 함부로 만지지 않는 그 쌍상투를 함부로 잡고 마구 뽑아대듯이 한 순간 정신이 혼미해져 아무 생각이 없었다. 눈알이 튀어 나올 것 같이 아프고, 머리가죽이 벗겨지는 느낌이었다. 그런 중에 퍼뜩 떠오르는 게 있었다.

"뭐야? 보쌈이야?"

숨이 턱까지 와 막히는 듯했을 때 불현듯 그런 생각이 들었다. 그와 함께 덜컹, 하고 뭔가 열리는 소리가 들려왔고, 짐짝 던져지듯 내던져졌다. 가마같았다. 사내들은 순간 아까보다 더 빠르게 어디론가 달려갔다. 발걸음소리가 투박하고, 거침없었다.

한성의 공기는 어수선했다. 가을밤은 여느때와 같이 칠흑 속으로 잠겨들고 있었지만 이따금 일렁이는 바람은 예사롭지 않은 조짐이라도 예고하듯 음산한 기운을 머금고 있었다. 왕비가 시해당한지 한 달이었다. 사람들은 서로 눈길을 마주치기 싫어하는 것처럼 보였다. 통행금지 시각이 되려면 아직 멀었는데도 거리엔 통행인보다 군졸들이 더 많이 보였다.

하루의 대부분을 글읽는 일로 보내고 있던 스물 다섯의 김선돌은 오늘 낮에 운종가 선전에 들러 볼일을 마쳤다. 올봄에 혼례를 치른 천안의 백면서생인 그는 형수가 짜 놓은 백비단을 운반해달라는 큰형의 부탁을 받고 무사하게 일을 마친 후 성균관 과시장을 둘러보았다. 재작년에 과거시험제도가 폐지되면서 볼일 없는 곳이 되었지만 그래도 한 번쯤이라도 가 둘러보고 싶었기 때문이었다. 텅 빈 과시장을 둘러보고는 깊은 한숨만을 뱉어내고 이내 발길을 돌렸다. 벌써부터 한성가는 길도 익혀 두려 했지만 이제는 모두 소용이 없게 되었다. 종일 가슴이 무겁게 가라앉아 있었다.

큰형은 서울에 간 김에 한 이틀 놀다 오라면서 노자를 두둑히 넣어 주었지만 하룻밤만 보내고 가기로 하고 성균관에서 나와 먼저 종루를 찾아보았다. 정말 普信閣이라고 쓴 현판이 걸려 있었다. 한성 갔다 오면 맨 먼저 말하는 것이 종루였다. 인정과 파루 때 대종을 치는데 어떤 사람이 종각에 보신각이라고 쓴 현판이 걸려 있더라고 하자 종루라고 써 있다는데 웬 거짓말이냐면서 다투는 사람들을 보았다. 몇 년이 지나도 결말이 나지 않았다. 종각 앞에 창살을 둘러 놓았는데 그 창살의 숫자가 마흔 다섯이라는 사람도 있고, 마흔 넷이라는 사람도 있었다. 그 역시 가보지도 않고 가본 것처럼 거짓말한다고 해서 아직까지 말도 하지 않고 지내는 사람들이 있었다.

직접 와서 보니 정말 창살이 있었다. 여지껏 그 대종 소리를 한 번도 들어본 적이 없었다. 종이 울리면 온 성안이 깊은 고요 속으로 잠겨든다고 했다. 그리고 다시 종이 울리면 그 깊은 고요 속에서 서서히 깨어난다고 했다. 오늘은 들어보리라 하고, 종소리가 잘 들릴 만한 곳을 찾아 어정어정 걷다 보니 숭례문이 저만치 보이는 상점거리까지 왔다.

거기서 국밥으로 저녁을 해결하고 골목 안을 기웃거려 보니 여관이 즐비하게 늘어서 있길래 좀더 거리 구경을 하고 다시 오리라 하고 숭례문을 지나 돈의문쪽으로 가보았다. 어둠이 내려앉은 거리에 장명등을 켜 놓은 집들이 즐비하게 늘어서 있는 곳이 나타났기 때문이었다.

　작은 시장이었다. 막걸리를 한 잔 하고 있는데 왁자지껄 떠드는 소리가 들려왔다. 무심결에 가보자 청국 군인과 기생이 싸우고 있었다. 한참 구경하다가 지전이 눈에 들어와 화문지와 상소지 각 한 권씩을 사 봇짐에 넣기도 했다. 그때 돈의문으로 가는 성곽의 높은 담벼락이 가까이에 보였기 때문에 호기심이 일어 그 아랫길을 잠시 걷고 있는데 어둑하다 느낀 한 순간 괴한들에게 납치를 당한 것이었다.

　작정하고 기다리고 있는 듯했다. 네 명이었다. 키가 크고 건장했다. 날상투 차림인데 통영갓에 괴나리봇짐을 둘러멘 목표물이 가까이 오자 일제히 달려들어 순식간에 자루에 넣고 달려가더니 사인교에 집어 넣고 돈의문을 빠져나와 달려가고 있는 것이었다.

　영문도 모르고 꼼짝달싹도 못하게 된 선돌은 가마에 갇히게 되면서부터 차츰 일이 어떻게 된 것인지 가다듬어 보기 시작했다. 하지만 도대체 지금 무슨 일이 일어난 것인지 도저히 이해할 수가 없었다.

　어제 오늘의 일은 누구보다 자신이 잘 알고 있었다. 그렇게 생각한다는 것이 기가막히게 느껴졌다. 낯선 사내들이 왜 이러는 것인지, 내가 알 수 없는 거대한 함정 속으로 빠져 들어가고 있는 게 아는가, 하는 생각도 들었다. 내가 내가 아닌 것 같고, 지금이 지금이 아닌 것처럼 느껴지기도 했다.

　소리 지른다고 무슨 일이 생길 것같지 않았다. 몸부림친다고 일이 잘 될 것같지도 않았다. 정신을 차려야 한다고 생각하면서 지금 자신에게 무슨 일이 일어나고 있는지 주의를 기울여 보았다. 아무것도 알 수 없었다. 꼼짝 없이 묶여 자루 속에 넣어진 채 어딘가로 가고 있다는 사실 이외에 알 수 있는 것은 아무것도 없었다.

그때 그 종소리가 들려왔다. 보신각에 매달려 있던 대종이었다. 스물 여덟 번 들려온다는 그 종소리였다. 아까 초저녁에 국밥집에서 들으니 여지껏 초경 때 종을 쳐 성문을 닫고, 오경 때 또 종을 쳐 성문을 열었는데 왕비가 시해당하고 나서부터는 자정 때 한 번만 종을 친다고 했다.

종소리는 느리고 장중하게 들려왔다. 밤의 안녕을 위해 우주의 스물 여덟 별자리에 기원한다는 종이었다. 나라도, 임금도, 백성도, 그리고 하늘을 나는 새들도, 물속에 사는 생물들, 땅속에 사는 벌레들까지 모두 평안하기를 기원한다는 종소리였다. 먼 곳에서 들려오고 있었다. 종이 울리면 성문이 닫히고 거리는 조용해지며 등불들이 서서히 꺼진다고 했다. 종소리가 골목마다 조용히 넘실대고, 초가지붕 위로도 지나갈 때 찾아온 것은 언제나 평안이고, 안도감이라고 했다. 그 종소리가 사라지는 듯하다가 들려오고 끊어지는 듯하다가 다시 들려왔다.

그렇다면 지금 시간은 자정을 넘기고 있고, 성을 빠져나온지 꽤 오래 되었다는 것을 의미했다. 종소리는 열 번쯤 들었다고 생각되었을 때 성벽을 넘지 못한 듯 이내 들리지 않았다. 그리고 사내들의 지친 숨소리가 거칠게 들려왔다. 가마는 무악재쪽으로 가다가 서쪽으로 방향을 바꾸더니 고개를 두 개나 넘어갔다. 고개 아래로 강물이 희뿌옇게 보였다. 사내들은 고개를 내려갈 때 조심스럽게 걸음을 옮기더니 이내 강가 솔밭 사이로 들어섰다.

가마가 기우뚱거리지 않자 좀 안정이 되었다. 자꾸 보쌈당한 이야기가 꼬리에 꼬리를 물고 떠올랐다. 영락없이 지금 보쌈을 당하고 있는 게 아닌가, 하고 생각하니 어이없다 못해 기가막혀 죽을 지경이었다. 지금 자신의 모습을 떠올려보니 더욱 그랬다. 커다란 자루 속에 강제로 넣어져 커다란 보퉁이처럼 보일 것이었다.

'도대체 어디로 끌고 가는 거지? 정말 보쌈이야? 보쌈?'

보쌈이라고 하면 천안에서도 심심치않게 들을 수 있었다. 최근에만 해도 천석지기집 과부 며느리가 보름이나 보이지 않다가 소문이 났는데 보쌈당해 서울로 갔다고 했다. 어떤 사람은 시아버지가 일부러 며느리 앞길을 트여주기 위해 보쌈당하도록 수를 썼다고도 했다. 누가 봤는데 며느리가 새벽에 정한수를 뜨러 가던 중 웬 장정들이 우루루 달려들어 허연 보자기를 뒤집어씌워 가마에 태우고 급히 가더라고 했다.

그 말을 모두 믿는 것으로 보였다. 한 번 말이 나오자 또다른 보쌈 이야기도 나왔다. 어떤 처녀는 이모와 함께 고개 너머 절간에 기도를 하러 갔는데 그게 실은 기도를 하러 간 게 아니라 보쌈을 당한 것이라고 했다. 처녀는 닷새 만에 돌아왔는데 실은 집안에서 보쌈을 당하도록 주선했다는 것이다. 처녀의 사주에 두 남자를 섬길 운수가 있어 이를 피하기 위해 보쌈을 이용하여 미리 남자와 하룻밤을 지내도록 했다는 것이다. 물론 일은 극비리에 진행하였다. 그리고 처녀는 해를 넘기지 않고 벌써부터 혼처로 정해진 세도가의 막내아들과 혼례식을 올렸다. 이 일이 바깥에 알려지게 된 건 입이 싼 이모 때문이었다. 처녀의 아버지인 형부가 사례를 톡톡하게 했는데 이를 자랑삼아 얘기하다가 꼬투리가 잡힌 것이었다.

　보쌈이라면 이웃마을 친구네집에서도 널리 소문난 이야기가 있었다. 과부가 되어 집에 와 있는 누이가 있었다고 했다. 그런데 동네 부잣집에서 여러 차례 매분구를 보내 재취댁으로 들어오라고 권유하는 걸 거절했더니 어느날 부모님이 시제에 참석하기 위해 집을 비운 사이에 누이를 보쌈해 간 것이었다. 친구는 그때 사랑채에서 책을 읽고 있다가 담장을 넘어가는 보쌈을 목격하게 되었다. 그리고 달려가 일대 격투가 벌어졌고, 흥분한 친구가 낫을 휘둘러 보쌈꾼 한 명의 손가락이 잘려 나갔다. 그 보쌈꾼이 고소를 하는 바람에 친구는 옥에 갇히게 되었다. 그리고 친구가 갇힌 날 저녁, 누이는 사당 우물에 뛰어들어 자살했다.

　'그런데 그게 도대체 어쨌다는 것인가. 그건 다 여자들 이야기가 아닌가. 보쌈이라고 하면 여자를 강제로 데려오기 위해 하는 것인데 나를 왜 데리고 오냐고! 남자인 나를!'

　미칠 것만 같았다. 선돌은 또 한 번 죽어라고 몸부림쳐 보다가 이내 잠잠해졌다. 또 한 생각이 퍼뜩 이마 위로 떠올랐기 때문이었다.

　'그래 여자만이 아니었어.'

　생생하게 기억에 남아 있는 이야기가 한 가지 있었다. 일 년 작정을 하고 양수리 친척 집에서 과거시험 공부를 하고 온 죽마고우 섭길이한테 들은 이야기였다. 친구들이 모인 자리에서 바로 어제 일처럼 실감나게 했던 이야기였다. 하루는 강가로 바람을 쐬러 갔다고 한다. 그런데 마을로 들어오다가 깜짝 놀랐다는 것이다. 동구 밖에 있는 섶다리를 건너오는데 누군가 뒤에서 야, 이놈아, 야, 이놈아, 하면서 달려오더라는 것이었다. 뒤돌아보니 머리를 산발한 채 두 손을 허우적대며 달려오고 있는 젊은 남자였다. 무서워서 빨리 다리를 건너 느티나무 아래에 몸을 숨기고 봤는데 그만 아연실색 놀라지 않을 수 없었다는 것이다.

"친척 아들이었기 때문이지. 똑똑한 사람이었어. 잘 생기고. 과거에 두 번 떨어지긴 했어도 향학열이 대단했어. 내가 갔을 때 집에 없길래 어디 갔냐니까 그냥 얼버무리고 말더라고. 그런데 그렇게 광인이 되어 동네를 휘젓고 다니고 있었던 거야. 알고보니 평소 뒷마당 창고에 따로 방을 마련해 놓고 그곳에 감금시켜 놓았는데 가끔 뛰쳐나와 그렇게 섶다리를 왔다갔다 한다는 거야."

삼 년 전 과거시험에서 낙방하고 돌아온 뒤로부터 그렇게 되었다고 했다. 집에서는 대체 무엇 때문에 그러는지 알 수 없어 온갖 처방을 다 해보았지만 광기가 전혀 줄어들지 않아 할 수 없이 감금하기에 이르렀다고 했다.

"그런데 말야, 한 가지 이상한 점이 있었어. 다른 사람하고는 말을 섞지 않는데 나하고만은 마음을 털어놓는 거야. 물론 횡설수설하는 것인데 어떨 땐 제정신이 돌아와 말한다는 확신이 들 때가 있었지. 그래서 그때의 말을 잘 정리해서 종합해 보니 참 기가막히더군."

"왜? 뭔데?"

"왜 미쳤는데?"

섭길이는 그 친척 아들이 이따금 제정신이 돌아온 듯한 상태로 말을 하는 내용을 처음에는 곧이 듣지 않았는데 어느날 도막도막 들었던 말들을 하나로 이어 보고 나서 등골이 오싹해지더라고 했다.

"놀라지 마. 그 녀석이 글쎄 보쌈을 당한 거야."

우리들 친구들은 일제히 섭길이를 향해 손가락질을 해댔다. 이 자식이 미쳤나, 거짓말도 제대로 해야지, 남자가 무슨 보쌈이야, 등등 하면서 어깨를 툭툭 치기도 하고, 옆구리를 쿡쿡 찌르기도 했다.

"그럴 줄 알았어. 하지만 내 얘기를 잘 들어보라고."

섭길이의 목소리가 워낙 진중했기 때문에 그가 혼잣말처럼 하는 말은 차츰 우리들의 시선을 한 곳으로 모으기에 충분했다.

"친척 아들은 과거를 보러 갔다가 시험장에 들어가기 전날 밤에 보쌈을 당한 거야. 그러니까 과거시험을 치를 수 없었지."

수표교 근처라고 했다. 야경을 구경하고 일찍 여관에 들어 잠을 청했는데 옆방에 있던 서생이 잠도 안 오는데 우리 내일의 문운을 기원하는 의미로 술이나 한 잔 하자면서 술병을 들고 건너오더라는 것이었다. 녹파주였다고 한다. 그리고 술 이름대로 푸른 파도가 일렁이는 듯하더니 곧 잠 속으로 빠져들었다는 것이다. 섭길이가 전해준 친척 아들의 이야기는 계속 이어졌다.

"정신을 차렸을 때 보니 자신이 큰 목욕통 속에 들어가 있더래. 완전히 벗겨진 채로. 향내가 진동하고, 뜨뜻한데 글쎄 옆을 보니 웬 여인 둘이서 자신을 목욕시키고 있더라는 거야."

"그래서? 왜 그렇게 된 건데? 거기가 어디였대?"

거짓말 말라고 하던 친구들이 바짝 곁으로 와서 자꾸 물어댔다. 섭길이는 그런 친구들의 얼굴을 빤히 쳐다보는데 두 눈에 아직도 알지 못할 감정이 가득했다.

"그걸 내가 어떻게 알아? 친척 아들이 말하는데 자신이 보쌈당해

왔다는 걸 그때 알았다는 거야. 잠자는 약을 먹이고 데려온 거지."

목욕이 다 끝나고 나서도 몽롱하기만 한데 주는 옷을 입고 어느 방으로 안내되었다고 한다. 그리고 한밤중이 되었는데 스르르 장지문이 열리더니 웬 여인이 들어오더라는 것이다. 키가 늘씬하게 크고, 요염하게 생겼다고 했다. 누구냐고 묻자, 배시시 웃기만 하더라고 했다. 그리고는 갑자기 달려들어 메치기로 쓰러뜨리더니 옷을 벗기더라고 했다.

"어찌나 힘이 센지 당할 수가 없었대. 그런데, 그런데 말이야, 어느 순간에 친척집 아들은 온몸에 전율이 일어나듯 화들짝, 놀라고 말았다는 거야. 왜 그랬을까?"

"왜 그랬는데?"

남자였다는 것이다. 여자가 아니고 남자였다는 것이다. 섭길이의 그 말에 아무도 대꾸를 하지 못했다. 내가 겨우 말했을 뿐이었다.

"미칠 만하네."

초죽음이 되어 며칠 후에 가마에 태워져 청계천변에 버려졌다고 했다. 가마로 끌려나올 때 보았는데 어렴풋한 시야에 보이는 것은 고래등같은 기와집이었다고 한다. 그곳에서 며칠 밤을 보낸 것이었다.

가마는 솔숲을 지나 귀신이 나올 것같은 폐가 앞을 지나치더니 담모퉁이를 돌아 나오는 샛문 앞에 멈추어섰다. 사내들은 가마에서 자루를 꺼내 앞뒤에서 어깨에 둘러메고는 성큼성큼 안으로 들어갔다. 그리고는 마루를 지나 방문을 몇 개 지나더니 아무렇게나 던져 놓고 나가버렸다.

선돌은 이를 악물고 정신을 차리려고 안간힘을 썼다. 설마 섭길이가 말한 그런 보쌈은 아니겠지, 하다가도 그럴지도 모른다는 생각이 들자 사지가 오그라들 것만 같은 공포감이 들었다.

"아니야. 어쩌면 나한테 돈이 있을 줄 알고 뒤따라온 놈들인지도 몰라. 선전에 들렀다 나왔으니까 비단을 팔았겠거니 하겠지. 하지만 내가 무슨 돈이 있나? 심부름만 해준 거뿐인데. 형수님 오래 된 단골하고 약속한 일이라고 했어. 그것도 아닐 거야. 강도가 가마까지 동원할 리도 없고. 그럼 뭐야? 여긴 대체 어디지? 도대체 어디쯤이나 되는 거냐고!"

사방은 쥐죽은 듯이 고요하기만 했다. 지옥의 입구인지, 세상의 끝인지 아무 소리도 들려오지 않았다.

아내의 얼굴이 떠올랐다. 아버지, 어머니, 그리고 형제들의 얼굴도 떠올랐다. 어떻게든 이곳을 빠져나가야 한다고 생각했다. 이러고 있을 때가 아니었다. 세상 인심이 흉흉해질 대로 흉흉해진 때였다. 왕비가 시해당한 이후 사람들은 막연하게 어떻게 될지 모른다는 불안감에 휩싸여 있었다. 전쟁이 일어날 것이라고 말하는 이도 있었다. 무엇을 가지고 일본과 싸우냐고 한탄하는 사람도 있었다. 야영하고 있는 일본군들을 습격했다가 무참하게 죽는 사람들 이야기가 매일 들려왔다. 쇠스랑이나 낫을 들고 대들다가 총에 맞아 죽고, 대검에 찔려 죽고, 말발굽에 밟혀 죽었다고 했다. 일본군은 본보기로 그렇게 죽은 농민들의 목을 잘라 소나무 가지에 매달아 놓기도 하고, 기둥에 묶어 놓고 보란 듯이 총검으로 옆구리를 찔러댔다고도 했다. 그 시체들에서 흘러나온 피가 냇물처럼 흐르고 있었다면서 현장을 목격하고 온 사람은 소맷자락으로 얼굴을 가리고 울었다.

보호해줄 임금은 어디에도 없었다. 이끌어줄 대신들 역시 아무 곳에도 보이지 않았다. 대드는 농민들은 줄어들지 않고 계속 늘어났다고 했다. 나도 가리라면서 입술을 깨물며 밤을 지새기도 했던 선돌이었다.

그런데 이건 아니었다. 이게 뭐란 말인가. 보쌈을 당해서는 움쩍달싹할 수도 없다니. 대체 이곳이 어디이며 왜 보쌈을 당했는지 조차 전혀 알 수 없으니 기가막힐 따름이었다.

몸을 마구 움직여 바닥을 더듬어 보았다. 미끄러운 장판이 깔려 있는 것같았다. 벽이 있고, 그 벽을 따라가 보자 또다른 벽으로 이어졌다. 그리고 순간 움찔 놀라지 않을 수 없었다. 바닥 한쪽이 움직였기 때문이었다. 그곳을 계속 발로 건드려보자 좀더 크게 움직였다. 구들장이 분명했다. 발로 움직이는 쪽을 연거푸 차면서 밀어내자 구들장 한쪽이 위로 올라왔다. 선돌은 자세를 바꾸어 이번에는 손에 묶여 있는 밧줄을 구들장에 문대기 시작했다. 밧줄은 의외로 쉽게 끊어졌다.

손이 자유로워지자 이제 됐다 싶었다. 안간힘을 다해 뒤집어 씌운 자루의 목을 풀어냈다. 밖으로 나와 발목의 밧줄도 풀었다. 널찍한 온돌방인데 세살창에 뿌연 빛이 어려 있었다. 몇 시나 되었을까. 날이 새고 있는 것 같았다. 장지문을 조심스럽게 열자 마루가 나왔다. 아주 큰 집 같았다. 멀리서 개짖는 소리가 들려왔다. 그때 두런두런하는 인기척이 느껴져 얼른 여닫이문 옆으로 몸을 숨겼다.

누군가 있는 게 분명했다. 문틈으로 눈을 갖다 대자 순간 거기 보이는 놀라운 광경 때문에 숨이 멎을 것만 같았다. 너른 마당, 창살이 많은 창고같은 방에 모여 있는 처녀 총각들, 치렁치렁한 댕기머리 처녀들과 떠꺼머리 총각들, 서양인으로 보이는 사람이 서넛 보이고, 담장 너머로 흰 무명이 길게 풀어져 있는 것처럼 보이는 것은 강줄기가 분명했다. 고요하게 보이는 곳이었다. 여명이 그곳에 와 희뿌옇게 보이고 있었다. 언뜻 보였지만 선돌의 눈에는 그 강도 놀라웠다.

도대체 이게 무슨 광경이란 말인가. 내가 지금 어디에 와 있는 것일까? 선돌은 자세를 가다듬고 다시 문틈으로 눈길을 갖다 댔다. 왼쪽으로 큰 기와집이 보였고, 선돌이 있는 곳은 그 집의 뒷채쯤 되는 것 같았다. 중간에 담장이 쳐져 있고, 그 가운데 문이 있는데 열려져 있었다.

선돌이 있는 집은 기역자로 되어 있는데 우측으로 보니 창살이 촘촘히 쳐진 창고같은 칸 한쪽엔 총각머리들이 열 댓 명 모여 있고, 바로 옆 칸엔 허리 아래까지 댕기머리를 늘어뜨린 처녀들이 또 예닐곱 명 모여 있었다. 맞은편에도 창고같은 낮은 건물이 옆으로 자리잡고 있었다. 그리고 그 앞엔 가마들이 널부러져 있고, 어떤 가마 위엔 커다란 포대자루가 걸쳐져 있었다.

콧수염을 양쪽으로 치켜 올린 서양인이 떠꺼머리 총각 한 명을 나오라고 하더니 가운데 문으로 데리고 나갔다. 선돌은 이때다, 하고 얼른 밖으로 나와 중문 뒤에 몸을 숨기고 안을 들여다보았다. 그리고 순간 훅, 하고 숨을 들이마셨다.

"머리만은 제발! 뭐든 다 하겠습니다. 제발요, 제발요!"

"이봐! 이 정도면 섭섭지 않을 텐데 뭘 그래. 떠꺼머리가 밥 먹여주냐? 뭐해? 빨리 잘라!"

한 젊은이가 의자에 묶여 있고, 옆에 있는 사내가 삭도로 젊은이의 떠꺼머리를 싹뚝 잘라내 버렸다. 젊은이의 눈에서 굵은 눈물방울이 줄줄이 흘러 내렸다. 젊은이의 무릎 위에는 엽전 한 꾸러미가 던져졌다.

방금 전 서양인이 데리고 온 젊은이는 완강하게 저항했다. 그러자 옆 마당으로 데리고 가 중복날 개 패듯이 목검으로 두들겨팼다. 잠시 후에 그 젊은이의 떠꺼머리는 서양인의 손에 들려 한쪽 구석에 있는 누런 포대자루 속으로 던져졌다.

툇마루 아래에서는 처녀들의 머리가 잘려 나가고 있었다. 처녀들은 한결같이 하염없이 울고 있었다. 머리를 자르고 나자 흰 수건 한 장씩을 주었다. 남녀 공용이었다.

이제야 알았다. 왜 나를 보쌈해왔는지 한 순간에 알게 되었다. 내 쌍상투, 아버지도 함부로 만지지 않았던 나의 상투를 노린 것이었다.

상투는 하늘이었다. 하늘은 존엄한 것이었다. 아버지보다 높았다. 할아버지보다 높았다. 그래서 함부로 건드리지 않았고, 잠잘 때에도 그 위로 지나다니지 않았다. 그런데 나의 상투를 잡아 뽑은 것이다.

상투라고 하면 종류가 많았다. 북상투, 날상투, 엄지상투, 끄덕상투, 장군상투, 앉은상투, 팔뚝상투, 고구마상투 등등 아무리 용을 써도 바꿀 수 없는 자신만의 상투가 있었다. 그 상투 중에서도 으뜸으로 치는 건 다름아닌 쌍상투였다. 원래 쌍상투는 어린애들의 이마 좌우 위로 머리카락을 묶어 돌출형으로 만들어 놓은 머리모양을 말하는 것이었다. 하지만 상투 중에서도 으뜸으로 치는 쌍상투는 머리숱이 무성해서 상투를 하나로 할 수 없어 두 개로 만든 다음 하나처럼 붙여 묶어 놓은 상투를 이르는 것이었다. 그래서 쌍상투는 자기가 혼자 할 수 없었다. 특히 배코를 치고 상투를 틀 때에는 다른 사람이 해주지 않으면 만들 수 없었다. 그렇게 쌍상투를 틀고 망건을 쓰면 상투는 비로소 위용을 나타냈다.

"햐아, 옥골선풍이로고!"

"조선팔도에 저런 상투가 또 있을까!"

처음 상투를 올릴 때부터 선돌의 상투는 뭇 시선을 끌기에 충분했다. 집안 대대로 쌍상투로 유명했다는 말이 그때 처음 나왔다. 겉으로 보기에는 하나처럼 보이지만 조금만 눈여겨보면 선돌의 상투는 여자들이 다리를 넣어 머리 맵시를 내듯 일부러 크게 한 것처럼 보였다. 하지만 그가 머리를 감을 때 보면 처녀들의 삼단같은 머리채는 비교가 될 수 없을 만큼 터럭이 무성했다. 거기에 기름을 바른 듯 윤기가 나고, 새카만 빛깔은 먹물을 바른 듯했다.

작년 이맘 때 마을 사람들이 제물포로 견학을 간 적이 있었다. 기계로 찧는 방앗간이 생겼다는 소식 때문이었다. 방앗간에서는 종일 공이질을 해야 열흘이나 보름 동안 먹을 것을 찧는 게 고작인데 그곳에서는 하루에 백미 열 두 가마니가 나온다고 했다. 아니 양이 문제가 아니라 곡식의 껍질을 벗겨야 먹고 살 수 있는 기본적인 조건과 연관된 일이었다. 그 일을 위해 집집마다 절구가 없는 집이 없고, 방앗간이 없는 동네가 없는데 그것을 기계를 이용해서 한다는 것이었다. 호기심이 일어나지 않을 수 없는 일이었다.

미국인이 네 대를 놓고 운영하는 정미소였다. 주고객은 일본인들이었다. 자기네 나라로 보낼 곡식을 이곳에서 찧어 배로 실어 날랐다. 조선의 농민들은 요란한 소리와 함께 나락의 껍질을 벗겨내는 그 기계를 보고 그저 경악할 뿐이었다. 그런데 직접 기계로 하는 방앗간을 보고 온 사람들이 전해준 제물포 소식에는 그것만이 있는 것이 아니었다.

"깜짝 놀랐어. 소금창고에 가본 적이 있는데 쌓여 있는 포대 속에 소금이 있는 줄 알았더니 모두 머리카락이라는 걸 알고 놀라 자빠질 뻔했네. 중국으로 가져간다는구만. 거기서 배에 실려 간다는데 서양 사람들이 그렇게 좋아한대요. 귀족 남자들 가발 만드는 데도 사용된다니 이거야 원, 참."

소식은 계속 들려왔다. 서양인들은 조선인들을 고용해서 동네마다 다니며 서화며 병풍은 물론 도자기, 연적, 비녀같은 골동품을 무조건 사들인다고 했다. 그런데 말을 들으니 그중에서 돈 되는 것으로 최고로 쳐주는 것은 인모라는 것이다. 조선의 여염집 여인들 치고 다리 한두 개쯤 없는 집은 없었던 터라 필요도 없는데 가지고 있으면 뭐하냐는 말에 너도 나도 내다 팔았다는 것이다. 그것이 구라파로 가는 배편에 실리기 위해 제물포에 모여 있더라는 것이었다.

거리에서는 치렁치렁 늘어뜨린 떠꺼머리를 하고 지나가는 청년들을 얼마든지 볼 수 있었다. 조선에서 돈 되는 것은 머리카락만한 것이 없다고 생각한 서양인들이 그 청년들에게 눈독을 들이고 있을 때 중국인들과 일본인들은 남의 나라에 와 전쟁을 벌이고 있었고, 왕비는 일본에서 온 낭인들에게 시해당했다.

머리를 한 번 만져보았다. 상투는 아직 그대로 있었다. 선돌의 눈빛이 번득거렸다. 이걸 잘라 가려고 보쌈해온 것이었다. 돌아가야만 했다. 가족들 곁에 있어야 했다. 황당하지만 절절한 이 현실에서 빨리 빠져나가야 했다.

　선돌은 잽싸게 몸을 돌려 아까 갇혀 있던 건물 뒤쪽으로 난 길을 따라 뛰어나갔다. 건물을 돌아가자 곧바로 저만치 앞에 쪽문이 보였다. 그가 가마에 실려 들어온 바로 그 쪽문이었다. 쪽문까지 가려면 너른 뒷마당을 건너가야 했다. 주위를 살필 겨를도 없이 뛰어가기 시작했다.

　그러다가 쪽문을 막 빠져 나가려는 순간 퍼뜩 고개를 돌려 뒤를 돌아다보았다. 자신도 모르게 그렇게 된 것이었다. 총 든 서양인 둘이 창고 문을 열고 처녀 두 명을 끌로 나오는 장면이 눈에 들어왔기 때문이었다. 처녀들은 안 가겠다고, 살려달라면서 발버둥치며 애원하는데 그 소리가 바로 앞에서 들리는 듯 처절했다.

　순간 선돌은 솟구치듯이 몸을 돌리더니 아까 삭도로 머리를 자르던 곳을 잠시 응시했다. 그의 눈은 그때 어느 때보다 이글거리고 있었다. 순간 선돌은 집으로 가려던 발길을 돌려 머리카락을 강제로 자르던 중문 안을 향해 달려들어갔다. 그리고 중문을 지나기 전 문옆에 세워 둔 몽둥이를 집어들고 포효하듯 내질렀다.

　"야, 쓸개빠진 놈들! 당장 그만 두지 못해!"

　현장은 순간 얼어붙은 듯 잠잠해졌다.

　"뭐야? 당신!"

　조선인 중 우두머리로 보이는 사내가 눈을 휘둥그레 뜨고 어이없다는 듯이 물었다.

　"당장 그 사람 풀어주지 못해?"

　"어? 어제 저녁 모셔온 분인데!"

선돌은 다짜고짜 사내들을 향해 몽둥이를 휘둘렀다.

"그래. 보쌈해서 데려온 쌍상투다!"

닥치는 대로 부숴버렸다. 의자에 묶여 있는 사람이 또 있었기 때문에 밧줄을 풀어주고 얼른 달아나라 했다. 그러자 그 사람이 중문으로 나가 창살 방에 갇혀 있는 총각, 처녀들을 모두 풀어 주었다. 치렁치렁한 머리채를 한 처녀, 총각들이 일제히 산으로 뛰어 올라갔다.

"상투 한번 멋있어서 모셔왔었는데."

상투가 끄덕끄덕 움직이는 사내가 환도를 뽑아 들었다. 선돌은 칼날을 치켜 들기 전에 사내의 어깨를 가격해 쓰러뜨렸다.

"제법인데?"

이번엔 뒤통수에 엄지손가락만하게 상투를 틀어 붙인 사내가 몽둥이를 들고 달려들었다. 끄덕상투나 엄지상투나 모두 배코를 칠 필요가 없는 상투였다. 혼자서도 쉽게 만들 수 있었다. 선돌은 평소 택견으로 연마해둔 학치지르기로 사내를 일격에 걸어차 쓰러뜨린 후 상투를 잡아 일으켜 세우면서 말했다.

"니 상투나 자르지 그랬어!"

상투를 잡아 내동댕이치자 사내는 자지러지며 저만치 나가떨어졌다. 선돌의 이마 위에서는 불길이 일렁이는 듯했다. 몽둥이를 든 팔뚝엔 퍼런 힘줄이 솟아나 있었고, 목덜미에도 굵은 핏줄이 터질 듯이 부풀어 있었다. 무슨 말을 하려는 듯 입술을 실룩거렸지만 차마 말을 못하고 두 눈만을 무섭게 치켜뜨고 있었다. 그때 산속으로 달아난 줄 알았던 젊은이들 중 몇 명이 헐레벌떡 돌아와서 말했다.

"저 배! 저 배를 잡아야 합니다."

"무슨 밴데?"

"수집한 머리카락을 실어내는 뱁니다. 이곳까지 데려온 사람들은 머리를 자른 후 싣고 가 서강이나 마포나루에 내려줍니다. 저 배를 잡아야 합니다."

그 말에 선돌은 배를 향해 돌진하기 시작했다. 그 뒤를 따라 떠꺼머리를 휘날리며 젊은이들이 내달려갔다.

어디선가 총소리가 들려왔다. 서양인들이 긴 총자루를 겨냥하고 있는 모습을 곳곳에서 볼 수 있었다. 쓰러지는 총각머리도 있었다. 총 든 서양인의 등뒤에 올라타 주먹질을 해대는 젊은이도 보였다.

선돌과 젊은이들이 배에 당도했다 싶었는데 갑자기 강변에 벌건 불꽃이 피어오르기 시작했다. 배에 불이 붙은 것이었다. 머리카락 타는 냄새가 검은 연기에 섞여 매캐하게 풍겨왔다.

배가 가라앉고 있을 때 선돌 일행은 고개 마루턱에 있었다. 선돌은 저 아래 사라져 가는 돛배를 바라보면서 쌍상투를 가만히 만져보았다.

날이 밝아오고 있었다. 강물은 그때에도 고요하게 흐르고 있었다. 흰 무명처럼 늘어져 있지 않고, 반짝이면서 흐르고 있었다.

동업

그는 요즘 자신을 나무꾼이라고 생각했다. 사방을 둘러싼 빌딩들 사이에서 나무꾼으로 살고 있는 것이라고 생각했다. 나무꾼으로 일하고, 나무꾼으로 걸어다니고, 나무꾼으로 쉬기도 했다. 언제 들어가도 편안한 나무꾼의 일터였다. 항상 얻어지는 것이 있고, 항상 가져오는 것이 있었다. 안개 낀 날에도, 눈이 오는 날에도 지게를 지고 들어가기만 하면 빈 지게로 오는 일이 없었다. 삭정이가 되었든, 등걸이 되었든 얼마만큼은 지게에 싣고 왔다. 나무꾼과 다를 게 하나도 없었다.

고등학생 아들을 둔 사십대 후반 남자. 직업은 구두와 관련이 있었다. 구두닦이라고도 하고, 구두미화원, 구두수선미화원, 구두기능미화원, 구두광택원이라고도 했다. 번화가에 자리잡은 백화점 뒷골목 한켠에 어른 키보다 작은 두 평 남짓한 알루미늄판 상자같은 공간이 그의 직장이었다. 사람들은 그 직장을 구두닦이 박스라고 불렀다. 그곳에서 나무꾼의 하루가 시작되고, 일과가 이루어지는 것이었다.

처음에는 구두닦이였다. 첫 직장인 은행에서 일하다 이른바 명예 퇴직을 한 후 치킨 체인점을 했지만 재산의 반을 날리고, 다시 빈대떡 체인점을 했다. 그러나 그것도 실패한 후 월세집으로 밀려났다가 구두닦이 박스를 물려받게 된 것이 삼 년이나 되었다. 작년에 청계천에 나가 밤시간을 이용해 구두수선 일을 배워 겸하게 되었는데 그때부터 구두를 닦는 일은 훨씬 줄어들었다. 수선 일이 없을 때면 백화점을 한 바퀴 돌아오면 되었다. 언제 가도 반겨주는 단골들이 있기 때문이었다.

은행잎이 제법 이파리를 피우고 있던 날이었다. 수선 일이 뜸해 점심을 먹고 나서 백화점을 층마다 돌아 두 손에 구두를 가득 들고 돌아왔다. 그리고는 부지런히 닦고 있는데 느닷없이 박스 안으로 웬 여자가 뛰어들었다.

"아저씨, 살려주세요!"

다짜고짜 저쪽 구석에 있는 모포를 뒤집어썼다. 이따금 바닥에 깔고 누울 때 사용하는 모포였다. 아무렇게나 개켜 구석에 던져 놓았는데 그걸 머리에서부터 뒤집어 쓰듯이 하더니 누워 버리는 것이었다.

눈 깜짝할 사이였다. 살려달라고 했는데 살리고 말고 할 새도 없었다. 어안이 벙벙해져서 눈만 끔벅이고 있는데 백화점 경비원 두 사람이 헐레벌떡거리며 달려와 물었다.

"아저씨, 어떤 여자 못 보셨어요? 바싹 마르고, 머리는 여기까지 오고, 요만한 여자요."

손바닥을 펴 한 번은 어깨에, 또 한 번은 코 앞 허공에 갖다 댔다.

"여자? 저리 막 뛰어가던데!"

천연덕스럽게 건너편 좁은 골목을 가리켰다. 도대체 왜 그렇게 거짓말을 했는지 알 수가 없었다. 경비원들은 고맙다는 말을 하는 둥 마는 둥하면서 골목을 향해 달려갔다.

그는 계속해서 구두를 닦기만 했다. 무슨 말인가를 해야 할 것 같았지만 할 필요가 없는 것 같기도 했다. 한 켤레, 두 켤레를 닦을 때까지 모포는 꼼짝도 하지 않았다. 경비원에게 쫓겨왔다는 것은 백화점에서 어떤 나쁜 짓을 했다는 것을 의미했다. 물건을 훔쳤거나, 소란을 피웠거나, 장난을 심하게 쳤거나, 아니 그런 것들하고는 아무런 상관이 없을지 모르지만 하여튼 좋은 일은 아니었을 것이다.

곧 일어나 갈 줄 알았다. 그러나 두 켤레를 다 닦을 때까지 아무런 기척이 없자 여자가 누워 있는 곳을 돌아보았다. 그때 흠칫 놀라지 않을 수 없었다. 사람이 누워 있다는 낌새를 전혀 느낄 수 없을 정도였기 때문이었다. 그저 바닥에 지저분한 모포 한 장이 널부러져 있을 뿐이었다. 묘한 느낌이 들어 멀뚱히 바닥을 들여다보았다. 저 안에 여자가 있다고 생각하니 참 신기하게 느껴질 정도였다. 바닥에 바짝 붙어 누워 있지 않고서야 그렇게 아무런 표시가 나지 않을 리가 없었다.

'베트콩인가?'

월남전에 참전했던 친구 형한테 들은 베트콩 이야기가 생각났다. 위장술에는 베트콩을 따를 수 없다고 했다. 밀림으로 달아나는 걸 쫓아갔는데 분명히 있어야 할 자리에서 감쪽같이 사라지고 만다는 것이었다. 나중에 수색해서 안 사실인데 나뭇잎으로 몸을 덮고 숨어 있다가 지하 동굴로 사라지고 말았다는 것이다. 그래서 베트콩은 '있는 곳이 없고, 없는 곳도 없다.'고도 한다 는 것이다.

언뜻 행색으로 봐서 불량기가 있어 보이지는 않았다. 옷도 깨끗하게 입고 있었고, 화장도 한 것 같았다. 쫓겨 다닐 여자가 아닌 것 같은데 살려달라면서 냄새나고 지저분한 박스로 느닷없이 뛰어든 것이었다. 그리고는 쥐 죽은 듯이 가만히 누워 있었다. 경비원들도 모포가 덮여 있는 곳을 보았을 테지만 전혀 이상한 낌새를 느끼지 못한 것이었다. 계속 움직이지도 않으면 말을 걸어볼까, 하는데 여자가 모포 밖으로 빼꼼히 눈 부분만 내밀고 기어드는 목소리로 말했다.

"고마워요, 아저씨."

눈망울이 까맣고 또렷한데 얼굴은 검게 그을려 있었다. 여자는 일어서 청바지를 털면서 밖으로 나섰다.

"쫓기면서 사시나?"

그가 구두에 솔질을 하면서 말했다. 그러나 여자는 그 말에는 대답하지 않고 혼잣말처럼 말했다.

"구두약 냄새가 향기로운 줄은 오늘 처음 알았어요."

아무렇지 않게 말했다. 그가 여자를 올려다 보았다. 그때 여자의 볼에 칼자국같은 흉터가 있다는 걸 알았다.

"고마워요."

여자는 또 무표정하게 짧게 말해 놓고는 경비원들이 뛰어간 반대 방향 골목을 향해 잰 걸음으로 걸어갔다.

술 취한 노인이 구두를 닦으러 왔다가 한잠 늘어지게 주무시고 간 적은 있어도 이런 경우는 처음이었다. 한 번은 추운 겨울인데 한가해서 좀 누워 있으려고 모포 속으로 들어갔다가 기겁을 한 적이 있었다. 길고양이 두 마리가 먼저 와 차지하고 있었기 때문이었다. 쫓겨와 얇은 모포 속으로 들어가 숨소리를 죽여가며 모포처럼 얇게 누워 있다

간 외부인은 여자가 처음이었다. 졸지에 당한 일이라 여자가 가고 나서도 한참 동안이나 얼떨떨했다.

그는 가끔 빌딩들 사이로 잡힐 듯 보이는 하늘을 올려다보곤 했다. 위로 올라가고 또 올라가면 그곳은 어떤 곳일까, 하고 생각했다. 무엇보다 그곳에서 나를 내려다보면 어떤 모습일까, 하고 생각해보기도 했다.

"나무꾼으로 보일 거야."

숲이 보이고, 매일 숲속을 드나드는 나무꾼만 보일지도 모른다고도 생각했다. 아주 작게 보일지 모른다고 생각했다. 언제 봐도 무슨 일이든지 하고 있는 나무꾼일지도 모른다고 생각했다. 그러면서 혼자 실없이 웃곤 했다.

상자는 백화점에 붙어 있었다. 백화점 뒤는 밋밋하지 않고 몇 군데 돌출된 부분이 있었다. 마치 긴 굴뚝처럼 보이는 각진 부분이었다. 박스는 그 돌출 부분 구석에 있어서 언뜻 보면 잘 보이지가 않았다. 바로 앞으로는 장어구이집, 추어탕집, 아구탕집들이 줄을 지어 늘어서 있었고, 밤이 되면 네온이 휘황한 거리가 골목 어귀 건너편으로 빤히 보였다.

꿈을 꾼 적이 있었다. 하염없이 빌딩 위 하늘을 바라보고 있는데 뭔가 서서히 내려오는 꿈이었다. 눈송이인가 했는데 아니었다. 곤돌라인가 했더니 그것도 아니었다. 두레박이었다. 그것이 두레박이라는 것을 알았을 때 그는 정말 나무꾼이 되어 있었다. 그렇지. 사냥꾼에게 쫓겨온 사슴을 숨겨주었더니 그 녀석이 말했었지. 하늘에서 선녀들이 목욕을 하러 내려오는 곳이 있으니 가보라고. 정말 그 선녀들이 내려오고 있는 것이었다. 그는 하염없이 하늘을 바라보고만 있었다. 바라보고 또 바라보았다.

그는 자신을 살모사라고 생각한 적이 있었다. 지네라고 생각한 적도 있었다. 표범, 사자, 독수리라고 생각한 적도 있었다. 구두수선을 하기 시작하면서부터는 나무꾼이라고 생각했다.

여자가 다녀간 일주일쯤 지난 오후였다. 짙은 향수 냄새가 나길래 올려다 보았더니 여자가 박스 앞에서 생글생글 웃고 있었다. 눈썹 화장과 입술 연지가 과감해 보였다. 요란한 손톱 화장을 들어 보이며 여자가 말했다.

"혹시 지난 번에요, 제 스카프 못 보셨어요?"

"스카프?"

지난 번 모포를 뒤집어쓰고 숨었다 갔을 때 흘리고 간 것 같은데 혹시 못보았느냐는 말이었다.

"못 보았는데."

아무렇게나 말해 버리자 멋쩍게 웃더니 무슨 말인가를 웅얼거리다가 가 버렸다. 지나가다 들른 것 같았다. 거리 쪽으로 사라지는 화사한 여자의 뒷모습을 잠시 바라보았다. 스무 살쯤 되어 보였다. 소녀티가 아직 남아 있었다. 그날 저녁에 박스 안을 청소하다가 보라색 스카프 한 장을 발견했다. 여자가 말한 그 스카프라는 걸 알고, 구석에 걸어 놓았다. 또 오면 주리라 했다.

그로부터 또 한 달 가량 지났을 때였다. 구두를 닦아 갖다 주기 위해 백화점 신발장으로 갔다. 단골들이 지정해준 장소로 탈의실 입구에 있었다. 그런데 신발을 모두 넣어두고 막 돌아서려는 순간 한쪽 구석에 이상한 낌새가 있어 발길을 멈칫거렸다. 큰 포대자루같은 것으로 뭔가 덮어 놓은 것같은데 인기척이 느껴진 것이다. 무심코 다가가 덮개를 벗겨보았다. 그리고 순간 소스라치게 놀라고 말았다. 새카만 눈동자와 눈길이 마주쳤기 때문이었다.

"어?"

여자였다. 그때 그 여자였다. 쪼그리고 앉아 있었다. 깍지 낀 손으로 세운 무릎을 안은 채 턱을 가슴에 박고 있다가 갑자기 덮개가 벗겨지자 눈동자만 돌려 올려다본 것이었다.

오싹 소름이 돋았다. 무슨 말인가를 하려는데 여자가 갑자기 신경질적으로 포대를 도로 머리 위로 덮어 버렸다. 말문이 막히고 말았다.

비척거리다가 몇 걸음 뒤로 물러섰다. 그와 눈길이 마주쳤으니까 누군지 알았을 것이었다. 아니 몰랐을지도 모른다. 이 상황을 어떻게 이해해야 할지 도저히 갈피를 잡을 수가 없었다.

대체 왜 거기서 그러고 있는 것일까. 신발장이 있는 곳은 팔 층이었다. 보석상이 있는 곳이었다. 신발장이 있는 방에서 나가면 곧장 화려한 조명이 꿈결처럼 밝혀진 보석 전문 매장이었다. 단골 고객은 주로 그 보석상점의 여자 점원들이었다.

그는 아무 말도 할 수 없어 신발장에서 슬금슬금 나오고 말았다. 무슨 말인가를 해야 할 것 같고, 뭔가 해야 할 것 같았지만 엉거주춤 있다가 나오고 말았다.

'나 말고 아는 사람이 또 있을까?'

백화점에서 나오면서 내내 그 여자 생각뿐이었다. 뭔가 찜찜한 것 같았고, 불쾌하기도 했으며 당연히 해야 할 일을 안 했을 때처럼 꺼림칙하기도 했다.

'뭐야? 심각한 일이라도 꾸미고 있는 거 아냐?'

고개를 돌려보기도 했다. 여자는 지금 어떤 음모를 꾸미고 있을지도 모르는 일이었다. 공격을 계획하고 있는지도 모른다. 테러를 준비하고, 반란을 도모하고 있는지도 몰랐다. 실없이 웃었다.

박스로 와서는 구석에 걸려 있는 스카프를 건너다 보았다. 분명 그 여자였다. 처음 왔을 때 그 모습이었다. 쫓겨왔었는데 그때도 그러고 있다가 쫓겨온 것이 아닌가, 하고 잠시 생각해보았다.

칠월 중순쯤이었다. 아내가 칠 층에 있는 옷 코너에 가서 블라우스를 찾아 와 달라고 부탁을 했다. 맘에 드는 색깔이 없어 주문을 해 놨는데 구해놨으니 아무 때나 찾아가라고 연락이 왔다는 것이었다.

일을 마치고 백화점으로 올라갔다. 골목 안엔 간판들이 하나 둘씩 얼굴을 밝히고 있었다. 백화점 안은 낮과 밤이 별 차이가 없지만 골목 안은 확연하게 달랐다. 낮에는 풀이 죽어 잠잠하다가도 밤이 되면 생기발랄했다. 다시 태어나는 생명의 시간이 돌아온 듯했다. 그는 그런 때에 셔터를 내리고 하루를 마감했다. 마치 무슨 일이 벌어질 것만 같은 그 시간에 그의 하루를 마치는 것이었다. 오늘은 칠 층에 갔다 와서 마지막 정리를 하리라 하고, 셔터를 반쯤만 내려 놓고 갔다.

백화점은 퇴근시간이 지나면서부터 사람들로 북적이기 시작했다. 바겐세일이 있어 칠 층이 유난히 더 붐볐다. 엘리베이터에서 내리면서부터 사람들로 붐볐다. 매장 전체에 사람들이 가득 들어차 있는 듯했다.

부녀자들 사이를 비집고 들어가 아내가 말한 블라우스를 간신히 찾았다. 그리고 다시 엘리베이터쪽으로 향하려다가 섬뜩한 기분과 함께 걸음을 멈추고 말았다. 바로 눈앞에서 아는 얼굴을 만났기 때문이었다. 그 여자였다. 신경질적으로 벗겨진 덮개를 다시 덮어 버리던 그 여자였다. 경비원에게 쫓겨 들어온 바로 그 여자였다. 스카프 못 봤느냐면서 생글생글 웃던 바로 그 여자였다. 그 여자가 바로 눈앞에 있었다. 또 만난 것이었다. 여자도 놀랐는지 순간 걸음을 멈추고, 그의 얼굴을 빤히 올려다 보았다. 그는 이미 여자의 손목을 덥석 잡고 있었다.

여자는 소매치기를 하고 있었다. 옷을 고르는 사람들로 북적이는데 앞에 있는 중년여인의 핸드백에서 작은 지갑을 꺼내고 있었다. 빨간 지갑이었다. 여자가 지갑을 빼어 들고 막 돌아서려는 순간 그가 여자의 손목을 덥석 잡은 것이었다.

여자와 그의 눈빛이 강하게 일렁이며 부딪쳤다. 여자는 그럼에도 표정에 아무런 변화가 없었다. 아니 오히려 상대를 제압하려는 듯 격렬한 빛을 띠었다. 그 기세에 눌려 그가 먼저 눈길을 내리고 손목을 놓았다.

바로 그때였다. 여자가 몸을 돌려 순식간에 달아나는가 싶더니 금방 눈앞에서 자취를 감추고 말았다. 백화점은 즐거운 쇼핑객들로 일대 만원을 이루고 있을 뿐이었다.

세상은 그래도 잘 움직이고 있었다. 가진 자는 더 많이 가지기 위해, 높이 오른 자는 더 높이 오르기 위해, 우러러 보면 더욱 더 뽐내기 위해, 더 아름다워지고, 더 이름이 높아지기 위해 애를 쓰고 노력했다. 세상은 온통 그런 사람들만 사는 것처럼 보였다. 어쨌든 세상은 잘 움직이고 있었다. 위가 있으면 아래가 있었다. 지갑을 잃어 버리는 사람이 있는가 하면 지갑을 소매치기해 죽어라 달아나는 사람도 있었다. 그리고 그런 장면을 바로 옆에서 보고 있는 사람이 있다는 사실과 함께 세상은 어쨌든 잘 굴러가고 있는 것이었다.

툭하면 바겐세일이었다. 그때마다 주차장이 난리를 피웠다. 주차요원들보다 더 신경을 곤두세우고 있는 것은 경비원들이었다. 언제나 그렇지만 초저녁이 되면 인원이 보강되어 수신장치를 귀에 꽂고 요소요소에 배치되어 있었다.

칠 층 엘리베이터 앞 인근에도 경비원이 여럿 배치되어 있었다. 저만치 주변에서 하릴없는 듯 어정거리고 있는 젊은이들은 모두가 경비원들이었다. 엘리베이터가 수없이 오르내려도 그들은 그대로 어정거리기만 했다. 이따금 엘리베이터를 타더라도 한 층이나 두 층을 가서 내린 다음 다시 올라왔다.

줄을 서 기다려야 할 만큼 사람이 많았다. 한 번에 타지 못해 기다리고 있는 동안 주변을 둘러보니 경비원들이 그야말로 깔려 있다시피 했다. 거기다 감시용 폐쇄회로까지 곳곳에 설치되어 있을 것이었다.

'이런 곳에서 소매치기를 하다니.'

놀라웠다. 무슨 일이 일어날 것만 같았다.

아니었다. 정말 무슨 일이 일어난 모양이었다. 경비원들이 갑자기 술렁대더니 워키토키를 움켜쥐고 층계쪽으로 달려갔다. 그때 어떤 여자의 외마디 비명소리가 들려왔다. 그 역시 층계로 가는 쪽이었다. 사람들이 동요하는 듯했다. 그러나 곧 아무렇지 않다는 듯 예전 상태로 돌아가고 말았다. 비명소리가 더 이상 들려오지 않았기 때문이었다.

　그러나 층계에서는 긴박한 상황이 벌어지고 있었다. 여자가 후다닥 달려오더니 층계로 쏜살같이 달려 내려가는 모습이 보였다. 여자는 순간 보이더니 곧 사라지고 말았다. 그 뒤를 쫓아가는 경비원들의 모습도 한 순간에 사라지고 말았다. 사람들은 잠시 어리벙벙해졌다가 이내 물건을 흥정하고, 구경거리에 열중했다.

　엘리베이터는 원통형으로 전체가 투명한 재질로 되어 있었다. 밖에서도 보였고, 안에서도 보였다. 어떤 사람이 타고 있고, 몇 사람이나 타고 있는지 훤하게 알 수 있었다. 그것도 백화점 건물 외벽 잘 보이는 곳에 설치되어 있어 낮이고 밤이고 생동감있게 느껴졌다. 백화점이 내세우는 상징과도 같았다. 자랑이기도 했다.

　밤이 되어야 그 엘리베이터는 제 역할을 했다. 밤이 깊어갈수록 엘리베이터는 꿈처럼, 동화처럼 어둠을 수놓는 불빛과 함께 부드럽고 느린 속도로 백화점 벽을 타고 오르내렸다.

　'잡혔을까? 당연히 잡혔겠지.'

　보라색 스카프가 순간 눈앞을 스치고 지나갔다. 신발장 옆에 쪼그리고 앉아 있던 모습도 떠올랐다.

　'대담한 녀석.'

　처음 경비원들에게 쫓겨 왔을 때 거짓말을 한 일도 생각났다. 공연스레 꺼림칙했다. 왜 거짓말을 하고 일면식도 없는 여자를 숨겨 주었는지 알 수가 없었다. 별 일이 아닌 것만은 분명하지만 공연히 마음 속이 개운치 못했다. 엘리베이터가 한 층 한 층 내려갈 때마다 그 개운치 못한 일의 끝에 경비원들에게 잡혀 끌려가는 여자의 모습이 떠올랐다.

　엘리베이터에서 내려 층계 쪽을 바라보았다. 평온했다. 경비원 한 사람이 눈빛을 번득이며 껌을 우물거리고 있었다. 그 앞을 지나치는 척하면서 고개를 돌려 물어보았다.

　"아까 그 소매치기 잡았어요?"

　경비원이 고개를 저으며 말했다.

　"아뇨. 귀신같은 놈. 어디로 갔는지 모르겠어요."

　눈은 계속 전방을 주시하고 있는 듯이 보였다.

　"씨씨티비에도 안 잡힌 모양이죠?"

　"그러니까 귀신같다는 거죠. 어떻게 들어와 어떻게 나갔는지 전혀 흔적이 없으니까요."

　경비원의 말이 끝나자마자 그가 중얼거리듯이 말했다.

　"아직 어린 나이 같던데."

　그 말에 경비원이 묻지도 않은 말을 했다.

　"두어 달 전에는 보석 코너가 털렸는데 그것도 그놈 짓 같아요. 씨씨티비에는 모포를 뒤집어 쓰고 눈만 보이게 뚫어 놓은 놈이 보였어요. 종일 백화점 안 어딘가에 숨어 있다가 한밤중에 나타나서는 제집 안방처럼 헤집고 다닌 게 분명하다니까요. 그러다 오늘 또 나타난 건데 꼬리가 긴 거지. 오늘은 밟히고 말 겁니다."

　입구에서 몸을 돌려 박스가 있는 뒤로 가려다 말고 문득 생각이 난 듯 엘리베이터를 잠시 올려다보았다. 한쪽은 올라가고 있고, 한쪽은 내려오고 있었다. 박스는 저만치에 바닥에 붙어 있는 작은 집처럼 보였다. 거대하고 높은 백화점 뒷벽 저 아래 쪽에 붙은 작은 흔적처럼 보였다. 그곳에서 하늘을 올려다보며 나무꾼을 생각한 적이 있었다. 선녀를 꿈꾼 적도 있었다. 그는 그때처럼 또 실없이 웃다가 이제 그만 집으로 가야겠다면서 일터를 정리하기 위해 박스의 셔터문을 올렸다.

그런데 안으로 들어간 순간 뭔가 섬뜩한 기분이 들면서 호흡이 멎는 듯했다. 처음 느껴보는 기분이었다. 얼른 불을 켰다. 누군가 들어와 있는 것만 같았기 때문이었다. 눈을 크게 뜨고 박스 안을 둘러보았다. 그때 여자의 목소리가 낮게 들려왔다.

"죄송해요."

여자는 저쪽 구석에 두 눈 아래까지만 모포를 내린 채 웅크리고 앉아 있었다. 머리엔 보라색 스카프를 둘러 쓰고 있었다. 그러다 보니 두 눈만 이쪽을 보고 있는 모습이 되었다.

"당신 거기서 뭐하고 있는 거요?"

그가 퉁명스럽게 말했다. 여자는 흐트러진 스카프를 매만지며 일어나더니 어둠이 제법 내려 앉은 골목을 힐끗 내다보았다.

"백화점에서 난리를 치고 있던데? 모두들 백화점 안에 있을 거라면서 찾아다니고 있던데 어떻게 빠져 나왔어요?"

무엇보다 그 점이 궁금해서 묻지 않을 수 없었다. 그러자 여자가 눈을 치켜뜨고 저만치 앞으로 보이는 백화점 벽쪽을 손가락으로 가리켰다. 위에서부터 일정한 간격으로 작은 창문이 나 있는 곳이었다. 그중 한 창문에서 긴 밧줄이 늘어져 내려와 있는 게 보였다.

"오층예요."

"그럼 그곳에서 밧줄을 타고 내려와 이곳으로 왔다는 거요?"

기가막혔다. 여자는 눈길을 내리깔고 다소곳이 서 있기만 했다. 그런 모습을 가만 놔두지 않고 다그치듯이 물었다.

"두 눈 부분만 뚫어 놓은 마대자루를 뒤집어쓰고 보석상을 털어 간 것도 당신이고만. 신발장에서 나를 만난 건 결국 나한테 들킨 거였군. 그렇지?"

"맞아요."

간단하게 대답했다. 그런 여자를 어이없어 하며 그가 언성을 높였다.

"나가요. 나가! 아무도 없는 남의 집에 와서 이게 도대체 뭐하는 짓입니까? 어서 나가요!"

그렇게 말해 놓고 보니까 그 말이 좀 이상하게 느껴졌다. 여자가 박스 안에 있을 줄을 누가 알았을까. 아무도 없는 남의 집에 들어가 이렇게 천연덕스럽게 누워 있어도 되는 거냐는 뜻이다 보니 그렇게 느껴진 것이었다. 경비원들이 아직도 여자가 여기 있는 줄도 모르고 백화점 안만 찾아 다니고 있을지도 모른다고 생각하니 어쩐지 허전하게 느껴졌다.

여자는 날선 소리를 듣더니 엉거주춤 서서 자꾸 바깥을 힐끗거렸다.

"얼른 나가라니까요. 문 닫고 퇴근해야 되니까."

그러자 여자가 얼른 전등을 끄더니 잽싸게 밖으로 나가 버렸다. 마치 자기 집 전등을 끌 때처럼 익숙하게 행동했다. 누가 볼지도 모른다고 생각하는 것 같았다.

'제멋대로군.'

다시 불을 켜고, 하루를 마무리했다. 셔터를 내리고 열쇠를 채웠다. 그리고 돌아서 박스를 떠나려는 순간이었다. 여자가 박스 옆 벽면에 바싹 붙어 있다는 걸 알았다. 두 눈이 번득였다. 그가 나오는 걸 기다리고 있던 게 분명했다. 그러든지 말든지 지하철 입구로 가는 골목으로 접어들었다.

골목 안엔 고기 굽는 냄새가 가득 차 있었다. 그 냄새에서 벗어나 큰길로 나섰다. 그리고 순간 여자가 뒤를 따라오고 있다는 걸 알았다. 걷는 속도를 줄이고 가만히 뒤를 돌아보았다. 틀림없었다. 저만치 뒤에서 따라오고 있는 게 분명했다. 언제 그랬는지 어느새 굵은 검은테 안경을 끼고 있었다. 그때 보니 꼭 방금 전 사무실에서 퇴근하고 나온 어느 직장 여성처럼 보였다.

'나 원 참!'

그래도 확실하게 알고 싶어 일부러 으슥한 골목길로 접어들었다. 주의를 기울여 보니 여자도 따라 들어오는 게 분명했다. 걸음을 멈추고 고개를 돌려 단도직입적으로 물었다.

"왜 따라오는 거죠?"

스카프를 두르고 검은테 안경을 낀 여자는 여지껏 본 것과 다르게 꽤 성숙하게 보였다. 그가 묻자 여자는 지체하지 않고 대답했다.

"물어볼 게 있어서요."

마치 예전부터 잘 아는 사람한테 하듯이 자연스럽게 말했다. 그는 여자를 찬찬히 살피며 의아한 표정으로 물었다.

"뭔데요? 말해 봐요."

여자가 잠시 주춤거렸다. 그러나 그것은 아주 짧은 순간이었다.

"신고하실 건가요?"

당돌한 목소리였다. 뜻밖의 목소리에 짐짓 놀라는 기색이었으나 그는 잠시 사이를 두고 분명하게 대답해 주었다.

"그래요. 신고할 겁니다."

"언제요?"

여자가 한 걸음 다가왔다. 볼에 난 흉터가 의외로 크게 보였다. 그는 여자의 눈을 똑바로 쳐다보면서 말했다.

"내일 아침에."

"왜요? 왜 신고하실 건데요?"

여자의 눈빛이 순간 파르르 떨렸다. 그 의미를 모른 채 그는 간단하게 대답해 주었다.

"내 자존심이 허락 안 하니까."

그러자 여자가 길게 한숨을 뱉어냈다. 그 의미 역시 알 수가 없었다. 여자는 한숨 끝에 또 말을 이었다.

"고마워요. 솔직히 말해줘서. 그렇게 말씀해 주시면 잡히지 않아요. 지금부터 도망칠 수 있으니까요. 아무런 예고도 없이 신고하는 바람에 세 번이나 잡혀서 별 세 개를 달았어요. 지난 봄에 구치소에서 세 번째로 나왔어요."

여자가 말하는 동안에 그는 망연히 서서 듣고만 있었다. 이게 무슨 경우인가 싶었다. 이 상황을 어떻게 설명해야 할지 그 역시 알 수 없었다.

여자가 다시 보이기 시작했다. 여자가 아무렇지 않게 내뱉는 말들에 대해서도 어떻게 대꾸해야 할지 종잡을 수가 없었다. 그러는 사이에 여자가 다시 한 걸음 다가오더니 또 말했다.

"고맙긴 한데요, 아주 고맙긴 한데 도망치기 전에 해야 할 일이 한 가지 있어요. 바로 이거요."

여자의 목소리가 갑자기 뚝 끊어졌다. 그와 동시에 오른손에서 척, 하는 금속성 소리와 함께 번득이는 것이 보였다. 재크나이프였다. 그 것이 칼이라는 걸 알기도 전에 여자의 공격이 가해졌다. 칼을 휘두른 것이다.

"죽여 버릴 거야!"

여자의 흰이가 보였다. 엉겁결에 손에 들고 있던 종이가방으로 공격을 막아냈다. 아내의 블라우스를 담은 종이가방이었다. 그 바람에 여자가 균형을 잃고 제대로 가격해 오지 못했다. 그러나 그것만으로 끝나지 않고 재크나이프의 칼 끝이 그의 팔뚝을 찌르고 말았다. 비명을 뱉으며 그는 팔뚝을 움켜쥐고 몸을 굽혔다. 손가락 사이로 피가 주루룩 흘러 내렸다.

"이게 무슨 짓이야?"

벽에 의지한 채 여자를 노려보았다. 여자는 이번엔 칼을 꼬나쥐고 공격 자세를 갖췄다. 그리고는 한 걸음 다가서며 증오에 찬 목소리로 말했다.

"뭐? 신고를 해? 뭘 할 짓이 없어서 떠돌아 다니면서 먹고 살려고 발버둥치는 어린 여자애 밥줄을 끊어놔!"

공격은 말이 끝나기 전에 또 가해졌다. 칼은 가슴을 노리고 있었다. 그러나 이번에는 달랐다. 그가 칼보다 조금 빨랐다. 몸을 날려 여자의 칼 잡은 손을 나꿔챘다. 골목 안 바닥에 깔려 있는 보도블럭 위로 칼이 떨어지더니 덜그럭거리며 저만치 굴러갔다.
"어떻게 살아야 너같이 되는 거지?"
여자를 한 순간에 제압해 벽에 밀어붙였다.
"이거 놔! 놓지 못해!"
여자가 발악을 했다. 그리고는 홱 돌아서더니 갑자기 셔츠의 단추를 끄르고 위로 걷어 올렸다. 허연 속살이 드러났다. 아니 유방이 보이는데 한쪽이 보이지 않았다.
"봐! 이렇게 살아왔어!"
여자가 브래지어를 아무렇게나 벗어 내리는데 한쪽에서 툭, 하고 스폰지 덩어리가 떨어져 내리고, 그 자리에 시커멓게 일그러진 속살이 선연하게 드러났다. 유방이 한쪽밖에 없는 것이었다.
징그러웠다. 섬찟했다. 자신도 모르게 놀라면서 눈살을 찌푸렸다. 여자는 숨을 헐떡이면서도 또렷하게 말했다.
"하도 배가 고파 밥을 훔쳐 먹고 나오다가 그만 그 집 정원 구석에서 잠이 들었지 뭐야. 잔디가 정말 푹신한 정원이었어. 그런데 그 집 개가 달려들더니 내 유방을 뜯어 먹어 버렸지. 그 개는 고기가 먹고 싶었던 모양이야. 하루는 쪽방촌을 지나는데 어떤 남자가 돈을 손에 쥐고 흔들길래 갔더니 내 가슴을 보고 깜짝 놀라더라고. 신문지 한 장을 주면서 가리고 하랬더니 나를 개 패듯 패더군. 바퀴벌레 밟아 죽이듯이 밟아대기도 했어. 어떻게 살아야 너같이 되느냐고? 어떻게 살아야 당신처럼 되는데?"
골목 안에 잠시 침묵이 흘렀다. 그는 팔뚝의 통증을 참으면서 그 말에 대답해 주었다.

"너는 오늘 나무꾼을 찌른 거야."

"무슨 소릴 하는 거야? 사슴을 신고하는 나무꾼도 있나?"

여자의 말에 아내의 블라우스를 꺼내 주면서 말했다.

"피가 계속 나오는구나. 이걸 찢어 우선 지혈을 시켜줘. 그리고 우리 거래하자. 너하고 거래하고 싶은 마음이 생겼어."

그러자 여자가 순간 블라우스를 도로 종이가방에 넣고 머리에 쓰고 있던 스카프를 벗어 상처를 동여맸다.

"나를 정말 나무꾼으로 생각하는구나."

"그럼 내가 사슴이란 말인가요?"

고개를 가만히 끄덕여 주었다.

"구두약 냄새가 향기롭다고 한 사슴이지."

여자의 얼굴에 그의 시선이 멈추었다. 여자는 그 눈길을 피하지 않고 가만히 있었다.

"선녀도 있나요?"

"그래. 곧 올 거야."

그는 거래에 대해 얘기하기 시작했다. 여자가 말을 듣는 도중 혼잣말처럼 가만히 말했다.

"매일 자살을 생각해요."

다음 날부터 사람들은 백화점 뒤 구두닦이 박스 앞에서 구두를 닦는 한 여자를 볼 수 있었다. 그 옆에서는 박스의 주인이 구두를 수선하고 있었다. 여자는 보라색 스카프를 두른 채 콧잔등에 구두약이 묻어 있는 줄도 모르고 열심히 구두를 닦고 있었다.

거리엔 사람들과 차들로 넘쳐나고 있었다. 사람들은 행복해 보이고, 차들은 살아 있는 듯했다. 공중에 매달려 있는 대형 전광판에서는 어느 걸그룹이 누가 누군지 모를 모습으로 똑같이 몸을 흔들어대기도 하고, 눈을 치켜뜨기도 했다.

거리는 살아 있는 크레파스화처럼 잡다한 색깔로 얼켜 있었다. 전광판의 화면이 바뀔 때마다 거리는 조금씩 달라지는 듯했다. 또 화면이 바뀌자 이번에는 낯익은 얼굴들이 어떤 연회장에 모여 술잔을 높이 들며 이구동성으로 외쳐댔다. 무슨 말인지 들리지는 않았지만 뻔한 노릇이었다.

'위하여!'

그때에도 세상은 살아 있는 크레파스화처럼 잡다하게 보일 뿐이었다. 그럼으로 해서 사람들은 행복해 보이기도 하고, 불행해 보이기도 했다. 차들 역시 살아 있는 것같지만 무덤덤한 것같기도 했다. 기쁜 것같지만 불안하고, 그저 그런 것같기도 한 거리가 오늘도 그곳에 있었다.

그 한켠, 눈에 잘 띄지도 않는 구석에서 그들은 시간의 순간 순간을 함께 하고 있었다. 그는 요즘 자신을 나무꾼이라고 생각했다.

풍도선생風道先生

 장인의 묘를 이장하기 위해 무덤을 열었는데 유골이 보이지 않았다. 관도 없었다. 놀라다 못해 정신이 아득한 게 도무지 현실감이 들지 않았다. 당혹감이 든 건 말할 것도 없고, 뭐가 뭔지 알 수가 없을 지경이어서 모두들 허망한 얼굴, 공허한 눈빛으로 알절부절 어찌할 바를 모르고 있었다.
 "어떻게 된 거야? 관도 없잖아? 어떻게 된 거야?"
 큰처남이 무덤 안으로 뛰어 들어가 소리쳐 보았지만 어이없게도 분명히 있어야 할 관이 보이지 않았다. 관이 사라진 것이었다. 어디론가 없어진 것이었다. 이십 년만에 무덤을 열었는데 관이 보이지 않는 것이었다. 그동안 관이 모두 썩어 흙이 되었을 리는 없고, 널조각 하나라도 남아 있어야 할 게 아닌가. 아니 유골 한 조각이라도 보여야 할 게 아닌가. 이십 년밖에 안 되었는데. 관이 송두리째 없어진 게 분명했다.
 "뭐라고? 아버님 관이 없어져? 무슨 소릴 하는 거야, 지금?"
 "빈 무덤? 정말이야?"

처남들은 우왕좌왕하고, 장모는 휘둥그레진 눈으로 달려와 파헤쳐진 무덤 안을 들여다보고 입을 다물지 못했다. 인부들은 손을 털고 저만치 소나무 아래 그늘 속에 모여 앉아 그런 가족들을 힐끗거리고 있었다.

도저히 이해할 수 없는 일이 벌어졌다. 12년 전, 결혼 한 달 전에 아내가 가자고 해서 처음 찾아와 술잔을 올린 이래로 기일 때면 꼭 들르곤 했던 곳이었다. 의정부가 멀지 않은 북한산 기슭이었다. 높은 봉우리 아래로 야트막하게 둘러 서 있는 야산 하나를 매입해서 조성해 놓은 묘역이었다. 봉분도 유난히 컸고, 둘레석도 화려하다 할 정도로 잘 갖추어져 있었으며 상석, 비석 또한 우람차게 보였다. 잔디는 바로 어제 깔아 놓은 것처럼 정갈하게 깎여 있었고, 배롱나무는 칠월의 태양을 맞이하기라도 하듯이 사방으로 가지를 뻗고 꽃잎을 터트리기 시작하고 있었다.

언뜻 보아도 생전에 꽤 위세있게 살았거나 부유한 계층일 것이라는 분위기를 느끼게 하는 묘역이었다. 하기야 대구 약령시장에서 알아주는 거부로 알려진 장부자의 맏손자가 묻혀 있는 곳이니까 당연지사라 할 수 있을 것이다. 생전에 정계 막후 인물로서 굵직한 획을 긋고 살아오신 분이라는 사실, 역시 그런 분위기에 걸맞는다고도 할 수 있을 것이다.

그런데 오늘 그 무덤에 있을 수 없는 일이 벌어져 있었다. 무슨 말로도 설명이 되지 않았다. 무덤 속이 비어 있는 것이었다. 이 상황을 어떻게 납득할 수 있단 말인가. 처가에는 강릉 인근에 문중의 선산이 있었다. 작년 이맘때쯤 종친회에서 흩어져 있는 문중 어른들의 유택을 한 군데 선산으로 모시기로 결정한 이래로 장인의 묘도 그리로 모시기로 하고, 처남들과 상의를 한 후 날짜를 잡아 오늘 개장을 한 것이었다. 선산에는 화장을 한 후 유골로 모시기로 하고, 이미 화장장에는 예약이 되어 있는 상태였으며 석물 역시 준비가 되어 오늘 중으로 이장지에 도착될 예정이었다. 그런데 장인이 사라지고 없는 것이었다.

"누가 옮겨 간 게 분명해. 이런 천인공노할!"

할 수 없이 집으로 돌아오자마자 장모는 몸져 눕고 말았다.

"엄마, 절대 진정하셔야 해요. 일은 이미 벌어진 거고, 오빠들하고 박서방이 알아볼 거니까 어떻게 된 건지 금방 밝혀질 거예요. 엄마, 약속해! 꼭!"

아내는 어머니의 고혈압을 걱정하고 있었다. 교회 권사인 장모는 주여, 주여를 연달아 중얼거리며 입술을 파르르 떨고 있었다. 변호사인 큰처남과 목사인 둘째처남은 시무룩한 표정으로 여기저기 전화를 해대는데 내가 볼 때는 별무 효과일 것 같았다. 이미 장인의 장례를 주관해 주었던 장의업체와 석물 제작업체, 그리고 당시의 인부들과 인근 마을 사람들까지 알아볼 것, 물어볼 것, 확인해 볼 것은 다해 보았다. 그리고 난 후에 대학교수인 친구들, 법조계의 선후배들, 저명한 목사들하고 상의해보는 것같은데 뾰족한 대답이 나오기는커녕 한결같이 어이없다는 반응들뿐인 것 같았다.

"대체 언제 그런 거지? 관이 없다는 건 누군가 무덤을 파헤치고 꺼내갔다는 뜻인데 그렇다면 그 흔적이라도 남아 있어야 할 거 아냐?"

둘째처남은 무덤이 없어졌다는 사실을 확인한 이후 그 말을 몇 번인가 되풀이했다. 큰처남도 마찬가지였다.
"관을 가져가고 나서 도로 원상태로 해놓은 것인데 그것도 모르고 그동안 계속 성묘만 하고 있었다니."
여기저기 전화를 하고 나서는 벌떡 일어나면서 뇌까렸다.
"거 참, 미치겠네!"
큰처남의 얼굴이 하얘졌다. 거기까지 보고 우리는 집으로 돌아왔다. 집으로 오는 내내 차안에서 아내는 한마디 말이 없었다. 무슨 말인가를 건네고 싶었지만 함부로 할 수 없을 만큼 아내의 얼굴은 굳어 있었다. 그러더니 아파트로 들어와 소파에 앉자마자 핸드백을 가슴에 안고 중얼거렸다.
"쪽팔려, 정말!"
비로소 아내다웠다. 갑자기 원래의 아내로 돌아온 것이었다. 시사전문 월간지 편집장인 나는 아내의 그런 모습이 가깝게 느껴져야 하루가 원만하게 지나가지 그렇지 않으면 안정감이 들지 않는 생활을 십 년 가깝게 해오고 있다. 오늘은 안정감이 들지 않는 하루였다. 그러나 그 말 한마디에 하루가 비로소 제자리로 돌아오고 말았다. 비록 장인의 관이 사라진 사실을 알게 된 오늘이지만 나의 오늘로 되돌아온 것이기도 했다.
"기가 막혀! 애들 데리고, 꽃 들고 찾아간 게 몇 년째유? 그런데 빈 무덤이었다니! 도대체 그걸 왜 여지껏 몰랐을까?"
내 생각하고 같았다. 이 판국에 쪽팔린다는 말이 어떤 의미를 내포하고 있는지는 모르겠으나 종일 머리 속을 떠나지 않던 바로 그 생각을 아내가 콕 짚어내자 정신이 번쩍 뜨이는 기분이었다.

"장인어른 참 대단하신 분이군. 풍운아는 죽어서도 풍운아인가! 대체 어디에 계신 거야?"

"풍운아는 무슨 풍운아야? 시신이 없어졌는데!"

아내가 기가 막히다는 듯 크게 혀를 찼다. 뭐라 웅얼거리는데 또 쪽팔린다고 말하는 것 같았다. 아내를 처음 만나고 나서 한 달쯤 지난 후에 물은 적이 있었다.

"풍도선생이라고 알아요?"

대답은 아주 간단했다. 모른다는 것이었다. 대답이 명료해서 모른다는 게 사실인 것 같았다.

후배 기자의 소개로 알게 된 아내는 그때 고시에 연거푸 떨어지고 실의에 빠져 있을 때였다. 묻지도 않았는데 아버지가 정치아카데미의 원장이라고 말했다.

"그럼 장일재 선생? 장일재 선생이 아버님예요?"

아내는 고개를 가만히 끄덕이며 배시시 웃었다. 내가 자기 아버지를 알아보자 흡족해 하는 눈치였다.

장일재라고 하면 경상도를 배경으로 소위 정계의 보이지 않는 큰 손으로 알려져 있는 인물이었다. 나는 서슴치않고 그런 사람을 정치 브로커라고 불러왔다. 그러나 아내를 만난 이후로 관심을 가지고 알아본 결과 정치 브로커에 대한 나의 부정적인 시각에 약간의 수정이 가해지게 되었다. 장일재라는 인물의 행적을 알아본 결과 그렇다는 뜻이다.

장일재가 선거에 개입해서 일으킨 돌풍은 전설처럼 떠돌고 있었다. 그런데 그 결과를 주의해서 보자 한 가지 공통점이 있었다. 관심밖의 인물이 당선되었고, 한결같이 신인들이었다. 야당이 되었건 여당이 되었건 소신껏 일하다 물러난 것이 또한 같았다.

그는 1937년생으로 35세 때 혼인하여 아들 둘을 낳고 다음으로 나의 아내 장정희를 낳았다. 장모는 소위 말하는 대형교회의 목사 딸이었고, 장일재는 평소 그 목사와 친분이 두터웠다. 내가 알아본 바로 장일재는 정계만이 아니라 재계, 학계, 종교계와도 깊은 연관이 있었다. 무슨 일로 연관이 있는지는 정확하게 알려진 게 없었다. 내 추측으로는 재력을 발판으로 무슨 일을 하고 있는 것으로 보였다. 브로커들이 대개 수단과 술수를 이용하는 것과는 뭔가 다른 면이 있는 것으로 보였다. 확인된 바는 아니지만 그는 경상도 거부의 후손으로 대구, 경주, 부산 인근에 막대한 토지를 소유하고 있었다. 모두 물려받은 것이라고 한다.

한 가지, 장일재에 대한 정보 중에서 유독 눈에 띄는 기록이 한 가지 있었다. 인물 소개 끝에 '일명 풍도선생風道先生이라고도 한다.'라고 되어 있는 게 그것이었다. 그게 무슨 뜻인지 시간과 공력을 투자해서 알아보았지만 끝내 알아낼 수 없었다. 그래서 장정희와 데이트 중에 물어본 것이었다.

아내가 아버지에 대해서 아는 게 없다는 사실에 놀라지 않았다. 결혼해서도 몇 번이나 물어보고 싶었지만 모른 척 지나가고 말았다. 그것이 아내와 나 사이에 있는 적당한 간격이었다. 쪽팔린다는 말을 입버릇처럼 내뱉는데 그에 대해서도 다른 생각을 가져본 적이 없었다. 그 역시 아내와 나 사이에 있는 적당한 간격이었다.

그런 중에 오늘의 일이 발생한 것이다. 얼굴도 모르는 장인으로 인해 이런 간격을 재확인하게 될 줄은 미처 몰랐다. 오늘의 일은 일단 누군가 무덤을 열고 관을 가져갔다는 사실에서부터 출발해야 한다. 그러나 나는 그 말을 아내에게도, 장모에게도, 처남들에게도 적극적으로 말하지 못했다. 보이지 않는 그 간격이 성가시게 뒤따라왔기 때문이었다.

그런데 그날 한밤중에 그 간격이 조금 좁혀지는 일이 발생했다. 옆자리가 이상해 일어나 보니까 아내가 보이지 않았고, 거실로 나가 보자 아내가 혼자 내가 마시다 남겨 놓은 소주를 마시고 있었다.

"여보, 당신 지금 뭐하고 있어? 시간이 몇신데?"

"보면 몰라. 여보. 이리 좀 와서 앉아. 할 얘기가 있으니까."

평소의 아내가 아니었다. 그리고 잠이 확 깨는 소리를 서슴없이 내뱉었다.

"미안해. 그동안 몇 번이고 말하려고 했었는데 못했어. 쪽팔려서."

소주잔을 단숨에 들이키더니 눈앞의 허공을 응시하면서 또 말했다.

"아버지, 누가 그렇게 했는지 짚이는 데가 있어. 첩이야. 아버지 첩."

"첩? 장인어른에게 첩이 있었단 말야?"

이 무슨 개 풀 뜯어 먹는 소리란 말인가. 결혼한지 12년이나 되었다. 아들을 둘이나 낳을 때까지 그런 소리는커녕 낌새도 눈치챌 수 없었다. 결혼할 때 장인은 돌아가신지 8년째가 된다고 했다. 61세 때 뇌일혈로 갑자기 세상을 떠났다고 했다. 타계한 사실은 곳곳에 기록으로도 남아 있어 알고 있었다. 그런 장인이 첩을 두고 있었다니, 그리고 그 첩이 관을 옮겨간 것 같다니 이게 무슨 해괴망측한 말일까? 장모가 한 말이 불현듯 머리를 스치고 지나갔다.

"무슨 말을 하는 거야? 그럼 아까 낮에 장모님이 누가 옮겨간 게 분명하다, 천인이 공노할 짓이다, 하고 말씀하신 게 그 얘기란 말야?"

"맞아. 오빠들도 그렇게 생각하고 있는 거 같아. 미안해, 여보."

아내는 미안하다는 말만 하면서 소주를 또 들이켰다. 아내와 나 사이에 있던 간격이 조금, 아주 조금 좁혀지는 듯했다. 그러니까 지금 아내는 처가 사람들이 모두 알고 있는 일을 사위인 나만 모르게 한 걸 미안해 하고 있는 것이었다. 그런 심정을 알아주는 척하면서 점차 장일재에 다가가 보기로 했다. 그를 알아보기 위한 좋은 기회였기 때문이었다.

"미안해 할 건 없어. 쪽팔릴 일은 더욱 아니고. 처가에 그런 일이 있었다는 게 믿어지지 않아. 나라도 알리고 싶지 않았을 거야. 이미 옛날 이야기가 된 일인데."

"소생도 있어."

들을수록 기가막혔다. 그렇다면 문제가 아닌가.

"장모님도 알고 있어?"

"물론이지. 사는 데는 아무도 몰라. 나만 알고 있어. 곰곰 생각해봤는데 그 여자 짓 같아."

아내는 지금도 곰곰 생각하고 있는 듯했다. 소주잔을 손가락으로 뱅뱅 돌리면서 눈길을 내리깔고 있었다.

"당신만 알고 있다니 도무지 무슨 소린지 모르겠군."

"미안해, 여보. 기생 출신이었어. 장고춤으로 유명한 여자야. 첩이 있다는 걸 안 건 내가 중학교에 들어가던 해였어."

이름을 서희정이라고 했다. 장일재를 만나 동거를 시작한 건 27세 때였고, 그때 장일재의 나이는 55세였다고 한다. 장일재에게 여자가 있다는 사실이 알려지게 된 건 큰오빠가 고등학교에 들어가 첫 번째 겨울방학을 맞이했을 때였다. 아버지 사무실 근처에 있는 도서관에 갔다가 점심 때가 되어 밥을 사달라고 하기 위해 들렀다가 아기를 안고 나오는 서희정과 장일재를 보게 된 것이었다. 꼭 부녀지간처럼 보였다. 아니 부부같기도 했다. 밀착된 뭔가 있는 그런 분위기가 분명했다. 아들은 아버지의 비서를 찾아가 물어보았고, 끈질기게 캐고 드는 아들에게 여비서는 백기를 들고 말았다. 너만 알고 있어야 한다는 약속을 단단히 하고 그 여자가 아버지의 여인이라는 사실을 말해주었다. 그리고 그 길로 어머니에게 달려가 사실을 알렸다.

"난 우리 어머니가 그렇게 욕을 잘하는 사람인 줄 몰랐어."

나의 장모 문수경여사는 다음 날 서희정이 기생으로 일한다는 요정을 찾아갔다. 백련이라는 요정이었다. 매스컴에도 잘 나오는 요정이었다. 공공연한 밀실정치의 현장으로 유명한 곳이었다. 문여사는 서희정을 만나자마자 머리채를 잡아채 마당으로 끌고 내려왔다. 그날 서희정은 문여사로부터 무수하게 구타를 당했다. 문여사의 손에는 탐스러운 머리끄덩이가 뽑힌 채 한 움큼 들려 있었다. 그뿐이 아니었다. 서희정의 얼굴에 침을 뱉으며 화냥년, 미친년, 인간말종, 불벼락 맞을 년, 오살할 년, 육시할 년, 무엇보다 잘 쓰는 말, 오사리잡년이라는 말을 수없이 날려 보냈다.

망신을 주면 그것으로 끝날 줄 알았다. 하지만 서희정은 눈 하나

까딱하지 않고 아들 하나를 낳은 이후에 연달아 딸 둘을 더 낳았다.

"아버지가 돌아가시기 직전까지 우리 집엔 바람 잘 날이 없었어. 아버지는 서희정의 자식들을 호적에 올리려고 했는데 서희정은 절대 그렇게 할 수 없다고 했고, 그 일 때문에 우리집에 온 적도 있었어. 어머니가 세 사람이 만나 얼굴을 맞댄 자리에서 애들 문제를 최종 담판하자 해서 온 거야. 그날 기억이 또렷해. 서희정은 세 아이 모두 내가 잘 기를 테니 아무 염려말라고 울면서 애원했지. 어머니는 그렇다면 안 보이는 데로 조용히 사라져 버리라고 하면서 또 난리를 쳤어."

그 난리라는 것은 말할 것도 없이 머리끄덩이와 발길질, 유황탕에 빠질 년, 찢어서 어떻게 할 년 등이었다. 한 번은 어머니와 함께 요정에 간 적이 있었다. 아버지가 며칠 동안 집에 들어오지 않았기 때문이었다. 아내와 작은오빠가 함께 갔다는데 그날도 장고춤을 추는 무대로 올라가 머리끄덩이를 낚아채는 바람에 요정이 아수라장이 되고 말았다.

아버지는 계속 귀가하지 않았다. 그래서 이번엔 평창동에 있는 서희정의 집으로 갔다. 아버지가 거기에 있었다. 군대 간 큰오빠가 휴가차 나와 있을 때였다. 문여사는 아들 둘과 딸을 대동하고 쳐들어가서는 살림을 닥치는 대로 때려 부쉈다. 아버지가 그곳에 있다는 사실을 알고는 더 열을 받는 것 같았다. 아버지는 이 무슨 무식한 짓이냐면서 고래고래 소리를 지르고, 서희정은 아이고, 형님, 잘못했으니 말로 하자고 했지만 형님의 서릿발은 조금도 누그러지지 않았다.

이번에도 서희정의 머리끄덩이를 잡더니 이리저리 마구 흔들어댔다. 어린 자식들은 그런 광경을 보고 울고만 있었다. 장정희가 그런

애들을 끌어안고 같이 울어주었다. 그러자 갑자기 아직 초등학교에도 들어가지 않은 아들녀석이 장정희의 손을 뿌리치고 튀어 나가더니 서희정의 머리채를 잡은 문여사의 팔뚝을 사정없이 물어뜯었다. 문여사가 비명을 지르며 머리채를 놓았다. 서희정은 그 며칠 후 강남쪽 아파트로 이사를 했다. 그러나 문여사는 곧 집을 알아내고, 이번에도 살림을 박살을 내버렸다.

"그날도 서희정의 머리채를 잡길래 내가 악을 쓰면서 엄마, 이제 그만 좀 하라고 말렸어. 그랬더니 갑자기 내 머리채를 잡더니 이년이 누구 편을 드는 거냐면서 갖은 악담을 해대더라고. 그날 이후로 고혈압에 시달렸어."

아내는 시간이 지나면서 서희정의 애들이 한없이 불쌍했다고 했다. 그래서 전화를 해서는 따로 만나 먹고 싶다는 것도 사주고, 놀이공원에도 데리고 가줬다. 애들이 그런 장정희를 잘 따랐다. 그런 세월이 이십 년이라고 했다. 물론 집에는 그런 사실을 일체 말하지 않았고, 알고 싶어 할 때에도 한 번도 말한 적이 없었다.

"지금 대학생 탤런트라고 요즘 매스컴에 자주 등장하는 연예인 있지? 걔가 바로 서희정의 막내딸이야. 걔가 특히 날 잘 따라. 아들은 직장을 그만 두고 벤처사업에 뛰어들었고, 맏딸은 성악가로 나섰어. 신문에서 보니까 외국에서 공부하고 온 이래로 평판이 좋더라고. 막내하고 난 두 달에 한 번 꼴로 만나고, 전화는 수시로 하면서 소식을 주고 받고 있었어. 그래서 아버지가 돌아가시고 나서 갑자기 잠적을 하게 되었을 때도 나는 알고 있었던 거야."

장일재는 죽기 전에 유산 분배를 했는데 서희정에게 거액의 현금과 집, 토지까지 남겨주었다고 한다. 서희정은 장일재가 죽자 곧 재산을 정리하고 캐나다로 떠났다. 그리고 이 년 후 돌아와 애들의 성씨를 서씨로 바꾸고, 안양에 국악학원을 차렸다.

"여보, 토요일에 그 여자를 만나러 가. 지금도 국악학원을 하고 있어."

아내는 정말 서희정을 범인으로 지목하고 있는 것일까? 아니면 막연한 추측일 뿐일까? 딸들하고 연락하면서 지냈다는데 무덤에 관한 이야기는 전혀 들어보지 못한 것일까? 아니다. 그런 낌새를 눈치챘기 때문에 가보자고 한 것일지도 모른다.

"막내가 한 번은 이런 이야기를 하더라고. 엄마가 아빠 물품을 지나치다 할 정도로 소중하게 다룬다는 거야. 나중에 기념관을 만들 거라면서 따로 방을 만들어 놓고 아버지 유품은 물론이고, 아버지하고 관련된 건 뭐든 수집해 모아 두고 있다는 거야."

금요일에 처가에 가보았다. 처남들은 서희정의 행방을 찾기 위해 백방으로 알아보았다고 했다. 아들이 다니던 유치원까지 찾아가 캐나다로 갔다는 사실을 확인해둔 상태였다. 문수경 권사는 유골이 캐나다에 있을 지도 모른다면서 그러고도 남을 년이라고 했다.

"서희정 그 여자, 오십대 중반쯤 되었을 거야. 도대체 아버지가 서희정에게 빠지게 된 근본적인 이유는 어떻게 설명해야 할까?"

"이뻐?"

아내가 그런 나를 휙 돌아다보더니 악셀레이터에 힘을 가했다.

"남정네들은 그저 이쁜 거만 찾지."

정말이었다. 대단한 미인이었다. 아내는 자기가 다니던 데처럼 국악학원을 쉽게 찾아냈고, 사무원이 기다리라는 방에 앉아 있는데 이윽고 키가 헌칠한 한 여인이 들어왔다. 진달래색 한복을 위 아래로 화사하게 차려 입고, 숱많은 머리를 크게 쪽쪄 올린 여인이었다. 첫눈에도 흰 얼굴에 크고 검은 눈이 시원해 보였다. 한순간 방안이 훤해지는 느낌이었다.

"어?"

여자가 아내를 보자마자 눈을 크게 뜨고 돌처럼 굳어져 버렸다.

"정희예요. 알아보시네요."

아내의 목소리가 차가웠다.

"정말! 정희!"

여자가 성큼 다가와 아내의 손을 잡으려다 말았다.

"나 참 기가막혀. 내가 여기 있는 걸 어떻게 알았지? 너도 머리끄댕이 잡으러 온 건 아니겠지?"

탁자를 사이에 두고 앉더니 럭키스트라이크를 한 개비 뽑아 물고 지포라이터로 불을 붙였다. 컬커덕, 하는 소리와 함께 라이터가 닫히자 길게 연기를 내뿜는데 필터에 붉은 연지가 짙게 묻어 나왔다. 아내가 우선 나를 소개하자 여자는 나를 향해 고개를 까딱하더니 말했다.

"얼굴에 뭔가 써 있는 것 같은데 무슨 뜻인지 읽지를 못하겠네."

그러자 아내가 저돌적으로 나서면서 말했다.

"그럼 단도직입적으로 말하죠. 아버지 무덤을 선산으로 옮기려고 개장했는데 관이 없어져서 왔어요."

"뭐? 관이 없어져?"

순간 이 여자는 아니라는 걸 직감으로 알 수 있었다. 그러나 아내는 그게 아니었다. 내가 그 근성을 잘 알고 있다. 기회를 포착하면 순간이라도 놓치지 않았다.

"그래요. 누군가 가져갔어요. 알고 있죠?"

"너 지금!"

여자가 기가 막혀 하며 어쩔 줄을 몰라 했다. 그런 여자를 향해 아내는 탁자를 손바닥으로 탕, 소리가 나도록 내려치면서 다그치듯 말했다.

"다 알고 왔으니까 솔직하게 말하세요. 할 짓이 없어서 남의 아버지 무덤을 파 관을 꺼내 가요?"

순간 여자가 고개를 옆으로 돌리더니 손으로 입을 가리고 깔깔거리면서 웃었다. 그 소리가 매우 경쾌하게 들렸다. 한참을 웃고 나더니 웃음기를 띠면서 아내를 넌지시 바라보며 말했다.

"누가 장일재 선생 딸 아니랄까봐. 어쩜 그렇게 책상을 탁 치면서 말하는 폼새가 장 선생님하고 똑같니?"

"말 돌리지 말아요."

아내가 말꼬리를 빼앗기지 않으려고 긴장된 표정으로 노려보고 있는데 여자는 엉뚱한 소리를 내뱉었다.

"아버님이 늘 그러셨지. 비위가 상하면 지금처럼 책상을 탁 치면서 이런 얼빠진 놈들 같으니라고, 얼빠진 짓들 그만 해라, 얼빠진 짓이야 그건, 하고 호통을 치셨지. 그 말이 왜 그렇게 매력이 있었는지. 아버지를 좋아하게 된 건 바로 그 말 때문이었어. 그런데 얘, 아버지 관이 없어지다니 무슨 말이야?"

이 여자는 아니라는 확신이 들었다. 아내도 뭔가 이상하다는 듯

내 얼굴을 슬쩍 쳐다봤다. 이때다 싶어 내가 나서 자초지종을 설명해 주었다.

"두 달 전에도 갔다 왔었는데 그럼 그게 빈 무덤이었단 말야?"

내 이야기를 듣는 동안 여자는 이따금 고개를 갸웃거리며 뭔가 생각에 잠기는 듯했다. 그러더니 머리를 잠시 긁적이다가 어디론가 전화를 했다. 상대방을 선생님이라고 불렀다. 아주 깍듯이 대하는 게 역력하게 느껴졌다.

"선생님, 요즘 마음도 심란하고 해서 한 번 찾아뵙고 싶어요. 바람도 쐴 겸 해서요. 빠른 시일 내에 찾아뵈도 될른지요."

흔쾌히 허락을 받은 모양이었다. 막힘 없이 대화를 마치고 수화기를 내려 놓았다. 아내는 여자가 갑자기 분위기를 바꾸는 것 같아 불쾌하게 여기는 듯했다. 나 역시 마찬가지였다. 그러나 그것이 아니었다.

"아버지 무덤이 없어졌다니 얼마나 황당했겠니? 나도 정신이 없는데. 어쩌면 이 분이라면 알고 있을지 몰라. 방금 전화를 한 분이야. 태백산에 계시는데 같이 가보지 않을 테야? 내일도 좋고, 모레도 좋고."

"누군데요?"

여자는 대답대신 담배만 피워대다가 눈을 가느스름하게 하고 아내를 바라보았다.

"아버지하고 친했던 분이야. 유명한 역술가지. 풍수가, 관상가이기도 하지."

"아버지가 그런 사람들하고 친했다고요?"

아내의 목소리가 퉁명스러웠다. 여자가 그런 아내를 지그시 바라보았다.

"왜 싫어? 가기 싫어?"

"쪽팔려, 정말!"

벌떡 일어서려는 걸 내가 말리며 내일 가자고 먼저 제의했다. 장일재는 도대체 누구란 말인가? 아내는 마지못해 내 의견을 따라주었다. 얘기가 끝나자 여자가 활짝 웃으며 아내에게 말했다.

"얘, 그나지나 섭섭하다. 아버지 묘를 이장하는데 나한테는 알리지도 않고 그럴 수가 있니?"

"카나다에 있는 줄 아는데 어떻게 알려요?"

말해 놓고 아내는 뜨끔한 눈치였다.

"내가 카나다에 있었던 일도 알고 있고. 너 참 대단하구나."

"실은 애들을 그동안 만나고 있었어요."

묵은 이야기를 꺼내 놓으면서 여자와 아내는 같이 눈물을 흘리기도 하고, 미안하다, 고맙다고 하면서 나를 몇 번이나 웃겼다. 그러다가 얘기 끝에 이때다 싶어 불쑥 물었다.

"혹시 풍도선생이라고 들어보셨어요?"

"풍도선생? 그걸 어떻게 아시죠?"

여자가 놀라는 얼굴을 하고 되물었다. 내가 그에 대한 답변을 하기도 전에 여자가 먼저 말을 꺼냈다.

"장일재 선생을 일명 풍도선생이라고 불렀어요. 바람 풍자, 길 도자, 바람이 지나는 길이라는 뜻이죠. 누가 그렇게 부르기 시작했는지는 몰라요. 주로 고대사 연구하시는 분들, 풍수가들, 역술가들이 그렇게 불렀죠. 그 사람들 사이에서 풍도선생은 유명한 분이었어요. 그분을 만나고 오면 바람이 지나는 길을 만났다고 하면서 좋아했죠. 그런데 그 말을 어디서 들었어요? 혹시."

고대사나 주역을 공부하는 사람이 아니냐고 물으려는 것 같았다. 그런 걸 아내가 나서면서 말을 끊었다.

"남편은 잡지사 편집장예요. 쪽팔리게 왜 이래요? 하여튼 내일 올 테니까 기다리세요. 당신은 그 소리를 또 왜 여기 와서 해요? 내일 운전은 당신이 해요!"

장인은 풍도선생이었다. 장인은 여지껏 어디쯤에 있었던 것일까? 어디쯤에 있다가 사라진 것일까? 내일 만나는 사람이 그 답을 내려줄 수 있을까? 도대체 누구란 말인가? 태백산이라고 했다. 일단 그게 좋았다. 월간지 편집장이라는 직업, 좋다는 게 뭔가. 편집회의를 미리 소집해서 대비해 놓았다.

"한 가지 물어봐도 되겠습니까? 지금 만나러 가는 분이 역술가라고 하셨나요? 그 분, 혹시 여자분입니까?"

백밀러로 올려다보니 두 사람은 서로 창밖만 바라보고 있었다.

"맞아요. 칠십대 노인분예요."

여자가 가만히 말하는데 아내가 화들짝 놀라 고개를 돌렸다.

"예? 그런 분이 아버지하고 무슨 관계란 말예요."

일이 점점 예상치 못한 방향으로 흘러가는 느낌이 들었다. 그리고 그 느낌은 태백에 거의 다다랐을 때 차츰 실체를 드러냈다. 여자가 드디어 말해야겠다는 듯이 입을 열기 시작한 것이다.

"허소연이라고 역술하는 사람들 사이에서는 오래 전부터 잘 알려진 분이에요. 이 분은 장일재 선생님을 늘 선각자라고 했어요. 무엇보다 그 분은 나와 장일재 선생님을 연결해준 분이고요."

아내는 점차 고역스러운 표정을 짓기 시작했다. 무슨 말인가를 묻고 싶어 하는데 점점 듣기 싫은 소리만 나오자 간신히 참고 있는 심정이 역력하게 보였다. 그 모든 순간순간에 장일재는 차츰 모습을 드러내고 있었다. 그 점이 무엇보다 흥미로웠다.

누구나 허구 속에서 살고 있을 때가 있다. 그때의 허울을 벗지 못한 채 죽고 마는 경우도 허다하다. 그런 의미에서 진실이란 있을 수가 없다. 다른 사람의 허구 속에 묻혀 살기도 하고, 나만의 허구를 만들면서 살다가 생을 마감할 뿐이다. 장일재의 허구는 너무나 두텁고 질기다. 아내가 지금 고역스러워하는 것은 그 허구의 실체를 부인하고 싶기 때문이었다. 그러나 내가 있으니 괜찮을 것이었다. 이미 돌아가신 분이 아닌가. 여자는 창문에 머리를 기대고 조용히 말을 이어갔다.

"나의 아버지는 떠돌이 중이었어요. 어머니는 비구니였구요. 백련에서 일할 때까지만 해도 그 사실을 알고 있지 못했어요. 그 사실을 안 것은 지금 만나러 가는 허소연 선생님이 어느날 가르쳐 주셨기 때문이죠. 난 절에서 자랐습니다. 어머니는 날 낳자마자 산후병으로 돌아가셨고, 아버지는 나를 절집에 맡겨 놓고 어디론가 떠나셨다고 해요. 그리고 내가 살던 절집에 드나들던 허 선생님이 날 어느 명창의 집으로 보냈어요. 어렸을 때부터 허 선생님은 나를 끔찍이도 아껴주셨어요. 내가 아버지의 기질을 그대로 이어 받았다는 거예요. 그게 무슨 뜻인지 전혀 알지 못한 채 나는 예인이 되었어요. 그런데 어느날 한 남자가 날 찾아왔습니다. 장일재라는 분이었어요."

내가 중간 중간 대꾸를 해주자 여자는 끊을 듯하던 말을 찬찬히 이어갔다. 여자는 실은 그 말을 옆에 있는 아내한테 하고 있는 것이었지만 아내는 한마디 대꾸도 없이 창밖만 바라보고 있었다.

　허소연이라는 여인은 태백산에 서재를 마련해 놓고 민족종교를 연구하고 있던 사람이었다고 한다. 서재는 그 방면에 관심이 깊은 인사들에게 조금씩 소문이 나 한 사람, 두 사람 모여들기 시작했다고 한다. 역술인, 승려, 무당, 지관이 많았고, 대학교수, 신학자, 목사, 철학자, 신부도 있었다. 신부들은 모두 외국인들이었다. 뿐만 아니라 이름 꽤나 날린다는 관상가, 수상가, 해몽가들도 무시로 드나들었다고 한다.

　그들은 올 때마다 걸신들린 사람들처럼 몇 날을 새면서 얘기를 나누다 헤어지곤 했다. 허소연은 그들에 관해 얘기할 때 빠트리지 않고 말하는 것이 있었다. 그들의 표정이 그것이었다. 역술인, 승려, 무당들은 낯빛이 환해져 돌아갔고, 어느날 다시 올 때는 우울한 얼굴을 하고 오는 이가 많았다고 했다. 종교인들은 어두운 얼굴로 돌아가서는 다시 올 때 초조한 빛을 띠고 오는 이가 많았다고 했다. 역술인, 관상가들은 따지고 드는 이가 많았는데 다시 올 때는 허리를 굽히고 일체 말을 하지 않는 이가 대부분이었다. 자살자도 있었다고 했다. 젊은 목사였다. 몇 차례 와서 격렬하게 토론을 했는데 강화도 숲속에서 목을 맨 시체로 발견되었다. 실성한 여교사도 있었다. 여름방학, 겨울방학 때면 와서 살다시피했던 역사교사인데 어느날 소식을 들으니 정신병원에 입원해 있었다고 했다. 한밤중에 일어나서는 이 얼빠진 놈들아, 하면서 정신병원 복도를 왔다 갔다 한다는 것이었다.

　"장일재 선생님이 처음 왔을 때 깜짝 놀랐어요. 허선생님 서재에 관해서 환하게 알고 있었고, 내 얘기도 허선생님한테 들었다고 하시는데 백련에 드나드는 분들하고 절친한 친구처럼 인사를 나누시는 거예요. 백련 손님들은 대개가 정계나 재계의 인사들입니다. 그런데 그분들이 장선생님을 아주 깍듯하게 대하더군요. 어리둥절했죠."

장일재는 장고춤에 매료되고 말았다. 허소연으로부터 서희정의 이야기를 듣고 지나는 길에 잠깐 들려 보았다가 그녀의 장고춤에 빠지고 만 것이었다. 계속 혼자 오길래 이상하다 싶어 물어보았더니 그대의 장고춤 때문이라고 말하더라는 것이다.

아내는 거기까지 듣고 한숨을 크게 내쉬었다. 서희정은 무슨 생각을 하는지 눈물을 그렁그렁하면서 울음 섞인 소리로 말을 이었다.

"그런데 시간이 흐르면서 나는 마치 이 세상에 다시 태어난 느낌이 들기 시작했어요. 장선생님과 같이 있는 동안 선생님은 이 세상에 오직 한 분만 있는 것처럼 느껴졌죠. 내가 누구이고, 세상이 무엇이고, 시대가 어떻게 되어 있는지 설파하시는데 얼이 빠진 몸에 새로운 얼이 채워지는 느낌이었어요."

그때 아내가 단호하게 말했다.

"그만 하세요."

계곡물소리가 콸콸 소리를 내고 있었다. 그 소리에 섞여 아내의 목소리가 들려왔다.

"한 가지만 묻고 싶어요. 우리 지금 여기 왜 왔어요?"

아내가 냉정한 사람이라는 걸 그때 처음 알았다. 분위기를 깨트리기 위해 내가 나섰다.

"어느 쪽으로 갈까요?"

"다 왔습니다. 오른쪽으로요."

작은 콘크리트 다리를 지나자 야트막한 돌담이 보이고, 그 너머로 낡은 기와지붕이 연이어 있는 곳이 보였다. 돌담은 곧 끊어지고, 너른 마당이 나타났다. 그곳에 차를 대는데 맞은편 이층 양옥에서 한 남자가 나오더니 서희정을 알아보고 안으로 안내했다. 잘 아는 사이같았다.

"아버님도 여길 자주 오셨어요."

아내는 굳은 얼굴로 정원이며 실내를 기웃거리기만 했다. 우리는 남자를 따라 마루로 올라 곧바로 건너편 방으로 들어갔다. 그때 뒤에서 누군가 따라오면서 말하는 소리가 들렸다.

"희정이 오니?"

이층에서 내려오고 있는 여인이었다. 위 아래 청옥색 갑사가 돋보이는 차림이었다. 허소연이라는 여인이 분명해 보였다.

"손님을 대동하고 오셨네?"

방으로 들어가자마자 여인이 커튼을 활짝 열어 젖혔다. 그러자 통유리 창 너머 광경이 한눈에 들어왔다. 파란 잔디가 깔린 마당 건너편으로 한옥 몇 채가 보이는데 통풍을 시키는지 문을 모두 열어 놓고 있었다. 그래서 안이 훤히 들여다보이는데 앉은뱅이 책상이 가지런히 있는 걸로 보아 살림집처럼 보이지 않았다.

차가 나오자 서희정이 먼저 나와 아내를 소개했다. 순간 여인이 눈길을 내리고 묵묵히 있더니 차를 한 모금 마시고 나서 자못 근엄하게 말했다.

"평소 안 하던 짓을 하는구나."

아내가 몸을 움찔 움직였다. 나도 순간 당황이 되었다. 연락도 없이 우리를 대동하고 온 걸 나무라는 것 같았기 때문이었다. 그리고 우리는 연이어 또 한 번 놀라지 않을 수 없었다. 서희정의 태도 때문이었다.

"네. 죄송해요. 하지만 또 한 가지, 선생님한테 안 하던 짓을 하나 더하러 왔습니다."

그리고 아무도 말하지 않았다. 아내가 슬쩍 내 얼굴을 올려다보았다. 이 사람들이 대체 왜 이러는 것인지 전혀 감을 잡을 수가 없었다. 아버지와 절친했다는 허소연이라고 했다. 서희정이 평생의 은인이라 여기는 허소연이라 했다. 그런데 허소연은 장일재의 딸이라고 밝혔는데도 노골적으로 불편한 내색을 보였고, 서희정은 야멸찬 목소리로 당돌하게 나오고 있었다. 침묵은 오래 가지 않았다. 허소연이 먼저 말을 꺼냈다.

"그래 말해보거라. 뭔가 작심하고 온 것 같은데."

"장일재선생님, 이장을 하려고 보니까 관이 보이지 않았어요. 선생님이 그러셨죠?"

소름이 끼쳤다. 그 말 한마디로 서희정이 왜 우리를 이곳으로 데리고 온 것인지 확실해졌다.

"왜 내가 그랬다고 생각하지?"

"선생님 아니면 할 사람이 없다는 걸 누구보다 제가 잘 아니까요."

서희정은 점차 허소연을 구석으로 몰고 있었다. 아니 그것은 내 생각이고 일은 쉽게 판가름이 나고 말았다.

"죽기 전에 말하려고 했던 것인데 희정이 니가 먼저 알아버리다니."

허소연이 아내를 넌지시 건너다보며 중얼거리듯이 말했다. 순간 갑자기 아내가 두 손으로 얼굴을 가리고 왈칵 눈물을 쏟으며 흐느끼기 시작했다.

"아버지!"

방안엔 한동안 아내의 우는 소리만이 들려왔다. 아내는 어깨를 들썩이며 울고 있었고, 서희정이 그런 아내의 어깨를 어루만져 주었다. 그 모습을 한참 내려다보다가 허소연이 입을 뗐다.

"울지 마라. 다 너희들을 위해서 그랬으니까."

이게 대체 무슨 소리란 말인가. 나도 기가 막혀 말이 잘 나오지 않았다. 허소연은 창가로 가더니 뒷짐을 지고 서 있기만 했다. 나는 무슨 말인가 해야 한다고 생각하다가 그런 허소연을 향해 언성을 높였다.

"이보세요! 남의 무덤에 손을 대 놓고 지금 무슨 말을 하는 겁니까? 여보, 그만 울어. 진정해. 이 여자를 고발하겠어."

그런 나를 만류한 건 서희정이었다. 서희정은 의외로 차분한 목소리로 조리있게 말을 이어갔다.

"선생님, 지금 장선생님댁 상황이 어떠한지 짐작이 되세요? 저도 어제 오늘 죄진 심정이어서 미칠 지경이에요. 어떻게 하셨어요? 화장 하셨나요? 아니면."

"옮겼을 뿐이다. 호들갑 떨지 마라! 어리석은 것들!"

살면서 이렇게 당황이 된 적은 처음이었다. 무덤을 파 관을 옮겨 놓다니, 그러고도 멀쩡하게 호들갑 떨지 말라니. 이게 도대체 어떻게 된 노릇인지 종잡을 수가 없었다. 아내가 갑자기 책상을 손바닥으로 탕, 소리가 나도록 치지만 않았다면 나는 한참이나 제정신이 들지 않았을 것이다.

"이보셔요! 그 말 정말이에요? 왜요? 무슨 권리로 우리 아버지 관을 옮겨 놓았느냐고요?"

아내가 흥분하자 이번에도 서희정이 나서서 말을 막았다. 그리고 어느때보다도 침착하게 허소연을 향해 말을 꺼냈다.

"선생님, 말씀해주세요. 아무런 이유 없이 그런 일을 하시지 않았을 거라고 생각해요. 언제 그러셨으며, 어디다 이장하셨으며, 왜 그러셨는지 말씀해 주세요. 지금 여기 온 건 우리 이외엔 아무도 모릅니다."

"거긴 터가 아주 좋지 않은 곳이었다."

허소연은 자리로 돌아와 앉으며 변함없이 가라앉은 얼굴로 말을 이었다.

"장선생님이 돌아가셨다는 소식을 듣고 가보았을 때는 마침 삼우제가 막 지났을 때였다. 그런데 묫자리를 보니까 눈살이 찌푸려지더구나. 누군가 터를 잡아준 거 같은데 잘못 잡았어. 그런 곳을 소위 말하는 옥녀산발형이라고 하지. 하지만 명당을 잘못 짚었어. 거긴 장선생님이 들어갈 자리가 아니야."

허소연은 잠시 뜸을 들이더니 곧바로 또 말했다.

"후손이 더 이상 기를 펼 수 없는 곳이다. 무엇보다 장선생님의 평소 뜻이 더 이상 빛을 발할 수 없는 곳이야. 그래서 옮겼어. 후손들에게 관운, 재력운, 사업운은 말할 것도 없고, 인간관계에서 행운이라 일컬어지는 운세가 충만한 곳으로 옮긴 거야. 무엇보다 장선생님의 뜻이 펼쳐 나갈 수 있는 곳이어서 부랴부랴 옮긴 거야."

 그렇다면 장일재의 묫자리 이전에는 허소연 당신의 운명도 게재되어 있다는 뜻이 아닌가. 장일재의 뜻이 잘 펼쳐 나가는 곳에 자신의 뜻도 함께 갈 수 있다는 운명을 환하게 볼 수 있는데 어찌 명당으로 옮기지 않을 수 있겠느냐는 말이 아닌가. 마음이 편치 못해서 내가 나서지 않을 수 없었다.

 "이제야 좀 이해가 되는군요. 그러니까 장인어른 묘를 이장한 것은 선생님의 뜻을 떨치기 위한 것이기도 하다는 말씀이군요. 그렇죠?"

 순간 허소연의 눈빛이 강렬하게 느껴졌다. 쏘아보는 눈길이 찌르는 듯했다.

 "사위 되시는 분이라 했죠? 예리하시네요. 잘 보셨어요. 맞습니다. 나에게도 중대한 일이었습니다."

 "그럼 한 가지만 물어볼까요? 장인어른은 역술가였나요?"

 허소연이 잠시 당혹스러워하는 것 같았다. 눈길을 흐트려뜨리더니 금방 얼굴빛을 바로 하고 대답했다.

 "아닙니다."

 말끝을 놓치지 않고 또 물었다.

 "그럼 무당이었나요?"

 "아녜요."

 역술가가 내 얼굴을 똑바로 쳐다봤다. 그 얼굴을 향해 다시 물어보았다.

 "그럼 예언가였나요?"

 "그것도 아닙니다."

관상가였냐고 물어보니 그것도 아니라고 했다. 스님이었냐고 물어보아도 아니라고 했고, 학자였냐고 물어보아도 아니라고 했다. 목사도 아니고, 교사도 아니라고 했다. 그럼 뭐냐고 물어보자 허소연은 간단하게 대답했다.

"그 분들보다 훨씬 위에 계시는 분입니다."

그 말이 아주 스스럼없었기 때문에 아무도 금방 다른 말을 섞을 수가 없었다. 단지 나만이 속으로 장인은 정치 브로커였는데, 하고 되뇌이고 있었다. 아내는 눈을 끔벅이고 있는 게 딴 생각을 하고 있는 게 분명했다. 그 명당이 어디인지 왜 빨리 말을 안 하는지 모르겠다고 생각할지도 몰랐다. 서희정은 역시 허소연이 누구인지 알고 있는 게 분명했다.

"선생님, 그럼 장례를 치른지 일주일도 안 된 시점에 옮겼다는 말씀인데 어디죠, 그곳이?"

"바로 옆이다."

우리 모두 놀라지 않을 수 없었다. 서로 얼굴을 바라보다가 아내가 먼저 물었다.

"바로 옆에 어디요?"

비석을 정면으로 보고 우측으로 다섯 걸음 간 다음 다시 앞으로 세 걸음을 간 지점으로 옮겼다는 것이다. 허소연은 그렇게 해서 평장으로 무덤을 만들었다고 했다.

"혈이 잘못되었다는 걸 안 이상 한시라도 늦출 수 없었지. 마침 달도 밝아서 이곳에서 인부들을 데리고 가 하루 밤에 끝내고 돌아왔어. 나라고 왜 생각이 없었겠니? 죽기 전에 언젠가는 꼭 밝히고 가려고 했없는데 그날이 오늘이 될 줄은 정말 몰랐구나."

"사과는 끝내 안 하시는군요."

내가 불쾌감을 실어 내뱉자 허소연에게서 돌아온 말은 역술가의 말 한마디였다.

"그 말 함부로 하지 말게. 자네 후손들의 일하고도 연관되어 있으니까."

그러면서 그 말에 덧붙여 어떤 말이 더 나올 것이라고 내다본다는 듯이 거침없이 또 말했다.

"옮겨 놓은 곳, 그곳이 어떤 곳인지 특히 명심해. 그곳은 바람이 지나는 길목이야. 폭풍우도 그곳을 지날 때는 잠잠해질 거야. 음산한 바람도 그곳을 지날 때는 훈풍으로 바뀌고 말지. 그 장소를 알려주었으니 앞으로 어떻게 해야 하는지 그건 당신네들이 알아서 할 일이야. 운전 조심하고 잘 돌아가게."

자기의 운도 그곳에 걸려 있으니 잘 관리하라는 말로 들렸다. 함부로 선산으로 옮긴다거나 원래의 자리로 다시 옮기지 말라는 경고의 의미도 담겨 있었다. 돌아오면서 그런 내 생각을 불만조로 털어놓자 아내가 뜻밖의 말을 꺼냈다.

"그 자리도 유명하다는 풍수가가 정해준 건데."

"뭐라고?"

원래 자리를 풍수가가 정해주었다는 것이다. 목사의 딸이, 문권사님이 남편의 묫자리를 풍수가에게 부탁하여 정했다는 것인가? 옥녀산발형인가 뭔가 하는 그곳을 명당이라고 하여 장례를 치렀다는 말인가? 그게 정말이냐고 묻자 아내는 창밖으로 고개를 돌리면서 말했다.

"오빠들이 유명하다는 풍수가를 소개받아 며칠을 돌아다니다가 그 자리가 발복지라고 해서 매입을 한 거야."

"장모님도 아셔, 그 사실을?"

응, 하고 힘없이 말하자 서희정이 킥, 하고 입을 가리면서 웃었다.

"그래, 이상할 것 없지. 이것이 바로 한국이라는 나라니까."

그나저나 이제 장모하고 처남들에게 이 사실을 알려야 하는데 은근히 걱정이 되었다. 서희정을 만난 것도 그렇고, 태백산에서 허소연을 만난 것도 그렇고, 무엇보다 장인의 행적에 관한 것을 있는 그대로 설명해 주어야 하는데 어디서부터 말을 꺼내야 할지 난감하기만 했다.

서울로 오는 동안 아내와 그 문제를 놓고 상의를 해보았지만 의견의 일치를 원만하게 보지 못했다. 어떻게든 처가에 알리긴 해야 했다. 그러나 그 전에 해야 할 일이 있다고 생각했다. 왜 장인의 관이 옮겨지게 되었는지 먼저 알고 있는 사위의 입장에서 해야 한다고 생각한 것이다.

"확인해보고 싶어. 장인의 관이 정말 그곳에 있는지 먼저 확인해 봐야겠어."

아내도 서희정도 갈피를 잡지 못하는 듯한 얼굴이었다.

"장모님하고 처남들에게 알리려면 관이 확실히 거기에 있다는 사실까지 안 후에 알리는 게 순서라고 생각해. 그러니까 서선생님도 같이 가요. 허소연 선생이 말한 건 사실이겠지만 어떻게든 이 다음에 장례를 다시 치러야 한다면 확실하게 하고 싶습니다. 그러니까 꼭 같이 가서 확인해요."

"여보, 괜찮을까?"

아내가 걱정스러운 모양이었다.

"뭘 걱정해. 아버지에 대해서 잘 모르는 당신이 더 걱정스러워. 장모님, 처남들이 더 걱정스럽고. 지금부터는 아버지의 진짜 모습을 찾는 일에 주력해야 돼. 이 사위가 해야 할 일이기도 하고. 염려하지 말고 우리가 먼저 그 명당이라는 데를 파 장인어른이 정말 거기에 계신지 확인해보자고."

애들을 장모님에게 맡기고 아내와 같이 다시 장인의 묘를 찾아갔다. 서희정은 장의업체에서 보내준 인부들과 함께 먼저 도착하여 우리를 기다리고 있었다.

지체할 것 없이 일은 곧바로 진행되었다. 그리고 생각과 달리 걸리적거리는 게 많았다. 어른 키보다 깊이 파자 콘크리트 덮개가 나타났다. 정말 관을 옮기긴 옮긴 것 같았다. 정으로 쪼아 덮개를 제거하자 이번엔 나무로 된 덮개가 나타났다. 그것도 간신히 걷어내자 관이 나타났고, 그 위에 금박으로 이런 글귀가 새겨져 있었다.

先覺張益在之柩

"아버지!"

관이 나타나자 아내가 울음을 터트렸다. 서희정은 손바닥으로 입을 가리는데 두 눈에서 눈물이 주루룩 흘러내렸다.

그런데 先覺이라니, 원래는 聖徒라고 적혀 있었을 것 같았다. 자기들 마음대로 성도도 되고, 선각도 되었을 것이라고 생각하니 장인이 허공을 떠도는 것처럼 여겨졌다. '정치브로커장익재지구'가 더 낫지 않을까, 하고 생각해보았지만 장인은 역시 먼 곳에 있었다.

가족회의를 열었다. 그리고 관이 왜 사라지게 되었으며, 누가, 언제 그랬고, 어떻게, 무슨 이유로 그렇게 했는지 소상하게 알게 되었다. 그러나 무엇보다 관심이 가는 건 옥녀가 머리를 산발하고 목욕을 했다는 지역에 있는 그 명당 자리였다. 이제 그동안에 몹시도 궁금했던 일이 해결되었으니 이제 아버지 무덤을 어떻게 했으면 좋겠는지 허심탄회하게 논의했다.

결정은 쉽게 내려졌다. 아무도 원래의 무덤으로 다시 옮겨 놓자는 말을 꺼내지 않았다. 관심이 가는 곳은 명당뿐이었다. 모두들 눈길을 내리깔고 그 자리에 봉분을 다시 올리기로 결정했다. 관 위엔 다시 聖徒張益在之柩라는 글귀가 올려졌다.

그렇게 묘역이 새롭게 정리된 날 장모가 다니는 교회의 목사 주도하에 장례 예배가 무덤 앞에서 올려졌다. 장모, 처남들, 그 가족, 우리 가족 그리고 서희정의 가족도 참석했다. 오늘의 모임이 있기 전, 그러니까 태백산에 다녀와서 가진 가족회의 다음 날, 장모는 서희정을 오도록 해서 식사를 하며 말했다.

"우리 사위가 그러더군. 자네 때문에 관을 다시 찾을 수 있었다고. 그리고 또 그랬어. 자네 참 좋은 여자라고. 앞으로 자주 다녀. 애들도 다니게 하고."

명당 앞에서 일가는 찬송가를 부르고, 성경을 읽었다. 목사는 목청을 돋구어 하늘 높이 두 손을 올리고 기도했다.

"주여, 오늘 이 자리에 모인 우리 문권사님 후손들을 축복해 주시옵소서. 이 자리는 고귀한 자리라고 합니다. 고귀하고도 고귀한 자리라고 합니다. 이 자리를 축복해 주시고, 그 가족을 축복해 주시고, 또 축복해 주시옵소서."

어디선가 바람이 불어오고 있었다. 나의 장인 장익재선생은 더 크고, 더 높은 곳에 있는 게 분명해 보였다. 이제부터 그 자취를 찾아보기 위해 떠나기로 했다. 풍도선생 장익재의 사위로서 그렇게 하기로 했다.

강호江湖의 문사文士들

 타다닥 타닥. 오늘도 밤이 깊어갈수록 키보드 두들기는 소리는 점차 또렷하게 들리기 시작했다. 어둠이 서서히 퍼지기 시작하면서 그 소리는 마치 살아나는 듯이 들려오기 시작했고, 전등이 하나 둘씩 밝혀지면서 어둠이 완전히 이 변두리 마을을 점령하게 되었을 때는 비로소 들려오는 소리처럼 원래의 제 소리를 갖추어 가고 있었다.
 옥탑방이 유난히 많은 마을이었다. 소리는 그중에서도 마치 성곽 위에서 내려다 보듯이 높게 지어진 삼층짜리 다가구 주택 옥탑방의 열려 있는 창문을 통해 들려오고 있었다. 오월을 지나 유월 중순이 된 지금까지도 하루도 거르지 않고 들려오고 있었다.
 밤이 깊어가면 더 이상 갈 곳이 없는 어둠은 전등을 용인해 준 채 조용히 머물러 있었고, 간간이 들리는 자동차의 경적음이나 창문 닫는 소리, 피아노 소리, 누군가의 집에서 들려오는 설거지할 때 그릇 부딪치는 소리도 하나 둘씩 사그라지듯이 어느 사이에 들려오지 않고 말았다.
 밤이 소리를 잠재우고 있는 것이었다. 그러면서 타다닥 타닥, 하는 소리는 불규칙하지만 마치 질서정연한 소리의 행렬처럼 더욱 또렷하게 밤하늘로 튀어나오곤 했다.

새벽녘이 가까워지면 냉기가 돌았다. 그래도 옥탑방 창문은 닫히지 않고 소리는 계속 들려오고 있었다.

서울에서는 별 보기가 참 힘들다는 말이 있다. 하지만 그것은 모르는 소리였다. 서울의 하늘에는 별들이 그야말로 보석처럼 빛이 나고 있었다. 옥탑방 창문이 닫히지 않고 그 창문을 통해 오늘도 키보드 두들기는 소리가 들려오는 밤에 보면 서울의 하늘은 참으로 아름다웠다. 별들이 있기 때문이었다.

서울에서는 별을 보기 힘들다고 말하는 사람은 그런 하늘을 바라보지 못한 채 잠을 자는 사람들일 것이다. 모두 잠이 든 밤, 서울의 하늘에도 별은 총총히 떠 있었다.

그리고 타타닥 타닥, 때로는 타타타 타타 타르르, 하면서 키보드 소리는 그칠 줄 모르고 들려오고 있었다. 다른 집 옥탑방 창문에 한 군데 두 군데 불빛이 꺼지고 있었다. 멀리서 창문 닫는 소리도 들려왔다. 그때에도 키보드 두들기는 소리는 계속 들려왔다. 아니 오히려 때를 만난 듯이 별들이 총총한 그 밤하늘을 향해 쉴 새 없이 그리고 명쾌하게 퍼져 나가고 있었다.

목공방 서재 분위기가 오늘은 아침부터 심상치 않았다. 어제만 해도 그저 막연한 불안감이 들 정도였는데 오늘은 장준식이 나타나면서부터 뭔가 불길한 기운이 역력해 보였다.

"아직 소식 없죠? 집에서도 모르고 있던대요?"

오명석이 갑자기 행방이 묘연해져 이리저리 연락해보아도 알 수가 없었는데 장준식이 집에까지 찾아갔다는 것이었다.

"부인 말이 여기 간다고 나갔다는데 그게 마지막이었답니다. 밤이 돼도 들어오지 않아 여기저기 알아봤는데 글쎄 오리무중이라지 뭡니까? 어떻게 된 거죠? 별일이나 없었으면 좋겠는데."

이쯤 됐으면 뭔가 심상치 않다고 보아야 했다. 뭐니뭐니 해도 현재 연재하고 있는 월간지 원고 마감일이 며칠 남지 않았는데 작가가 아무런 연락도 없이 사라지다니.

"잡지사에서는 조금 전에 연락이 왔어요. 담당기자가 마감 전에 확인 전화를 한 건데 일단 전화드리도록 하겠다고만 했죠. 대체 이 사람, 어떻게 된 거죠? 피치못할 일이 있으면 전화라도 해줘야 할 게 아닙니까? 이런 적이 한번도 없었는데."

원고함을 뒤져보던 김정명의 얼굴에 그늘이 졌다. 닷새나 지났다. 구석 소파에 깊숙이 앉아 있던 노작가 허건 선생이 허리를 일으키면서 탁한 목소리로 말했다.

"실종신고부터 해야 되는 거 아닌가? 무슨 일이 있는 게 분명해!"

서재는 일층에서 목공방을 하는 박도연의 작업실이었다. 아니 박도연과 그의 아내 이희정의 작업실이라고 해야 옳았다. 오십대 중반에 접어든 부부는 목공예가로 널리 알려진 사람들이었다. 무엇보다 박도연은 소설가로, 이희정은 수필가로 문명을 떨치고 있어서 목공방은 남다른 관심의 대상으로 여겨지고 있었다.

"옥탑방에서 작업하시는 분이 선생님이세요?"

박도연은 이따금 고객으로부터 그런 질문을 받는 적이 있었다. 그릴 때마다 빙긋이 웃으면서 고개를 가로젓기만 했다. 그는 컴맹이었다. 이희정에게 그런 질문을 던지는 사람은 아무도 없었다. 그녀는 컴퓨터에 능했다. 부부는 생업의 현장에서 접하게 되는 그런 관심에 별다른 반응을 보이지 않았다. 그에 대해서 대화를 나눈 적도 없었다.

 서재는 이층 거실을 절반으로 나누어 개조한 곳이었다. 부부의 생활 공간에서 곧장 들어갈 수 있도록 되어 있었는데 지금은 뒤쪽에도 따로 출입문을 냈다. 부부가 주축이 되어 동인지를 할 때 회원들에게 제공해 주었기 때문이었다. 처음부터 그렇게 하려고 한 것은 아니었는데 수시로 드나들면서 모여 회의하고, 논의하고, 따지고, 기획하고, 토론하다 보니 자연히 문인들의 모임 장소가 되어 버리고 말았다. 그래서 아예 출입문도 뒷마당으로 새로 내고, 베란다로 통하는 층계를 이용하도록 했다.

 삼층엔 두 아들이 사용하고 있었다. 대학생과 고등학생이었다. 아래쪽에서 보면 삼층으로 되어 있는 집같았는데 조금만 떨어져서 바라보면 옥탑방이 높게 자리잡은 사층집처럼 보였다.

 올 들어서 이곳 문인들은 꽤 활기차게 활동하고 있었다. 동인지는 접은지 이 년이 되었다. 격월간으로 다섯 번을 내다가 중단하고 말았다. 무리였다. 십여명 회원들의 작품을 모아 내는 일은 일단 출판비에서 부담이 되었다. 동인들이 조금씩 돈을 모으고, 모자라는 돈은 목공방에서 부담해 시작했는데 횟수를 거듭할수록 의욕이 앞서고 있다는 사실을 절감하고 말았다. 작품 수집도 수월치가 않았다. 생업에 종사하면서 작품을 쓰는 사람이 대부분이다 보니 서너 편까지는 괜찮은 편이었는데 시간이 갈수록 작품성이 떨어졌다. 초점이 흐려지고, 열

정도 식었다. 일단 휴식기를 갖기로 하고 발간을 중단했다. 그것이 재작년 봄이었다. 그리고 나서 제각각 나름의 길에 몰두하기 시작했는데 그 결과는 올 정초부터 드러나기 시작했다.

일억원 현상모집 장편소설에 당선되는 사람이 나오는가 하면 새로 생긴 여성지에 장편소설 연재 청탁이 들어오는 작가도 있었다. 사보가 인터넷 공간으로 들어가면서 그 방면에 이름을 날리는 시인이 등장하는가 하면 재벌회사의 사사 집필과 총수의 일대기 집필 의뢰를 맡은 작가도 있었다.

일억원을 거머쥔 작가는 김정명이었다. 삼십대 후반인 그는 전부터 현상 소설만을 노리고 있다는 말이 나돌았었다. 창간한 여성지에 장편 청탁을 맡아 이미 삼회를 연재한 작가는 오명석이었다. 이들보다 나이가 십여 살 많은 장준식은 주로 시를 써왔지만 직장생활을 제대로 하지 못하고 떠돌이 생활을 하더니 전기작가로 알려지면서 기업가, 정치인들로부터 일대기를 써달라는 청탁이 줄을 이었다. 고등학교 국어선생으로 들어간 시인 안필선도 있었다. 사십대 초반인 그는 토요일만 되면 서재에 나타나 먼저 원고함을 일일이 뒤지고 나서 박도연이 치던 기타를 가슴에 안았다. 그리고는 '소녀의 기도'니 '월광곡', '사랑의 기쁨' 같은 곡들을 반복해서 연주했다.

원고함은 컴퓨터 옆에 놓여 있는 나무 상자를 말하는 것이었다. 박도연이 제작한 것이었다. 두 칸으로 되어 있는데 왼쪽에는 소설, 오른쪽엔 시가 들어 있었다. 동인들이 창작한 작품이 있으면 프린트해서 들를 때마다 넣어두곤 하는 곳이었다. 누구나 아무 때나 넣어 두었고, 누구나 아무 때나 꺼내 볼 수 있었다. 이메일을 이용하여 첨부파일로 보낼 때도 있었다. 그러면 이희정이 일일이 프린트해서 그 나무상자에 넣어 두었다. 어떨 때는 원고가 수북하게 쌓여 있었다. 소설은 단편소설인데 수십 편이 모아질 때도 있었다. 그러다가 어느날 보면 쑥 들어가고 몇 편만이 남아 있기도 했다. 다른 사람 작품을 읽어보기 위해 가져갔기 때문이기도 하지만 평이 안 좋다는 말을 듣고 자기 작품을 고치기 위해 가져가기도 했기 때문이었다.

동인지 활동은 중단되었지만 어찌 되었든 의욕적인 모습이 두드러져 보기에 좋았다. 이런 식으로 간다면 올해 안에 다시 동인지를 시작할 수 있겠다는 말이 나올 정도였다. 그런데 최근에 갑자기 전혀 예상할 수 없던 일이 한 가지 발생한 것이었다. 창간한 여성지에 장편연재를 시작한 오명석이 갑자기 행방불명이 되어 버리고 만 것이 그것이었다.

사나흘이 멀다 하고 서재에 들르던 오명석이었다. 그러다가 연재를 맡으면서부터 일주일에 한 번 정도 들르곤 했는데 최근 갑자기 그마저 끊겨 이상하다 싶었는데 그 이유를 아는 사람이 없는데다 장준식이 집에까지 가 알아본 결과 그 부인도 그렇지 않아도 서재에 전화를 해보려고 했던 참이라고 말하더라는 것이었다.

결국 서재의 문인들은 허건 선생의 말을 따라 경찰서에 실종신고를 하기로 했다. 장준식이 부랴부랴 컴퓨터를 켜고 실종신고에 필요한 사항들을 적기 시작했다. 〈이름 오명석, 나이 39세, 성별 남, 키 172cm, 검정색 바지에 회색 상의, 넥타이는 매지 않았고, 청색이 돋보이는 체크 무늬 남방셔츠를 받쳐 입었음. 눈이 크고, 콧날이 서 있으며 유난히 얼굴빛이 희고, 입술이 붉음. 머리는 파마를 한 듯 반곱

슬머리. 외출한다고 나간 이후로 행방이 묘연함〉 거기까지 쓰자 옆에 있던 김정명이 덤덤하게 말했다.

"장선생님, 중요한 게 빠졌잖아요?"

그 말에 장준식이 아무 거리낌없이 맨 뒤에 적어 넣었다. 〈직업 소설가, 그의 아내가 시장바닥에서 채소 좌판을 하고 있음〉 그러더니 갑자기 컴퓨터를 꺼버리고는 내뱉듯이 맬했다.

"나 참, 정말!"

실종신고 시도는 그것으로 끝이 났다. 김정명이 갑자기 강경하게 말했다.

"우리가 너무 서두르는 것 같아요. 실종신고는 너무 이릅니다. 연재는 어떻게 하고요. 잡지사에서 알게 되면 뭐라고 대답하죠? 일단 우리가 실종의 원인이라도 알아야 합니다. 좀더 찾아보자구요."

그러자 허건 선생이 기다렸다는 듯이 얼른 나섰다.

"불길해요. 이럴 분이 아니잖습니까? 모처럼 청탁이 온 건데. 반응도 좋다면서요."

"무슨 사고라도 난 게 아닐까요?"

안필선의 말이었다. 잠시 사이를 두고 그가 다시 말했다.

"일단 연재는 김 선생이 대신 쓰시는 게 어때요?"

"제가요?"

"맞아요. 일단 그렇게 해서 원고를 넘기고 우리는 적극적으로 찾아보는 겁니다."

장준식이 거들고 나섰다. 시선이 일제히 김정명의 얼굴로 쏠렸다.

"안 됩니다. 그건."

김정명이 한마디로 잘라 말하는데 말 끝에 한숨이 섞여 있었다.

"소설을 어떻게 그런 식으로 씁니까? 말도 안 됩니다. 작가, 독자, 잡지사 모두에게 모독입니다. 이건."

"김 작가, 그렇게 생각할 거 없어요."

단호한 어조로 나선 건 허건 선생이었다.

"핑계를 대고 중단한다면 그 역시도 비난받기는 마찬가집니다. 단안을 내리세요. 김 작가라면 해낼 수 있어요. 아니 우리 모두가 감당해내야 합니다. 오 작가에게 무슨 일이 있는 게 분명해요. 불상사라도 일어난 게 아닌지, 원. 우리가 이러고만 있을 수는 없지 않습니까? 자, 결정해요. 오늘부터라도 사회분을 집필해서 일단 잡지사에 넘기세요. 오 작가 부탁으로 대신 전달하는 거라고 일단 핑계를 대세요."

소설의 제목은 「파혼破婚」이었다. 어느 신혼부부를 중심으로 전개되는 이야기인데 첫회부터 등장하는 자극적인 장면으로 인해 화제가 되고 있었다. 소설에는 여러 유형의 남녀가 등장했다. 아내가 이혼해달라고 말하는 순간을 기다리고 있는 남자, 남편이 죽기를 바라고 있는 여자, 처가의 재산을 가로챌 궁리만 하는 남자, 남편에게 내연녀가 있다는 사실을 알면서부터 완전범죄에 대해 연구하기 시작하는 여자 등 당당하게 자기 생각을 드러내는 문장들이 도처에 깔려 있었다.

"김 작가가 쓰면 더 재미있을지도 모르지."

장준식이 말하자 김정명이 창문쪽으로 시선을 돌리면서 말을 받았다.

"옥탑방에 부탁해보는 게 어떨까?"

그 말에 허건 선생이 끼어 들었다.

"그건 안 돼요. 저 사람은 그런 통속적인 내용은 잘 못해요. 지금 한창 장편이 물이 오르기 시작한 모양이던데 공연히 분위기 흐려 놓지 말고 김 작가가 해봐요. 평소 오 작가하고 대화도 가장 많이 하는 사람이 김 작가 아니요. 삼회까지 작품도 읽어보았을 거고."

"그게 낫겠네요."

장준식이 조용히 말하는데 표정들이 한결같았다. 두말할 필요 없이 김정명 작가가 써야 한다는 뜻이 역력해 보였다. 그리고 나서 벌써 오명석이 어디로 사라졌는지 수소문하기 시작했다. 우선 오명석이 알고 있는 사람들을 찾아다니기로 하고 명단을 작성해 업무 분담을 했다.

그렇게 오명석 찾기에 적극성을 띠기로 하고 헤어지기 직전이었다. 갑자기 김정명이 구부정한 자세로 일어서는 허건 선생을 향해 말했다.

"참 허 선생님, 어제 도서관에 갔다가 보니까 계간지에 단편 쓰셨대요? 원고료는 잘 받으셨습니까?"

"원고료? 줘야 받지."

싱겁게 웃었다. 김정명은 그럴 줄 알았다면서 대뜸 그 사보 편집장 전화번호를 달라 했다.

"왜? 뭐하시게?"

"글쎄 줘보시라고요."

김정명은 번호를 받더니 곧바로 전화를 걸어 말하기 시작했다.

"네, 저희 동인회 원로분이세요. 그런데 원고료가 안 들어왔대네요. 잊으신 모양이죠? 그럴 수 있죠, 뭐. 말이 나왔으니까 전화 끝나면 곧바로 보내주시죠. 부탁합니다. 조금 있다 확인해 보겠습니다. 감사합니다."

허 선생이 확인해보니 정말 고료가 들어왔다. 헛웃음을 날리더니 말했다.

"난 그렇게 못해."

"대부분 못하죠. 하지만 선생님, 이 다음에라도 고료 안 들어오면 저처럼 꼭 전화하세요."

"에이, 어떻게 그렇게 하나? 안 주면 마는 거지."

"받는 쪽은 절실한데 주는 쪽은 가볍게 생각하는 것이 바로 원고료고, 인세고, 집필료죠. 꼭 하세요."

"싫어. 난 못해."

그 말이 진심어리면서도 어리숙하게 들려 모두 웃고 말았다.

목공방의 박도연과 이희정은 서재에 잘 오지 않았기 때문에 김정명이 먼저 집으로 가면서 공방에 들러 서재의 상황을 알려주었다.

"이게 대체 무슨 일이야?"

이희정도 백방으로 알아보았다면서 어두운 표정을 지우지 않았다.

"모두 전화기에 신경을 쓰고 있기로 했으니까 곧 밝혀지겠죠. 전 이 길로 원고 쓰러 갑니다. 이틀 사이에 써야 해요."

몇 매를 써야 하냐니까 백 매라고 했다. 스토리는 가면서 생각하겠다고 말하면서 김정명은 잰걸음으로 공방을 나갔고, 그 뒤를 망연히 바라보면서 이희정은 중얼거리듯 말했다.

"소설가가 급한 불부터 꺼야 하다니."

김정명과 오명석은 처음 이희정을 통해 알게 된 사이였다. 오명석이 신춘문예를 통해 문단에 나왔을 때 김정명은 이미 이십대 신예작가로 두각을 나타내고 있을 때였다. 저돌적인 문체로 사회문제를 거침없이 다루어 눈길을 끌었다.

오명석은 신춘문예 이후 처음 잡지사로부터 원고청탁을 받게 되었는데 그 잡지사의 편집장이 다름아닌 이희정이었다. 작품이 실린 이후 편집장에게서 원고료도 드릴 겸 인사나 나누자면서 연락이 왔다. 약속한 다방으로 나가자 거기에 편집장과 김정명이 앉아 있었다. 김정명도 그 잡지에 원고를 싣고 있었다는 사실을 그때 처음 알았다. 알고보니 나이가 같았다. 평소 좋아하는 작가여서 무척 반가웠다. 거기다 이희정이 한 말이 두고두고 마음에 남았다.

"오늘 정말 반갑습니다. 이렇게 만나뵈니까 김정명씨는 눈매가 쏘는 듯하고, 오명석씨는 불꽃처럼 타는 듯하군요. 앞으로 활동 기대하겠습니다."

그 후에 다시 만난 건 십 년이 지났을 때였다. 이희정씨의 권유로 동인지에 참여했다가 첫 작품집이 나와 자축연에 참석했을 때였다. 갑자기 키 큰 남자가 성큼 다가오더니 손을 내밀며 말했다.

"아직도 불꽃처럼 타는지 보려고 일부러 왔습니다."

김정명이었다. 눈매가 쏘는 것같지는 않았다. 쏘는 듯한 눈빛은 어디로 갔냐니까 불꽃처럼 타버리고 말았다고 했다. 이후 두 사람은 둘도 없는 문우가 되었다.

김정명은 기업가의 외동딸과 결혼했다. 친구의 소개로 알게 되었는데 시를 쓰고 있어서 만나자마자 급속도로 친해졌다. 처가의 반대를 무릅쓰고 결혼하던 해에 장편소설을 두 권이나 출판했다. 돈은 모두 처가에서 댔다. 광고료까지 수억을 썼다. 그러나 그 출판은 연달아 참패로 막을 내렸다.

그로부터 육개월쯤 지난 후에 처가 기업체에 속해 있는 변호사가 김정명을 찾아왔다.

"요즘 어떻게 지내세요?"

"글쓰는 사람이 할 게 뭐가 있겠어요."

"계속 이렇게 지내실 겁니까?"

"무슨 뜻이죠?"

"취직을 하시죠. 일자리를 마련해 두었습니다."

알고보니 아내의 기획이었다. 아내는 그날 아침 뉴욕에 사는 언니네집에 다녀오겠다는 쪽지를 남겨 놓고 떠났다고 했다. 김정명은 그 말을 듣고 나서 원고를 탈고할 때처럼 두 손을 훌훌 털고 짧은 결혼 생활을 청산했다.

오명석의 아내는 시장 안에 있는 그릇가게 앞에 작은 좌판을 벌여 놓고 채소를 팔고 있었다. 이리저리 쫓겨 다니는 그녀를 그릇가게 주인이 안쓰럽게 여겨 가게 바깥쪽으로 좌판 하나를 놓도록 해준 것이었다.

지난 달에 오명석은 처음으로 아내의 좌판에 채소를 실어다 준 적이 있었다. 손수레를 이용해 시장 바깥에 있는 도매상에서 아내의 좌판까지 채소를 옮겨 준 것이었다. 그런데 땀을 흘리며 두 번쯤 갔다 왔을 때였다. 대학원생인 주인집 딸이 학교를 가려고 나오다가 오명석을 본 순간 잠시 걸음을 멈추고 뭔가 생각에 잠기는 듯하더니 이내 아내에게 다가가 물었다.

"아줌마, 저 분 혹시."

"왜요? 우리집 양반인데."

"아니 그게 아니고. 작가분 아니세요?"

순간 아내의 얼굴이 일그러지면서 얼굴을 돌렸다. 그러면서 중얼거렸다.

"눈도 밝네. 정말."

그 말을 딸이 알아듣고 재차 물었다.

"맞죠? 오명석 선생님. 정말 아줌마 남편?"

"조용히 해요."

"잡지에서 봤어요. 인터뷰 사진이 크게 났었는데 여기서 보게 되다니."

"어서 학교나 가요."

"왜 그러세요? 아주머니, 소설가 부인이 시장바닥에서 채소장사를 하고 있어서 그래요?"

"그만 하고 어서 가라니까요."

"아줌마, 이 팔뚝 좀 보세요. 닭살 돋아 있잖아요."

"닭살은 무슨! 내 팔뚝엔 힘살뿐이구만."

"사진에서 본 모습하고 똑같네요. 귀골풍이세요."

오명석은 어느새 도매상으로 또 가고 있었다. 단편소설은 청탁을 받으면 보통 원고료로 삼십만원 안팎을 받았다. 많이 주는 곳이라 해도 오십만원이 고작이었다. 문인들은 일 년에 두 번 정도 청탁을 받으면 잘 나가는 편이라 했다. 원고료를 받아 생활을 한다는 것은 있을 수 없는 일이었다. 그래서 베스트셀러를 꿈꾸면서 장편소설도 쓰고, 단편집도 발간했다. 그때 초판으로 받는 돈은 백만원 안팎이었다. 책이 팔린다 해도, 십퍼센트 인세를 받는다 해도 백만원쯤 받는다는 것은 힘든 일이었다. 몇 만부, 아니 몇 천부씩이라도 팔려 그때마다 인세를 받는다면 몰라도 책 팔아서 생활한다는 말 역시 뜬구름 같은 것이었다.

그래서 동료들로부터 말을 듣고, 창작 지원금을 신청하기 위해 기웃거린 적도 있었다. 하지만 규정이 있는데 읽어보니 소득이 하위계층이라는 것을 스스로 입증해야 하고, 세무서에 가 비과세증명도 떼 전달해 주어야 했다. 한마디로 본인이 가난하다는 것을 증명해야만 했다. 거기다 자신은 물론 가족의 개인정보까지 공개하지 않으면 안 되었다. 몇 천만원도 아니고 몇 백만원 주는 지원금 제도였다. 그것이 창작하고 무슨 관련이 있는지 한심스럽기 그지없었다. 그래도 자존심이 상하는 걸 무릅쓰고 두 번이나 신청했는데 두 번 다 거절당하고 말았다.

아들이 학교에 들어가면서부터 아내가 채소장사를 시작했다. 얼굴엔 기미가 잔뜩 끼었고, 머리는 항상 부스스했다. 연재는 행운이었다. 첫회분 원고료로 백 이십만원을 받았다. 그 돈을 모두 아내에게 주자 도로 주면서 컴퓨터를 바꾸라 했다.

서재의 문인들은 동창회로, 옛 직장 동료들로, 어릴 적 고향 친구들까지 찾아다니면서 오명석의 행방을 수소문했다. 그러는 사이에 여자들도 등장했다. 가까이 지내던 여자들이 한둘이 아니었다. 그중에서도 축간사 써 달라고 서재에도 여러 번 왔었던 시인의 이름도 등장했다. 오명석은 그 시인을 유난히 싫어했다. 오기만하면 어깨를 꼬면서 팔짱을 끼고 가슴을 들이미는가 하면 무엇보다 고혹적인 향수 냄새가 싫다 했다. 장준식이 시인을 만나 오명석 이야기를 꺼내자 새로 나온 시집 한 권을 주면서 만나거들랑 꼭 전해달라고 부탁했다.

그렇게 오명석의 행방이 묘연해진지 십오일이 되었을 때 그를 보았다는 소식 한 가지가 전해졌다. 안필선이 대학 동창회 사무실에 들러 동창들에게 이메일을 보낸 사흘 후의 일이었다.

"덕수궁 돌담길에서 보았다는데요? 시청쪽으로 걸어가는데 정신이 좀 이상해 보이더래요. 옷차림은 꾀죄죄하고, 비척거리면서 발 아래만 보면서 걷는데 노숙자라고 하면 딱 어울리겠더랍니다. 처음엔 비슷한 사람이겠거니 했는데 지나쳐서 돌아보니까 학교 다닐 때도 소설을 발표해서 읽은 적이 있는 바로 그 사람이더래요. 놀라서 말을 붙여볼까 하다가 무슨 사정이 있겠거니 하고 그냥 왔다고 하더군요."

그게 전부 다였다. 열흘 전이라고 했다. 실종신고 말이 나왔을 때 그 무렵이었다.

도대체 오명석은 그런 모습으로 왜 시청 앞을 배회하고 있었을까? 그는 시청 인근에서 직장생활을 한 적이 있었다. 신문사에도 있었고, 잡지사에도 있었다. 그런 거리에서 알아보는 이도 없이 노숙자 차림으로 돌아다니고 있었다니.

서재의 문인들은 또 흩어져 시청 인근을 샅샅이 뒤지고, 경찰서에도 들러 혹시 신고된 사람이나 보호하고 있는 사람이 없는지 알아보았다. 직장을 그만 두지 않았더라면 지금쯤 이곳은 오명석의 활동무대였을 것이다. 그런데 그 무대에서 부랑아같은 모습으로 동창의 눈에 뜨인 것이었다.

분명해 보였다. 그렇다면 지난 열흘 동안 어디로 가 무엇을 하고 있었는지 알아야 했다. 죽지 않았다는 것이 확인되었기 때문에 혹시 전화라도 할지 모를 일이었다. 하지만 전화는 끝내 오지 않았다.

그런데 오명석이 실종된지 꼭 이십일이 되던 날 오전이었다. 김정명의 휴대폰으로 모르는 사람으로부터 전화가 걸려왔다. 받아보니 늙수그레한 남자 목소리인데 첫마디가 '여기 구롑니다.'였다.

"구례요? 지리산 아래 구례? 누구세요?"

김정명의 머리 위로 순간 평소 오명석이 자주 하던 말이 떠올랐다. 오명석은 구례에서 살고 싶어 하는 사람이었다.

"김형, 여지껏 살면서 맘에 드는 지역이 있소? 살고 싶다거나 집필실을 꾸며 놓고 싶다거나 하는 장소 말이요. 나는 전라도 구례가 참 맘에 듭디다. 지리산 아래 구례 말이요. 섬진강이 지척에 있는 곳. 예전 잡지사 있을 때 가본 적이 있는데 정말 그때처럼 맘이 편안하게 느껴본 적이 없어요. 말로 정확하게 표현할 수는 없고, 내 주위를 감싸고 있는 그 지역의 분위기가 정말 편안하게 느껴졌어요. 살면서 그런 느낌은 처음이었습니다. 그래서 그때 맘속으로 작정했죠. 이담에 꼭 구례에 내려와 살겠다고. 차 없어도 좋고, 아파트 없어도 좋아요. 들꽃이 철따라 흐드러지게 피어 있고, 골짜기 물이 항상 소리내어 흐르고 있는 곳, 지리산 능선들이 손에 잡힐 듯이 가까이에 보이고, 섬진강은 아무 때나 걸어서 갈 수 있어요. 김형, 나 꼭 구례에서 살고 싶어요."

예감이었다. 남자가 자기는 구례 토박이로 농사를 짓는 사람인데 우리집에 이상한 사람이 한 사람 찾아와 전화를 드린 거라고 먼저 말을 꺼냈다. 아침에 일어나보니까 개집 옆에 웬 남자가 쭈그리고 앉아 있더라는 것이었다. 깜짝 놀라 누구냐고 물으니까 무슨 말인가를 하는데 도무지 무슨 뜻인지 알아들을 수가 없다는 것이었다.

"이름이 뭐냐, 집이 어디냐, 어디서 왔냐, 아무리 물어도 잘 모르는지, 알고도 모른 척하는 건지 눈만 끔벅이고 있지 뭡니까. 할 수 없이 안으로 들어오라 해 먹을 것을 주고, 혹시 소지품을 보면 알 수 있을지 몰라 주머니에 있는 걸 모두 내놔보라고 해봤죠. 전화기나 수첩같은 게 혹 있을지도 몰라서요. 그랬더니 그런 건 하나도 없고, 너덜거리는 흰 봉투 하나가 안주머니에서 나옵디다. 그걸 꺼내 보니까 무슨 명단같은 것이 하나 나오대요. 사람 이름을 주욱 적어 놓고 전화번호를 옆에다 적어 놓았더군요. 그래서 혹시나 하고 그 첫 번째에 있는 전화번호로 지금 전화를 한 겁니다. 혹시 이 사람 아시겠어요? 나이가 사십쯤 되고, 허우대는 멀쩡하던대."

명단에 있는 이름을 보이는 대로 읽어보라 하자 김순일, 장준식, 허건, 오명석, 이희정이라고 했다. 동인지할 때 명단이었다. 이희정이 작성해 한 부씩 준 것인데 그것을 여지껏 가지고 있었다는 뜻이 된다. 이 년 전 일이었다. 그동안 옷을 갈아입어도 여러 번 갈아입었을 텐데 그때마다 그 명단을 잊지 않고 새옷에 간직하고 있었던 것이었다. 김정명은 그 명단을 어디에 두었는지 기억에도 없었다.

인상착의를 말하는데 틀림없이 오명석이었다. 기가막힌 노릇이었다. 정말 구례에 가서 살려고 내려간 것일까? 어이가 없었다.

김정명으로부터 소식을 듣고 서재는 깊은 충격에 휩싸였다. 당혹스러웠다. 일단 김정명의 차를 타고 이희정과 장준식이 같이 가기로 했다. 오후 늦게 구례에 당도했을 때 오명석은 멍한 얼굴로 마당 평상에 앉아 있었다.

"오형, 어떻게 된 겁니까?"

"명석씨, 여기서 뭐해요? 나예요. 이희정."

"오명석씨, 왜 여기 이러고 있어요?"

분명히 오명석인데 아무도 알아보지를 못했다. 당황스러워 아무 말이나 마구 뱉어냈다. 이 급작스러운 상황을 어떻게 이해할지 종잡을 수가 없었다.

"오형, 나 좀 봐요. 나 누군지 알겠어요?"

김정명이 오명석의 얼굴을 똑바로 쳐다보며 차근히 말하자 좀 정신이 돌아오는지 엷게 웃더니 이내 눈물을 주루룩 흘렸다. 그러다가 곧 눈길을 바로 앞 허공에 멈추고는 아무 말이 없었다.

"이걸 어째. 왜 이렇게 된 거지?"

이희정이 떨리는 목소리로 그 말만 되풀이했다. 믿어지지 않는 사실 앞에 그저 당혹스러울 뿐이었다. 오명석은 전혀 딴 사람으로 변해 있었다. 처음부터 그렇다는 걸 알고 있었지만 그가 전혀 기억을 하지 못한다는 사실을 알게 되기까지는 상당한 시간이 지난 후였다.

"우리가 누군지 모르는 겁니다. 자기가 누군지도 모르는 것 같아요."

장준식은 난처한 얼굴로 일어서며 단정짓듯 말했다.

"도대체 무슨 일이 있었을까요?"

김정명은 멀뚱멀뚱 앉아 있는 오명석의 어깨를 안아주다가 새롭게 전개된 현실 앞에서 깊은 한숨을 내쉬고 말았다. 일단 서울로 가기로 했다. 김정명은 구례를 떠나면서 다시 한번 구례에 와 살고 싶다던 오명석의 말을 떠올렸다.

정밀검사가 시작되었다. 알츠하이머 증상 같기도 하고, 치매 증상 같기도 하지만 검사 결과가 나오기 전까지는 뭐라 단정을 할 수 없다고 했다. 그러면서 낙상사고를 당한 적이 없느냐, 교통사고를 당한 적이 없느냐, 하고 물었다. 최근 상황을 자상하게 말해 달라고 해서 실종되기 전까지는 아무렇지 않았으며 그 이후 누구를 만났으며 무슨 일이 있었는지 전혀 알지 못한다고 말하자 의사는 고개를 갸우뚱거렸다. 한 가지 더, 덕수궁 돌담길에서 만난 이야기, 아, 한 가지 더, 평소 구례에 가서 살고 싶다는 말을 여러 차례 한 적이 있다는 말까지 하자 의사는 이번에는 고개를 가만히 끄덕였다.

외상이 있는지 전신을 검사했지만 아무런 이상이 없었다. 신경계나 뇌에도 별다른 소견이 나타나지 않았다. 의사는 최종적으로 오명석이 이렇게 된 것은 갑자기 찾아온 기억상실증 때문인 것 같다고 말했다.

"아직 젊고 신체 기능도 좋은 편이니까 열심히 재활치료를 받으면 회복될 가능성이 있습니다. 일단 입원을 해서 계속 상태를 점검해 보기로 합시다."

오명석은 결국 기억상실이라는 해괴한 덫에 걸리고 말았다. 서재의 문인들은 그 원인이나 대처 방법에 대해 들은 대로 또는 읽은 대로 의견을 나누었지만 결국 남는 건 공허한 기분뿐이었다.

입원한 첫날 박도연과 이희정, 허건 선생이 면회를 갔다. 남루한 차림의 한 여인이 침상 곁에서 옷가지를 정리하다가 그들을 맞이했다. 오명석의 아내였다. 사람이 와도 천정만 바라볼 뿐 환자는 아무 말이 없었다. 그의 손을 잡고 박도연이 울먹이면서 말했다.

"명석씨, 꿈 꿔요? 이제 그만 꿈에서 깨어나야지. 무슨 꿈을 그리 길게 꾼단 말이요."

찾아온 사람을 알아보지 못하는 면회는 오래 걸리지 않았다. 박도연은 병실을 나오기 전 오명석의 아내에게 봉투 하나를 건네며 말했다.

"이거 병원비에 보태 쓰세요. 김정명씨가 천만원하고, 우리가 오백만원 모았습니다. 또 오겠습니다."

서재엔 그날 입구 책상 위에 화려한 장미다발이 꽂혀 있는 화병이 놓여졌다. 이희정이 갖다 놓은 것이었다. 다음 날에도 또 그 다음 날에도 때로는 원추리꽃이, 때로는 달맞이꽃, 치자꽃, 수국, 백합이 무더기로 꽂혀 있었다.

오명석이 입원한 날 이후에도 옥탑방에서는 여전히 키보드 두들기는 소리가 들려오고 있었다. 세상은 변하지 않았다. 어둠도 마찬가지였다. 세상이 가라앉은 모습으로 점차 고요해질 때 어둠은 어김없이 모든 시름과 슬픔, 아픔까지 받아들이고 있었다.

소리라는 게 묘해서 여러 가지가 섞여 있을 때는 들리지 않던 소리도 밤이 깊어감에 따라 정체를 드러내듯이 점차 크게 들려오는 소리들이 있었다. 하지만 그런 소리들도 오래 가지는 못했다. 또다른 소리로 인해 묻혀지고 지워지다가 이내 들려오지 않기도 했다. 시름이 깊은 세상의 소리란 바로 그런 것이었다.

컴퓨터 자판기 두들기는 소리는 오늘도 그런 순간순간 점차 살아나고 있었다. 타다다닥 타닥. 밤하늘에 어김없이 들려오기 시작했다. 지상의 모든 소리들이 가라앉아 들려오지 않을 때 그 소리는 비로소 제 목소리를 찾은 듯 명료하게 들려오고 있었다. 옥탑방 창문을 통해 들려오는 키보드 소리는 오늘도 이슬이 내리는 밤하늘에 고요하게 퍼져나가고 있었다.

잘 가, 나의 별똥별.

 그 사람이 갑자기 나타나는 바람에 하마터면 강물에 빠질 뻔했다. 불현듯 겨드랑이 아래로 지나는 것같아 순간 비틀하면서 강가의 억새풀을 부여잡고 말았다. 그 바람에 다행히 헛다리는 짚지 않았다. 무작정 털썩 주저앉았으니 망정이지 한쪽 다리가 물속으로 미끌어져 들어갈 뻔했다. 퍼뜩 정신이 들었다. 그때에야 그 사람이 어디론가 달아나고 없다는 걸 알게 되었다.

 그리고 도대체 이게 또 무슨 일일까. 그 사람은 분명 보이지 않는데 느닷없이 삼십 년 전 어머니의 모습, 그보다 더 오래 전 오수현의 모습, 아니 그보다 훨씬 오래 전 송기수의 얼굴이 선명하게 눈앞을 스치고 지나갔다. 무슨 말인가를 하는 것 같기도 한데 잘 알 수가 없었다. 모두 초라하고, 우울한 얼굴을 하고 있었다. 손에 잡힐 것 같아 망연히 손을 뻗쳐 보았다. 하지만 이미 눈앞에서 사라진 뒤였다.

 눈앞엔 유난히 맑은 구월의 남한강변 하늘이 드넓게 펼쳐져 있었다. 새소리도 들려왔다. 처음 듣는 소리였다. 눈여겨보니 강물에 어느새 무리를 지어 떠 있는 새들이 보였다. 며칠 사이에 부쩍 그 숫자가 늘어났다는 걸 확연하게 알 수 있었다.

　덜컥 겁이 났다. 알 수 없는 병이 갑자기 찾아온 것인지도 모른다는 생각이 들었기 때문이었다. 결코 정상은 아니었다. 언젠가는 병고에 시달릴 때가 있을 것이라는 생각은 막연히 하고 있었다. 칠십 오 세의 독신녀 나이에 이 정도 건강하게 지내고 있다는 게 행운이라고 생각한 적이 한두 번이 아니었다. 하지만 평생을 출판업 하나에만 종사해오다가 오 년 전 모든 걸 정리하고 이곳 한적하고 풍광 좋은 남한강변에서 생각했던 것보다 더 보람있게 살고 있다고 여겨왔는데 그것이 오해이고, 착각이었다는 생각이 불현듯 들었다.

　며칠 전부터 병원에 가보고 싶었다. 간다면 정신과에 가야 할 것 같았다. 한 번씩 그 사람이 나타나면 그동안 잊고 지냈던 일들이 꼬리를 물고 갑자기 엊그제 일처럼 생생하게 느껴지고 마치 깊은 수렁에 빠지듯이 그 일과 연관된 상념 속에 허우적거리다가 겨우 빠져 나오곤 하는 일이 되풀이되고 있는 것이었다. 한 달 정도 되었다. 그날 이후 갈수록 더욱 심해졌다. 처음엔 집에서만 그러더니 이제는 산책길에서도 식은땀이 날 정도로 괴롭혔다.

　정말이지 잊고 있다시피 했던 일들이었다. 수십 년이나 지난 일이어서 이제는 퇴색되고 무감각하기조차 했다. 때때로 내 삶의 한계가 어디까지인가 하고 생각할 때가 있었다. 나의 생명이 멈추는 장소가, 시간이 어디가 되고, 언제쯤이 될까, 하고 생각한 적이 있었다. 그때 지난 날에 있었던 일들은 시간이라는 공간에 비쳐진 무늬들처럼 조용히 머물러 있을 뿐이었다. 그리고 마지막 공간이 어디가 되든 그 역시 조용히 다가오고 있다는 사실을 실감하면서 지내고 있다고 생각했다.

그런데 느닷없이 그 사람이 나타난 것이었다. 그 사람으로 인해 일상이 흔들리고 있는 것이었다. 방해를 받으면서 정신과까지 생각하고 있는 것이었다. 갑자기 당황이 되어 쩔쩔매는가 하면, 안절부절 어쩌지 못하고 밖으로 뛰쳐나가 강변으로 쏘다니기도 했다. 그러면 좀 안정이 되었다.

발단은 명희, 치악산에 산다는 구명희, 바로 그녀가 나타난 이후부터 시작된 것이었다. 명희는 오 년 전까지만 해도 일 년이면 서너 차례 소식을 주고 받던 여고 동창생이었다. 결혼 후 중국에 가 오래 살다가 귀국해서 딸 둘을 출가시키고 치악산에 들어가 혼자 살고 있다고 소식을 전해온 것이 오 년 전이었다. 그런데 무슨 일인지 그때부터 전화도 오지 않고 전화를 해도 받지를 않았다. 그러더니 한 달 전 강변의 산책길에서 전화를 받았다.

"목소리는 여전하구나. 너 아주 좋은 데 살더구나. 내일 집으로 찾아가고 싶어. 주소를 문자로 알려줘."

은퇴자들의 생활을 다룬 한 주간지에서 인터뷰를 해간 적이 있었다. 그 주간지를 보았다는 것이었다. 현직에 있을 때는 종종 신문이나 잡지에 사진이 실리고 기사가 실린 적이 있었다. '출판 외길, 하옥진 선생의 인생 2막', '하옥진 선생, 책을 만들다 책에서 해방되다', 등의 제목이 붙은 기사들이었다.

스물 일곱에 자신의 이름 끝 글자를 딴 진출판사를 차려서 온갖 고초를 겪다가 오십대 중반에 가서부터 크게 일어서기 시작한 과정을 두고 하는 말이었다. 하옥진 선생은 출판계에서 불굴의 출판업자로 유명한 인물이었다. 자본금이 튼튼한 회사도 중도에서 좌절하는 출판사가 부지기수인데 영세한 출판사로 출발해서 탄탄한 영업망에 대형 서점까지 갖추어 놓고 우뚝 발돋움한 인물로 평가받고 있었다. 편집은 말할 것도 없고, 영업이나 제작업무에 종사하는 사람들 사이에서도 하옥진 선생은 마치 전설처럼 알려져 있었다.

그런 그녀가 어느날 갑자기 은퇴 선언을 하고 전원으로 돌아간 것이었다. 편집부에서 일하던 조카에게 출판사를 물려주고 서재 안에 가득 채워져 있던 책들을 모두 도서관에 주었다. 책에서 해방되고 싶었다. 애지중지하면서 책을 부여안고 살아온 세월이 꿈처럼 느껴지던 어느 순간이었다.

"책에서 해방되고 싶다고 했더구나. 무슨 뜻이지?"

명희는 만나자마자 고등학교 시절처럼 불쑥 물었다.

"그 말 물으려 여기까지 왔니? 날 지배하고 있는 건 책뿐이라는 걸 알게 되었기 때문이야."

"그게 아니라 혐오감 때문이었겠지. 거부감일 수도 있고."

"못 말리겠구나. 몇 년만이냐. 이런 대화를 나눈 게."

"결혼하고 나서 처음이니까 오십 년쯤 되었나?"

"그동안 꽤 고상해졌구나. 차는 검정색 고급 세단에 온몸을 두른 하얀 실크, 백발의 긴 머리가 제법 어울려."

"넌 바늘로 찔러도 피 한 방울 안 나올 것 같은 얼굴을 하고 있구나."

"넌 꼭 무당같아."

예전과 다른 점이 있다면 웃지 않는다는 것이었다. 표정도 없었다. 무덤덤하게 그 무당같다는 말을 받아넘겼다.

"집이 혼자 살기엔 너무 넓고 환하다. 고급스럽기도 하고."

실내로 들어오면서부터 이곳 저곳을 둘러보다가 혼잣말처럼 중얼거렸다. 이후 거실에서 차를 마셨는데 지붕이 내려앉을 정도로 수다를 떨며 지난 날을 얘기했다. 영락없는 여고생들이었다.

하지만 그때에도 명희의 얼굴에서 변하지 않는 것이 있다는 걸 발견할 수 있었다. 차갑게 가라앉은 분위기였다. 시간을 잃어 버린 것처럼 쉴 새 없이 얘기를 나누다가 저녁을 먹고 집 주변을 거닌 다음 늦게 잠자리에 들 때까지 그 분위기는 변하지 않았다.

"내 침대에서 자."

"그러지 말고 우리 바닥에서 같이 자자. 학교 다닐 때 너 우리집에 와도 그랬잖아."

그것도 괜찮을 것 같았다. 나란히 누워 불을 끄자 차창 밖으로 상현달이 환하게 비치고 있었다. 치악산이나 이곳이나 밤에 들려오는 소리는 비슷하다는 말에 공감하면서 잠이 들었다.

그렇게 얼마나 지났을까. 갑자기 옆자리가 이상하게 느껴져 퍼뜩 잠이 깼다. 그리고 허리를 일으켜 옆자리를 보자 명희가 보이지 않았다. 화장실에 갔겠거니 하고 다시 누웠다. 하지만 한참을 기다려도 오지 않길래 일어나 불을 켰다. 마루로 나가서도 불을 켰다. 그곳에도 명희는 보이지 않았다.

"어딜 갔지? 얘, 명희야. 어딨어?"

대답이 없었다. 이층에 갔나 하고 층계를 조심스레 올라갔다. 그렇게 가는 곳마다 불을 켰다. 그런데 이층에 올라섰을 때였다. 베란다와 잇대어진 방으로 들어가는 문이 반쯤 열려 있다는 걸 발견했다. 햇살 방이라고 이름을 붙인 방이었다. 이 집을 지을 때부터 각별하게 관심을 기울여 지은 곳이었다. 오디오와 비디오 시설을 갖추어 놓기 위해서였다. 스크린도 있고 음향기기도 고급스럽게 꾸며 놓았다. 얼른 그 방으로 들어가 불부터 켰다.

"어?"

그러나 명희는 놀라지 않았다.

"드럼을 잘 치는 모양이지?"

명희는 한가운데 있는 드럼세트에 앉아 있다가 무덤덤하게 말했다.

"너 여기서 뭘해? 놀랬잖아!"

"놀라긴. 인터뷰 기사에도 이 방 이야기가 나오더구나. 멋지다. 너한테 이런 점이 있다는 걸 처음 알았어. 평생을 독신으로 살고 있는 여인이 드럼 연주를 취미로 삼고 있다니! 나는 어떨 것 같아?"

엉뚱한 말이었다. 잠이 싹 달아나는데 명희는 또 멀쩡하게 말했다.

"얘, 나 실은 너한테 해야 할 말이 하나 생겼어. 내가 왜 이 방까지 온 줄 모르지?"

"꼭 해야 하니?"

명희는 대답은 아랑곳하지않고 다시 말했다.

"이모부가 유명한 박수무당이야. 어느날 우리집에 오셔서는 날 보고 그러더구나. 넌 내림굿을 받아야 한다고. 날 이상한 눈으로 보지 마. 기분 나빠도 들어야 해."

"너 지금 오랜만에 만나 무슨 소릴 하는 거야?"

그래도 명희는 일방적으로 말을 이어갔다.

"난 당시 이름 모를 병으로 고생하고 있었고, 나는 그게 다름아닌 무병이라는 걸 알고 있었어. 그런데 그 박수무당이 나한테 그런 소릴 한 거야. 싫다고 했지. 워낙 강경하게 말하니까 치악산에 신당을 차리고 들어앉게 해주었어. 옥진아, 내 말 잘 들어. 내가 왜 이 방까지 온 줄 모르지? 너 아닌 다른 사람이 이 집에 살고 있기 때문이야. 그 사람하고 얘기를 나누다가 여기까지 온 거야."

"얘가 미쳤나?"

명희의 어깨를 잡아 흔들면서 말했다. 그러나 명희의 말은 계속되었다.

"넌 혼자 사는 여인네가 아니야. 그 사람하고 여지껏 같이 살고 있었어. 지금 이 순간에도 이 집 어딘가에 있어. 한 가지 걱정하지 않아도 되는 건 절대 너한테 해코지는 하지 않을 거라는 점이야."

"그 사람이 남자인 모양이지?"

"그건 나도 몰라. 하여튼 너하고 같이 사는 사람이야. 몰랐지? 잊지 마. 이 집에 누군가 또다른 사람이 살고 있다는 사실을."

"그만 해. 이 돌팔이야. 비켜! 기분 전환이다."

커튼을 활짝 열어 젖혔다. 순간 대형 통유리 너머로 초가을 강변의 밤풍경이 아련하게 펼쳐졌다. 드럼 연주가 시작되었다. 처음부터 격정적이었다. 이해할 수 없는 말을 늘어놓는 명희가 더 이상 가까이 오지 못하도록 미친 듯이 두들겨댔다. 명희는 바로 옆에 서서 땀을 뻘뻘 흘리는 친구의 얼굴을 물끄러미 바라보고만 있었다.

명희는 다음 날 아침식사 후에 강변의 전원주택을 떠났다. 그리고 열흘쯤 지났을 때였다. 새벽 두시쯤이었다. 자다가 누군가 바로 옆에 있는 것 같아 퍼뜩 눈을 떴다. 분명 누군가 있었다. 근심스런 얼굴을 하고 자고 있는 내 얼굴을 가만히 내려다보고 있었다. 그랬다. 분명히 누군가 있었다.

화들짝 놀라 일어나 불을 켰다. 아무도 없었다. 마루로 나가서도 불을 켜고 햇살방으로 가서도 불을 켰다. 거기도 아무도 없었다. 이 집에 누군가 살고 있다는 명희의 말이 생생하게 떠올랐다. 자고 있는 얼굴을 내려다보고 있던 사람이 바로 그 사람일 것이었다. 베란다로 나가서도 불을 켜고, 건넌방, 주방에 가서도 불을 켰다. 화장실에 가서도 불을 켰다. 온 집안이 대낮처럼 환하게 밝혀져 있었다. 하지만 아무도 보이지 않았다.

안방으로 돌아와 침대에 털썩 주저앉고 말았다. 옆을 돌아보았다. 그곳에 누군가 있는 것같았다. 염려 말라는 말이 들리는 것도 같았다. 해코지는 하지 않을 테니 염려 말라는 말이 어디에선가 들려왔다.

뜬눈으로 밤을 보냈다. 훤하게 동이 틀 무렵에야 잠이 들었다. 요즘 동네 아낙들에게 글짓기를 가르치느라 신경을 쓴 게 탈이 되었을 거라면서 스스로 달래보았다. 하지만 곧 그것이 억지라는 걸 알게 되었다.

농사에만 매달리고 살던 동네 여인들이 진출판사의 사장님이 여생을 보내기 위해 마을에 와 있다는 사실을 알고 글쓰기를 가르쳐 달라면서 모여든 게 일 년 전이었다. 기꺼이 응해주자 마루를 교실삼아 내 집처럼 드나들었다. 처음엔 한글을 겨우 터득한 사람이 대부분이었고, 아예 읽을 줄도, 쓸 줄도 모르는 이도 있었다. 지금은 시도 쓰고, 수필도 썼다. 그런데 탈이 되다니 억지도 그런 억지가 없었다. 신이 나고 재미가 있는데 신경을 쓴 게 탈이라니.

오후에 강변으로 나갔다. 도대체 내가 뭘 본 것일까. 그 사람이 설마 여기까지 따라오지는 못하겠지. 하지만 그 생각은 전적으로 잘못된 것이었다. 갑자기 송기수 그 사람이 눈앞에 얼씬거렸기 때문이었다. 사십여년 전에 죽은 송기수가 아닌가. 까맣게 잊고 있었다고 해도 과언이 아니었는데 갑자기 그가 바로 눈앞에 떠올랐다. 순간 가슴이 아려오면서 세차게 머리를 흔들었다. 그러나 송기수는 사라지지 않고 강변의 산책길을 황당한 산책길로 만들어 버리고 말았다.

출판사를 시작한지 삼 년째 되던 해였다. 인문사회계 출판에만 주력해왔다. 아버지가 물려주신 유산으로 시작했는데 삼 년만에 역부족이라는 걸 절감하고 좌절감에 빠져 있었다.

송기수는 문창과 동기로 시를 잘 썼다. 이미 삼학년 때 문예지의 추천을 받아 이른바 시인으로 등단한 상태였다. 졸업과 동시에 신문사에 근무했는데 출판사를 차린 당돌한 여자 친구에게 연정을 품고 있을 줄은 꿈에도 생각하지 못했다. 마음을 정리해 달라고 몇 번이고 달래듯이 말했다. 출판 이외에 다른 어떤 것도 받아들일 수 있는 마음의 여유가 없다면서 설득도 하고 짜증도 부렸다. 그러나 송기수의 집념은 날이 갈수록 심해져서 일주일이 멀다 하고 연시를 보내왔다. 그렇게 이 년을 보내다가 안 되겠다 싶어 마지막이라는 말과 함께 내 길을 막지 말아달라 하고 돌아서고 말았다.

그런데 그로부터 며칠 후였다. 웬 여자가 출판사 인근 다방에서 전화를 했다. 잠시 만날 수 있느냐 해서 갔더니 세련된 차림의 여자가 기다리고 있었다. 출판 관련 일로 온 줄 알았는데 그게 아니었다. 만나자마자 여자가 갑자기 보기좋게 뺨을 후려쳤다. 그러면서 말했다. 자기는 송기수의 약혼자라고, 그 사람 장례식을 치르고 오는 길이라고.

송기수는 이별을 통보한 다음 날 풀뚝을 면도날로 그어 자살했다. 서른 살 때의 일이었다. 서울역으로 나가 가장 멀리 가는 기차를 찾다가 무작정 여수행 열차에 몸을 실었다. 자책감이 들기도 하고, 후회감이 들기도 했다. 생이 어떻게 전개되어 있는지 갈피를 잡지 못하고 있다가 절망감이 들기도 했다. 그러면서 자꾸 그가 하던 말이 생각났다.

"출판이 뭔데? 책 몇 권 내놓고 우쭐대는 게 출판인 줄 아는 모양이지. 넌 출판하고 안 어울려. 하면 할수록 쪽박 차기 딱 알맞아. 그런 사람이 어디 한둘인가. 나를 거부한다는 건 곧 내 충고를 거부하는 거야. 정신 차려, 옥진아. 너한테는 내가 필요해. 내 손을 잡아. 더 이상 늦기 전에."

그 말을 수없이 되뇌이기도 하고, 힘없이 고개를 흔들어대기도 했다. 그러나 그 어떤 사실보다도 그가 죽고 없다는 현실이 두렵고 무섭기까지 했다. 아무런 개선의 여지가 없고, 위로나 치유의 기미가 보이지 않는다는 걸 뻔히 알면서도 그 생각에 한 번 빠지게 되면 오래도록 헤어나오지를 못했다.

송기수는 죽고, 출판사는 고사하기 직전이었다. 그가 남기고 간 말이 아프게 각인되어 있을 줄은 몰랐다. 그래도 앞으로 나아갔다. 송기수의 충고와 함께 이를 악물고 책을 내고 또 냈다.

봉급이 밀리자 영업부장이 출근을 하지 않았다. 기다리다 못해 아예 장부를 챙겨 전국의 거래처 서점을 직접 찾아다녔다. 전국을 한번 돌려면 일주일 정도가 걸렸다. 첫날은 대구에서 묵었다. 영업부장들이 단골로 다니는 여관이 있다는 걸 그때 처음 알았다. 여비를 아끼기 위해 한 곳에서 여러 명이 묵으면서 밤이면 화투도 치고, 어음 정보도 교환했다. 어음은 거의 대부분 이른바 문방구 어음이라 불리는 차용증이었다. 그걸 가지고 할인을 해주는 사채업자가 있다는 것도 그때 처음 알았다. 신용있는 서점에서 발행하는 어음은 본사로 오기 전에 여관방에서 현금으로 바뀌어졌다. 문을 닫을지도 모른다는 소문이 돌자 총판에서 결재를 잘 해주지 않았다. 그런 걸 따지고, 사정하고, 구걸하다시피 하기를 숱하게 반복해야만 했다.

그렇게 해서 자리를 잡아가는 동안 송기수는 점차 기억의 저편으로 사라져갔다. 어쩌다 생각이 날 때가 있었는데 떨쳐버리려 고개를 저으면 곧 멀리 사라지고 보이지 않았다. 그런 송기수가 갑자기 산책길에 나타나다니.

창백한 기억 속의 송기수가 아니라 생생한 얼굴 그대로 나타났다. 더욱 놀라운 것은 바로 그 사람, 명희가 같이 산다고 하던 바로 그 사람이 등장하던 때부터였다. 전혀 예상할 수 없던 이 일을 어떻게 이해해야 할지 난감하기 그지 없었다.

때때로 송기수가 그리울 때도 있었다. 예전에 보냈던 편지들을 찾아보기도 했다. 한 장도 남아 있지 않았다. 그도 그럴 것이 모두 태워버렸기 때문이었다.

그가 죽었다는 사실이 다시 실감되었다. 소름이 끼쳤다. 그렇다고 죽다니, 어떻게 해야 죽으려는 마음이 생기는 것인지 도저히 이해할 수가 없었다. 단지 그런 생각에 며칠이고 계속 잠겨 있다가 우울하게 하루를 마감하는 날이 점차 늘어갔다.

그러던 또 하루는 거실에서 글짓기를 도와주고 있는데 그 사람이 또 바로 이마 위에서 걸어가고 있었다. 갑자기 당황이 되면서 호흡이 빨라졌다. 학생들은 그런 낌새를 느끼지 못하는 것 같았다. 대충 지도를 끝내고 소파에 벌렁 드러누웠다. 그리고 순간, 이건 또 무슨 일인가. 오수현의 얼굴이 바로 눈앞에서 환한 얼굴로 어른거리는 게 아닌가.

출판사를 하다 크게 도산한 학교 후배였다. 동업자이기도 하지만 평소 잘 따르던 후배이기도 했는데 어느날 찾아와 어렵다면서 돈을 빌려갔다. 삼십 년 전 일이었다. 당시는 진출판사가 점차 활기를 띠고 있을 때여서 후배의 청을 들어줄 수 있었다. 후배 역시 선배 출판사가 자리를 잡아가고 있으니까 말할 만하다고 생각해서 찾아온 게 분명했다.

그러나 일은 오수현의 출판이 계속 실패를 보면서 방향을 달리하기 시작했다. 오수현의 사업은 이미 재기불능이었다. 계속 선배에게 돈을 빌려가면서 바닥을 드러내기 시작했다. 그 사실을 누구보다 잘 아는 사람은 다름아닌 진출판사의 여옥진이었다. 오수현이 끊어준 어음이 점차 숫자를 더해갔다.

"죄송해서 어떻게 해요. 이 은혜는 죽을 때까지 잊지 않겠습니다."

"그럴 것까진 없고, 어떻게든 재기해야 나도 맘이 편하지. 잘해봐."

돈을 빌려갈 때마다 나누던 대화였다. 그러나 그때 이미 오수현은 무방비 상태로 널부러져 있었다. 후배에게 돈을 빌려주던 선배는 시간이 지나면서 차츰 딴 마음을 갖기 시작했고, 후배는 그런 계산을 전혀 눈치채지 못하고 있었다. 선배는 어디에서 끝이 날 것인지 미리 알고 있었다. 후배는 미안한 마음에 나중엔 자신의 출판사에서 갖고 있던 저작권을 모두 인계해 주기로 하고 또다시 돈을 빌렸다. 청소년 대상의 전집류였다. 선배의 계산대로 된 것이었다. 결국 후배는 백기를 들고 출판사의 간판을 넘겨 주었다. 나중에 들으니 오수현은 동대문시장 한 구석에서 칼국수 장사를 하고 있더라고 했다.

　가슴이 덜컥 내려앉았다. 당시에도 양심의 가책을 크게 느끼고 괴로워했는데 그 오수현이 다시 나타나 비웃듯이 웃고 지나갔다. 진출판사가 갑자기 성장한 것은 오수현에게서 넘겨받은 저작권으로 새로운 면모를 갖추면서부터였다. 신문에 광고도 내고, 영업사원을 모집하는가 하면 전국 규모의 대리점도 모집했다. 그리고 예상은 적중해서 출판가의 화제가 되었다.

　스스로 천국에 가기는 글렀다고 생각했다. 동업자이고 학교 후배인데 돌봐주는 척하면서 출판사를 빼앗다시피 인수해온 그 교활한 심보는 용서받지 못할 것이라 했다. 넌 나쁜 여자야, 하면서 얼굴을 감싸고 운 적도 있었다. 죄질이 아주 나빠, 아무렇지 않게 그런 못된 짓을 저지르면서 살다니, 하면서 수도 없이 자책했다.

　그러는 사이에 출판사는 쑥쑥 성장하기 시작했고, 나이는 어언 오십 줄을 바라보았다. 오수현은 점차 잊혀지더니 생각도 잘 나지 않았다. 그런데 그 오수현이 갑자기 또 나타난 것이었다. 그냥 나타난 것이 아니라 예전처럼 자책과 고통을 겸비하고 찾아온 것이었다. 그 사람, 마치 그 사람이 데려온 것처럼 그 사람이 나타난 이후로 송기수처럼 느닷없이 나타나 괴롭히기 시작했다.

깊은 우울감이 찾아왔다. 종일 오수현을 생각하면서 지냈다. 양심에 가책이 되고 뻔뻔하다는 생각 때문에 밤 늦게까지 머리 속이 맑지 못했다. 잠도 오지 않았다. 송기수가 이런 사실을 알게 된다면 뭐라 했을까, 하고 생각해보니 헛웃음이 나왔다. 그런 출판은 해서 뭐하니, 하고 소리를 질렀을 것 같았다. 넌 사이비야, 니가 출간한 책들에 의하면 최소한 그래. 하지만 그 소리들도 출판사가 일취월장하는 사이에 어디에 묻혀 버렸는지 모르게 사라지고 말았다.

전전긍긍이라는 말은 바로 그 사람을 의식하면서부터 벌어지는 순간 순간을 의미하는 것이라고 하면 꼭 어울리는 말이었다. 명희가 다녀간 이후 그 사람이 나타나기 시작했고, 그때부터 일상은 마구 흐트러졌다. 다시는 그러지 않겠다고 다짐했던 일, 용서해 달라고 수도 없이 빌었던 일, 수치스러워 가만 있어도 얼굴이 뜨겁던 일, 뱉어버리고 싶을 정도로 혐오감이 들었던 일 등등 다시는 생각나지 않을 줄 알았던 일들이 생생하게 하나씩 그리고 불쑥 불쑥 떠올라 이틀이고 사흘이고 시달리게 만들었다. 정말이지 대부분 까맣게 잊고 있던 일들이었다. 그런데 바로 엊그게 일처럼 되살아나 전전긍긍하게 만들었다.

어머니가 생각난 것도 바로 그때였다. 아침에 양치질을 하고 있는데 갑자기 그 사람이 치약 위에 앉아서 빤히 올려다 보더니 갑자기 삼십 년 전에 돌아가신 어머니가 생각났다. 출판사가 겨우 숨통이 트이고 있을 때였다. 할 일이 많았지만 먼저 어머니를 챙기기로 했다. 어머니의 건강이 걱정되었기 때문이었다. 자식들이 여럿 있었지만 다 살기 바쁘지 어머니를 가까이에서 보살펴주지 못했다.

그게 평소 늘 마음에 걸려 하루는 어머니를 모시고 대학병원에 갔다. 사람들이 북새통을 이루고 있었다. 대학병원에 가본 적이 없어 웬 사람들이 이렇게 많나 하고 의아스런 생각이 들 정도였다. 알고보니 진료 접수를 하고 순서대로 번호를 받은 다음 진료권을 받기 위해 자기 번호를 기다리고 있는 사람들이었다. 환자마다 보호자로 따라온 사람들이 한둘은 꼭 있었다.

초진이어서 진료 신청서를 작성하고 번호표를 받았다. 앉을 자리가 없어 어머니만 앉히고 서서 기다리는데 수십명은 기다려야 할 것 같아 밖으로 나와 정원에 있는 벤치에 앉았다. 마음이 초조해지기 시작했다. 오면 바로 의사를 만나 진찰을 받아볼 수 있을 줄 알았지 이렇게 오래 기다려야 될 줄은 미처 알 수 없었다.

낭패감이 들기 시작했다. 새로 제작에 들어가는 편집 원고의 최종 결재를 우선 해주기로 약속한 상태였고, 지방 대리점을 교체하는데 새로운 계약자들이 다섯 명이나 약속이 되어 있었다. 자꾸 시계를 들여다보았다. 접수 창구로 가 차례가 얼마나 남았는지 들락거리면서 올려다보기도 했다. 시간이 도저히 안 될 것 같았다. 창구로 가 안내하는 여직원에게 순서를 앞당겨 달라고 사정해보자 콧방귀도 뀌지 않고 다음 번호를 불렀다. 짜증이 났다. 할 수 없이 어머니가 계신 곳으로 와 말했다.

"어머니, 오늘 도저히 안 되겠네요. 가요. 오늘은 그냥 가고 다음번에 다시 옵시다. 일어나세요."

먼저 앞장을 섰다. 어머니는 못내 서운한 얼굴을 하면서 병원쪽을 한번 돌아보더니 겨우 말했다.

"얘, 이왕 왔으니 의사선생님을 만나고 가면 안 되겠니?"

"시간이 없어요. 저 오늘 바쁘단 말예요."

이끌다시피 어머니 팔을 붙들고 나왔다. 그리고 어머니는 그로부터 이틀 후 갑자기 쓰러져 말 한마디 하지 못하고 잠자듯 누워 있다가 세상을 떠나고 말았다. 뇌졸중이었다.

벙어리가 된 것처럼 아무 말도 못하고 일 년을 지냈다. 어머니를 내 손으로 돌아가시게 했다면서 자책했다. 어머니, 용서해 달라고 수도 없이 빌었다. 누가 크게 벌이라도 내려주었으면 좋겠는데 멀쩡하게 잘 나가는 출판사 사장으로 살고 있다는 게 죽고 싶도록 싫었다. 아무도 없을 때 어머니, 어머니, 하고 엉엉 소리내어 운 게 한두 번이 아니었다.

출판사는 순풍에 돛을 단 듯이 잘 나가고 있었다. 하옥진 사장은 이미 유명인사가 되어 있었다. 그렇게 어머니가 돌아가신지 이십 년이 지나고 삼십 년이 되어갔을 때 인생은 그저 한많은 한 평생일 뿐이었다.

그런 어머니가 화장실에서부터 느닷없이 안절부절 어찌 할 수 없게 만들고 있었다. 그때 진찰만 받았더라도 어머니는 돌아가시지 않았을 것이라고 확신하고 있었다. 가슴을 쥐어 뜯듯이 후회막급인데 사방을 둘러봐도 어머니는 계시지 않았다. 숨이 막혀 견딜 수 없었다. 대리점이 뭐고, 교정 원고가 뭐라고, 미쳐도 단단히 미쳤다면서 바로 엊저녁 일처럼 자신을 꾸짖었다. 내 손으로 어머니를 돌아가시게 했다는 생각이 또 들자 도저히 견딜 수 없어 밖으로 무작정 뛰쳐나왔다.

그러면 좀 진정이 되었다. 지난 한 달여 동안 시도 때도 없이 강변을 따라 빠른 걸음으로, 때로는 고개를 숙이고 천천히 거닌 이유는 거기에 있었다. 그러다가도 느닷없이 그 사람이 나타나면 불안하고 초조해져서 사방을 두리번거리기도 했다.

명희를 찾아가볼까, 하고 생각한 적도 있었다. 하마터면 물에 빠질 뻔했던 날이 바로 그 날이었다. 전화라도 해서 돌파리라 했던 것을 사과하고 그 사람의 정체에 대해 묻고 싶었다. 그러나 그런 사실조차 곧 잊어 버리고, 잊혀진 기억이, 이제는 제발 그만 나타났으면 하는 기억들이 새록새록 떠올라 종일 우울하게 지내다 겨우 잠이 들었다.

꿈속에서는 갑질의 여왕이 재현되었다. 별명이 그랬다. 일을 태만하게 한다고 보여지는 직원은 불러다 가차없이 혼내고 며칠 후에는 책상을 반품 창고로 옮겨 놓았다. 사내 연애를 하는 직원들이 발견되면 어떻게든 둘 중 하나를 퇴사시켰다. 마음이 콩밭에 있는데 어떻게 일을 제대로 할 수 있겠느냐는 것이 훈화의 골자였다. 원고료라는 주제로 문인들에게 십오매씩 글을 받아 책을 낸 적이 있었다. 그때 시인으로 꽤 명성이 있는 여성에게 원고를 청탁하고 고료를 지급한 적이 있는데 원고료가 째째하게 그게 뭐냐는 항의 전화를 받은 적이 있었다. 그 말을 듣고 직접 그 시인에게 전화를 걸어 말했다.

"당신이 언제부터 원고료를 고급스럽게 받았다고 투정입니까? 당신 고료가 편당 오만원이라는 것을 알고 있는데 매당 이만원이면 대우 잘 해 드린 거 아닌가요? 청탁은 취소하겠습니다. 받은 고료는 돌려주지 않아도 됩니다."

오십대 때 일이었다. 진출판사가 연이어 베스트셀러를 내고 있을 때였다. 오나가나 갑질의 여왕으로 불리면서 총판도 그렇고, 인쇄소도 그렇고, 제본소도 그렇고, 진출판사 사장이 나타나면 업주들이 슬슬 피해다녔다. 그럴 때마다 작정하고 온 듯이 확실하게 말해 주었다.

"이봐요, 내가 인쇄도 모르면서 참견만 한다고 얼씬도 못하게 했던 일 기억 안 나요? 인쇄소가 여기만 있는 게 아니라는 거 잘 알잖소?"

갑질의 여왕이라는 소리가 가장 듣기 싫었다. 조심해야겠다고 하면서 몸을 낮추자 사장님, 사장님, 하고 전보다 더 나긋하게 굴면서 따르는 무리들이 한둘이 아니었다. 여기저기 기부도 하고, 모임체의 감투도 마다하지 않고 받아 썼다. 그럴 때마다 사무실 벽면엔 감사패, 공로패들이 즐비하게 장식되기 시작했다.

그런 장면들을 떠올릴 때마다 얼굴이 화끈 달아오르고 어딘가로 달아나고 싶기만했다. 이곳 강변 전원으로 이주해온 이후로 이제 비로소 편안한 생을 누리게 되었다고 자족하고 있었다. 하지만 명희가 왔다 간 이후로 모든 것이 뒤틀어져 버렸다. 종일 울적하게 지내는 날이 늘어났고, 머릿속이 텅 빈 것처럼 허황하게 느껴지기도 했다. 하루하루가 지겹기 그지없어 망연히 먼산만 바라볼 때도 있었다.

그러던 어느 아침 나절이었다. 글짓기를 배우던 학생 둘이 두툼한 종이뭉치를 들고 찾아왔다. 에이포 용지인데 이백장은 족히 될 것 같았다.

"저어, 선생님, 이것 좀 봐주시겠어요?"

대표자격인 학생이 종이뭉치를 건네며 쑥스러운 듯 말을 더듬었다.

"우리들 열여섯 명이 그동안 쓴 글입니다. 선생님이 가르쳐 준 대로 시랍시고 쓰고, 수필이랍시고 적은 것들인데 그냥 버리기 아까워서 선생님만 괜찮으시다면 책으로 엮어볼까 해서요."

눈이 번쩍 뜨여졌다. 여기서 배워 시간날 때마다 글짓기를 하고 있었다는 것을 알 수 있었다. 모두 농사가 주업인 시골 아낙들이었다. 나이가 적다고 해보아야 오십 정도인데다 종일 논밭에서 땀을 흘리며 일만 해온 여인들이었다. 주름 투성이 아낙들이 볼펜을 어정쩡하게 쥐고 꾸벅꾸벅 졸면서도 초등학교 국어책을 읽고 가나다라를 쓰더니 글짓기를 했다면서 한 뭉치 원고를 들고 온 것이었다.

"어머나, 이게 대체 어찌 된 일이죠?"

"여기서 배우고 가면 사랑에 모여 우리 나름대로 글을 써보았어요. 그러다 보니 욕심이 좀 생기더라고요. 선생님, 선생님 덕분에 글쓰는 일이 취미가 된 사람이 한둘이 아니랍니다. 한번 봐주세요. 선생님이 허락하신다면 출판비용은 우리가 추렴해서 준비할 수 있습니다."

"참 대단하십니다. 좋아요. 일단 읽어보고 나서 말씀을 드리지요."

학생들이 가고 난 후 한 장 한 장 넘겨가며 읽기 시작했다. 시와 수필이 절반쯤 섞여 있는 원고였다. 깨끗하게 쓰느라 애를 쓴 흔적이 역력해 보였다.

읽어 나가는 동안 미소가 절로 띠워지고, 잠시 생각에 잠기기도 했다. 반복해서 읽은 원고도 있었다. 저녁을 일찍 먹고 창가에 앉아 이어서 읽었는데 원고 속으로 빠져들면서 키득거리기도 하고, 눈물을 글썽거리기도 했다.

원고 속엔 농촌 여인들의 희로애락이 고스란히 담겨 있었다. 그냥 담겨 있는 것이 아니라 가공되지 않고, 변질되지 않은 상태 그대로였다. 단지 그런 것들이 글이라는 수단을 통해 에이포 용지 위에 표현되어 있을 뿐이었다. 그리고 그 글이 바로 이곳에서 배운 것이라는 사실을 누구보다 읽는 이가 잘 이해할 수 있어 아무 거리낌이 없었다. 계속 이어지는 풋풋하고 꾸밈없는 글들은 보면 볼수록 친근감이 들고 사랑스러운 느낌이 들었다. 차츰 즐거운 마음이 들면서 밤 늦게 잠자리에 들었다가 다음 날 아침식사를 마치자마자 또다시 읽기 시작했다.

그러면서 얼굴이 차츰 맑아지기 시작했다. 강변의 바람결처럼 깨끗하고 향기로운 감촉이 거실 가득히 퍼져 있는 듯한 느낌이었다. 마음이 차츰 가라앉고, 호흡이 새로워지는 느낌이 들기도 했다. 종일 학생들의 모습이 눈앞을 떠나지 않았다. 원고를 모두 읽은 시간은 밤 열 시쯤이었다.

마지막 페이지를 덮고 나서 창가로 가 커튼을 젖히고 창문을 열었다. 초가을 상쾌한 바람이 얼굴에 닿아왔다. 그리고 드넓게 펼쳐져 있는 하늘 저편까지 별들은 크고 작은 보석을 뿌려 놓은 듯이 반짝거리고 있었다.

그 별들 사이에서 별똥별 하나가 길게 꼬리를 남기면서 산 너머로 사라져 갔다. 무슨 소린가 들려오는 듯했지만 별똥별이 보이는 시간은 그리 오래지 않았다. 하지만 별똥별은 이어서 크고 작은 것들이 연달아 달려나와 산 너머로 흐르듯이 사라져갔다. 그런 별똥별을 본 것은 처음이었다.

별똥별은 티끌이나 먼지라고 했다. 우주를 떠도는 소행성에서 떨어져 나온 티끌이거나 태양계를 떠도는 먼지라고 했다. 그 티끌이나 먼지들이 지구의 중력에 이끌려 대기 안으로 들어오면서 마찰을 일으키고 그때 불타는 현상이 일어나는데 그것이 바로 별똥별이라고 했다.

긴 꼬리는 마치 신호를 보내는 듯했다. 잘가라고 손을 들어 흔들었다. 명희한테는 가지 않기로 했다. 병원에도 가지 않기로 했다. 송기수도, 오수현도, 어머니도 예전의 상태로 돌아갈 것 같았다. 갑질의 여왕은 더더욱 아니었다. 호미질하던 투박한 손으로 글씨를 쓰던 학생들이 보내온 원고를 다시 한번 읽어보기 위해 책상으로 향했다.

그리마

 잠이 오는 듯 마는 듯했는데 갑자기 오른쪽 어깨 위에서 손목 쪽으로 뭔가 슬금슬금 기어 내려오고 있었다. 화들짝 놀라 손바닥으로 찰싹 소리가 나도록 때리고 고개를 돌려 내려다 보았다. 타박상을 입은 놈이 안간힘을 쓰며 온몸을 비척이면서 비닐 장판 위에서 꿈틀거리고 있었다.
 징그럽게 생긴 놈이었다. 괴이하게 생긴 놈이기도 했다. 새끼손가락보다 작은데 통통하고 길쭉한 몸매를 수많은 다리로 지탱하고 있는 놈이었다.
 돈벌레 아냐? 맞아. 바로 그놈이었다. 초등학교 때 동네 학원에서 처음 본 바로 그 벌레였다. 쉬는 시간이었는데 갑자기 한 여학생이 몸을 움츠리면서 비명을 지르길래 모두 가서 보니 바닥에서 기어나와 책상 옆 벽면에 붙어 있던 놈이 바로 이놈이었다.
 "야! 돈벌레다!"
 "이거 설설이야. 우리 할머니가 그랬어."
 "쉰발이라고 그러던데?"

아이들이 아는 대로 한마디씩 하는데 학원 선생이 와 보더니 이게 바로 그리마라고 했다. 설설이는 아마 기어다니는 모습에서 나온 말 같았다. 쉰발은 다리가 많다 보니 그런 별명이 붙은 듯했다. 그런데 그리마라니. 우리나라 말은 아니지 않은가. 그에 대해 학원 선생은 설명해 주었다.

"외래어같지만 순수한 우리말이란다. 옛날부터 부잣집에 많다고 해서 돈벌레라는 별명으로 불리고 있지. 놀랄 거 없어. 어때? 이쁘지 않니?"

"징그러워요."

아이들이 이구동성으로 말했다. 그도 그렇게 생각했다. 그런데 그놈이 느닷없이 이 어둡고 습기찬 지하 단칸방에 누워 있는 그의 팔뚝을 타고 나타나다니. 그들의 조우는 전혀 예측할 수 없던 불결한 운명과도 같았다. 순간적이고 잔인한 우연으로 인해 그리마는 생사의 기로에 맞닥뜨렸고, 그는 손바닥에 묻은 놈의 체액과 다리 부스러기로 인해 찝찝한 기분을 맛보아야 했기 때문이었다. 손바닥에서 뭔가 꼬물거리길래 보니 부러진 그리마의 다리 조각들이 체액에 묻어 움찔거리고 있다는 걸 알았다. 마치 도마뱀이 버리고 간 꼬리같았다. 화장지로 손바닥을 닦으며 바닥을 보니 그리마는 어느새 벽 아래 갈라진 틈으로 사라지고 있었고, 덩달아 바퀴벌레며 노래기들도 어지럽게 움직이며 피신하고 있었다.

벽시계를 올려다보니 오전 열한시를 막 지나고 있었다. 아침 나절 삼십분쯤 비쳐오던 햇빛은 어느새 사라지고, 대신 냉랭한 그늘이 자리를 대신했다. 누군가 골목길을 걸어나오는 발자국소리가 창살 너머로 들려오고, 윗층에서는 여전히 덜커덕거리는 소리가 이따금 들려왔다. 골목 밖 저쪽에서 차들이 질주하는 소리가 나다가도 어디서 불이 났나, 아니면 응급환자라도 생겼나, 경적음이 들려오다 긴 여운을 남기고 사라지기도 했다.

매트 위에 다시 누웠다. 그리고 갑자기 한 단계 침몰한다는 느낌이 들었다. 그리마를 때려 눕힌 직후였다. 선명한 현실이었다. 싫었다. 또다시 혐오감이 일어났다. 그리고 묘한 쾌감을 느꼈다. 그것이 바로 침몰이었다. 다 싫고 귀찮았다. 그때 침몰이 찾아온 것이었다. 침몰한 주변엔 아무것도 없을 것 같았는데 생각지도 못하게 선명하게 보이는 것이 있었다. 시간이었다. 시간은 더욱 단조롭게 느껴졌고, 그러면 그럴수록 그 안에 또렷하게 보이는 자신의 그림자가 보였다.

지난 육개월 동안 밖에 나간 적은 세 번밖에 없었다. 밤에는 여러 차례 다닌 적이 있는데 지난 달에 뜻밖의 일을 겪고 난 이후로 밤에도 나다니지 않았다. 혼자 무작정 걷다보니 아파트 단지 내에 있는 어린이 놀이터에 가게 되었다. 그런데 아까부터 보니 누군가 은밀히 뒤를 따라오는 것 같아 벤치 앞에서 걸음을 멈추고 뒤를 돌아보자 건장한 청년 두 명이 플래시를 비추며 대뜸 물었다.

"여기서 뭐하는 거예요?"

아파트 경비원들같았다.

"산책 중인데요."

그러자 전등을 위아래로 비추더니 다시 물었다.

"보아하니 이 동네 사람이 아닌 것같은데 신분증 내봐 봐요."

"신분증요? 집에 있는데요."

"집이 어딘데?"

저쪽 다가구주택들 있는 데 지하방이라고 말하지 못했다. 어물쩡거리다 간신히 집으로 온 적이 있었다. 오다가 잠깐 고개를 돌려 아파트를 올려다보자 늦은 시간인데도 불이 은은하게 밝혀져 있는 집들이 많았고, 그 광경은 마치 꿈속의 어느 장면처럼 여겨졌다.

마지막으로 면접을 볼 때가 자꾸 생각났다. 어느 대형서점이었는데 서류전형을 통과해서 붙을 줄 알았다. 비록 비정규직이었지만 오년이나 근무했던 물류회사에서 계약 해지로 밀려나와 이력서를 스무 군데도 넘게 넣었지만 모두 탈락한 터여서 잔뜩 기대를 하고 있었다. 그런데 의외로 까다롭게 굴었다. 아버지는 뭐하시냐, 대학은 왜 중도에 그만 두었느냐, 나이가 서른 다섯인데 결혼한 적은 없느냐, 돈은 모아 두었느냐, 지금 사는 곳은 어디냐, 등등 시시콜콜했다. 더구나 그렇게 묻는 사람이 거의 같은 나이 또래로 보이는 여자인데 허벅지가 훤히 보이는 짧은 치마에 빨간 입술을 이따금 이죽거리면서 인조 손눈썹을 내렸다 올렸다 하는데 정말이지 가관이었다. 그래도 좋았다. 붙기만 하면 신이 날 것 같았다. 하지만 포장마차에서 꼼장어에 소주 반병을 마시고 집으로 오는데 세상 참 더럽고 치사스러웠다. 어린이 놀이터에서 뜻하지 않게 여지없이 당하고 만 날에도 역시 마찬가지였다. 그 후로 밤에도 나가기가 싫었다.

며칠 전엔 티비 뉴스에서 보니까 그처럼 지하방에서 혼자 사는 사람이 백골로 발견되어 사람들을 놀라게 했다는 소식이 매시간 전해졌다. 각종 공과금 통지서가 수북히 쌓이고, 아무리 초인종을 눌러도 기척이 없자 이웃이 경찰에 신고하여 강제로 문을 열고 들어가보니 방

한가운데에 누워 있는데 거의 백골 상태였다는 것이다. 직업이 없이 혼자 사는 삼십대 남자였는데 자살은 아닌 것 같다고 했다.

그가 살고 있는 집에도 사람이 찾아온 적이 있었다. 초인종을 계속해서 누르고 문을 두들기기도 했는데 일체 반응이 없자 두런거리는 소리가 들리다가 이내 잠잠해졌다. 저녁에 라면을 사러 나가다가 보니 대문에 웬 쪽지 한 장이 붙어 있어 보니 주민센터 사회복지사였다. 상담할 일이 있으니 전화를 주시던지 일차 방문해 주시면 고맙겠다면서 전화번호가 적혀 있었다. 그런 일이 이후에도 세 번이나 반복되었다.

밤이고 낮이고 그는 주로 잠을 잤다. 가만히 앉아 있을 때도 많았다. 한숨도 자지 않고 꼬박 날을 샐 때도 허다했다. 방바닥에서 어지럽게 돌아다니는 바퀴벌레들을 보며 자신이 이 지상의 어느 지점에 어떤 모습으로 존재하고 있는지 똑똑하게 알 수 있었다.

버려진 것이 아니었다. 당연히 제 위치를 차지하고 있는 것이었다. 이보다 더 할 수도 덜 할 수도 없다는 사실을 비로소 깨닫게 되었다.

한때는 낙오되었다는 생각 때문에 미친 듯이 일자리를 찾아 헤맨 적이 있었다. 자존심 다 버리고 아무 일이나 붙잡고 하려는 생각으로 동분서주하기도 했다. 그러나 그것이 얼마나 어리석은 짓이었는지 지금은 선명하게 드러났다. 발 붙이고 있을 자리는 결국 이곳이라는 사실을 왜 이제야 알게 되었는지 후회막급이었다. 발버둥쳐봤자 그는 결코 그 자신이 될 수 없었다. 소외당하고, 무시당한 채 살다 갈 가능성이 많았다.

비로소 안도감이 드는 장소에 도달해 있었다. 절망이 있는 그대로 그에게 장소를 내주고 있었다. 그런 의미에서 그는 지금 매우 도덕적인 상황에 처해 있다고 생각했다. 말을 걸어주는 사람도, 말을 걸어볼 사람도 없었다. 고요히 혼자 앉아 있다 보면 세계가 곧 말상대였고, 세계가 끊임없이 말을 걸어오고 있었다. 그리고 그러면 그럴수록 그 작은 지하방이 더없이 편안하고 아늑하게 느껴졌다. 그런 의미에서 그는 지극히 희망적인 앞날을 바라보고 있다고 생각했다.

초인종을 누르지 마라. 언제부터 나한테 볼일이 있다고 함부로 초인종이냐. 더 이상 속지 않는다. 백골? 잘 알고 있어. 돈이 거의 떨어져 가고 있긴 해도 이제 그런 거 두렵지 않아. 그는 한밤중에도 느닷없이 일어나 앉아 자신에게 아무런 일이 벌어지지 않았다는 사실을 확인하곤 했다.

그리마에게 일격을 가한지 일주일쯤 지났을 때였다. 아침을 먹고 깜박 잠이 들었다가 눈이 떠졌는데 대뜸 방바닥에서 벌어지고 있는 일에 눈길을 두지 않을 수 없었다. 그리마가 또 나타난 것이었다. 이번엔 두 마리인데 꽤나 당당하고 도도한 모습이었다. 무엇보다 놀라운 건 뭔가를 먹고 있는 것처럼 보이는데 그 주변에 바퀴벌레 몇 마리가 바둥거리면서 안간힘을 쓰고 있다는 사실이었다. 이상해서 유심히 살펴보니 바퀴벌레만이 아니라 파리도 있고, 딱정벌레, 노린재, 거미도 있었다. 몸체 일부가 뜯겨진 상태로 널브러져 있는 걸 보니 일단 치명타를 가해 놓은 후 먹고 있는 것같았다.

그때 보니 그리마는 매우 정교하게 조립된 입체 조형물처럼 보였다. 쉰발이라는 별명처럼 다리가 쉰 개까지는 되지 않더라도 삼십 개는 족히 될 것 같았다. 몸체 좌우로 균형있게 배열되어 있는데 가늘고 긴 형태가 중간에서 꺾인 채 일정한 각도를 유지하고 있었다. 거기다 몸통과 다리는 연한 베이지색으로 되어 있는데 짙은 갈색의 무늬가 일정하게 간격을 이루고 선명하게 배열되어 있어 마치 인공적으로 조립해 놓은 듯한 느낌을 자아냈다. 그 다리들은 그리마가 움직일 때마다 일제히 같이 움직거리는데 그 모습은 여지껏 알고 있던 그리마에 대한 인상을 새롭게 하기에 충분했다. 그리마가 움직이는 모습은 마치 물결이 일렁이는 듯했기 때문이었다. 머리는 둥그런 형태이고 양 옆으로 커다랗고 검은 눈이 도도하게 보이는데 턱 옆으로 갈고리처럼 생긴 이빨 두 개가 앙증맞게 솟아 있고 머리 양쪽에 다리보다 긴 더듬이가 자유자재로 움직이고 있었다. 그 모든 구조들이 마치 조화를 뽐내듯이 움직일 때마다 물결이 일렁이는 듯한 모습을 하고 있는 것이었다. 햐아! 감탄사까지는 아니지만 저절로 자신도 모르게 입술이 벌어졌다.

　그리마는 인기척을 느꼈는지 몇 번 움직거리더니 벽 아래 벽지 틈새로 들어가 버리고 말았다. 재빠른 동작은 아니었다. 바퀴보다 훨씬 느렸다. 잡으려면 얼마든지 쉽게 때려 잡을 수 있는 정도였다. 그런 동작으로 바퀴벌레를 잡아먹고 있다니. 다시 자리에 누워 잠을 청했다.

　그리고 한 순간 묘한 쾌감을 느꼈다. 여지껏 느껴온 안도감과 같은 것인데 그보다 더 편안하게 느껴졌다. 그리마의 물결같은 모습이 감은 눈 속에서 자꾸 일렁거렸다. 살며시 눈을 뜨고 부비면서 그는 그 이유를 알 수 있었다. 지난 번엔 침몰이었는데 이번엔 추락이었다. 추락해보니 그곳에 편안한 그리마가 있었다. 그러면 그럴수록 저 아래로 끝도 없는 바닥이 보이는 듯해 외롭지만 외롭지가 않았다.

그날 오후, 오랜만에 깊은 잠에 빠져들었다. 깨 보니 창문에 늦여름 옅은 어둠이 내려앉기 시작하고 있었다. 화장실에 갔다. 변기에 앉아 있을 때 또다른 사실 한 가지를 알게 되었다. 그리마가 화장실 하수구를 통해 드나든다는 사실이었다. 스멀스멀 기어나와 발등 위를 지나 마루로 유유히 빠져나갔다. 한 마리, 두 마리 다섯 마리까지 나타났다. 그리고 다음날 또 한 가지를 알게 되었다. 여지껏 자유자재로 드나들던 바퀴벌레들이 현저히 줄어들었다는 사실이었다. 대신 그리마를 자주 볼 수 있었다. 침몰하고 이어서 추락한 현장에 그리마가 있었다.

물류회사 근무할 때 여자를 사귄 적이 있었다. 직장 동료의 처제였다. 토요일마다 만나 극장에도 가고 레스토랑에도 갔다. 자연스럽게 손도 잡고, 포옹, 키스도 했다. 침몰하기 전만 해도 문자로 연락을 주고 받았다. 그러나 추락한 이후로 메시지를 받고 답장을 쓰는데 갑자기 전화기가 먹통이 되고 말았다. 더 이상 만날 수 없게 되었다는 말을 쓰려던 참이었다. 대문 옆 편지함에 통신사가 보낸 요금 미납으로 인한 직권해지 통고서가 온 걸 까맣게 모르고 있었다.

전화기를 조용히 내려놓았다. 그것이 더 편했다. 답장은 무슨 답장. 잘했다고 생각하면서 벌렁 누워 버렸다. 그러면서 이것이 바로 미래지향적 현실이 아니고 무엇이냐면서 눈을 감아 버렸다.

그는 이따금 침몰하고 추락한 그 단칸방 안을 살펴보았다. 하나하나 정리해 나가면 저 창문 밖 차가운 곳보다는 훨씬 나을 것같다는 결론에 도달했다. 따뜻한 것같지만 냉소를 머금고 있는 얼굴, 은근히 상대방을 경멸의 눈으로 바라보고 있는 사람들, 똑똑한 언변을 뽐내며 잘난 척하는 사람들, 지극히 세련되어 보이지만 거친 속내를 숨기고 있는 사람들, 지배자같은 사람들, 점령군처럼 행세하는 사람들, 그런 사람들하고는 거리가 멀었다. 그런 사람들하고 멀리 떨어져 있다는 사실, 아니 이제 다시는 만나지 않아도 되는 그곳의 현실이 더없이 좋았다. 그 방안에는 이력서도 필요 없고, 면접시험도 물론 필요 없었다. 사는 곳도, 아버지의 직업도 물론 필요 없었다. 대학교도 필요 없었고, 혼인 유무도 물론 필요 없었다. 연봉? 그것도 필요 없었다. 선후배 관계? 그것도 물론 필요 없었다. 그래, 잘 먹고, 잘 살아라. 아무것도 필요 없는 그곳이 마냥 좋기만 해 혼자 중얼거리다가 다시 벌렁 누워 버렸다.

그리마는 여전히 화장실 배수구를 통해 드나들었다. 그리마가 나타난 이후로 잡벌레들은 거의 보이지 않았다. 천적이 나타난 게 분명했다.

한 번은 아침에 눈을 떴는데 대뜸 눈에 띄는 것이 있었다. 천정에 붙어 있는 그리마 한 마리였다. 꼭 매트에 누워 있는 사람의 얼굴을 내려다보면서 잠에서 깨기를 기다리고 있는 듯했다. 일어나 앉자 그리마도 서서히 움직여 벽을 타고 내려왔다.

또 한 번은 손등에 이상한 느낌이 들어 들여다보자 거기에 그리마 한 마리가 얼굴을 빤히 올려다보듯 움직이지 않은 채 앉아 있었다. 얼른 손을 들어털어 버리려다가 놔뒀다. 더듬이 때문이었다. 더듬이 두 개만이 흔들흔들하고 있는데 꼭 무슨 말인가를 하고 있는 듯했다.

그날 그는 처음으로 그리마에게 교감능력이 있는 게 아닌가 하는 생각을 했다. 파리채로 때려 눕히려고 몇 차례 시도했다가 그만 둔 것은 순전히 그런 이유 때문이었다. 그리마는 빨리 달아나지도 못했다. 몸체가 더없이 연약했다. 살짝만 건드려도 다리가 부스러진 채 꿈틀거렸다. 다리를 잃고서도 달아날 때 보면 여전히 작은 파도처럼 온몸을 일렁거렸다.

여름이 가고 있었다. 창문은 오후에나 열어 놓고 대부분 닫아 놓았다. 그리마는 벽 아래 숨어 있다가 바퀴가 지나가면 쏜살같이 달려가 쓰러뜨렸다. 한 번은 파리를 한 마리 잡아 벽 아래로 던져 주었더니 성큼 다가가 물고 들어갔다.

그리마는 어느덧 벽에서도 발견되고, 천정에서도 기어다니는 게 보였다. 그가 나타나면 얼른 달아나 숨었는데 차츰 그런 기미가 보이지 않았다. 태연히 매트 앞을 기어가 건너편 벽 아래를 수색하듯이 기웃거리며 거닐었다. 화장실에서도 처음엔 드나들 때 재빨리 숨더니 어느새 변기에 앉아 있는 동안에 마루로 나가기도 하고 들어오기도 했다. 그런 녀석들을 물끄러미 내려다보면서 그는 처음으로 같이 산다는 느낌을 갖게 되었다.

비오는 어느날이었다. 가을을 재촉하는 비였다. 바람소리가 음산해지더니 하루 아침에 골목 바깥 아파트 단지에 무성한 포플라 이파리들이 낙엽이 되어 창가로 날려왔다. 그러더니 비가 내리기 시작했다.

그리마들이 꼼짝 않고 나오지 않았다. 그가 오히려 이리저리 그리마를 찾아보았다. 약속이나 한 듯이 그리마는 한 마리도 보이지 않았다. 어쩌면 빗소리를 들으며 허기진 배를 움켜쥐고 있을지 모른다는 생각이 들었다. 바퀴벌레도 보이지 않고 노래기도 보이지 않았기 때문이었다.

비가 좀 뜸한 때를 기다렸다가 밖으로 나왔다. 아파트 단지를 지나 큰길을 건너가면 그곳 골목 어귀에 낚시점이 있다는 걸 알고 있기 때문이었다. 거기서 지렁이를 사다가 그리마에게 먹이로 줘 보려는 것이었다.

아파트가 숲처럼 늘어선 길을 그는 천천히 걸어갔다. 하지만 겉으로 보기에 그렇지 그는 이미 알치하이머 환자처럼 부들부들 몸을 떨며 걷고 있었다. 빨리 그 숲을 지나가고 싶었지만 뜻대로 되지 않았다. 처음엔 별다른 생각 없이 걷고 있었는데 점차 단지 내로 들어서 앞뒤로 아니 머리 위까지 늘어선 높은 아파트들을 의식하면서부터 불안해지기 시작했다. 괜히 이 길로 왔다는 생각이 들었다. 돌아갈까, 하고 생각했지만 지난번 경비원들이 갑자기 생각나 그냥 태연하게 걷기로 했다.

숨이 막히고 가슴이 답답해졌다. 이게 대체 무슨 일인지 종잡을 수가 없었다. 거대한 거부감 앞으로 자꾸 빨려들어가는 것같아 공포감이 들기도 했다. 저런 집에서 사는 사람들이 무섭게 느껴지기도 했다. 그와 그들 사이에 넘을 수 없는 거리가 있는데 그걸 모르고 함부로 들어선 것이 참으로 어리석게 느껴지기도 했다. 진땀이 났다. 아파트는 아무렇지 않게 가을비 속에 잠겨 있었다. 그걸 안 이상 아무렇지 않은 양 걷고 싶은데 그게 잘 안 돼 안절부절하는 사이에 낚시점에 겨우 당도했다.

"지렁이 있죠?"

목소리가 떨리고 있었다. 흙과 함께 비닐봉지에 넣어 주는 지렁이를 보지도 않고 들고 나왔다. 돌아올 때는 멀리 돌아 빌라촌으로 올라갔다가 골목길로 내려왔다. 그에게 세상은 점차 멀어지는 곳이었고, 낯설게 느껴지는 곳이기도 했다. 날이갈수록 가로 놓여진 격차는 벌어지고 있었고, 아무리 애를 써도 친근하게 느껴지는 동네가 아니었다.

그날 그는 자신이 그리마 같다는 생각을 하면서 지하방으로 돌아왔다. 자칫 한 대 얻어맞고 다리가 부러질 뻔했다. 아니 창자가 터질 뻔했다. 얻어맞기 전에 어서 가자고 어기적어기적 걷고 또 걸었다. 물결처럼 그렇게 걸으면 괜찮을 것 같았는데 정말 아무런 일 없이 무사히 집까지 올 수 있었다.

떨어진 다리를 놔두고 허겁지겁 달아나던 그리마의 모습이 몇 번이나 눈앞을 어른거렸다. 부서진 채 꿈틀대던 다리의 파편들, 역시 마찬가지였다. 집에 당도하자마자 후우, 하고 막힌 숨을 뱉어냈다. 그와 함께 비할 수 없는 안도감이 찾아와 정말 살맛이 났다.

두리번거리며 그리마를 찾아보았다. 얼굴에 화색이 돌았다. 얼른 지렁이를 주고 싶었다. 하지만 여전히 그리마는 보이지 않았다. 잘 출몰하는 곳에 지렁이가 든 봉지를 열어 놓았다. 화장실 바닥에도 떨어서 몇 마리를 갖다 놓고 매트 위로 갔다. 그래도 그리마는 여전히 눈에 띄지 않았다. 어디로 갔는지 몹시 궁금했다.

날씨 탓이겠거니 했는데 맞았다. 기온이 내려가자 움직임이 뜸해진 것 같았다. 때가 되면 나오겠지 했는데 아닌 게 아니라 오후가 되자 서너 마리가 어정거리는 모습이 보였다.

그 모습들을 보고 반가운 마음이 들었다. 하지만 잘 먹을 줄 알았는데 그리마는 지렁이에 입도 대지 않았다. 실패한 하루였다. 낭패감이 들었다. 비는 멈추었다. 불쾌감이 들었다. 모포를 뒤집어쓰고 눈을 감았다. 나와 전혀 다른 세계가 바로 눈높이 건너편에 있다는 사실에 현기증이 일어날 정도였다.

그리고 그런 어느 한 순간이었다. 눈앞이 반짝, 하면서 정신이 맑아졌다. 또다른 세계에 와 있다는 점을 비로소 안 것이었다. 추락의 끝 지점이 어느 곳일까, 하는 생각을 하면서 들여다본 적이 여러번 있는데 한 순간에 그곳이 어디인지 알게 된 것이었다.

백골이 보였다. 바닥에 반듯하게 누워 있었다. 불쾌감은 사라졌다. 그는 조용히 침몰하다가 다시 추락하고 만 한 사나이의 마지막 정착지를 고요한 시선으로 내려다보고 있었다.

이제 됐다. 한 가지 걸리는 점이 있다면 바로 그리마였다. 지렁이를 먹지 않으니 바퀴벌레라도 찾아서 잡아다 주어야 했다. 그렇게라도 하지 않으면 모두 어디론가 사라져 버릴 것이었다. 그래, 그리마를 위하여 마지막 시간을 할애해 주어야 한다고 마음을 먹었다.

기다려라. 어기적거리면서 일어나 예전에 플라스틱 쌀통을 놓아두었던 싱크대 아래 구석으로 갔다. 거기에 있던 쌀통을 다른 곳으로 옮겨 놓은 건 다름아닌 바퀴벌레 때문이었다. 청소를 하려고 쌀통을 옮기자 그 아래에 크고 작은 바퀴벌레들이 한 무더기 우글거리고 있어 빗자루로 쓸어 담은 적이 있기 때문이었다. 오늘도 기대에 어긋나지 않았다. 어지럽게 널려 있는 비닐봉지들을 들추자 이리저리 달아나는 놈들이 있었다. 그걸 손으로 잡아 그리마들이 잘 나다니는 곳에 던져 주자 금방 서너 마리가 출렁거리면서 나타나 잽싸게 달라붙었다. 한결 마음이 놓였다.

　백골도 마음이 놓였다. 자, 이제부터다. 해야 할 일은 아주 단조로웠다. 반듯이 누워 있기만 하면 되는 것이었다. 주변을 둘러보고 싶었지만 그럴 필요가 없다는 생각에 미치자 마음이 평온해졌다.

　오랜만에, 실로 오랜만에 깊은 잠에 빠져들 수 있었다. 그러다가 아침이 되어 눈을 떴는데 몸 여기저기 이상한 느낌 때문에 단번에 일어날 수가 없었다. 그리마들이 이마에 달라붙어 있다는 사실을 안 순간 함부로 몸을 움직일 수가 없었다. 다리가 부서진다는 걸 알기 때문이었다. 조심스레 몸을 움직여 살펴보자 한 마리는 눈썹 바로 위에, 다른 한 마리는 이마 가운데에 붙어 있었다. 팔뚝에도 한 마리가 붙어 꼼지락거리고 있었다.

　나와 헤어진다는 걸 알고 있나? 처음 있는 일이라 예사롭게 느껴지지가 않았다. 기척을 느끼면 달아났는데 전혀 그럴 기미가 보이지 않았다. 서서히 몸을 일으키자 그때에야 매트로 내려와 벽 아래 틈새로 사라졌다.

　종일 누워 정리 단계로 들어갔다. 이대로도 좋고, 잠을 자도 좋을 것같았다. 밤이 될지 아침이 될지 그 역시 알 수 없는 일이었다. 어느 순간이 좋을 것인지는 선택사항이 아니었다. 자연스러운 순간이 될 것이었다.

　다시 눈을 감았다. 떠오르는 얼굴도, 기억도 없었다. 백골이 더욱 선명하게 머리 위로 떠오를 뿐이었다. 사람들은 강제로 문을 열고 들어와 허옇게 누워 있는 백골을 발견할 것이었다.

아, 참, 그런데 그때 그리마는 어디에 있게 될까? 갑자기 정신이 번쩍 들었다. 눈을 뜨고 다시 생각했다. 사람들이 백골을 발견했을 때 그 위에 우글거리는 그리마들을 발견하고 놀라지 않을까? 그럴지도 모르겠다. 그리마들은 움직이지 않는 나를 발견하고 이틀이고 사흘이고 찾아와 얼굴이며 팔뚝이며 가슴팍으로 기어다니기도 하고, 달라붙어 있을지도 모르기 때문이었다. 허벅지에도 붙어 있고, 입안으로도 들락거리고, 귀 안으로도 머리를 들이밀면서 당신 왜 그러고 있느냐고 쉴 새 없이 묻고 또 물을지도 모를 일이었다.

그러다가 점점 백골로 변해가면 그리마들에게 무슨 일이 벌어지게 될까? 사람들은 그리마들을 쓰레기 치우듯 장갑 낀 손으로 털어내버리고 백골만 추려서 어디론가 가지고 나가겠지. 그러면 그리마들은 온통 다리가 부서지고 절단된 채 발버둥치다 벽 아래 틈새로, 화장실 배수구로 달아나기에 급급하겠지. 아니 창자가 터지고, 눈망울이 짓이겨지고, 머리가 깨져 달아나지도 못한 채 백골 처리반의 구둣발에 짓밟히고 말겠지.

또 정신이 번쩍 들었다. 그리고는 벌떡 일어나 신발장이 있는 현관으로 갔다. 한쪽 구석에서 대뜸 집어든 것은 에프킬라였다. 예전에 사용하고 나서 놔둔 것이 기억났기 때문이었다. 마지막으로 해야 할 일이 있다는 걸 비로소 알게 된 것이었다. 사람들이 백골 위에서 발견하기 전에 아예 볼 수 없게 해주고 싶었다. 백골은 백골로 남아 있어야 했다. 그리마를 볼 수 없게 하려면 지금이 적기였다. 그리마를 볼 수 없게 하기 위해서는 누군가 있어야 했다. 자신이 아니면 그 일을 할 사람은 아무도 없었다. 나와 그리마를 위한 배려가 필요하다는 걸 느낀 것이었다. 그중에서도 그리마에게는 마지막으로 필요한 배려가 될 것이라는 점을 믿어 의심치 않았다.

그는 벽 아래로 가 허리를 굽히고 틈새를 찾아 스프레이를 뿌리기 시작했다. 금방 살충제 냄새가 실내를 가득 채웠다. 온갖 잡벌레들이 혼비백산해서 달아나는 모습이 보였다. 그의 눈에는 그리마만 보였다. 목적한 바대로 잘 이루어지고 있었다. 죽는 놈들, 엎어지는 놈들, 돌돌 말려 버둥대는 놈들 위로 살충제는 마치 화염방사기처럼 무자비하게 분사되었다.

충분히 뿌리고 난 후에 이번에는 화장실로 가 하수구 뚜껑을 열고 그 안으로 집중적으로 분사했다. 좁은 화장실은 곧 살충제 공격을 받고 숨을 쉴 수 없을 정도가 되었다. 확실히 해두고 싶어 이번에는 벽이고 천정이고 있을 만한 곳에는 철저하게 뿌려 두었다. 평소에도 보면 천정으로 설설 기어다니다 환풍구 안으로 들어가는 놈들을 본 적이 있었기 때문이었다. 이 순간을 지나면 돌이킬 수 없는 시간이 되기 때문에 뿌리고 또 뿌렸다. 이 정도면 됐겠다 싶을 때 분사를 멈추고 화장실 문을 닫았다.

좀 안심이 되었다. 깨끗해진 느낌이었다. 마음이 한결 가벼워졌다. 다시 누워 고요히 눈을 감자 세상은 오늘도 저만치 창문 바깥에서 동떨어진 채 하루를 보내고 있었다.

가능한한 몸을 움직이지 않고 반듯하게 누워 보았다. 그대로 계속 있으면 되는 것이었다. 그리마를 모두 없애 버린 건 잘한 일이라고 생각하는 동안 잠이 오기 시작했다. 깊은 잠에 빠지게 될 때까지 그는 전혀 움직이지 않았다.

그런데 어느 한 순간에 무슨 소리가 들려 퍼뜩 눈을 뜨게 되었다. 창문이 뿌옇게 보였는데 꽤 시간이 지났다는 걸 감으로 알 수 있었다. 시계를 보자 이른 아침이었다. 누군가 벨을 누르고 있는 것이었다.

두 번씩 연속해서 눌렀다. 주민센터 복지사인가 했는데 벨소리로 보아서는 아닌 것 같았다. 지난 번에 보니까 한 번 누르고 반응이 없자 잠시 기다렸다가 다시 한 번씩 연속해서 눌렀다. 누구지? 여러 차례 눌러도 반응이 없자 창문쪽으로 와 막대기 같은 것으로 유리창을 툭툭 치면서 말했다.

"계세요?"

여자였다. 창문 바깥으로 물막이용 블로크 차단벽을 해두었기 때문에 손이 닿지 않으니까 막대기같은 것으로 두드리는 것같았다. 가만히 누워만 있으니까 여자가 또 말했다.

"여보세요! 실례하겠습니다."

오랜만에 들어보는 여자의 목소리였다. 백골은 손에 잡힐 듯 가까운 거리에 있었다. 스르르 눈을 감고 손을 뻗쳐 얼굴이고 팔뚝을 만져보았다. 그리마는 아무곳에도 붙어 있지 않았다. 백골은 여전히 가까이 있었다. 대체 누구지? 궁금하지는 않았다. 아침의 균형을 깨트린 목소리가 생소하게 들렸을 뿐이었다. 옆으로 돌아눕자 똑같은 말을 몇 번 반복하더니 이내 무슨 말인가를 중얼거리면서 대문쪽으로 사라지는 발자국소리가 들려왔다.

깨진 균형이 오늘 아침은 상당히 오래 갔다. 준비는 철저하게 되어 있었으므로 더 이상 점검할 필요는 없었다. 거기까지 오는 동안 실타래처럼 엮인 생각들이 이제는 부스럭거리는 낙엽처럼 쌓여 주변에 버려져 있다는 사실을 새삼 볼 수 있었다.

그리마가 그 마지막 장면에 등장할 줄은 정말 몰랐다. 하지만 퍼뜩 그것이 전부가 아니라는 생각에 도달했다. 벌떡 허리를 일으켰는데 그렇게 한 것은 균형을 깨트린 여자의 목소리 때문이었다. 그리마 다음으로 여자의 목소리가 등장했다는 점을 그대로 지나칠 뻔했다.

자리에서 일어나 현관으로 나가 슬리퍼를 신고 대문을 가만히 열어보았다. 눈을 올리고 보아야 하는 하늘은 오늘도 변한 것이 아무것도 없었다. 그런데 다시 문을 닫으려는 순간 퍼뜩 눈길을 돌려 초인종 있는 곳을 바라보게 되었다. 거기에 뭔가 붙어 있었기 때문이었다. 노란색 스티커 한 장이었다. 뭔가 적혀 있었다. 무심히 그걸 뜯어내 안으로 들어와 읽어보았다. 볼펜으로 이렇게 적혀 있었다.

일층에 사는 사람입니다. 급히 드릴 말씀이 있으니 이 쪽지를 보는 대로 꼭 방문 부탁드립니다.

그런데 이건 또 뭔가. 한참동안 스티커에서 눈길을 뗄 수가 없었다. 쪽지 빈 공간에 그리마 한 마리가 그려져 있었기 때문이었다. 글씨는 여자가 쓴 듯했다. 흔히 보는 남자 필체가 아니었다. 그렇다면 아까 창문을 두드렸던 그 여자일지 모른다는 생각이 들었다.

그리마가 이 아침에 왜 거기 그려져 있는지, 잠시 머리 속이 혼란스러워졌다. 이 집의 그리마는 어저께 내가 완전히 정리하지 않았는가. 지상의 마지막 의식처럼 화염방사기를 완벽하게 뿜어대지 않았던가. 어떻게 된 거지?

다시 그 쪽지를 들여다보았다. 그래도 알 수 있는 것은 아무것도 없었다. 꽤 세련되게 그려져 있는 그림 이외엔 설명해 주는 것이 아무것도 없었다.

그렇다면 그 정체를 알아내지 않으면 안 되었다. 살충제를 들고 갈까 하다가 일단 알아보기로 하고 바깥으로 나왔다. 그리고는 일층으로 곧장 올라가 원목으로 된 출입문의 초인종을 눌렀다.

"누구세요?"

"아래층입니다."

곧 문이 열리고 여자가 모습을 드러냈다. 서른은 돼 보이지 않았다. 환하게 웃으며 눈길이 마주치자 말했다.

"아, 죄송합니다. 제가 붙였어요. 오시게 해서 미안해요. 다른 게 아니고."

그때 보니 집안의 구조가 어찌 평범하지가 않았다. 여자 뒤쪽에서 또다른 여자가 뭔가 하고 있더니 대뜸 말했다.

"혹시 에프킬라 뿌리지 않으셨어요?"

"에프킬라요? 네. 어저께."

작은 사각형 어항처럼 생긴 물건들이 차곡차곡 쌓여져 있는 마루를 언뜻 보면서 그는 어안이 벙벙해질 수밖에 없었다.

"그렇죠? 잠시 들어오시죠. 직접 봐야 설명이 될 수 있을 것같아 와주십사 한 겁니다. 들어오시죠."

문을 열어준 여자가 안내하는 대로 마루로 올라섰다. 순간 실내가 눅눅하게 느껴지고, 톱밥냄새같은 냄새가 확 풍겨왔다. 여자는 뭔가 어리둥절해하는 그를 보고 웃으면서 먼저 말했다.

"여긴 그리마 사육장예요. 저희 언니인데 같이 그리마를 사육한답니다. 이웃사촌이 오셨는데 우리 우선 인사나 할까요?"

여자가 작고 흰 손을 내밀었다. 엉겁결에 잡았는데 따뜻하고 보드라웠다. 그리마를 사육한다니, 도무지 무슨 말을 하는지 알 수가 없었다. 하지만 사실인 것 같았다. 마루엔 베란다로 나가는 문 하나를 제외하고 모두 철제 설치대로 채워져 있는데 설치대엔 도시락 두 개 크기의 투명유리로 된 상자들이 상하좌우로 빼곡하게 진열되어 있었다. 모두 한결같이 모기장같은 덮개가 씌워져 있는데 안을 잠깐 들여다보자 나무껍질 부스러기같은 것들이 바닥에 깔려 있고, 그 위에서 서너 마리씩 움직거리고 있는 것들은 분명히 물결처럼 이동하는 바로 그 그리마였다.

"처음 보시나 봐요, 이런 데?"

여자가 말문을 쉽게 못 열고 있는 그에게 웃으면서 말했다.

"아, 예. 그리마도 사육하는군요."

눈길을 어디에 둘지 모르고 있다가 엉겁결에 말했지만 그 사육이라는 말이 목에 걸려서 겨우 튀어나왔다.

"그런데 여기로 좀 와 보시겠어요?"

여자가 이번엔 몸을 돌리더니 설치대 사이로 난 공간으로 들어가면서 말했다. 그곳에도 온통 설치대뿐이었다. 천정까지 올라가 있는 유리상자 안에는 한결같이 그가 잘 아는 그리마들이 놀고 있었다. 여자가 바닥을 가리키면서 또 말했다.

"오늘 새벽에 보니까 글쎄 그리마들이 이렇게 죽어 있지 뭡니까?"

바닥에 쓰레받기가 있는데 그 안에 죽은 그리마들이 수북했다.

"깜짝 놀라서 보니 이쪽에서만 죽어 나가고 있었어요."

여자가 벽쪽에 있는 문을 열면서 말했다. 화장실 문이었다.

"이유를 몰랐는데 저 환풍구를 보고 그리마가 왜 죽었는지 알게 되었어요. 어저께 환풍기를 켜 놓는다는 걸 잊어 버리고 있었는데 그곳에서 살충제 냄새가 강하게 풍기더군요. 그리마는 살충제하고 상극이거든요. 그러다 보니까 화장실을 드나들 때 풍겨 나오던 살충제로 인해 이쪽 그리마들이 피해를 입은 겁니다. 지금도 죽고 있어요. 에프킬라 많이 뿌리셨나요?"

많이 뿌렸지. 그러나 함부로 말할 수 없었다. 대답 대신 그리마 사육장이라는 그 집의 이모저모를 눈여겨보았다. 하나 둘씩 눈에 들어오는 것이 있었다. 놀라웠다. 도대체 이런 짓을 왜 하는 것일까? 분명히 어저께 모조리 죽여 버린 그리마였다. 별다른 세계에 들어와 있는 게 분명했다. 천정까지 올라가 있는 유리상자를 둘러보다가 엉뚱한 질문을 던졌다.

"그런데 이 많은 그리마들은 뭘 먹으면서 살죠?"

동문서답을 했지만 여자는 여전히 웃으면서 대답해 주었다.

"바퀴벌레요. 바퀴를 잘 먹어요. 그런데 구하기가 쉽지 않네요. 사다 먹이고 있는데 한계가 있어요. 지금은 우리가 개발한 사료를 주고 있죠. 그리마는 지난 달부터 판매를 시작했는데 수요가 급증해 앞으로가 걱정이네요. 바퀴벌레를 길렀으면 좋겠는데 거기까진 손이 닿지 않아요."

"길러요?"

"그럼요. 수입이 괜찮을 걸요? 아는 데 있으면 소개 좀 하세요. 저희가 구매하겠습니다. 오늘 미안합니다. 빨리 와주셔서 고마워요."

"아닙니다. 살충제는 조심하겠습니다. 오늘 아주 좋은 구경하고 갑니다. 나중에 또 구경하러 와도 될까요?"

"물론이죠. 언제라도 오세요. 이웃이니까 몇 마리 드릴까요?"

"아, 아닙니다. 나중에, 나중에요. 그럼 이만."

생각이 흐트러지고 정리가 안 돼 진땀을 흘리다가 부랴부랴 지하층으로 내려왔다. 혼란스러웠다.

갑갑해서 도저히 그냥 있을 수가 없었다. 바람이라도 쐬여야 할 것 같았다. 가볍게 입고 아파트쪽으로 걸어 들어갔다. 그리고는 지난번 경비원들에게 불심검문 받던 그 벤치로 가 앉았다.

햇빛이 유난히 밝은 가을날 아침이었다. 눈이 부셔 함부로 올려다 볼 수 없는 하늘이 바로 머리 위에 끝없이 펼쳐져 있었다.

업

 퇴근해서 집에 와보니 아내는 없고, 대신 거실 탁자 위에 흰 편지 봉투 한 장이 놓여 있었다. 별 생각 없이 안에 있는 내용물을 꺼내보자 이런 내용이 적혀 있었다. 아내가 적은 글이었다.

 여보, 지난번 말한 대로 작품 발표회 기획회의가 오늘부터 시작되요. 어제 당신 말을 듣고 생각을 굳혔어요. 아이는 제가 맡아 기를 겁니다. 잘 길러서 제 전속 모델로 키우겠어요.
 아내는 마음을 굳히고, 남편은 반대하니 어떡하면 좋죠? 답은 뻔하죠. 여보, 우리 이제 그만 헤어져요. 어제 당신 얼굴을 보고 더 이상 방법이 없다는 걸 알았어요.
 법적인 절차를 알아봐 주어요. 어제 연락온 그 부동산은 당신이 갖고 싶으면 가지세요. 발표회 끝나고 나면 연락드리겠어요.

 쪽지를 탁자 위에 내려놓고 이 방 저 방 열어보았다. 거실을 줄여 만든 아내의 작업실에 들어가서는 한참이나 서 있기도 했다. 베란다

쪽으로 배열되어 있는 여섯 개 마네킹은 오늘도 고정된 자세로 묵묵히 서 있었다.

십일층 창문 너머로 불빛이 하나 둘 밝혀지고 있었다. 아파트 건너편 개울가에 핀 벚꽃 사이로 가로등불이 밝혀지기 시작하자 또다른 봄이 비로소 피어나듯 펼쳐지고 있었다. 예전 같으면 오늘 메뉴 궁금하지 않아요? 유튜브 보고 배운 건데 기대해도 좋을 거예요, 등등 아내의 낭랑한 목소리가 들려올 때인데 오늘은 정적만이 고여 있었다.

소파에 걸터앉아 다시 한번 쪽지를 읽어보았다. 그만 헤어지자고? 표정에는 전혀 동요가 없었다. 변한 건 역시 아무것도 없기 때문이었다. 결혼한 지 십 년이 되도록 남들과 다른 결혼생활이라고 해서 그에 따른 별스런 생각을 가져본 적이 한 번도 없었다. 아내와 처음 한 약속은 어제처럼 유효했다. 다른 생각으로 시간을 보내본 적도 물론 없었다. 여전히 담담했지만 이제 그만 헤어지자는 아내의 속내를 읽고는 그 글귀가 자꾸 머릿속에서 맴돌고 있었다.

최근 들어 몇 번인가 아내의 입장을 생각해본 적이 있었다. 아내는 정말 나하고의 약속을 끝까지 지킬 수 있을까? 아내도 나처럼 담담하고 평범한 생각으로 내일도 모레도 맞이할 수 있을까? 스치듯 떠오른 생각이 몇 번 있었다. 그동안 살면서 아내와 대화가 어긋나본 적은 별로 없었다. 때로는 친구처럼, 때로는 오누이처럼 관심사도 비슷했고, 서로 배려해 주었고, 서로 아껴주었다. 부부의 약속을 의심케 하는 발언은 더더구나 한 번도 한 적이 없었다. 그러던 최근 잠깐 아내의 입장을 생각해본 것이다.

주변의 관심 때문이었다. 작년까지만 해도 거의 느끼지 못했던 일들이었다. 대부분 가볍게 넘겨 버리고 말았지만 집에 와서까지도 계속 남아 있는 기분이 썩 유쾌하지 못했기 때문이었다.

"얘, 너 정말 애 없이 지낼 생각이니? 자신 있어?"

어머니는 아내와 같이 집에 갔을 때 살짝 옆으로 와 걱정스러운 눈빛으로 말씀하시곤 했다. 처가에 갔을 때도 마찬가지였다.

"형부, 입양아라도 들이지 그러세요. 언니가 좀 딱해 보여요."

처제가 둘인데 서로 그에 대해서 말을 나눈 다음 작정을 한 듯이 말을 꺼낸 적이 한두 번이 아니었다. 친구들 모임에 나갔을 때도 그랬다.

"그런데 너 애는 완전히 포기한 거야? 무자식이 상팔자라지만 그래도 하나쯤은 있어야지. 둘 중 하나, 문제 있는 거 아냐?"

시간이 지날수록 자주 듣던 말이었다. 변한 것은 아무것도 없었다. 사람들이 변하고 있을 뿐이었다. 아무것도 변하지 않은 채 잘 사는 부부를 보고 사람들은 말하기 쉬운대로, 생각하기 쉬운대로 말하고 있을 뿐이었다.

아내도 그런 소리를 들은 적이 있을까? 아내는 이미 이런 결혼생활은 중단하는 것이 현명하다는 생각을 하고 있는 건 아닐까? 그래서 어느날 당신 이혼하고 싶지 않아요? 여자를 새로 사귄다 해도 뭐라 하지 않을께요. 밖에서 애를 낳아 데리고 들어온다는 건 용서할 수 없고, 물러나 달라면 서슴치않고 그렇게 할께요. 이런 말을 입술 사이에 숨기고 사는 건 아닐까?

그럴 때마다 생각은 금방 중단되고 말았다. 대신 변하지 않은 자신의 모습을 선명하게 느낄 수 있었다. 아내와의 약속, 그것만은 단 한 번도 달리 생각해본 적이 없다는 사실을 금방 확인할 수 있었기 때문이었다. 그런데 오늘 그 쪽지를 발견하게 된 것이었다.

대형 마트의 관리과에서 십삼년째 근무하는 정민수와 의상 디자이너인 한희정은 역시 의상 디자이너로 명성을 떨치고 있는 정민수 형수의 소개로 알게 되어 부부가 되었다. 결혼할 당시 민수의 나이는 서른 셋, 희정은 그보다 다섯 살이 아래였다. 그리고 결혼 이 년 후에 아내는 아기를 가질 수 없다는 최종 판정을 받았다. 민수에게는 아무런 문제가 없었으나 희정이 두 번의 유산 끝에 자궁 기형에 의한 불임으로 판정이 나온 것이다.

최종 판정을 받고 병원을 나온 부부는 말없이 주차장으로 걸어가다 누가 그렇게 하자 한 것도 아닌데 정원에 놓여 있는 벤치에 나란히 앉았다.

"여보, 결과가 나오니까 난 오히려 편안해. 변한 건 아무것도 없어. 당신도 앞으로 그렇게 살 수 있지?"

희정은 눈앞의 허공만 바라보고 있었다. 햇빛 속에서 보자 얼굴이 유난히 핼쑥해 보였다. 아무 말이 없이 그러고 있기만 하자 민수가 다시 말했다.

"자식이 없으면 없는대로 그 나름의 인생을 꾸려 나가면 되는 거야. 달라진 건 아무것도 없어. 달라질 것도 없고. 약속해줘. 앞으로 그렇게 살겠다고. 왜 말이 없어? 약속할 수 있지?"

그때에야 희정은 남편의 얼굴을 올려다보며 가만히 고개를 끄덕였다. 엷은 미소가 피어나던 아내의 얼굴은 마치 각인이라도 되듯 그날 이후 변하지 않는 모습으로 남아 있었다.

그런데 이제 우리 헤어지자고? 바로 어제였다. 퇴근해서 돌아오니 아내가 웬 갓난아기를 안고 마루에서 서성이고 있었다. 웬 아이냐고 묻자 포대기에 싼 아기를 방으로 가 눕히고 다시 거실로 나와 말했다.

"당신한테 미리 말하지 못해 미안한데 저 아이에 대해서 당신하고 의논할 게 있어요."

혹시나 했었는데 너무 빨리 찾아온 느낌이 퍼뜩 들었다.

"사고로 부모를 잃은 아이에요. 선배가 소개했는데 저 아이를 양녀로 들이고 싶어요."

거침없이 말하는데 이미 당신의 의견은 들으나마나라는 생각을 갖고 있는 듯이 들렸다. 사실 그랬다. 희정의 말에 민수의 대답은 간단명료했다.

"우리가 한 약속은 어떡하고?"

아내를 보면서 말하는 것도 아니었다. 그 분명한 말 한마디에 희정은 말문을 열지 못하고 가만히 앉아 있기만 했다.

"싫어, 난. 내일 데려다 줘."

그것이 끝이었다. 부부 사이에 침묵이 한참 계속되더니 희정이 일어나면서 한숨을 뱉어내며 낮은 목소리로 겨우 말했다.

"알았어요."

그리고 나서 달라진 건 아무것도 없었다. 지난 십 년처럼 저녁 먹고, 지인들 이야기하고, 컴퓨터 들여다보고, 배달된 잡지도 보았다. 다음 날, 그러니까 오늘은 근무하면서도 아내가 숨겨 놓았을지도 모르는 또다른 이야기에 대해 생각해 보았다. 상상은 되지 않지만 다른 것이 있다는 것만은 분명해 보였기 때문이었다.

하지만 엉뚱한 곳에서 일이 터지고 말아 상상은 잠깐으로 끝나고 말았다. 아내의 명의로 된 부동산이 있었는데 갑자기 도시개발 사업에 포함이 되어 땅값이 수십 배로 뛰어 올랐다는 것이었다. 장인이 작고하기 전 아들과 딸들에게 유산을 분배해 주었는데 그중 아내의 몫으로 물려받은 삼천평 전답이었다. 그동안 묵밭과 묵논으로 버려 놓다시피하고 있었는데 무관심하게 지낸 사이에 그럴듯한 부동산으로 변해 있었다는 것이었다. 중개업자의 연락을 받고 곧바로 아내에게 소식을 전하자 아내는 이미 알고 있었다면서 여보, 당신이 갖고 싶어 하던 해변의 별장, 이제 먼 나라 이야기가 아니에요, 하면서 특유의 맑고 또렷한 목소리로 여운을 남기며 전화를 끊었다.

하지만 퇴근하여 부랴부랴 집으로 왔는데 아내는 보이지 않고 그런 편지봉투가 기다리고 있었다. 아기는 데리고 나갔다는 걸 알 수 있었다. 이별 통지서였다.

처가에 전화를 해보았다. 전혀 모르고 있었다. 어머니한테도 해보았는데 이번 주말에 같이 온다면서? 하시더니 며느리 좋아하는 잡채하고 갈비찜을 해주려고 하는데 괜찮을지 모르겠다는 말만 하셨다.

처제한테도 하고, 집에 자주 드나들었던 동료 디자이너들에게도 하고 싶었다. 하지만 곧 중단해 버리고 말았다. 다른 이들 입에 오르내릴 게 뻔했기 때문이었다. 타인은 늘 거리 저쪽에서 자유스럽게 판단하고 단정을 내렸다. 말이 어느 곳으로, 어떻게 튀어나갈지도 감을 잡을 수가 없었다.

하지만 평소 흉허물없이 대해 왔던 아내의 두 친구한테만은 전화를 하고 싶었다. 여고 동창인 김소연과 박미선이 그들이었다. 연애시절부터 친숙하게 지내왔을 뿐만 아니라 남편들과도 속내까지 털어놓을 정도로 가까웠다.

아내는 친구들의 자식들을 더없이 귀여워하고 이뻐라했다. 특히 미선의 외아들은 집에 데리고 와 같이 자기까지 한 적이 몇번인지 모른다. 아이가 다섯 살 때 민수가 집에 온 아이에게 물은 적이 있었다.

"얘, 너 아저씨 아들할래?"

그러자 대뜸 눈빛을 달리하면서 말했다.

"싫어요. 우리 아빠가 더 좋아요."

소연에게는 딸 하나 아들 하나가 있었다. 아내는 걔네들도 종종 집으로 데리고 왔다. 한 번은 집에 왔을 때 민수가 일곱 살짜리 딸에게 물었다.

"너 아저씨 딸할래?"

대답은 즉각 돌아왔다. 울음보를 터뜨리며 말했다.

"우리 아빠는 어떡하고요!"

아이들이 돌아가고 난 후 부부는 일체 아이들에 관한 얘기를 입에 올리지 않았다. 그러다가 또 몇 달이 지나면 아이들을 차에 태우고 덕수궁으로 남산으로 쏘다니곤 했다.

"민수씨? 잘 지내요? 희정이? 못 본지 한 달쯤 됐는데? 왜 그래요? 무슨 일 있어요?"

중학교 국어교사인 소연은 퇴근중에 전화를 받았다. 가정주부인 미선은 은행원인 남편이 자꾸 체중이 불어 큰일이라면서 일찍 저녁을 먹고 같이 산책을 나왔다가 전화를 받는다고 했다.

"희정이가 왜요? 연락 없었는데요? 기다려 봐요. 가까운 수퍼라도 간 줄 알아요? 뭐라구요? 쪽지?"

가장 친한 친구도 모르는 게 분명했다. 쪽지와 관련된 일은 아는 게 아무것도 없었다. 그러면서 두 사람 모두 똑같이 말했다.

"민수씨, 무슨 일이 있는 거 같은데 그렇게 말하면 답답하잖아요. 자초지종 말 좀 해봐요."

그렇지 않아도 말할 작정이었다. 두 사람한테만은 의논을 하고 싶었다. 어제 오늘의 일, 특히 쪽지에 적힌 내용을 자세하게 말해주자 그래, 알았다, 일단 본인을 만나 어떻게 된 건지 알아봐야 하니까 우리가 우선 행방을 찾아보겠다면서 전화를 끊었다.

거실에 불을 켜 놓고 잤다. 잠이 잘 오지 않았다. 걱정이 되거나 불안한 기분은 들지 않았다. 단지 그동안 중간 점검을 한 번쯤 해봐야 했었다는 자책감이 들었다. 입양을 하려고 마음먹었다면 결코 쉽게 결정짓지는 못했을 것이었다. 그런데도 아내와 한 약속만을 염두에 두고 있었던 자신의 불찰이 크게 느껴졌다.

아내가 전시회 준비에 들어갔다는 말은 사실이었다. 그러나 어느 작업실에도 아내는 나타나지 않았다. 친구들 말로는 중요한 전시회 때마다 작업 상황을 외부에 노출하지 않았는데 이번에도 그런 것 같다면서 계속해서 알아보고 있으니 곧 소식이 올 거라고 했다.

그러다 주말이 되었는데 두 사람이 반찬 보따리를 들고 아파트로 찾아왔다. 실내로 들어오자마자 소파에 널브러져 있는 옷가지며 수건들을 챙기는가 하면 어지러운 식탁을 정리하기도 했다.

"얘 좀 봐. 냉장고가 텅 비었네. 아침식사는 했수?"

미선은 냉장고부터 열어보며 팔을 걷어부치고, 소연은 청소기를 돌리기 시작했다. 그러면서 집안 구석구석을 정리해 나가는데 갑자기 아파트에 생기가 돌았다. 세탁기가 돌기 시작했다. 신선한 공기가 들어왔다.

"이 먼지 좀 봐. 얘가 대체 어디로 간 거야?"

미선이 실내를 한 바퀴 휩쓸 듯이 닦으며 둘러보는 사이에 고기 굽는 냄새가 풍겨오고, 전기밥통 작동하는 소리가 들려왔다. 준비해온 반찬 보따리를 풀어 점심을 맛있게 먹었다. 미선은 식사를 마치자 남은 반찬을 냉장고에 넣으며 말했다.

"곧 오겠지만 그때까지라도 잘 챙겨 드세요. 여기저기 연락해 놓았으니까 소식이 오긴 올 겁니다."

"이렇게 안 하셔도 되는데. 하여튼 고마워요. 잘 먹을게요."

미선과 얘기를 주고 받는 사이에 소연은 아내의 작업실로 들어가 이곳 저곳을 살펴보았다. 조명이 어두워 불을 켜고 달그락거리는 소리를 내며 구석구석을 살피기도 했다. 그럴 때마다 메모철도 나오고, 오래 묵은 전화번호철도 나왔다.

그러던 어느 한 순간 소연의 눈빛이 한 곳에 머물더니 고개를 번쩍 들어 제도 책상과 벽 사이에 있는 공간 위를 올려다보았다. 거기 머리 높이쯤에 작은 선반이 만들어져 있는데 그 위에 언뜻 이해가 가지 않는 물건 하나가 올려져 있는 게 보였다. 널따란 오지그릇인데 짚으로 엮은 덮개가 씌워져 있었다. 짚으로 엮어져 있는 것도 그렇지만 형태가 꼭 시골에서 추수 후에 볼 수 있는 짚가리처럼 되어 있어서 금방 눈에 띄었다.

소연이 손을 올려 그 덮개를 가만히 열어보았다. 궁금하다는 생각

외에 다른 의도는 없었다. 그런데 순간 소연이 갑자기 비명을 지르며 얼른 뚜껑을 도로 내려 놓고 한 걸음 뒤로 물러섰다. 그 바람에 하마터면 뒤로 나자빠질 뻔했다. 비명을 듣고 민수와 미선이 달려왔다.

"왜 그래요?"

민수가 놀란 얼굴로 묻자 소연은 말없이 선반 위 그 이상하게 생긴 오지그릇을 눈짓으로 가리켰다. 민수 역시 이상하다는 얼굴로 선반 위로 손을 뻗쳐 오지그릇을 두 손으로 잡고 책상 위에 내려 놓았다. 꽤 무거운 듯 싶었다. 소연이 미선의 팔을 붙들고 얼굴을 돌리는데 손끝이 파르르 떨리고 있었다. 민수가 얼른 짚가리를 벗겨보았다. 그리고 순간 모두 벌린 입을 다물 수가 없었다.

"어? 이게 뭐지?"

"뱀이잖아요! 뱀!"

구렁이였다. 팔뚝만했다. 오지그릇 바닥에는 나락이 깔려 있는데 그 가운데에 누런 구렁이 한 마리가 똬리를 튼 채 혓바닥을 날름거리고 있었고, 그릇 위에는 두꺼운 유리판이 덮여 있었다.

"이런 게 왜 여기에 있지?"

민수가 구렁이를 이모저모 살피는데 갑자기 미선이 구렁이가 있던 선반 아래 구석진 곳을 가리키면서 또 소리쳤다.

"여기요!"

뭔가 토닥거리는 듯한 소리가 들려 본 것인데 새장처럼 생긴 우리 안에 하얀색을 띤 물체들이 꼬물거리고 있었다.

"쥐네. 백쥐!"

열 마리는 족히 될 것 같았다. 소연이 순간 알았다는 듯이 오지그

룻을 가리키며 말했다.

"구렁이 먹이네. 이 쥐들은 구렁이 먹이에요."

"먹이요? 그럼 구렁이를 기르고 있었다는 뜻인가요?"

민수의 머리 위로 순간 번개처럼 스쳐 지나가는 것들이 있었다. 아내의 작업실에는 특별히 도움을 요청할 때 이외엔 잘 들어가지 않던 민수였다. 그런데 주변에서 흔하게 볼 수 없는 나락 위에 구렁이가 살고 있고, 그 집이 짚가리로 덮여 있는 것이었다. 짚가리 역시 흔하게 볼 수 없는 것이었다. 세 사람은 한동안 말이 없이 서로 얼굴만 돌아보고 있었다.

"업구렁이."

소연이 중얼거리듯 말했다. 지선이 놀란 눈을 하더니 손을 입가로 가져갔다. 민수의 눈빛이 사뭇 다르게 반짝였다.

"업구렁이가 분명해요. 희정이도 참!"

소연이 킥, 하고 웃음을 터트렸다. 민수는 벌써 잊거라 하고 있던 전답이 개발지구로 편입되었다는 중개업자의 들뜬 목소리를 떠올리고 있었다. 그것뿐이 아니었다. 포대기에 쌓여 있던 그 아기, 아내가 잘 길러 보겠다면서 안고 있던 그 아기 역시 갑자기 머리 위로 떠올랐다.

"혹시."

"뭐 짚이는 거라도 있어요?"

민수가 무심히 혼잣말로 말했는데 두 친구가 그 말을 듣고 민수의 얼굴을 돌아보았다. 민수는 그 이유에 대해서 기탄없이 말해 주었다.

"어저께 우리집에 이상한 일이 일어났었어요."

우선 그렇게 말하고 나서 설명해 주었다. 말을 모두 듣고 나더니 미선이 먼저 말을 꺼냈다.

"분명하네요, 업구렁이."

"얘, 정말 못말리는 디자이너네. 어쩜 좋아."

소연은 어이없어하며 마네킹 어깨에 손을 얹었다.

"그동안 정말 모르셨어요?"

"알면 여지껏 놔두었겠니?"

미선이 혼란스럽다는 듯 눈을 끔벅이더니 다시 말했다.

"그러니까 희정이는 그동안 구렁이를 기르고 있던 것이 아니라 모시고 있던 셈이로군요."

"제 말이 바로 그겁니다."

민수가 정색을 하고 말하자 두 사람의 시선도 새로워지는 듯했다.

"행운이 찾아오길 기원하면서 이 구렁이를 기르고 있었던 거예요. 그리고 정말 행운이 찾아왔어요. 어저께."

"우연의 일치겠지만 모시고 있던 구렁이 때문이라고 생각할 만하네요."

미선이 고개를 모로 돌리며 웃어 넘겼다. 그러나 소연은 달랐다.

"아니야. 정말 봐. 희정이가 정말 이 구렁이를 업구렁이라고 생각하고 기르고 있었다면 희정이 입장이 되어 생각해보는 게 좋지 않을까?"

"입장은 무슨 입장이야? 정신 차려, 얘."

미선이 언성을 높이자 민수가 끼어 들었다.

"아닙니다. 아내가 바랬던 것은 단 한 가지였을 겁니다. 아기요. 자신이 아이를 가질 수 없자 옛날 사람들이 말했던 대로 업둥이라도 들어오길 바랐던 건 아닐까요? 나하고 약속을 한 건 있으니까 겉으로 표시할 수는 없고, 속으로는 간절한 마음이 있었던 거죠. 그런데 어떤 경로를 통해서 들어왔는지는 모르겠지만 아이가 정말 들어온 겁니다. 어쩌면 그동안 여러 아이가 있었는데 마음에 들지 않다가 선배가 소개했다는 그 아이가 비로소 마음에 들어 선택했는지도 몰라요."

그 말에 누구도 쉽게 말을 꺼내지 못했다. 차츰 민수의 말에 일리가 있다고 생각하기 시작했다. 고개를 갸우뚱하더니 소연이 다시 입을 열었다.

"그러니까 아기를 얻게 되었을 때 업이 행운을 가져다 준 것이라 믿게 되었다는 뜻인가요?"

미선도 그 말이 떨어지자마자 생각을 말했다.

"희정이에게 그런 면이 있었다니. 그럼 부동산이 갑자기 대두된 것도 그런 차원으로 받아들이기가 쉬웠겠군."

"맞아. 희정이 입장으로서는 결코 예사로 넘길 수 없는 일이라고도 할 수 있지."

"단정은 짓지 맙시다."

민수는 두 친구의 대화를 듣다가 희정의 입장에 대한 자신의 견해를 말해줄 필요를 느꼈다.

"아내가 생각하는 행운이라는 것은 아기 이외엔 의미가 없었던 것 같아요. 저한테 남기고 간 쪽지 보셨지요? 부동산은 갖고 싶으면 가져도 좋다고 했어요. 어쩌면 아기를 데리고 저한테서 벗어날 수 있다면 그것이야말로 또다른 행운이라고 생각했는지도 모르죠."

"아기를 갖고 싶어 했던 열망을 누구도 눈치채지 못하고 있었던 거예요."

소연이 그렇게 말하는데 목소리가 축 처져 있었다. 미선은 가볍게 한숨을 뱉어내더니 눈길을 내리고 말했다.

"구렁이를 보고 나서야 희정이를 이해하게 되다니. 대체 지금 무슨 생각을 하고 있을까?"

두 친구는 오후 두 시가 조금 지나 민수와 헤어졌다. 그렇게 떠나고 난 후 민수는 즉각 컴퓨터를 켜고 검색을 시작했다. 가까운 동물원이나 뱀을 전문적으로 다루는 곳이 있으면 그곳으로 구렁이를 보내려 했기 때문이었다.

뱀을 전문적으로 사육하는 곳은 의외로 여러 곳에 있었다. 동물원보다 그곳이 나을 것 같아 전화를 하자 가져오면 받아주겠다고 해서 구렁이와 백쥐를 차에 싣고 갔다. 취미로 사육하는 곳이었다. 분양을 원하면 판매도 했다.

"좋은 뱀 가지고 계신대요? 구렁이는 종류가 많은데 주로 집터에서 많이 발견되는 황구렁이로군요. 황금빛이 유난히 짙어서 인기가 있겠어요. 잘 기르겠습니다."

이튿날, 저녁에 소연이 연락해 왔다. 희정이 데리고 온 아기가 어디서 어떻게 온 아기인지 알게 되었다는 것이었다.

"민수씨 혹시 기억하실지 모르겠네요. 한 달쯤 전에 빌라에서 한밤중에 불이 났는데 삼층에 살던 아기 엄마가 아기를 가슴에 안고 뛰어내린 사건이 있었어요. 그런데 엄마는 병원에 가는 도중 죽고 아기는 젖병을 문 채 다친 데 한 군데 없이 살아 있어 화제가 됐던 사건이었죠."

 민수도 생생하게 기억하고 있는 사건이었다. 아버지는 집안에서 죽은 채 발견되고, 어머니는 끝까지 아기를 안고 있어 모두를 안타깝게 했던 사건이었다. 보도는 그것으로 끝나지 않고 이후에도 몇 차례 계속되었다. 아기를 입양하고 싶다는 사람들이 십여명이나 나타났다는 소식을 전하는 보도였다. 아기의 아버지는 독자로 일찍 부모를 여읜 상태이고, 어머니 역시 부모가 안 계신 상태에서 언니 두 명이 모두 미국으로 이민을 떠나는 바람에 돌봐줄 사람이 없다는 것이었다. 다행인 것은 아기의 큰이모가 마침 한국 시댁에 일이 있어 들렀다가 동생의 참변을 듣고 조카의 보호자로 나섰다는 점이었다. 하지만 이모는 입양 신청자들을 만나보고 모두 적합하지 않다면서 자기가 기르기로 결정했다는 것이었다. 소연은 그후의 일에 대해서 차분히 말을 이어갔다.

 "언론에 그렇게 났지만 실은 그 보호자도 아기를 기를 수 없는 입장이었대요. 민수씨, 그 아기가 바로 희정이가 데리고 온 아기랍니다. 선배의 소개로 아기를 받아들였다고 했죠? 그 이모가 바로 희정이의 대학 선배였대요. 희정이가 직접 찾아간 거랍니다. 친한 동문들한테 연락했다가 소식을 알았어요. 희정이가 아기를 처음 보더니 가슴에 안고 펑펑 울면서 그러더랍니다. 아가, 엄마야, 왜 이제야 왔니, 기다리고 있었어, 우리 아가를 여기서 만나다니, 그러더래요, 글쎄. 민수씨, 아시겠어요? 전 아직도 얼떨떨해요. 그 선배가 그 말을 듣고 어리둥절한 표정으로 희정이를 바라보더래요."

 소연의 말은 그게 전부 다였다. 전화를 끊고 나니까 그동안의 일이

다시 정리되어 떠올랐다. 희정은 아기를 얻게 되자 업구렁이도 이제는 필요 없다고 생각한 것이 아닐까? 그러니까 작업실에 그대로 방치한 채 아무 말도 없이 나가 버린 것이라는 생각이 들었다.

그렇다면 다음으로 드러나게 될 일은 또 뭐가 있을까? 틀림없이 또 뭔가 있을 것만 같았다. 자식을 가질 수 없다는 사실에서 미루어 짐작해볼 수 있는 일이란 아무도 알 수 없는 것이 아닌가 하는 생각이 들었다.

남편인 자신의 위치가 참으로 외롭게 느껴졌다. 아무런 조건도 없었다. 희망사항도 없었다. 아내만 있으면 되었다. 자식을 낳을 수 없지만 부부로서 살면 그것으로 족했다. 아내와 약속한 바로 그 사실이면 만족했다. 그런데 지금은 외롭기 짝이 없었다.

하지만 그 사실만을 전부라고 생각하기엔 이르다고 생각했다. 아직까지 민수와 희정은 부부이기 때문이었다. 그래서 일단 아내를 만나지 않으면 안 되었다. 무엇보다 입양이 그렇게 중요한 일인지 확인하지 않으면 안 되었다. 우리 이제 헤어지던지, 갈라서든지, 업구렁이를 다시 모시던지, 해변에 별장을 마련하던지 얼굴을 마주보면서 확인하지 않으면 안 되었다.

평온한 마음을 가지려 노력했다. 거실의 전등은 늘 새벽이 될 때까지 밝혀 놓았다. 전화기는 평소 진동으로 해놓았던 것을 해제해 놓았다.

그러던 금요일 아침에 미선으로부터 전화가 왔다. 아내가 있는 곳을 알아냈다는 것이었다. 양평 인근인데 오늘 갈 수 있느냐고 물었다. 지금 회사 주차장으로 오라 해 놓고 업무 관련은 상사로부터 양해를 구해 놓았다.

"널찍한 전원주택을 임대해서 합숙하면서 준비를 하고 있다고 해요. 규모가 꽤 큰 전시횐가 봐요."

양평으로 가는 길은 익숙하게 잘 알고 있었다. 비닐하우스 단지에 계약 재배하는 곳이 있어서 여러 차례 오간 적이 있었기 때문이었다. 목적지는 숲이 우거진 강변에 있었다. 띄엄띄엄 잘 꾸며진 주택들이 눈길을 끌었다. 전원주택이라 불려지는 건물들이 이제는 낯설지 않은 풍치를 이루고 있었다.

"저기 같아요."

마당이 유난히 넓은 이층 주택을 가리켰다. 단숨에 마당으로 들어섰다. 잔디밭에 승용차는 물론 승합차까지 여러 대 주차되어 있는 걸로 보아 내부에 상당히 많은 인원이 있는 것처럼 보였다.

"어떻게 오셨어요?"

현관으로 들어서자 직원으로 보이는 여인이 고개를 까딱하며 다가왔다.

"한희정씨를 만나러 왔는데요?"

미선이 실내를 둘러보면서 말하자 여인이 대뜸 말했다.

"아, 우리 팀장님요? 지금 여기 안 계신데요."

"어디 멀리 가셨나요?"

"아뇨. 곧 오실 겁니다. 저 아래 보육원에 가셨어요."

"보육원요?"

"네. 젖 먹이러 가셨거든요."

"네? 젖 먹이러요?"

미선이 민수를 돌아보는데 얼굴빛이 일시에 변해 버렸다. 민수 역시 젖을 먹이러 갔다는 그 말에 순간 말문이 막혀 버렸다. 직원은 팀장님이 이 시간이면 늘 그렇게 하기 때문에 대수롭지 않게 말하는 듯했다. 미선이 재빨리 눈치를 채고 다시 물었다.

"보육원이 가까이에 있는 모양인데 좀 가리켜 주시겠어요?"

"가보시게요? 지금 오신 길로 다시 나가 큰길이 나오면 우회전해서 조금 더 가세요. 이쪽 방향으로 간판이 보일 겁니다."

고맙다고 인사를 하고 차를 돌려 내려갔다. 가리켜 준 대로 보육원은 금방 찾을 수 있었다. 마을 입구에 자리잡고 있는데 산뜻하게 보이는 기다란 단층 건물에 마당이 넓고 녹색 철조망으로 둘러싸여 있었다. 마당에서 세발자전거를 태워주고 있는 보모들이 차가 들어오자 길을 비켜 주었다.

현관문을 밀고 들어가자 창문쪽으로 기다랗게 복도가 있고 오른쪽으로 방이 여러 칸 연결되어 있는데 출입문 위에 각기 놀이방이니 수유실이니 휴게실이라 적혀 있는 작은 팻말이 보였다.

미선이 앞장서서 수유실이라 적힌 방문의 도어를 밀고 들어갔다. 출입문 안에는 유모차들이 세워져 있고 좌측으로 안으로 들어가는 또 다른 미닫이문이 있었다. 그런데 미선이 그 문을 밀려다 말고 갑자기 동작을 멈추고 말았다.

"왜 그래요?"

민수가 묻자 미선이 유리창으로 보이는 안쪽에 시선을 둔 채 말없이 서 있기만 했다. 의아스러워 민수도 미선의 어깨 너머로 실내를 들여다보았다. 그리고 순간 호흡이 멈추는 듯하며 눈길이 한 곳에 멈추고 말았다.

　수유실엔 정말 아내 한희정이 있었다. 아기를 안고 편안하게 수유하도록 만들어 놓은 안락의자가 설치되어 있는 공간엔 아내 말고 두 명의 여인이 더 있었다. 모두 아기를 안은 채 젖을 물리고 있었다. 그런데 한희정도 태연하게 아기에게 젖을 물리고 있는 것이었다.

　그 모습이 평화롭기 그지없었다. 아기를 내려다보고 있는 아내의 얼굴이 더없이 자애롭고 흡족하게 보였다.

　민수와 미선은 말문이 막힌 채 그 모습을 바라만보고 있었다. 애정이 넘치는 모습에서 눈길을 뗄 수 없었다. 그지없이 사랑스러운 눈길로, 손길로 아기를 바라보고, 어루만지고 있는 그 모습에서 벗어날 수가 없었다.

　하지만 곧 뭔가 이상한 일이 발생했다. 아기가 갑자기 칭얼대기 시작한 것이었다. 젖꼭지를 뱉어내며 울어대기도 했다. 그러자 희정이 재빨리 우유병을 물려주자 곧 울음을 멈추고 우유병 꼭지를 빨아대기 시작했다. 그렇게 하기를 얼마나 했을까. 희정이 갑자기 이번에는 젖병을 빼내고 자신의 젖을 꺼내 아기의 입에 물려주었다. 아기가 다시 희정의 젖을 빨기 시작했다. 하지만 그 젖이 나올 리가 없었다. 아기가 그 전보다 세게 젖꼭지를 빨더니 이번에도 이내 밀어내면서 칭얼거렸다. 희정은 그런 아기를 가볍게 흔들면서 달래더니 다시 우유병을 아기의 입으로 가져갔다. 아기는 다시 우유를 먹기 시작했다. 언제 그랬냐는 듯이 눈망울을 굴리며 잘도 빨아 먹었다. 하지만 그것도 잠시, 아기는 다시 우유병을 빼앗기고 말았다. 그리고 빈 젖을 입에 물고 힘껏 빨고 또 빨았다.

기이한 광경이었다. 민수의 아내 희정은 아기를 가슴에 안은 채 아무것도 나오지 않는 젖꼭지를 아기에게 물리다가 아기가 칭얼대면 우유병으로 바꾸어 물리기를 반복해서 하고 있는 것이었다.

민수가 보니 그런 희정의 모습을 넌지시 바라보는 미선의 눈에 눈물이 글썽이고 있었다. 아내의 그런 모습은 아기를 가질 수 없기도 하지만 남편과의 약속도 지킬 수 없었던 한 여인의 솔직한 모습으로 보였다.

미선이 안으로 들어가려고 손잡이를 잡기 위해 손을 뻗쳤다. 그런 손을 민수가 잡으면서 말했다.

"그냥 갑시다."

미선은 밖으로 나오면서 끝내 눈물을 떨구고 말았다.

"왜 진작 말을 하지 못했을까요?"

돌아오는 길에 미선이 우연처럼 한 말이었다. 민수는 그 말이 자신에게도 해당되는 질문이라는 걸 알 수 있었다. 아내가 생각하는 업은 비로소 오늘로 정리되었다는 사실도 알게 되었다. 아내가 마지막으로 정리해야 할 사람은 다른 사람이 아닌 남편이었고, 오늘 그런 자신의 모습을 보여준 것이었다.

그로부터 이개월 후, 정민수와 한희정은 협의이혼했다. 희정은 부동산을 주고 싶어 했으나 민수는 한사코 사양하고 말았다. 구렁이에 대해서 말하자 희정은 잘했다고 짧게 말하면서 씨익 웃고 말았다. 쓸쓸하게 헤어진 다음 해에 민수는 재혼했다. 그리고 아들을 낳았다.

틀니

 언뜻 시선이 갔을 때 보인 것은 형상이 예사롭지 않은 텀블러였다. 흔히 볼 수 있는 갸름한 원통형의 텀블러인데 뚜껑이 열려져 있는 게 대뜸 눈에 띄었다. 순간 멍한 기분이 들었다. 젖혀져 있는 텀블러 뚜껑 안쪽에 틀니가 붙어 있었기 때문이었다.
 마치 틀니한 입을 크게 벌리고 있는 형상이었다. 창가에 있는 빈 탁자로 가면서 방금 전 지나쳐 온 그쪽으로 고개를 돌려보았다. 틀니가 분명해 보였다. 틀니가 텀블러 뚜껑 안쪽에 있었다.
 옥상에 있는 찻집의 구석진 자리였다. 머리가 온통 하얀 노인이 커다란 돋보기 안경을 콧잔등에 걸친 채 시집으로 보이는 얇은 책을 보고 있다가 텀블러를 기울여 음료를 마신 후 내려놓는데 그 옆을 지나던 나의 눈에 그 틀니가 눈에 들어온 것이었다. 노인은 음료를 마시더니 책에서 눈을 떼지 않은 채 손을 뻗쳐 뚜껑을 닫아버렸다. 잠깐 사이에 틀니가 눈에 보였다가 사라져 버린 것이었다. 기분이 여전히 묘했다.

"오늘은 자리를 빼앗겼군."

친구가 환하게 웃으며 들어왔다. 이 빌딩 일층에서 그림액자상을 하고 있는 친구였다. 구석 자리를 힐끗 보면서 웃는데 오늘따라 흰 이가 유난히 돋보였다. 만날 때마다 바로 저 구석 자리에 앉던 우리였다. 서너 걸음 정도밖에 되지 않는 거리였기 때문에 충분히 들을 수 있었을 텐데 노인은 미동도 없이 책에만 눈길을 주고 있었다. 그런 노인을 보고 친구가 갑자기 아는 체를 했다.

"안녕하셨어요? 오랜만에 나오셨네요?"

그러자 노인이 슬그머니 눈길을 들더니 잠시 바라보면서 고개를 끄덕였다.

"아는 분이야?"

"응, 가끔 우리 가게에 오시는 분이야. 시집을 읽고 계신데?"

"시집을?"

"응, 구자운 선생의 『벌거숭이 바다』."

친구가 재밌다는 듯 입가에 웃음을 흘렸다.

"구자운?"

"몰라? 들어오면서 보니까 그 시집이더라고. 오십년대, 다리를 절며 살았지만 지금은 편안히 창가 할머니 손에 앉아 있더군."

"틀니 오늘은 어때?"

내 눈에는 틀니가 보였는데 친구의 눈에는 시집이 보였다는 사실을 알고 오늘의 관심사로 화제를 바꾸었다.

"자꾸 움직여. 지금도."

친구가 어금니쪽을 손바닥으로 누르면서 눈살을 찌푸렸다. 오늘 아침 전화로 약속 시간을 잡을 때 요즘 매일 저녁 잠들기 전에 무슨 생각을 하는 줄 아느냐고 물었다. 내일이 어쩌면 칠십 평생을 마무리하는 하루가 될지도 모른다는 생각을 하면서 잠자리에 든다 했다.

친구는 한 달 전에 다섯 번째로 틀니를 해 넣었다. 남아 있는 이가 위쪽에 일곱 개 아래쪽에 다섯 개 있을 때부터 틀니를 하기 시작했다가 아래쪽 우측 송곳니와 어금니쪽으로 나란히 붙어 있는 앞니를 제외하고 모두 탈락하자 전체 틀니에 가까운 새로운 틀니를 해 넣은 것이었다. 의사가 그때 말했다고 한다.

"이 두 개 치아가 효자 노릇할 때가 많을 겁니다. 잘 간수하시고 관리 잘하세요."

나는 이미 십여년 전부터 전체 틀니를 하고 살아왔기 때문에 친구의 고충을 누구보다 잘 이해하고 있었다. 숙달될 때까지 무슨 일들이 일어날지 잘 알고 있었기 때문에 친구는 나와의 대화만으로도 위안을 삼는 듯이 보였다. 그런데 이번엔 그게 아니었다. 다섯 번째 틀니를 하던 날부터 아무것도 못 먹겠다는 둥, 밖에 나가기도 싫다는 둥, 다른 사람과 얼굴을 마주보고 대화를 하지 못하겠다는 둥 나름의 고충을 털어 놓았다. 만나서 보니 외형상으로는 전보다 훨씬 산뜻해 보였다. 실제 나이 일흔 둘보다 십 년은 젊게 보였는데 그런 반면 어딘가 우울하게 보였다. 원래의 모습을 알고 있는 나이기에 가짜 이빨로 위장되어 있는 친구의 얼굴이 마냥 산뜻하고 젊게 보이기만 한 것은 아니었다. 거기에 친구는 틀니를 새로 해 넣은 날부터 예전과 달리 몹시 힘들어했다.

"왜 이렇게 입안에 공간이 없어진 것처럼 느껴지지? 입이 잘 벌어지지도 않아. 혀도 잘 안 움직이고. 침만 질질 흘러내려."

"호들갑떨긴. 잘 되었던데 뭘 그래? 틀니 한두번 해봐?"

"아냐, 아냐. 이사람아, 여지껏 내가 가장 존경하는 사람은 치과의사라고 생각했는데 이젠 그게 아닌 것 같아. 만날 때마다 임플란트나 하라고 하고."

"이번 기회에 의사 말대로 하지 그래."

"싫어. 죽인대도 싫어. 잇몸에 구멍을 뚫어? 그리고는 나사로 틀어 박듯이 인공 이빨을 해 넣어? 해골에? 나 지금 갑자기 떨고 있어."

친구는 유난히 임플란트를 싫어했다. 나는 하고 싶었지만 잇몸뼈가 워낙 약하다면서 틀니를 권했다. 친구의 아내는 몇 번이나 전화를 해서 제발 고집 피우지 말고 임플란트를 하도록 설득해달라고 부탁했지만 나는 언제나 전화온 사실을 전하는 것으로 그치고 말았다.

틀니는 누구나 처음 해 넣었을 때 적응하는 기간이 필요했다. 아무래도 자기 이가 아니기 때문이었다. 그럼에도 친구는 계속 병원에 다니길래 숙달이 왜 이리 더디냐고 물으니 나도 모르겠다면서 딱딱 틀니를 부딪치기만 했다.

잇몸에 틀니가 닿아 음식을 씹을 때마다 아프다는 것이었다. 그래서 병원에 가면 괜찮아지는데 며칠 지나다 보니 이번에는 다른 곳이 아파 김치는 물론 밥도 마음대로 씹을 수 없다는 것이었다. 전체적으로 틀니가 잇몸에 잘 밀착되어야 하는데 여기저기 들떠 있거나 뒤틀린 곳이 있어 헐렁한 기분이 든다는 것이었다.

"적응기간이 오래 가는 것 같은데?"

"아니야. 뭔가 문제가 있어. 내 잇몸 뼈가 울퉁불퉁해서 틀니를 받아들이지 못하든가 틀니를 잘못 만들었든가 한 거야. 부분 틀니를 했을 때 하고는 완전 달라. 당황이 되더라고."

"그럴 리가 있나. 이가 하나도 없는 내 경험으로 보면 시간이 약이야."

"어저께는 말야 하도 답답해서 틀니를 모두 빼고 거울을 들여다보았지."

"처음이야? 틀니하고 나서?"

친구는 응, 하고 대답하는데 눈살이 파르르 떨렸다. 그 심정 알 만했다. 입을 아, 하고 벌린 후 입속을 들여다 보았다는 뜻인데 뭐라 위로의 말을 해주어야 할지 모를 지경이었다. 그냥 웃어줄 수밖에 없었다.

"자네도 그랬어?"

"뭐가?"

친구는 한참 눈길을 깔고 있더니 혼잣말처럼 말했다.

"내가 아닌 것 같았어."

황당한 기분이었을 것이다. 충격적이기도 했을 것이다.

사람의 몸에서 이가 없어졌다는 것은, 이제 다시는 새로 생겨서 예전과 같은 이를 가질 수 없다는 것은 몸의 한 부분이 이미 종말의 단계에 접어들고 있다는 사실을 의미하는 것이었다.

그 한 부분이라는 곳은 다름아닌 음식을 씹는 입안이었다. 혀와 함께 있는 입안이었다. 그래서 다른 사람 눈에 띄지 않아 아무렇지 않게 지나칠 수 있는 일이지만 일단 음식을 씹을 수 없다는 점에 있어서 그 어느 면보다 중차대한 일임이 분명했다. 그런가 하면 입안에서 할 수 있는 일, 윗니와 아랫니를 부딪쳐 보기도 하고, 서로 맞닿게 해 힘을 가해보기도 하는 일을 할 수 없다는 사실 역시 결코 가볍게 보고 넘어갈 일이 아니었다. 틀니를 끼우기 직전 잇몸의 아래 위를 움직여보아도 맞닿는 부분이 없는가 하면 그럼으로 인해서 음식물을 씹을 수 없다는 상황을 스스로 인정하지 않으면 안 되었을 때의 당혹감은 황당하고 난감하다 못해 절망적이기 조차했다.

그래서 나도 처음으로 입안을 들여다본 적이 있었다. 이빨이 하나도 없는 입안을 거울을 통해 본 적이 있었다. 황망하기 그지 없었다. 뭔가 잡아낼 수 있을 것 같은데 잡을 수 있는 것은 혓바닥뿐이었다. 예전같으면 위 아래로 성곽처럼 둘러쳐져 있을 이빨들이 지금은 한 개도 보이지 않고 벌건 잇몸만이 불규칙한 곡선을 이루며 처량하게 드러나 있었다. 입을 다물어보자 윗잇몸과 아랫잇몸이 닿지 않아 입 모양이 합죽하게 오므라졌다. 힘을 주어 다물어보아도 위 아래는 맞닿지 않아 입안이 공허하기 그지없었다. 처음으로 몹시 당황스러웠다. 무슨 일이던지 어떻게 해야 한다고 막연하게 다짐했다. 틀니를 끼우고 나서야 그 생각은 보류되었다.

"그런 생각도 차츰 익숙해질 거야."

"무슨 생각?"

"내가 아닌 것 같다는 그 생각."

"왜 틀딱이라고 말하는지 그것도 알게 됐지."

내가 틀니를 부딪쳐 딱딱 소리를 내며 웃었다. 친구는 무표정하게 창밖을 내다보고만 있었다.

빌딩 옥상에 차려진 찻집이었다. 사방이 유리창으로 되어 있어 인기가 있었다. 그것도 빌딩 숲 한가운데에 있어서 옆 빌딩 창문을 통해 보이는 사람들의 모습이 만화경처럼 펼쳐져 있어 그것만으로도 볼거리가 되었다. 신문을 보고 있는 사람, 회의를 하고 있는 사무실, 볼링장, 와이셔츠 소매를 걷어붙이고 바쁘게 일하고 있는 사무원들, 층계에 모여 팔을 휘두르며 농성중인 청소원들 등등 어디로 눈을 돌려도 살아 있는 도시의 모습이 적나라하게 펼쳐져 있는 곳이었다.

"너희가 틀니를 아느냐?"

속으로 잘하는 소린데 친구를 위해 일부러 소리를 높여 말했다. 그 바람에 옆에 있던 노인이 힐끗 우리쪽을 바라보았다. 그러더니 주섬주섬 탁자 위의 물건들을 챙겨 핸드백에 넣고는 자리에서 일어섰다.

"왜 가십니까?"

친구가 인사를 하자 노인이 우리쪽으로 오더니 나를 보면서 말했다.

"두 분이 친구요?"

"아, 예."

"서점 양반이네. 아주 문 닫았수?"

나를 보고 하는 말에 깜짝 놀랐다. 친구가 그 말에 얼른 말을 받았다.

"이 친구 아세요?"

"저쪽 아래 모퉁이에서 헌책방하던 사람 아니우?"

"아, 예. 맞습니다. 몰라봬서 죄송합니다."

내가 일어나 정중하게 인사를 올렸다. 노인은 그런 나를 본체만체하더니 몸을 돌려 출입구쪽으로 향했다.

"안녕히 가세요."

친구가 고개를 숙이면서 말하자 들은 척도 안 했다. 이 빌딩 맞은편 뒷골목 모퉁이에서 고서점을 삼십 년 하다가 최근에 문을 닫아 버렸다. 고서점은 헌책을 사고 파는 곳인데 날이 갈수록 그 일이 줄어들고 있었다. 한 권도 팔리지 않는 날이 늘어났다. 서점 문을 닫지 않을 수가 없었다. 그러면서 책들은 거대한 성곽처럼 느껴졌다. 나는 한 가로이 성문 안팎을 드나드는 성주가 되었다. 그런 나를 알아본 노인이 신기하기만 했다.

"그런데 저 할머니 말이야. 아까 보니까 좀 이상한 걸 가지고 있던데?"

우리보다 열 살은 족히 더 먹었을 것 같아 할머니라는 말이 절로 나왔다. 나갈 때 보니 호리호리한 몸매에 연두색 원피스를 날렵하게 입고 꼿꼿한 자세로 걸어나가는데 여느 할머니처럼 보이지가 않았다.

"이상한 거? 뭔데?"

"뭘 하는 할머니야?"

"모르지. 암튼 예사로 보이지는 않아. 뭘 봤길래 그래?"

친구가 오기 전에 본 텀블러 뚜껑 속의 틀니에 대해서 말해주었다. 친구는 말도 안 되는 소리라면서 자세히 들으려고도 하지 않았다. 나도 그렇게 가끔 사물이 어긋나게 보일 때가 있다면서 순리로 생각하면 편안해질 때가 있지, 하고 얄밉게 말했다.

"틀니도 순리일까?"

친구가 갑자기 키득거리더니 입을 가리면서 말했다.

"틀니는 분명 순리인데 임플란트는 아니야."

"그 말하니까 갑자기 생각나는데 옛날 사람들은 어떻게 살았을까? 그때 사람들도 순리대로 늙으면 이가 빠졌을 거고, 그러면 일단 식사를 할 수 없었을 텐데 어떻게 하고 살았지?"

"걱정할 게 뭐가 있어. 두부도 먹고, 묵도 먹고, 호박죽, 팥죽, 먹을 게 많았을 텐데. 자네도 그랬을 거 아냐. 찐 계란을 냄새나도록 먹었다며?"

삶은 무만 먹고 산 노인도 있었다. 어느 마을에 한 젊은이가 살았는데 허구한 날 무를 들고 다녔다. 마을사람들이 궁금해서 집에 가보니 젊은이는 늙은 아버지를 모시고 살고 있는데 아버지가 이가 하나도 없는 호호 할아버지였다. 젊은이는 그런 아버지를 위해 매일 무를 구해다가 푹 삶아서 드시게 하느라 무만 보면 집으로 가져간 것이었다.

"참 효자로고. 우리 애는 아버지가 틀니를 했는지 임플란트를 했는지 관심도 없는데."

친구는 보기좋게 배열되어 있는 이를 드러내며 이런 이야기도 있다면서 말했다.

"젖먹이 아기가 딸린 어느 며느리가 농사를 짓고 있었대요. 그런데 노환으로 자리에 누워 있는 시어머니가 이가 하나도 없는 거라. 며느리는 식사 때마다 죽을 쒀 떠 먹이면서 시어머니를 보살폈는데 문제는 들에 나갈 때라. 아기는 데리고 나갈 수 있었지만 시어머니는 어찌 할 도리가 없었기 때문이지. 그러니까 이 며느리가 어떻게 했는고 하니 일을 나갈 때 시어머니에게 미리 젖을 물리고 아기에게 줄 젖을 빨아 먹게 해주었다는 거야. 며느리가 자기 젖을 먹여 시어머니를 연명케 해준 거지."

병풍 한 점을 팔아달라고 들고 온 사람이 있었는데 펼쳐 보니 효행을 그림으로 그려 놓은 것이었다면서 웬 할머니가 젊은 여인의 젖을 물고 있는 그림이 있어 자세히 보았더니 그런 사연이 담긴 그림이었다는 것이다.

"자네 며느리는 어때?"

친구의 말에 내가 다짜고짜 묻자 친구는 고개를 모로 돌리더니 걔는 스테이크를 잘 사와, 하면서 턱을 쓱쓱 문댔다.

"착하네."

"삼겹살 사올 때도 있지."

"시아버지가 틀니를 한 줄 모르는 모양이고만."

"모르게 했으니까."

"무슨 소리야? 틀니를 담가두는 치통이 세면대에 있었을 거 아닌가."

"눈에 잘 보이지 않는 곳에 두고 사용하고 있지. 세제 모아 두는 곳 뒤에. 자네는 애들이 알고 있어?"

"지금은 알고 있어. 처음엔 나도 자네처럼 세제 뒤에 숨겨 놓고 사용했는데 어느날 딸이 그걸 열어보았나봐. 대학 일학년 때였어. 한번은 퇴근해 들어갔는데 집안 분위기가 어찌 가라앉아 있더라고. 왜 그러냐고 하니까 딸이 방에서 나오더니 아버지, 죄송해요, 하면서 가슴에 얼굴을 묻고 막 울어대는 거야. 깜짝 놀랐지. 딸은 치통 속에 들어 있는 의치를 처음 본 거야. 순간 그것을 들어 올리더니 화들짝 놀라 소리를 지르더래. 그리고 곧 그 징그럽게 생긴 게 무엇이고, 왜 그것이 거기에 있는지 알게 되었던 거지. 그날 딸이 자꾸 입을 벌려보라고 해서 할 수 없이 아, 하고 이빨이 없는 입안을 보여줬지. 그런데 이자식이 말이야, 왜 그렇게 우는지. 얼굴을 가리고 계속 울기만 하는 거야. 그날 이후로 아빠라는 말을 한 번도 들어보지 못했어."

"으이구! 불쌍한 거!"

"쏘주 한잔 할까?"

오랜만에 마주앉았다. 나는 그런대로 삼겹살을 씹어서 넘기곤 했는데 친구는 대충 우물우물 씹어서 삼켰다. 이걸 먹으라면서 연한 쪽을 골라주었다. 그것도 벅찬지 먹는 속도가 나의 절반도 되지 못했다.

친구의 틀니는 차츰 안정을 찾아가 잇몸에 잘 들어맞는다고 했다. 사실 알고 보면 틀니를 잇몸에 맞추는 게 아니라 잇몸이 안정된 상태가 되어야 틀니가 제 역할을 하게 되어 있는 것이었다. 틀니는 딱딱한 재질이어서 한 번 성형이 되면 함부로 변형시킬 수가 없었다. 하지만 잇몸은 피부이기 때문에 얼마든지 변형이 가능했다. 눌리기도 하고, 늘어나기도 하고, 줄어들기도 했다. 따라서 언제 어떻게 변할지 모르는 게 틀니의 세계였다.

잘 지내다가 어느날 아프기 시작하는 부분이 생기면 그것은 잇몸에 틀니가 닿는 부분이 발생했다는 걸 의미했다. 그렇게 되면 씹을 때마다 통증이 와 견딜 수가 없었다. 병원에 가야 했다. 의사는 그때마다 틀니의 전체 상태를 점검하면서 접촉 부분의 통증을 완화시켜 주었다.

의치의 윗부분은 그래도 덜 움직이는 편이었다. 입천장 전체를 덮기 때문에 웬만큼 흔들려도 이상이 없었다. 문제는 아래쪽 의치였다. 얹혀지는 잇몸의 면적이 좁기 때문에 의치가 제자리에서 벗어나기 쉬웠다. 그래서 씹는 연습이 필요했다. 전체적으로 동시에 힘을 주어 씹도록 하는 편이 가장 이상적이었다.

하지만 그렇게 하기란 결코 용이하지가 않았다. 음식의 종류에 따라 힘을 주어야 하는 정도가 다르기 때문이었다. 친구는 아직 그 정도를 터득하기까지에는 갈길이 멀었다.

일주일이 멀다 하고 병원에 간다 했다. 한 달쯤 지난 후에 이번엔 우리의 단골 좌석이었던 창가 구석진 자리에서 다시 만났다. 혹시 노인이 왔나 하고 찻집을 둘러보았지만 어디에고 보이지가 않았다.

"남은 이 관리는 잘하고 있지?"

"물론이지. 정말 효자는 효자대. 없는 것보다 나을 때가 한두 번이 아니더라니까. 아래쪽 틀니는 그것들 때문에 그런대로 지탱하고 있지."

"그중 하나라도 빠지면 틀니 다시 해야 돼. 효자라는 말이 딱 맞다니까."

틀니를 한 사람들에게 그 말은 평소 몰랐던 이의 존재감이 얼마나 소중하고 긴요하다는 점을 절실하게 느끼게 해주는 말이었다. 본인 이외엔 느낄 수 없는 든든한 버팀목이기도 하고 지렛대이기도 했다. 질긴 것도 그것들을 이용해 자를 수 있고, 딱딱한 것도 그것들의 힘을 빌려 잘게 부술 수 있는 것이었다. 틀니는 아무리 훌륭하게 만들어졌다 해도 본래의 이에 비하면 십분의 일 정도밖에 성능을 발휘하지 못했다. 잇몸 위에 인공 치아를 얹고 씹어야 하는 것이니 저작의 강도에는 한계가 있기 마련이었다. 하지만 비록 한두 개라도 본래의 이가 있다면 효자라는 말이 나올 정도로 도움을 받을 수밖에 없었다.

"아무리 임플란트 시대라 하지만 틀니 인구도 무시 못하겠대. 통계치를 보니 육백만 정도 되는 것으로 나와 있더라고."

친구가 말하면서 저쪽 바리다스 있는 쪽으로 고개를 기웃거렸다.

"그때 그 할머니 오시는 거 같은데?"

돌아보니 정말 그 노인이 텀블러에 음료를 담고 있었다. 오늘은 청바지에 분홍색 블라우스를 날렵하게 걸치고 커다란 가방을 어깨에 두르고 있었다. 우리쪽으로 오더니 한 번 둘러보고는 지난 번 우리가 앉았던 탁자에 자리를 잡고 앉았다.

"나오셨네요? 안녕하셨어요?"

친구가 인사를 건네자 고개를 까딱하더니 가방을 열고 텀블러를 꺼내 탁자 위에 올려 놓았다. 그리고는 곧 시집을 꺼내 펼쳐 놓았다. 이번에는 고은의 『만인보』였다. 노인은 한 손으로 텀블러의 뚜껑을 열고 음료를 몇 모금 마시더니 다시 닫은 다음 시집을 펼쳐 들었다.

우리는 그런 노인의 동작을 빠트리지 않고 보고 있다가 마치 약속이나 한 듯이 서로의 얼굴을 돌아보았다. 틀니 때문이었다.

"맞는데?"

그렇게 말하는 친구의 표정이 우스꽝스러워 얼굴을 돌린 채 키득거리면서 웃었다. 분명히 틀니였다. 잘못 본 게 아니었다. 텀블러 뚜껑 안쪽에 분명 틀니 한 세트가 입을 벌리고 있었다.

"저게 왜 저기 있지?"

"몰라."

고개를 설레설레 흔들면서 말해주었다. 알다가도 모를 일이었다. 친구의 옆구리를 쿡 찌르며 다시 말했다.

"물어봐. 그거 틀니 맞냐고."

친구는 벌써 노인의 옆자리로 가 상냥하게 웃으면서 말했다.

"여사님, 시를 좋아하시나봐요?'

친구가 장사꾼 티를 냈다. 노인은 무표정한 얼굴로 친구를 잠시 바라보더니 이내 시집으로 눈길을 돌렸다. 그러나 친구는 틈을 주지 않았다.

"여사님, 그런데 한 가지만 물어봐도 되겠습니까?"

그 말에 노인이 안경을 올리고 잔주름에 묻혀 있는 커다란 눈을 끔벅거렸다. 친구는 시종 미소를 머금으며 때를 놓치지 않았다.

"그 텀블러 말입니다. 그 뚜껑 안에 있는 거."

"이거요?"

갑자기 노인이 텀블러의 뚜껑을 올리면서 말했다. 그러자 우리가 목표로 하고 있는 그 틀니가 선명한 모습으로 입을 벌리고 나타났다.

"네, 바로 그거. 틀니네요."

친구는 당황하고 있었다. 아, 하고 입을 벌리고 있는 텀블러의 틀니 앞에서 눈길을 어디다 두어야 할지 몰라 하고 있었다. 그런 친구를 향해 노인이 간단하게 물었다.

"틀니 좀 알우?"

친구가 뭐라고 하는데 잘 알아 들을 수가 없었다. 신음소리같은 것이었다. 그런 모습을 보고 있다가 내가 선뜻 나서고 말았다.

"그거 진짭니까?"

순간 노인이 텀블러 뚜껑을 거칠게 닫더니 나를 향해 언성을 높였다.

"아니 이사람들이! 틀니도 가짜가 있습니까? 틀니는 어떤 틀니든 다 가짜 이빨인 거예요. 아셨수? 진짜 틀니가 어딘가 있는 모양이로군."

그러더니 잠시 틀니를 내려다보고 나서는 혼잣말처럼 말했다.

"진짜 틀니? 가짜 틀니?"

노인이 갑자기 입을 가리고 웃었다. 그리고는 다시 혼잣말처럼 말했다.

"이제 보니 틀니 도사들이시네."

여전히 웃음기를 머금더니 주섬주섬 텀블러와 시집을 가방에 도로 주워 담았다. 이윽고 일어서 나가면서 다시 말했다.

"이거 남편이 사용하던 진짜 틀니라오."

우리는 다시 얼굴을 마주보며 실없이 웃었다. 멋쩍었다. 무안하고 어색하기 그지없었다. 친구는 공연히 손가락만 만지작거렸다.

"그렇게 묻는 게 아닌데."

그렇게 말해 놓고 나도 하릴없이 건너편 빌딩을 바라보았다. 그날 저녁 잠이 안 와 컴퓨터를 켰는데 친구한테서 메일 한 통이 들어와 있었다.

친구여, 여사님의 틀니는 정말 진짜일까? 그거 모형 아냐? 아니 그거야 다 좋다 이거야. 진짜건, 가짜건, 모형이건 그것이 왜 텀블러 안에 붙어 있냐 이거지. 지금 열두시 반인데 틀니를 풀어놓고 있다가 출출해서 아이스크림을 먹고 있어. 그런데 참 서글퍼. 허전한 입안에 아이스크림만 집어 넣자니 얼굴 근육이 제멋대로야. 그래서 문득 거울을 보니 내 얼굴이 여기저기 폭삭 주저앉기 시작하고 있어. 내 얼굴 돌려줘. 친구여, 나 울고 싶어. 여사님 오늘도 나올까?

일주일 후에 우리는 다시 그 자리에서 만났다. 친구의 얼굴은 예전 그대로였다. 아직 전체 틀니를 한 지 얼마 안 되었기 때문이었다. 조금 있으면 거울도 보기 싫어질 때가 있을 것이었다.

"가장 큰 변화가 오는 곳이 입이야. 틀니를 빼면 이른바 합죽이 입이 되는 거야. 그때부터 가끔 발음이 헛나오기 시작하지. 각오하고 있으라고 미리 말해두는 거야. 인생 어차피 슬픈 거야."

"그만 해. 그렇지 않아도 기죽어 지내고 있는데."

가끔 입안에서 덜그럭거리고 딱딱 소리도 난다면서 친구는 눈살을 찌푸렸다. 아래쪽 틀니가 벗겨져 위쪽 틀니와 부딪치면서 나는 소리였다. 친구는 그게 바로 틀딱의 유래라는 걸 절로 알았다고 했다.

우리가 대화를 하고 있는 사이에 어느 새 왔는지 노인이 슬그머니 다가왔다. 오늘은 화장을 하고 있었다. 어저께도 왔었다면서 상냥하게 웃어 보였다. 오늘은 우리 테이블로 와 텀블러도 꺼내 놓고 시집도 꺼내 놓았다. 오늘의 시집은 신경림의 『갈대』였다. 노인은 시집을 펼치려 말고 우리를 돌아보며 말했다.

"미안해요. 지난 번에 까다롭게 굴어서. 이상하게 보였겠지요. 텀블러에 틀니가 올라와 있으니."

"남편분이 사용하시던 거라고 하셨죠."

친구가 스스럼없이 말하자 텀블러를 기울여 음료를 마시더니 말을 이어 나갔다.

"맞아요. 그래요. 남편은 오 년 전에 저 세상 사람이 되었죠. 어느 날 남편이 쓰던 방에 들어갔다가 책상 서랍을 열어보았는데 비닐 봉지에 담겨 달그락거리는 것들이 있더라구요. 뭔가 하고 꺼내 봤더니 남편이 생전에 하고 있던 틀니들이었어요. 틀니를 새로 할 때마다 그 전 것들을 버리지 않고 모아 놓았던 거죠. 이 틀니는 그중 마지막에 하고 있던 거랍니다."

말하는 동안 자상하게 보니 노인의 눈은 깊게 가라앉은 듯하면서도 쏘는 듯한 매력이 있었다. 우리가 이야기를 들을 자세가 되었다고 생각했는지 노인은 틀니를 조용히 내려다 보면서 말을 이어 나갔다.

남편은 평생 은행원으로 성실하게 살다 간 사람이라고 했다. 자기는 고등학교 미술선생이었는데 남편이 틀니를 하면서부터 부부 사이에 금이 가기 시작했다고 했다. 틀니를 하겠다고 할 때부터 남편을 구박했기 때문이었다. 구박이라는 말을 특히 강조했다.

"임플란트를 하면 좀 좋아요. 끝까지 말을 안 듣고 기어이 틀니를 하더니 온갖 궁상을 떨어대더라구요. 암환자였거든요. 자신의 처지가 있으니까 앞날에 대비해야 할 거 아니냐고 해도 그게 틀니하고 무슨 상관이냐면서 내 식대로 할 테니까 염려 말라는 말만 하더군요. 생각해보세요. 암환자니까 되도록 편안해야 할 거 아닙니까? 그런데도 의치 때문에 신경 쓰이는 일이 한두 가지가 아니에요. 화장실에 들어가 안 나오길래 뭘 하나 보려고 들어가 보면 의치를 빼 칫솔로 닦고 있는 거예요. 벌건 의치를 손에 들고 닦고 있는 모습 한번 상상해 보세요. 그뿐인가요? 코를 골면서 잘 때 보면 얼굴이 여기저기 일그러져 있어요. 합죽이 영감이 되어 자고 있는 거죠. 베갯잇이 젖을 정도로 침을 흘리면서 말예요."

 노인은 심한 말을 자주 했다고 한다. 구제불능이라느니, 고루한 영감이라느니, 인생 참 구질구질하다느니 하면서 윽박지르고 빈정거리기 일쑤였다고 한다. 그중에서도 다른 사람하고 얘기할 때 누가 틀딱 아니랄까봐 이빨에서 딱딱 소리를 낼 때 보면 창피해서 달아나고 싶을 때가 한두 번이 아니었다면서 얼굴을 붉히곤 했다는 것이다. 그런 날은 부부가 심하게 다투기도 했다는 것이다.

"틀딱이라."

 친구가 잠시 입술을 오물거리더니 물었다.

"부군께서 그렇게 하신 것에는 분명 어떤 이유가 있기 때문이겠죠?"

"물론이죠. 이를테면."

 노인은 잠시 생각에 잠기더니 손을 맞잡고 말을 이어갔다.

"자기는 앞서 나가는 것이 싫다는 거예요. 틀니가 나오기 전에 사람들은 동물의 이빨을 엮어 대충 음식을 씹곤 했는데 그게 최선의 방법이었다면 자기는 그 방법을 따랐을 것이라고 말하더군요. 틀니라는 새롭고 편리한 방법이 나왔을지라도 익숙한 대로 살아온 방법을 버리지 않았을 거란 뜻입니다. 왜 그러냐니까 인간에겐 섭리라는 것이 있고, 그것이 확인이 되기 전에 나타나기 시작하는 현상들은 그 결과가 나올 때까지는 아무것에서도 확신감을 얻을 수 없다는 겁니다. 그래서 그랬죠. 죽은 동물의 이빨을 사용했던 방법을 당신도 따랐을 거라고 했는데 정말이오? 그랬더니 글쎄."

 당연하지, 하고 말하더라는 것이었다. 남편은 그때 아무렇지 않게

19세기 초 벨기에의 워털루에서 있었던 나폴레옹과 영국, 프로이센의 연합군이 벌인 전쟁 이야기를 해주더라고 했다. 나폴레옹의 실각으로 이어진 이 전쟁이 끝나자 워털루 벌판은 시신으로 뒤덮이게 되었는데 이때 집게를 든 사람들이 여기저기서 나타나더니 시체를 뒤적이며 다녔다는 것이다. 시신 중에서도 젊은 병사를 찾기 위해서 시신을 뒤적인 것이고, 다음으로 집게를 이용하여 강제로 이빨을 뽑아갔다는 것이었다.

그렇게 해서 모아진 이빨들은 이가 없어 고생인 유럽의 귀족이나 부호들에게 고가품으로 팔려나갔다. 서민들은 주로 동물의 뼈를 이용했고, 좀 비용이 든다 하면 상아 정도를 사용했던 시절의 이야기였다. 전쟁터에서 죽은 병사의 이를 거래하는 행위는 불법이었지만 공공연하게 밀수품으로도 거래되었고, 심지어는 도굴한 시신에서 빼낸 어금니도 거래되었다고 한다.

"틀니가 나오기 전 상황을 말해주는 건데 조선시대라고 별 수 있었겠어요? 구체적인 면은 잘 모르겠지만 아마 별라별 기괴한 일이 많았을 거라 생각됩니다. 문제는 남편의 의식예요. 그래도 자기는 틀니가 나왔다는 걸 알았다 해도 기존의 방법을 선택했을 거라는 겁니다. 내가 성질이 나지 안 나겠습니까? 눈에 뵈는 게 없어 막 집어 던질 때도 있었답니다."

텀블러를 들었다 놓자 친구가 손을 들어 말리면서 말했다.

"아, 진정, 진정하세요. 남편분이 참 독특하시네요. 결국 말릴 수가 없었다는 얘기군요."

"그래요. 그리고 결국 가고 말았죠. 그런데."

노인이 갑자기 말을 뚝 끊었다. 우리도 아무 말도 하지 않았다. 친구가 혓바닥을 움직여 틀니를 쓰다듬는다는 걸 알고 나도 어금니를 지긋이 깨물어 주었다. 노인의 다음 말은 어김없이 다시 들려왔다.

"남편이 죽고 나서 그 틀니들을 발견했을 때 전 갑자기 큰 전율을 느끼게 되었지 뭡니까? 틀니는 결국 남편이 남겨 놓은 마지막 모습이라는 걸 알게 되었기 때문입니다. 데드 마스크라고 알죠? 그 틀니들은 결국 남편이 남겨 놓은 데드 마스크와 마찬가지였어요. 이 세상에 단 하나밖에 없는 남편의 모습이었죠. 입안의 형상을 떠 놓은 것이지만 남편이 남겨 놓은 것 중 유일한 남편의 모습이었어요."

노인이 말을 멈추고 창밖으로 시선을 돌렸다. 얇은 입술은 고요히 닫혀 있었고, 깊은 눈은 먼 곳에 있어 다시는 움직이지 않을 것만 같았다. 그러던 어느 순간에 눈꺼풀을 내리고 노인은 다시 말을 이어 갔다.

"틀니에는 그때부터 남편의 얼굴이 보이기 시작했어요. 은행원으로 일할 때의 모습, 내가 구박할 때마다 슬그머니 일어나 옥상으로 가던 모습, 화났을 때 일그러지던 눈, 의치를 닦다가 나를 힐끗 돌아보던 모습, 나 틀니했다면서 누나와 통화하며 활짝 웃던 모습도 보이고 웃음소리, 담배 피우던 모습, 짜증내던 모습도 보였답니다. 남편은 그런 모습들을 남겨 놓기 위해 틀니를 벗어 놓고 간 것같았어요. 모든 것이 사라지고 없었지만 나는 그 틀니가 있었기에 언제라도 남편과 만날 수가 있었죠. 그때마다 구박한 걸 후회하기도 했구요."

"이해가 좀 되네요."

친구가 조용히 말하면서 텀블러 뚜껑 속의 틀니를 건너다 보았다.

노인은 그런 친구에게 답하기라도 하듯이 다시 말을 이었다.

"친구 중에 조각가가 있어요. 그 친구 공방에 찾아가 이걸 텀블러 안에 넣어 달라고 부탁했죠. 어려운 작업이라고 하더니 일주일만에 이렇게 만들어 주더군요. 그날 이후로 매일 남편과 함께 다닌답니다. 이렇게 만났는데 오늘 어디 가서 한잔 하실래요? 제가 사겠습니다."

인근 골목길로 들어가 생맥주를 마셨다. 대화는 주로 시집에 집중되었다. 가지고 다니는 시집은 남편이 평소 즐겨 읽던 것이라고 했다. 집에 당도하자 친구의 메시지가 도착해 있었다.

친구여, 틀니를 좀 알겠수?

그러나 평상시처럼 선뜻 답장을 보낼 수 없었다. 그렇게 다음 날 아침이 되었는데 식사를 마치고 컴퓨터를 켜보니 이번에는 친구로부터 메일이 들어와 있었다.

나의 친구여, 오늘 새벽에 티이브이를 켰는데 느닷없이 여사님이 나타나 깜짝 놀랐어. 그 양반 설치미술가더라구. 외국 어느 초대전에 작품이 소개되었다면서 인터뷰를 하고 있더라고. 작품도 화면에 나왔어. 그런데 글쎄 우리가 본 텀블러 바로 그것이었어. 틀니도 그대로야. 단지 크기만 일 미터 정도 되더라고. 제목도 있었지. 뭔지 알아? 『남편』이었어. 이따 나와. 점심이나 같이 하자고.

틀니 사이에 혀가 느껴졌다. 오늘은 오랜만에 치과에 들러 틀니 점검을 해봐야겠다고 마음먹었다. 그리고는 내일부터 성문을 활짝 열어 놓고 성곽의 벽돌 한 장 한 장을 다시 점검해보기로 마음먹었다.

징

 올해 85세인 강민구 선생은 언제 봐도 편안하고 온화한 얼굴빛을 하고 있는 분으로 알려져 있다. 기분이 언짢을 만한 일이 있을 때에도 좀처럼 화를 내거나 역정을 내는 일이 없다. 항상 웃음 띤 얼굴로 말하고, 부드러운 표정으로 사람을 대한다. 그 자신에게는 어떤 슬프거나 괴로운 일도 없다는 듯이 언제나 자애롭고 친절하다. 그래서 그런 것일까? 평생의 생업이었던 보석상에서 은퇴한 지 오 년이 지났는데 지금도 동업자들을 비롯한 주변인들은 사장님이라는 호칭 대신 선생님, 선생님, 하면서 따르고 가까이 하려고 한다.
 그런데 햇빛이 찬란하게 부서지듯 눈부신 오늘, 가을날 오후, 그는 여느때와 달리 편치 않은 얼굴을 하고 있었다. 충청도 고향집에서 서울로 가는 택시 안이었다. 이따금 창밖으로 눈길을 돌리는데 노안이 파르르 떨리기도 했다.
 그 징을 오늘 발견한 건 정말이지 뜻밖이었다. 전혀 예상할 수 없던 일이었다. 아직도 손끝에서 느껴지던 감촉이 전신에서 전율로 남아 있었다. 옆좌석에 놓여 있는 꾀죄죄한 보자기에 싸인 것이 바로 그 징이라는 사실이 믿기지 않아 다시 한번 손길을 뻗어 살며시 안아보았다. 보자기를 끌러 손잡이 사이에 있는 음각을 손끝으로 만져보기도 했다. 분명히 ㄱㅁㄱ이라 새겨져 있었다. 징은 검은색에 가깝게 녹이 슬어 있었지만 아버지가 동네사람들을 이끌고 안성 방짜 장인을 찾아가 만들었던 바로 그 징이 분명했다.

강민구 선생은 가슴이 벅차 올라 가만히 숨을 내뱉으며 마음을 다잡으려 애를 써보았다. 이제야 알 수 있었다. 이제야 팔십년을 넘게 살아온 자신의 삶이 제대로 보인다는 사실을 비로소 알 수 있었다. 징이 있음으로 해서 잊혀져 있던 것, 과장되어 있던 것, 혹은 권위를 부리고 싶었던 것, 위안을 삼고 싶었던 것 등등이 모두 허울을 벗고 제 모습을 찾아가고 있었다. 편안한 모습으로 긴 여정의 곳곳에 자리잡아 가고 있었다.

은퇴 후에 맨 먼저 겪은 일은 운전면허증을 압수당한 것이었다. 아내는 기다렸다는 듯이 손을 내밀었다. 평생을 아내의 그런 태도에 순응하면서 지내왔기 때문에 각오는 하고 있던 터였다.

주로 택시를 이용했다. 서울에서 두 시간 정도 되는 충청도 고향집에 한 달이 멀다 하고 다녀왔다. 어머니가 돌아가신 이후로 삼십여년 동안 거의 찾아보지 못했던 고향이었다. 잊을 수 없는 고향이었지만 잊은 듯이 지내왔다. 물불 가릴 새 없이 바쁘게 지나온 세월이었다.

그러다가 시간이 모두 내것이 되었을 때 마음 내킬 때마다 택시를 타고 다녀왔다. 고향은 갈 때마다 모습을 달리 했다. 산 아래 옹기종기 모여 있던 초가 동네엔 어느새 빈집이 늘어나기 시작했고, 아는 사람도 쉽게 만날 수가 없었다. 고향에 남아 있는 것은 할아버지가 물려주신 작은 전답과 어머니가 사셨던 집터가 전부였다. 집터는 마당가에 있던 우람한 대추나무를 제외하고는 진작에 집을 헐어 버린 상태로 놔두었기 때문에 갈 때마다 대추나무 그늘 아래 우두커니 앉아 있다 오는 것이 전부였지만 며칠 지나지 않아 또 그 집에 가고 싶었다.

징은 그때까지만 해도 별다른 의미로 느껴지던 것이 아니었다. 아니 까맣게 잊고 있었다고 하는 편이 나을 정도로 수십 년 세월 동안 기억 속에 깊게 잠겨 있던 것이었다.

그러던 한 달쯤 전인 지난 구월 초순경, 갑자기 그 징이 눈앞에 또렷하게 다가왔다. 그날도 대추나무 아래에 아무 생각 없이 앉아 있는데 갑자기 집앞 행길 너머 묵밭이 된 농토에 측량하는 사람들이 보이고, 건너편 길에서는 고급 승용차가 멈추어 서더니 이윽고 차에서 분위기가 아내같은 여인들이 서넛 내려서는 여기저기 손짓을 해대고 있는 모습이 보였다. 그리고 보니 마을 입구에 들어설 때 당산나무 아래에 불도저 한 대가 보였는데 그 역시 예사롭게 느껴지지가 않았다.

읍내로 나가 알아보니 고향 마을 한 가운데로 고속도로가 지날 예정이었다. 며칠 있다 다시 와보니 수백 년 마을을 지키고 있던 당산나무를 베어내고 있었다. 마을에 도착했을 때 나무는 이미 쓰러져 있는 상태였고, 인부들이 전기톱을 들고 가지를 잘라내고 있었다.

어머니는 그 나무 아래에서 두 손바닥을 부비며 기도를 하시느라 고향을 떠나지 못했다. 몇 번이고 서울로 오시라고 했지만 그래 말아라, 내 할 일 하다 가게 해다오, 해서 끝내 말릴 수 없었다. 어머니는 새벽이면 으레 정한수를 떠 놓고 촛불을 밝혔다. 바람이 불고, 비나 눈이 오는 날에도 멈추지 않았다. 아버지를 위해서 그렇게 했다. 남편의 영혼을 위해 빌고 또 빌었다.

그리고 순간 저 멀리인지 어디인지는 모르겠으나 고요한 가운데 청아하게 징소리가 들려오고 있었다. 어머니와 정한수, 그리고 잘려 나가는 당산나무는 기억의 파편들을 가만 놔두지 않았고, 그런 순간 순간마다 차츰 다가오듯이 들려오는 징소리는 놀랍게도 눈앞에 전개되어 있는 풍경 속에서 생생하게 되살아나고 있었다.

뭔가 허전한 것이 있어 고향집에 찾아오곤 했다는 사실을 그때 처음 알았다. 올 때마다 가라앉은 기분으로 어린 시절 놀던 뒷동산이며 십리 밖 초등학교 가는 길도 둘러보곤 했지만 어딘가 비어 있는 공간에서 헤매고 있었다는 감정은 쉽게 느껴지지 않았다. 그러던 것이 그 공간에 알게 모르게 들려오는 징소리가 있다는 사실을 알게 되었을 때 강민구 선생은 자신도 모르게 마루에서 벌떡 일어나 주변을 둘러보았다.

징소리가 점차 가깝게 느껴지기 시작했다. 고향 마을엔 입구에서부터 '땅'이라 크게 쓰여진 입간판들이 곳곳에 세워져 있었고, 길바닥이나 개천가에서는 알락달락한 명함 조각들을 쉽게 발견할 수 있었다. 올 때마다 동네는 허물어지고 있었다. 그러더니 당산나무가 잘려나가고, 뿌리까지 파헤쳐지고 있었다.

그리고 징소리가, 그 징소리가 점차 크게 들려오고 있었다. 무엇보다 그 징소리가 그치지 않고 들려오면서부터 허물어져 가는 낯선 풍경이 문득 떠오른 생생한 기억 속에서 튀어나온 듯이 또렷하게 눈앞에 전개되고 있었다.

강민구 선생은 분명히 사라져 가는 옛 기억의 현장을 놓치지 않고 바라보고 있었다. 징소리로 인해 점차 또렷해지는 기억들이었다. 열일곱에 고향을 떠나 서울로 간 이후 숨막히게 살아오는 동안 잊다시피 했던 기억들이 지금은 눈앞의 현장을 생생하게 볼 수 있는 원동력으로 작용하고 있다는 사실을 절실하게 느낄 수 있었다.

측량하고 있는 묵밭에서는 할아버지의 소 다루는 소리가 우렁차게 들려오고 있었다. 원근 마을에서 씨름판이 벌어질 때마다 송아지를 타고 오시던 아버지의 모습 역시 저쪽 어딘가에 보이고 있었다.

징소리는 점차 더 가깝게 들리고 있었다. 그러면서 아버지와 할아버지가 지척에 느껴지는가 했더니 할머니, 어머니도 바로 저 행길가 어딘가에 어른거리는 듯했다.

대추나무 아래에서 벌떡 일어선 강민구 선생은 갑자기 머리 속이 환해지는 걸 의식하면서 금방 무슨 일이라도 벌어질 것처럼 대추나무 위를 올려다 보기도 하고, 주변을 살펴보기도 했다. 그러나 손에 잡히는 것은 아무것도 없었다.

징이었다. 징이 생각난 것이었다. 징이 있어야 할 것만 같았다. 어린 시절의 그 징이 있어야만 했다. 하지만 수십년 잊고 살았던 그 징이 덩그러니 서 있는 대추나무 아래에서 발견될 리가 없었다.

잠시 흥분이 된 자신을 느끼고 난 뒤엔 그 징의 행방에 대해 곰곰이 생각해보았다. 서울로 온 이후로는 어느 누구에게도 들어본 적이 없는 징이었다. 명절 때 혹은 방학 때 집에 왔었지만 누군가에게 물어본다거나 관심을 내비친 적도 없었다.

그런 징을 지금 찾으려 한다니 자신이 좀 어리석게 생각되었다. 하지만 포기하긴 이르다는 생각이 들어 마음을 가다듬고 아직 이사를 가지 않은 집들을 찾아다니면서 옛날 그 징의 행방을 혹시 아느냐고 물어보고 다녔다. 징을 기억하는 이는 그걸 무슨 수로 찾느냐고 했고, 모르는 이는 그런 걸 지금 왜 찾으려 하느냐고 되물었다.

맞는 말이었다. 하지만 찾아야 했다. 그 생각을 하자 현실이 더욱 가깝게 느껴지기 시작했고, 잊혀진 줄 알았던 일들이 새록새록 눈앞에 전개되기 시작했다. 고향에 찾아온 이유가 비로소 피부로 느껴졌다. 징을 찾기 전에는 허전한 마음으로 찾아왔고 공허한 마음으로 돌아가곤 했던 여지껏 고향 방문이 재현될 것만 같았다.

그때부터 강민구 선생은 몇 가구 남지 않은 동네였지만 집집마다 다니면서 옛날 이야기를 꺼내기 시작했다. 하지만 그 일은 곧 공허한 일로 끝내야만 했다. 무엇보다 예전 사람들을 아는 이가 드물었다. 이상한 눈빛으로 쳐다보는 이도 있었다.

할 수 없이 돌아왔다가 다음 날 또 갔다. 이번엔 범위를 넓혀보기로 했다. 동네 바깥으로 가 여승들만 사는 절간에도 들렀고, 산 너머 이웃 동네에도 들러 보았다. 이웃 동네엔 여러 개의 징이 있었다. 그러나 그가 찾고 있는 징은 보이지 않았다.

여섯 살 때였다. 마을에서 징재비로 알아주던 아저씨가 어느날 서울로 이사를 가면서 징을 가지고 떠나 버렸다. 단오날 그 사실을 알았다. 마을 어른들이 모두 민구네집 사랑채에 모였다. 아버지가 먼저 말을 꺼냈다.

"찾기는 글렀고요. 새로 하나 만듭시다. 제가 아는 방짜 장인이 안성에 사시는데 지금은 안 만들지만 숯불은 살려 놓고 계시니까 부탁하면 들어줄 것 같아요. 어떻습니까? 내일 제가 일단 가보고 싶은데."

동네분들이 일제히 찬성을 해주었다. 안성까지는 걸어서 삼십리 길이었다. 아버지가 다음 날 아침 안성으로 출발하는데 아들이 저만치 앞장을 섰다.

"안 돼. 민구, 너 말 안 들을래? 집에 있어."

그러나 아들은 들은 척도 안 하고 콧노래를 부르며 동구밖으로 뛰어가고 있었다. 아버지는 할 수 없이 아들을 업고 개울을 건넜고, 손을 잡고 고개를 넘었다.

안성은 민구의 이모할머니가 사시는 동네였다. 아버지는 상급학교에 진학을 하지 못하고 서당공부를 시작했는데 그 공부를 다름아닌 이모할머니댁에서 했다. 이모할아버지가 서당을 개설하고 있었고, 훈장까지 도맡고 있었기 때문이었다. 아버지 나이 열 다섯 살 때 일이었다.

하루는 서당 인근 호숫가에 간 적이 있었다고 한다. 그곳에 다 쓰러져 가는 대장간이 한 군데 있었는데 마당에 수염이 덥수룩한 중늙은이 한 사람이 멍석을 깔고 앉아 자치기 채보다 좀 길고 굵은 막대 끝에 뭔가 정성스레 감고 있는 모습이 보였다. 못보던 것이어서 가까이 가 구경하고 있는데 중늙은이가 빙긋이 웃더니 먼저 말했다.

"왜 신기하니? 이게 뭔지 알아?"

고개를 가로젖자 얼굴을 들어 웃더니 또 말해 주었다.

"이게 바로 사슴가죽이란다. 지금 징채를 만들고 있는 거야. 우리나라 징은 원래 이렇게 사슴가죽으로 만든 채를 사용했지. 지금은 이런 거 구경하기도 힘들지만."

그러면서 멍석 저쪽을 바라보는데 그곳에 징이 세 개나 포개져 있는 게 보였다.

"아저씨가 그러면 저 징도 다 만드셨어요?"

"물론이지. 다 방짜로 만든 거란다. 주물 말고 두들겨서. 너 서당에 온 애지? 그런데 너 방짜가 무슨 뜻인지 알아?"

말은 들었지만 막상 그렇게 물으니 말문이 막혀 가만히 있는데 중늙은이가 웃으면서 다시 말했다.

"좋다는 뜻이야. 훌륭하다는 뜻이지. 너도 공부 열심히 해서 방짜 인생이 되어야 하는 거야. 알았지?"

그날 이후로 아버지는 틈만 나면 대장간으로 가 방짜 그릇이 만들어지는 과정을 눈여겨보았다. 장인들이 쉴 새 없이 두들기는 동안 밥그릇도 만들어지고, 접시도 만들어지는데 그렇게 무언의 작업을 하면서 무슨 생각을 하는지 그 점이 가장 궁금했다.

알고보니 중늙은이는 대장간의 주인으로 방짜 유기를 만드는 전 과정을 지휘하는 우두머리 장인이었다. 특히 징을 만들 때 마지막 단계에서는 그가 없으면 안 되었다. 마지막 단계란 징의 소리를 결정짓는 최후의 과정을 말하는 것이었다. 아버지는 그 기능에 매료된 이후로 매일 대장간에 들러 오늘 새로운 징이 나오지 않나 하고 눈여겨보았다고 한다.

아버지가 징 제작을 부탁하러 갔을 때 대장간은 그대로 있었지만 징은 더 이상 만들고 있지 않았다. 그러나 간곡한 부탁에 그럼 옛 동지들을 규합해 한 번 해보겠다는 말을 듣고 가벼운 걸음으로 돌아왔다.

"허락해 주셨습니다. 해보시겠답니다. 보름 후에 오라셨는데 올 때 마을사람들하고 같이 오라고 하시네요."

"왜 그러지?"

누군가 묻자 아버지가 자신감에 찬 어조로 말했다.

"글쎄, 그건 저도 잘 모르겠고요. 하여튼 그날 같이들 가십시다. 아마 징소리 때문일 겁니다. 그분은 장인들 중에서도 맨 마지막에 작업하는 울음잡기 장인입니다."

아버지는 그러면서 그 울음잡기라는 것이 무엇을 말하는지 설명을 하려는 듯이 징 제작 순서를 대충 설명해 주었다. 처음엔 구리와 상납을 일대 사 정도로 섞어 잘 녹인 다음 곱돌 위에 붓고 둥근 형태로 만드는데 이것을 바둑이라고 한다 했다. 장인들은 여러 명이 조를 짜서 이 둥근 합금 덩어리를 놓고 메질을 하는데 징의 형태가 나올 때까지 계속 불에 달구어가면서 두들긴다 했다. 장인들은 이 과정을 도둠질이라고 한다는데 이후 가장자리를 두들겨서 오긋하게 오므리게 되면 모양이 어느 정도 잡혀지게 된다는 것이다. 울음잡기는 이때부터 시작되는 것으로 징 제작에 있어서 가장 중요한 순서라고 했다.

"제가 아는 바로 그 분이 울음잡기의 고수로 유명한 분입니다. 징 모양이 갖춰지면 작은 망치로 징 바닥을 두들겨가면서 소리를 들어보는데 이는 곧 징으로부터 소리를 깨우는 작업이라고 하더군요. 그러니까 그 소리의 성질을 이해하고 최후로 만족할 수 있는 소리를 결정짓는다는 뜻입니다. 소리 깨우기가 끝나면 장인은 이번엔 겉면에 상사라 불리는 나이테 모양의 무늬를 넣은 다음 구멍을 뚫어 손잡이 줄을 매답니다. 그리고 나서 마지막으로 소리를 다듬는 작업을 하는데 이때 장인은 단 몇 번의 망치질로 징의 소리가 달라지는 신비스러운 작업을 하게 됩니다."

징소리는 예로부터 풍운뢰우로 상징되는 천신제를 올릴 때 흔히 풍에 비유되었다고 한다. 깊고 부드러운 여운이 점차 잦아들면서 혼란과 갈등을 해소시키고, 이목을 집중시킨다는 의미로 전해졌다는 것이다. 그만큼 천신을 감동시킨다는 포용력이 풍부했다는 점을 의미하는 것이라고 했다.

울음잡기의 고수는 마치 그런 바람의 전설을 불러오기라도 하듯 형태를 갖춘 징을 들고 마지막으로 그만이 아는 어느 부분을 두들겨 소리를 불러낸다는 것이었다. 아버지는 이 부분에서도 설명을 이어갔다.

"장인이 두들기는 마지막 부분이 어느 곳이냐에 따라 그 징의 소리가 달라지곤 했어요. 어느 때는 중심 부분인 봉뎅이나 테두리 부분인 전두리를 여러 번 다듬듯이 두들기기도 했고, 두께가 다른 부분을 구분해서 가볍게 또는 강하게 두들기도 했어요. 저는 그런 구분을 잘 알고 있었기 때문에 이번에 만드는 우리 동네 징을 최고의 소리를 지닌 징으로 만들 겁니다. 사람들은 그런 소리의 변화를 잘 이해하지 못하더군요. 하지만 저는 알 수 있었습니다."

아버지가 설명하는 동안 이렇다 저렇다 말대꾸하는 사람은 아무도 없었다. 단지 그 아들의 또렷한 목소리가 불쑥 튀어나와 좌중을 웃겼다.

"나도 알아요."

징 _ 365

오라는 날에는 동네 사람들이 십여 명이나 몰려갔다. 할아버지도 손주의 손을 잡고 뒤를 따랐다. 왜 그렇게 오라고 했는지 궁금했는데 대장간에 가서야 그 이유를 알 수 있었다. 장인은 다 된 징을 높이 들더니 모인 사람들에게 말했다.

"두 명 세 명 짝을 지어 전후좌우로 흩어져 내가 치는 징소리를 듣고 다시 모여 주세요. 여러분의 의견을 참작해서 최후의 징소리를 결정지을 겁니다."

그렇게 두 번을 해서 의견이 모아졌는데 그 내용은 두 가지로 압축되었다. 하나는 절간의 범종소리처럼 너무 낮고 여운이 길다는 것이었고, 다른 하나는 소리가 너무 웅장하고 파장이 커서 도도하게 들린다는 것이었다.

그 말을 듣고 난 후 한 시간도 되지 않아 다시 징소리를 들려주었는데 이번에는 소리가 처음 울림과 확연하게 달랐다. 웅장하면서도 여운이 길고, 무엇보다 소리가 맑으면서도 넓게 퍼지는 게 모두 얼굴빛이 환해지면서 좋아라 했다. 장인은 그런 사람들을 보고 만족하게 웃으면서 다시 말했다.

"축하합니다. 마을 이름이 뭐요? 징에 새겨 주겠소."

그러자 누군가 말했다.

"마을 이름보다 징소리를 잘 안다니까 저기 저 아이 이름을 새겨 넣어 주시죠."

"그래요? 아이 이름이 뭐죠?"

"강민구요."

그랬는데 징을 챙겨서 올 때 보니 손잡이 사이에 ㄱㅁㄱ이라고 음각으로 새겨져 있었다. '강민구'의 각 음절에서 초성을 모은 음각이라는 것을 누구나 알 수 있었다.

　1944년 가을이었다. 추수를 앞두고 있던 날 저녁, 마을 사람들은 대추나무 아래에 모여 불을 피워 놓고 징을 울리며 술판을 벌였다.

　그리고 이튿날, 아버지는 친구인 이웃집 덕칠이 아저씨와 함께 읍내로 수확한 메주콩을 팔고 오다가 시장을 벗어나기 전에 일경에게 연행되어갔다. 그날 동네에서는 면서기들이 들이닥쳐 이른바 공출이라 하여 집집마다 다니면서 놋쇠로 된 그릇을 모조리 거두어갔다. 강민구 선생네 집이라고 예외는 아니었다. 새로 만들어 놓은 징을 보더니 다짜고짜 빼앗아 다음 날 가져가려고 모아 둔 디딜방앗간에 던져 넣었다.

　그날 저녁 손자는 한잠도 잘 수가 없었다. 아버지가 돌아오지 않았기 때문이었다. 그런데 시간이 자정으로 들어설 무렵이었다. 문득 사립문 밖을 보자 할아버지가 살금살금 어디론가 가는 게 보였다. 면에서 나온 사람들은 일을 늦게 마치고 구장네집에서 저녁을 먹은 다음 출발하려고 행길로 나오고 있었다. 그런데 할아버지가 방앗간에서 뭔가 들고 나오더니 순식간에 울타리 밑으로 숨어 들어가는 게 보였다. 뭔가 새끼줄로 묶은 걸 한 아름 안고 있는데 멀리서 보아도 어저께 만들어 온 징이 분명했다. 할아버지가 그 징을 몰래 훔쳐내온 것도 모르고 면서기들은 인부들에게 방앗간에 있는 공출 물건들을 등짐으로 만들어 동네를 떠나갔다.

　이틀이 지나도 일주일이 지나도 아버지는 돌아오지 않았다. 그리고 한 달 쯤 지났을 때 징용으로 참여하게 되었다는 면서기의 통보를 받았다. 어디로 갔는지 언제 돌아오게 되는지는 그도 모른다 했다.

일 년 후, 해방이 되었지만 아버지는 그래도 돌아오지 않았다. 해방이 되었을 때 할아버지는 당산나무 아래에서 미친 듯이 그 징을 울려댔다. 할머니, 어머니는 동네로 들어오는 고개를 바라보고 또 바라보았지만 일곱 살 된 아들을 둔 스물 여덟 아버지는 끝내 돌아오지 않았다.

"아버지, 어머니가 보고 싶어 어찌 지냈을꼬! 아내와 어린 자식이 얼마나 보고 싶었을꼬!"

할아버지가 이따금 중얼거리듯 하던 말이었다. 할아버지는 강민구 선생이 결혼한 다음 해인 1970년 고향에서 사망했다. 한밤중에 온몸을 비틀 듯이 몸부림치다가 두 눈을 부릅뜬 채 세상을 등지고 말았다. 할머니는 그로부터 5년 후 하루는 마루 끝으로 어기적거리며 나오더니 먼 하늘 끝을 향해 손짓을 하면서 재열아, 재열아, 하고 아들 이름을 슬피 부르다가 마루에서 떨어져 그 길로 세상을 떠났다.

어머니는 생명력이 대단한 분이었다. 길쌈으로 생계를 이어가든 어머니는 어떻게든 우리 민구를 서울로 보내겠다고 입버릇처럼 말하더니 정말 아들이 열 일곱 살이 되던 해 서울 종로 어느 금은방에 취직을 시켰다.

길쌈방에서 평소 형님, 형님, 하던 옆집 아낙이 지난 겨울 서울 시댁에 다녀왔는데 얘길 들으니 시아주버니가 금은방을 한다는 것이었다. 아낙에게 아들의 취직을 신신당부했는데 하루는 시누이한테서 편지가 왔다. 그때 그 아이 보내줄 수 있느냐고, 숙식은 제공되고, 주로 하는 일은 금세공소에서 잔심부름하는 일이라고, 잘만 하면 기술도 배울 수 있으니 농사짓는 것보다는 나을 거라고 했다.

검정고무신에 바지 저고리를 입고 머리는 박박 민 상태였다. 손에는 작은 보퉁이 하나, 보퉁이에는 어머니가 싸 주신 보리밥 한 덩이가 호박잎에 덮여 있었다. 서울에 와보니 취직이 된 집은 금세공소를 겸하고 있는 금은방이었다. 사장이 나오더니 반갑다면서 어깨를 안아주었다. 마음에 들었다. 한쪽 구석에서는 직원들이 촌놈 어쩌고 하면서 키득거렸다.

강민구 선생의 인생은 그렇게 생각지도 않은 금은방에서 일대 전환기를 맞이하게 되었다. 정직하고 성실했던 그는 매사에 표나게 일을 잘했다. 사장이 하루는 부르더니 학교에 가고 싶지 않느냐고 물었다. 보내만 주신다면 두 배로 일을 열심히 하겠다고 했다. 그러면서도 믿지 않았는데 사장은 그로부터 적극 힘을 써 중학 과정, 고교 과정을 속성으로 마칠 수 있는 학교를 주선해 주고, 대학은 야간대학 법대를 졸업할 수 있도록 결정적인 도움을 주었다. 학교를 졸업하자마자 그는 확대된 세공소의 관리과장이 되었다. 금은방은 회사 수준으로 성장했고, 사장은 누구보다 강민구 과장을 신뢰했다.

그런 과정을 거치는 동안 아버지의 그 징이 생각날 리가 없었다. 강민구 선생은 야망이 생기기 시작했고, 그 야망은 사장의 기대와 부합했다. 사업은 날이 갈수록 커지더니 강민구 선생은 사장의 셋째 사위가 되었다. 아내는 국문학과를 전공한 후 결혼하여 아들만 셋을 낳았다. 그런 과정을 거치면서 아버지의 그 징이 다시 떠오를 리가 없었다. 까맣게 잊고 있다시피 했다. 아버지는 백방으로 수소문을 한 결과 남양군도로 간 것으로 짐작이 갔다. 덕칠이 아저씨의 아들과 그 남양군도에 두 번이나 다녀왔다. 한국인 징용자는 5천여명이었는데 비행장 건설이나 사탕수수 재배지에서 일을 했다는 사실을 알았다. 전쟁이 끝났을 때 그들 중 60%가량이 사망했다는 사실도 그곳에서 알았다. 징은 그 후에도 망각의 저편에 있었다. 어머니가 돌아가신 후 서울 근교 공원묘지에 납골묘를 만들고 조부모와 모친을 모셨다. 징은 그때에도 역시 전혀 관심의 대상이 아니었다. 아이들이 커나가면서 아내는 부동산에 적극성을 띠었다. 이른바 강남의 큰손들과 어울려 다니더니 아파트와 빌딩의 주인으로 명성을 떨쳤다. 강민구 선생은 한 번도 강남 고급 아파트 동네에서 떠나본 적이 없었다. 장인은 큰아들이 대학에 들어가던 해에 세상을 떠났다. 작고 전에 사업체를 사위에게 물려준다고 말했는데 이에 이의를 제기하는 사람은 아무도 없었다. 큰아들은 변호사였고, 둘째 아들은 성형외과 의사였다. 그리고 아버지의 사업은 막내아들이 잇고 있었다. 그런 과정에서 아버지의 징은 정말이지 전혀 생각이 나지 않았다. 그런데 그 징이 다름아닌 오늘 강민구 선생을 만난 것이었다.

택시는 시간을 잊게 해주었다. 잠시 고향 마을을 마지막 다녀온 오늘을 돌이켜보고 있는데 어느새 서초구로 들어서고 있었다.

오후 늦게 이제는 포기하자 하고 터덜터덜 동네를 나오다가 문득 고개를 돌려 당산나무 있던 데를 돌아보았다. 그리고 그 순간 없어진 당산나무 건너편으로 눈에 익은 솔밭이 보였다. 당집이 있던 솔밭이었다. 신들린 딸 하나를 데리고 사는 무당이 바로 그 옆에 살고 있었다. 관리과장으로 있을 때 고향 사람들이 몇 사람 찾아왔었는데 그때 들으니 마을에 교회가 들어선 이래로 무당은 이사가고 당집은 비어진 채로 있다가 허물어졌다고 했다.

마지막으로 거기나 들렀다 가자 하고 걸음을 그곳으로 옮겼다. 당집은 그야말로 폭삭 주저앉아 형체를 찾을 수 없고 기왓장이며 서까래며 벽채 따위들이 뒤섞여 엉망이 되어 있었다. 그중에는 당집 마당에 서 있던 크고 작은 솟대들도 있었다.

그 솟대들을 물끄러미 바라보고 있는데 갑자기 저쪽 한켠에 눈에 들어오는 둥근 물건이 있었다. 보자기에 싸여 있었다. 무심크 펼쳐보다가 깜짝 놀라고 말았다. 강민구 선생은 마치 죽은 줄 알았던 친구가 살아 돌아오기라도 한 듯 두 눈을 환하게 뜨고 그 물건을 와락 끌어안았다. 그리고는 천천히 솔밭 사이로 걸어 나왔다.

"그게 뭐예요?"
"응, 황학동에 갔다가 골동품 하나 구했어."
집에 들어서는데 아내가 징을 먼저 보고 물었다.
"징 아녜요? 당신 그거 칠려고 가져온 거 아니죠?"
"누구 욕 먹일 일 있나? 식초 있음 가져다 줘."
욕조에 미지근한 물을 받아 식초를 타고 그 물에 징을 담가 놓았다. 삼십 분쯤 있다 꺼내 마른 헝겊으로 깨끗하게 닦았다. 비로소 누릿한 빛깔이 나기 시작하는 게 한결 나아 보였다. 손잡이 줄은 모두 삭아 없어졌기 때문에 임시로 비닐 끈으로 만들어 서재 벽채 한가운데에 걸어 놓았다. 아내가 들어와 보더니 손뼉을 치면서 좋아했다.
"어머! 정말 당신한테 참 잘 어울리는 골동이네요. 그런데 여보!"

내일 목공소를 찾아 징채를 만들어 와야겠다고 생각하고 있는데 아내가 다시 정색을 하고 말했다.

"당신 정말 저 징 치려고 가져온 거 아니죠?"

강민구 선생은 대답 대신 실없이 웃고 말았다. 하지만 곧 정말 저 징을 당장이라도 쳐보고 싶다는 생각이 들었다. 왜 거기에 있다가 나하고 만난 것인지 그 소리를 들으면 알 수 있을 것 같았다. 하지만 설레는 가슴을 겨우 진정시켰다.

잠을 청해도 오지 않아 멀뚱히 천정만 쳐다보고 있는데 차츰 징과 함께 있다는 생각이 들었다. 징을 다시 한번 바라보자 비로소 그 서재 안에 모두 모여 있다는 느낌과 함께 안도감이 들었다. 할아버지도, 할머니도 그리고 아버지, 어머니도 모두 그 징과 함께 있었다. 신기하게도 당산나무까지 눈앞에 어른거렸다. 모두 모이게 되었다. 얼마나 처자식이 보고 싶었을꼬, 하시던 할아버지의 갈라진 목소리도 그 자리에 함께 들려오고 있었다. 새벽녘이 되어서야 참으로 오랜만에 깊은 잠에 들 수 있었다.

다음 날, 강민구 선생은 동대문 시장으로 나가 목공소를 찾았다. 징채를 만들 수 있느냐고 물으니까 이 정도면 되냐고 하면서 컴퓨터를 켜더니 그림을 찾아 보여주었다. 길이를 조정해 주고 재질은 박달나무로 택했다. 주문을 해놓고 인근 포목상으로 가 폭 150센치짜리 광목 2미터를 사왔다. 그리고는 저녁 내내 가위로 잘라가면서 징채와 손잡이를 만들어 완성했다. 새 징채를 같이 걸어 놓으니까 비로소 충청도 고향 마을이 함께 거기에 와 있었다.

그리고 순간, 실로 어느 한 순간이었다. 갑자기 가슴 안에서 솟구치는 듯한 감정을 느낄 수 있었다.

'정말 징을 한 번 쳐봐?'

강민구 선생의 눈빛이 어느때보다 빛을 더했다. 그러다 곧 마음을 누그러뜨렸다. 징을 쳤을 경우 무슨 일이 벌어질지 손바닥 보듯 뻔했기 때문이었다.

"조용히 좀 합시다!"

"이봐요! 지금 뭐하는 거예요!"

"야, 이 개새끼! 조용히 못해!"

"관리실입니다. 주민들의 거센 항의가 벌어지고 있는데 무슨 일입니까?"

고개를 설레설레 흔들었다. 강민구 선생은 그러면서도 징에서 시선을 떼지 못했다. 포기하려고 누우려다 말고 또 징을 건너다 보았다. 그러더니 갑자기 벌떡 일어나 주섬주섬 벗어 놓은 옷을 다시 입었다.

강민구 선생은 가만히 징을 내리더니 집에서 나와 엘리베이터를 타고 아파트 현관 바깥으로 나갔다. 오른손엔 오늘 만든 징채가 그리고 왼손엔 안성의 울음잡이 장인이 만든 방짜 징이 들려 있었다.

밖으로 나오니 서늘한 밤바람이 머리 위로 지나갔다. 하늘엔 오늘따라 별들이 많이 보였고, 아파트 창문마다 비치는 불빛들이 마치 지상의 별무리처럼 아기자기하게 아롱져 있었다. 창문들마다 하루를 보내고 쉬고 있는 사람들의 두런거리는 소리가 들려오는 듯해서 아파트의 밤은 어느 때보다도 평화스러워 보였다. 바깥 주차장엔 차들이 거의 다 차 있었다. 늦게 들어온 차 몇 대가 자리를 못 찾아 서치라이트를 켠 채 왔다갔다 하는 모습이 눈에 들어왔다.

아파트와 아파트 중간쯤에 왔을 때 강민구 선생은 드디어 힘차게 징채를 내리쳤다. 얼굴은 평온하기 그지없었다. 징소리를 듣는 순간 그 평온한 얼굴에 감동이 일렁이는 듯해 보였다. 몇 걸음 걷다가 다시 한번 징을 울렸다. 징소리는 조용한 한밤의 아파트 단지 한가운데에서 어느 소리보다 맑게 울려 퍼졌다.

강민구 선생은 떨고 있었다. 바로 그 소리였기 때문이었다. 금방 알아들을 수 있는 어린 시절의 바로 그 소리였기 때문이었다. 잊고 있었던 기억들이 바로 어제처럼 생생하게 살아 있다는 사실을 그 징소리로 인해 확인할 수 있었다.

다시 한 번 징을 울렸다. 걸어가면서 다시 징채를 휘둘렀다. 그런데 어찌 이상했다. 이쯤 했으면 당신 뭐하는 거야, 또라이 아냐, 조용히 못해, 이봐, 미쳤어, 등등 소리가 나올 만도 한데 아무 소리도 들리지 않았다. 그러면서 징소리는 계속 들려오고 있었고, 어느덧 강민구 선생은 아파트 앞 도로를 지나 아래쪽으로 방향을 돌아 나갔다.

다시 방향을 우측으로 틀어 계속 징채를 휘둘렀다. 여전히 아름답고 화사한 아파트의 밤이 그곳에도 펼쳐져 있었다. 그런데 그곳에서도 뭔가 이상했다. 징소리를 못 듣는 것은 아닐 텐데 그곳에서도 뭐라 하는 사람이 아무도 없었다.

아니 뭐라 하는 것이 아니라 여기저기에서 창문 여는 소리가 들리더니 밖을 내다보는 사람들이 하나 둘 늘어나기 시작했다. 징을 울리면서 올려다보니 여기저기 한둘이 아니었다. 머리채가 긴 여인도 있었고, 몸피가 뚱뚱한 중년의 남자도 있었다. 아파트 단지에 징소리가 울리더니 사람들이 그 소리를 확인하기라도 하듯 창문을 열고, 베란다문을 열고 밖을 내다보고 있는 것이었다. 그들은 말없이 저만치 아래로 징을 치며 지나가는 강민구 선생의 모습을 묵묵히 바라보고만 있었다.

창문의 불빛이 여기저기 늘어나기 시작했다. 그리고 이윽고 창문 여는 소리가 여기저기에서 들려왔다. 그 창문으로 밖을 내다보는 사람들의 모습이 역력하게 보였다. 그런데 아무리 생각해도 이상하기만 했다. 그들 중 어느 누구도 뭐라 말하는 이가 없었다. 징소리는 계속 울려오고, 사람들은 묵묵히 베란다 문을 열고, 또는 창문에 팔을 얹고 그 소리를 듣고만 있었다.

강민구 선생의 발걸음에는 어느덧 일정한 규칙이 생겨나고 있었다. 징의 소리가 점차 널리 퍼지자 어느새 아파트 단지 위 아래 공간에 맥놀이가 생겨났기 때문이었다. 끊어질 듯했지만 어느새 이어지곤 하던 징소리의 여운이 맥놀이가 되어 아파트 단지에 가득 채워졌기 때문이었다. 징소리는 강민구 선생에 의해 계속 들려오고 있었지만 처음부터 울려오던 징소리는 이미 사람들의 이목을 집중시키고 있는 것이었다.

징소리는 멀리 사라지는 듯하다가 다시 들려오고, 끊어질 듯하다가 다시 이어지고 있었다. 강민구 선생의 모습은 차츰 시야에서 사라져 갔다. 그래도 징소리의 여운은 남아 있었고, 사람들은 쉽게 문을 닫지 못하고 서성였다.

주막거리 한 장면

 주막거리에 어둠이 내리기 시작하자 소쩍새가 울기 시작했다. 바다는 저만치 아래에서 조용히 숨을 죽이고 있었고, 주막의 추녀 끝에 걸어둔 장명등은 일찌감치 조는 듯 희미하게 밝혀져 있었다. 별들이 하나 둘 반짝거리기 시작했다. 조선의 하루는 오늘도 어김없이 그 별빛과 함께, 소쩍새 소리와 함께 또다른 밤을 맞이하고 있었다.
 "많이 만드셨네요? 재주도 좋으셔라."
 주모가 저녁식사를 마치고 자고 갈 나그네 세 사람을 데리고 별채 마당으로 들어섰다. 오늘 낮에 도착해서 미리 안방을 차지하고 있는 사나이에게 하는 소리였다. 오십대 중반쯤 되어 보였다. 머리는 훌렁 벗겨졌는데 턱수염은 무성했다. 눈이 크고 선량해 보였다.
 사나이는 별채로 오자마자 여장을 풀고 마루 기둥에 걸려 있는 짚신들을 신어보더니 마음에 드는 듯 등짐 아래에 두 켤레를 동여매 놓고는 싸리 울타리 아래에 널려 있는 짚단을 걷어와 짚신을 삼기 시작했다. 금방 새끼줄 두 가닥을 꼬더니 주저앉아 두 다리를 뻗고 발바닥에 한 가닥씩 걸고는 짚신을 삼기 시작했다. 이후 계속 만든 모양이었다. 기둥에 네 켤레나 걸려 있었다.

　주막에서 흔히 볼 수 있는 일이었다. 뒤에 오는 나그네를 위해 그렇게 해 놓고 가는 것이었다. 주모는 성의가 고맙다는 듯 살짝 미소를 띠고는 나그네들이 묵을 건넌방으로 들어가 호롱에 불을 밝히고 마루로 나왔다.

　"자, 그럼 편히 쉬셔요."

　같이 온 세 사나이에게 건성으로 말해 놓고는 훌쩍 안채로 가는 마당으로 내려섰다. 그때에야 안방 손님과 세 사나이들이 얼굴을 마주 대하게 되었다.

　"어서들 오시게. 나는 내일 아침 떠날 사람인데 어디 멀리서 오시는 길인가, 아니면 나처럼 내일 떠나실 분들인가."

　짚신 삼던 대머리가 사나이들의 행색을 잠시 훑어보더니 혼잣말처럼 말했다. 사나이들은 커다란 등짐을 마루 끝에 내려놓는데 무척 무거워 보였다.

　"오는 길입니다. 차라리 포구에 가 쉬자고 해서 부지런히 걸어왔습니다."

　일행 중 가장 나이 많아 보이는 사나이가 등짐들을 안으로 들어 나르는 젊은이를 힐끗 보더니 얼버무리듯이 말했다.

　나이 차이가 확연하게 나는 듯이 보이는 세 사람이었다. 두 사람은 패랭이를 쓰고 젊은이는 머리끈을 이마에 질끈 동여매고 있어 흔히 보는 장사꾼 차림인데 한편으로는 어딘가 분위기가 속되지 않게 보여 주종관계가 아닌가 하는 느낌이 들기도 했다.

　대머리의 말에 대꾸해준 사나이는 사십쯤 되어 보이는데 상투가 유난히 크고 수염도 무성했다. 몸피는 우람한 편이고, 얼굴이 멀쑥한데다 허리가 꼿꼿해서 의연하게 보였다. 다른 패랭이는 사십 아래로 보이고 갸름한 얼굴에 몸놀림이 날렵하게 보였다. 패랭이를 벗자 손가락만한 상투가 흐트러짐 없이 뒤로 젖혀져 있었다. 젊은이는 스물다섯쯤 되어 보이는데 첫눈에 기골이 느껴지고 실제로 등짐들을 방 안으로 옮기는 걸 보니 예사 사람처럼 보이지 않았다.

"형님, 들어가시죠."

젊은이가 마루로 나오면서 말하자 두 사람은 안으로 들어가고 젊은이는 다시 마루 끝에 앉아 별채 곳곳을 이모저모 살피듯이 두리번거렸다. 장독대며 대추나무 그리고 그 옆에 염소 두 마리를 가두어 놓은 우리까지 유심히 살펴보았다. 그러더니 이번엔 짚신을 삼고 있는 건너편 마루로 시선을 돌렸다. 짚신 만드는 손길을 유심히 보더니 무심한 듯 내뱉었다.

"기가막히네요. 진짜 잘하시는데요? 아저씨처럼 잘하는 사람 첨 봐요."

그러자 턱수염이 빙긋이 웃더니 말했다.

"그래? 다 됐네. 여기 걸어 놓을 테니까 내일 갈 때 필요하면 챙겨 가게. 그런데 오는 길에 관군은 만나지 못했나?"

"관군요? 보긴 봤죠. 서너 번."

"응, 그래. 검문은 없었나보지?"

"왜요? 하긴 하더라고요. 다른 사람 말을 들으니까 예전같지는 않았다고 해요. 중국으로 오가는 사람도 많이 줄어들었고요."

"그렇긴 하지. 한데 형님들은 무슨 장사를 하는 분들이지?"

목소리를 죽이고 물었다. 그러자 대답이 나오기 전에 방안에서 불쑥 날렵한 사나이가 마루로 건너오며 잔기침을 해댔다. 턱수염은 슬쩍 눈치를 보다가 딴전을 피우듯 말했다.

"서양인이 벌인 도굴 사건 때는 밤이고 낮이고 살벌했지."

그러면서 슬그머니 곰방대를 꺼내 들었다. 그런 그를 향해 날렵한 사나이가 넌지시 물었다.

"보아하니 중국을 드나드는 분 같은데 무슨 장사를 하십니까?"

턱수염이 아무렇지 않게 대답했다.

"화선지를 수입합니다요. 중국 종이요."

거짓말이었다. 등짐을 열어보면 중국 종이가 쌓여 있긴 했다. 하지만 그의 본업은 그게 아니었다.

이순달. 나이는 오십 삼세. 한지는 물론 선지, 화지도 취급한지 오래 된 통영의 장사꾼이었다. 하지만 지금은 아니었다.

오늘 만난 저 사람들은 쉽게 가늠해볼 수 있는 면이 없어 궁금하기 그지없었다. 그래서 다시 물었다.

"세 분이서 죽이 아주 잘 맞는 거 같습니다. 포목장사요?"

그러자 날렵한 사나이가 삐딱한 상투를 하릴없이 매만지다가 턱수염을 힐끗 건너다보다 말했다.

"포목이 아니라 약잽니다."

그것도 거짓말이었다. 등짐을 열어보면 분명 인삼이니 녹용 따위가 들어 있었다. 하지만 삼인조의 본업은 그게 아니었다.

박민수. 나이는 사십세. 한성 명례방에서 태어나 그곳에서 십오세까지 살다가 하루 아침에 노비로 전락했다. 고위 관리였던 부친이 역모 사건에 연루된 이후 멸문지화를 당해 누이들과 함께 지방 관아의 노비로 보내졌다. 모친은 일면식도 없는 사람의 첩이 되었고, 누이들은 우물에 몸을 던져 죽었다. 누이들이 죽은 이후 관아에서 도망나와 강원도 산속으로 다니면서 약초꾼이 되었다.

오 년 전이었다. 골짜기에서 산삼을 캐 나오다가 뱀에게 물려 사경을 헤맨 적이 있었다. 정신을 잃었는데 눈을 떠보니 약초꾼들이 머무는 동굴에 웬 낯선 얼굴 두 사람이 내려다보고 있다는 걸 알 수 있었다.

김병준과 필룡이 그들이었다. 김병준은 당시 나이 삼십세였고, 필룡은 십구세였다. 약초꾼은 아니었으나 산길을 가다 뱀에 물린 박민수를 발견하고 구조해준 것이었다.

김병준은 서얼이었다. 제사에도 참여하지 못하게 하고, 형을 형이라 부르지 못하게 하자 집을 뛰쳐나와 전국을 헤매고 다닌다고 했다. 필룡은 백정의 자식이었다. 대대로 도살업을 해오면서 시간이 남으면 부들로 고리짝을 만들어 팔았다. 그러던 어느날 눈꼬리가 예리한 김병준이 고리짝을 사러 왔다가 피묻은 도끼를 들고 들어오는 필룡을 보더니 여기서 고생하지 말고 자기를 따라가 일해보지 않겠느냐고 제안했다. 때때로 이런 궤짝이 많이 필요한 일이라고 했다. 필룡은 김병준을 만나 형님으로 모시기로 했다.

김병준은 박민수를 구해주고 나더니 갑자기 글 좀 읽을 줄 아느냐고 물었다. 왠지 식견이 남다른 것처럼 느껴졌기 때문이었다. 서당에 다닌 적이 있어 좀 안다고 하자 김병준은 서슴치않고 심마니보다 나을 거라면서 자기가 하고 있는 일을 소개했다. 글을 어느 정도 아는 사람이 필요한 일이라고도 했다. 그때부터 세 사람은 일심동체가 되어 움직였다.

"그나지나 서양인 도굴사건 벌어진 곳이 여기서 멀지 않은 모양이죠?"

김병준은 누구보다 잘 알고 있었지만 모르는 척 물어보았다. 작년까지만 해도 배를 타고 내리는 사람은 낮이고 밤이고 심하게 검문을 당했다고 했다. 그 말은 맞는 말이었다. 특히 선교사들은 보는 대로 잡아갔다. 이곳에서는 평소 드나들기가 수월했기 때문에 적당히 위장을 하고 중국을 오갔던 선교사들이나 천주교인들이 많이 잡혀갔다.

"필룡이, 피곤할 텐데 들어가 쉬지."

마루에서 두런거리는 소리를 듣고 있던 박민수가 슬그머니 나오더니 하품을 하고 나서 말했다. 은근히 걱정을 하고 있는 것이었다. 늘 말조심하라고 이르지만 언제 무슨 실수를 할지 모르기 때문이었다.

"괜찮습니다. 형님 먼저 주무시죠."

이순달은 삼인조의 속내를 눈치채고 있었다. 뭔가 함부로 내비치고 싶지 않은 게 분명해 보였다. 그러나 자칫 잘못하면 자신도 실수할 수 있다는 생각에 속으로는 긴장감을 갖지 않을 수 없었다.

이럴 때는 공동의 관심사를 끄집어내는 게 상책이었다. 소쩍새는 그중 좋은 얘깃거리였다. 하지만 싱거울 거 같아 삼인조도 알고 있는 듯싶은 서양인 도굴사건을 끄집어냈다.

"나그네들마다 모르는 사람이 없더군요. 그 사건 말도 마십쇼. 벌써 이 년이나 되었어요. 어느 외국인 신부하고 천주교인들이 길을 안

내해 주었다고 알려져 있죠. 그 사건으로 인해 이 근처 해미와 공주 천주교인 수십 명이 처형되었는데 한꺼번에 여러 명을 사형시키기에 좋은 대들보 사형틀이라는 게 이때 처음으로 등장했다고 해요."

"대들보요?"

필룡이 얼굴을 들이밀며 묻자 이순달이 말을 이었다.

"대들보를 공중에 매달아 놓고 그 아래에 죄수들을 묶어 여러 명 엎드리게 한 다음 한번에 대들보를 떨어뜨리는 형벌을 말하는 겁니다. 대들보는 뒷머리 부분으로 떨어지게 되었고요."

"그럴 수가!"

김병준이 얼굴을 찡그리며 필룡을 돌아보았다. 필룡은 입을 벌린 채 다물 줄을 몰랐다.

"돼지도 그렇게는 안 죽이는데."

"나라 바깥에서 들어온 종교로 인해 그런 일까지 벌어지다니!"

소쩍새 소리가 들려오고 있는 숲쪽 어둠을 긴 시선으로 바라보다 박민수가 혼잣말처럼 말했다.

"도대체 이게 무슨 일인지. 점점 더 심해지는 거 같아요. 왜 가만히 있는 이 작은 나라에까지 그런 종교를 전파하려고 애쓰는 것인지 도무지 이해할 수가 없어요."

김병준이었다. 내친 김에 말을 덧붙였다.

"나라에서 금하니까 사라질 줄 알았는데 그게 아니더군요. 어떻게 들어왔는지 외국인 전파자들이 상당수 되는 것 같아요. 그들에게 포섭돼 신자가 된 사람도 늘어나고 있고요. 이러다가 무슨 일 나는 거 아닐까요?"

"그러기야 하겠나? 일시적인 현상일 거야. 그렇지만 서양인이 남의 나라 임금의 조상묘를 도굴할 목적으로 기선을 타고 온 사건을 보면 모골이 송연해질 수밖에 없어."

김병준의 말을 이은 박민수의 목소리가 어찌 가라앉아 있었다.

아까부터 대화중에 섞여 나온 서양인의 도굴사건이란 이 년 전 삼십대 중반의 독일인 오페르트라는 사람이 기선을 타고 상해에서 출발하여 아산만에 있는 행담도에 정박한 후 작은 배로 갈아타고 삽교천을 거슬러 올라가 내륙의 덕산군에 있는 대원군의 아버지 남연군의 묘를 도굴하려다 실패하고 돌아간 사건을 말한다. 실로 어처구니없고 황당한 사건이었다.

조선의 임금은 나이가 열 일곱 살밖에 되지 않았다. 열 두 살에 왕위에 올라 재작년에 민씨를 왕비로 맞이했고, 국정은 아버지 흥선 대원군이 대신 이끌어 나가고 있었다. 그런데 바로 그 대원군의 아버지 묘를 파헤쳐 유골을 훔쳐가려고 한 것이었다.

남연군의 묘는 풍수가의 의견을 듣고 덕산군에 이장된 것인데 그 외진 곳에 있는 묘를 찾아 온 것은 결코 예삿일이 아니었다. 길 안내를 해준 사람이 있기 전에는 도저히 불가능한 일일 수밖에 없었다.

소문은 삽시간에 퍼지기 시작했다. 오페르트는 조선 정부에 통상을 요구하다 몇 번이나 거절당한 장사꾼이었고, 그에게 조선 정부를 움직일 수 있는 방안을 제시해준 사람은 다름아닌 천주교인들이라는 것이었다. 조선인은 조상을 잘 모시는 미풍을 가지고 있기 때문에 국정의 최고 책임자인 대원군을 움직이기 위해서는 그의 조상 묘를 파헤쳐 유골을 수습하고 이를 협상의 좋은 조건으로 삼으면 유리해질 수 있다는 것이었다. 이 제안을 한 천주교인들은 국내에서 박해를 받다 중국으로 도주한 조선인들이라고 했다. 그리고 이 제안은 우선 역시 국내에서 잡힐 뻔하다가 중국으로 도주에 성공한 프랑스 신부 페롱에게 전해졌고, 페롱은 오페르트와 결탁해 유골 약탈의 범행을 감행하기에 이르렀다는 것이었다.

오페르트는 이 무모한 계획을 실행에 옮기기 위해 중국인과 말레이시아인을 포함한 인부 백여명을 고용하고 일단 나가사키로 향했다. 화승총을 구입해서 무장하기 위해서였다. 무장을 했다는 것은 조선 관군과 맞닥뜨렸을 때 일전을 불사하더라도 목적을 달성하고야 말겠다는 뜻을 보여주는 것이었다.

오페르트는 사전에 아산만이 간만의 차가 심하다는 것을 알고 일단 중간의 행담도에 선박을 정박시킨 후 인부들을 작은 배에 나누어 태운 다음 삽교천을 거슬러 올라갔다. 조선인들은 총을 멘 인부들이 노를 저어 평소 돛단배가 오가는 삽교천을 거슬러 올라가는 광경을 놀란 눈으로 바라만 볼 수밖에 없었다.

지금 이순달과 삼인조가 대화를 나누고 있는 주막거리 별채는 그곳에서 그닥 먼 거리에 있지 않았다. 아산만은 서해에서 내륙으로 들어와 용담도를 거치면 두 갈래로 갈라지는데 우측으로 갈라지기 직전 예산쪽으로 가는 수로가 바로 삽교천이었다. 그들이 있는 주막거리는 아산만에서 뻗어온 물줄기가 두 갈래로 갈라지는 가운데 부분에 있었다. 이곳에서는 교통로가 사통팔달로 뻗어 있어 우측으로 가면 예산, 아산으로 갈 수 있고, 좌측으로 가면 천안, 평택, 오산으로 갈 수 있었다.

그러나 오페르트의 이 계획은 여지없이 실패로 끝나 버리고 말았다. 파묘를 해보니 남연군의 관은 두꺼운 석회층으로 덮여 있었고 그것을 제거할 방법까지는 준비하지 못했기 때문이었다. 당황한 오페르트는 할 수 없이 철수하여 돌아갈 수밖에 없었다.

이 일은 조선 정부나 일반 백성들에게 큰 충격을 안겨주었다. 믿어지지 않았지만 분명한 사실이었고 세상을 다시 보게 되는 계기를 만들어 주었다. 청나라는 조선 정부의 항의를 받고 도망쳐온 천주교인들을 색출하기 시작했고 프랑스는 페롱 신부를 소환했으며 오페르트는 법정에 섰으나 모두 흐지부지되고 말았다.

전대미문의 이 사건은 어느 곳보다 교통로가 잘 되어 있어 농산물 수집이 용이했고, 특히 중국으로 통하는 배가 수시로 드나들어 상인들의 출입이 잦은 곳에서 벌어졌다. 그런 곳이 오페르트 사건 이후 일 년이 넘게 거의 폐쇄되다시피 했다가 최근에야 활기를 찾게 된 것이었다.

"혹시 중국에서도 조선에 유골 탈취사건이 있었다는 걸 알고 있던가요?"

박민수의 물음이었다. 이순달이 이미 중국 왕래를 자주 하고 있다는 걸 알고 있는 눈치였다. 대답은 지체하지 않고 나왔다.

"알다마다요. 그곳에서도 관심이 대단했죠. 특히 길 안내를 조선인 천주교인들하고 신부가 했다는 사실에 비난이 대단했어요."

"직접 얘기도 해보셨습니까?"

김병준이 물은 것인데 좀 엉뚱했다. 뭔가 끄집어내려는 의도가 분명했다. 이순달은 이때에도 전혀 어색하지 않게 대답했다.

"저는 주로 큰 도회지로 다녔는데 어딜 가나 신부나 선교사들을 만날 수 있었어요. 주로 저한테 손짓 발짓으로 조선 사정에 대해 묻는데 그때 그들이 조선에서 온 천주교인들하고 접촉하고 있다는 걸 알 수 있었죠."

"어떻게요?"

이번에 물은 건 필룡이었는데 이순달은 그 질문에도 서슴치않고 대답했다.

"조선의 최근 사정에 대해서 어느 정도 알고 있었기 때문이지. 예를 들면 한성의 성문을 들어갈 때 통행료를 받기 시작했다든가, 민란이 지방 곳곳에서 일어나고 있다는 점, 그리고 이승훈이나 김대건 신부를 흠모하는 사람들이 비밀결사처럼 모임을 갖고 있다는 점도 알고 있는 걸로 보아 알 수 있었지."

"잘 아시네요? 아저씨, 그런 모임 어디서 하는지도 알고 계신 거 아녜요?"

"그런 건 별로 관심이 없어."

이순달이 싱겁게 미소를 날렸다.

"아무래도 보고 들은 것이 남다를 텐데 거기서는 조선을 어떻게 생각하고 있던가요?"

박민수가 관심이 간다는 듯 이순달을 정면으로 바라보며 눈빛을 반짝거렸다. 이순달은 허리를 굽혀 곰방대를 댓돌에 탁, 탁 털어대더니 다시 말했다.

"걱정입니다. 무방비상태로 놓여 있는 먹잇감이라고나 할까, 선교사들도 조선에 들어가는 걸 별로 걱정 안 해요. 시간 문제로 생각하는 것 같았어요."

"도대체 왜 그런 거죠? 신앙생활을 하려거든 자기들이나 잘할 것이지 왜 남의 나라에 와 생소한 종교를 전파하려고 하느냐고요."

김병준의 목소리가 다소 높게 들려왔다. 볼멘소리가 분명했다. 거기다 필룡까지 나서서 불을 붙였다.

"목적이 있는 거 아닙니까? 그 사람들 종교에서는 그렇게 하라고 가르치는 모양이던데 이게 뭐냐고요? 나도 전에 천주교인한테 몇 번 들어본 적이 있는데 일단 이해를 해야 받아들일지 말지 결정을 하겠더라구요. 우리 종교는 그렇지 않잖아요. 중간에 걸리적거리는 게 없이 곧바로 이해가 되고 곧바로 받아들이게 되어 있는데 저 사람들 종교는 그게 아닌 겁니다."

"아까 나라에서 금하니까 곧 잠잠해질 거라고 하셨는데 만약 점점 활기를 띠어서 앞으로 백 년이나 이백년 후가 되면 어떻게 될까, 하는 생각을 하게 되더군요."

김병준은 나름 생각을 많이 하고 있었던 것으로 보였다. 박민수가 고개를 끄덕이더니 차분하게 말했다.

"너무 걱정은 안 해도 될 거야. 현재 보니까 성경이 한문으로 되어 있고, 우리말로 되어 있는 건 없다면서? 그게 뭐야? 그것부터가 틀렸잖아. 한문으로 된 성경으로 무슨 종교운동이야?"

"저도 하나 모르겠더라고요."

김병준이 맞장구를 치자 필룡도 가만히 고개를 끄덕거렸다. 박민수는 김병준의 말이 끝나자마자 덧붙이기라도 하듯 말을 이어나갔다.

"참으로 종교에 취약한 게 이 나라 민족성같아. 원래부터 있던 우리의 종교가 있었으면서도 외래 종교인 불교와 유교가 오늘날까지 자리를 잡고 행세를 한 것 봐. 불교는 고구려 초기에 들어왔는데 내세관이 강렬하니까 쉽게 받아들여졌던 것 같아. 한창 전쟁으로 젊은이들이 다수 죽어 나갈 때였거든. 그러다 불교가 부패해지자 대두된 것이 성리학이었지. 그것이 수백년 유지되다 보니 이제는 전통 종교에 무속하고 외래 종교까지 혼합되어 이상한 모양새가 되어 버렸어. 거기다 지금 또다시 서양에서 종교가 들어온다고? 이제는 어려울 걸? 예전엔 한문으로 된 경전만으로도 통했지만 지금은 아니잖아. 예수는 이스라엘 사람이라면서? 조선에 들어온 게 거의 백 년이 가까워진 거 같던데 성과가 없잖아. 믿다가 죽은 사람들만 억울하지."

조선의 관리로서 처음으로 세례를 받고 천주교인이 된 이승훈이 처형된지 내년이면 꼭 70년이 되던 해였다. 그동안 조선에서는 포르투갈, 프랑스, 영국 등지에서 건너온 신부나 선교사들이 암암리에 활동을 하고 있었다. 그들은 대부분 중국을 거쳐 들어왔는데 가장 큰 애로로 삼는 건 조선인들과 의사 소통이 안 된다는 점이었다. 중국에는 이미 한문으로 번역된 성서가 있었기 때문에 그것으로 소통이 가능했는데 조선인들에게는 말도 글도 불통이어서 애를 먹었다. 그래서 중국에 장사를 하러 온 조선인들을 포섭해 돈을 주고 조선말을 배우는가 하면 학식이 있다 싶은 사람 역시 돈을 주고 포섭해 한문 성경을 번역하도록 부탁했다. 그러나 그 일은 여간 어려운 일이 아니었다. 번역을 해서 조선인들에게 읽어보라 하면 무슨 뜻인지 몰라 고개를 가로저었다. 처음 보는 내용을 전혀 이해하지 못했기 때문이었다.

전달할 수 있었던 것은 주기도문과 십자가가 고작이었다. 그것도 주기도문을 주면 아버지가 왜 하늘에 계시냐고 자꾸 묻기만 했고, 십자가를 주면 징그럽다고 했다. 십자가에 사람이 매달려 있는데 손바닥에 못을 박아 처형한 예수 그리스도라 하자 징그럽다면서 외면하는 사람이 대부분이었다.

그래도 할 수 없이 한문성경과 주기도문 그리고 십자가를 가지고 압록강을 건너고 두만강을 건너 조선으로 향했다. 어떤 이는 통상을 요구하러 가는 상선이나 군함을 타고 입국을 시도했다. 대동강으로 거슬러 올라간 미국 상선 제너럴 셔먼호를 타고 간 영국 선교사 토마스는 조선 관군의 공격으로 배가 침몰할 때 가지고 있던 성서를 강물에 던지는가 하면 붙잡혀 참수당하기 전에는 형리에게 성서를 주면서 야소라고 외쳤다.

"또 한 가지."

삼인조의 대화를 듣고만 있던 이순달이 기다리고 있었다는 듯이 조심스럽게 말을 꺼냈다.

"중국인들이나 서양인들이 관심있게 보는 건 그곳에 와 있는 조선 젊은이들입니다."

"그건 무슨 뜻이죠? 그만큼 많다는 뜻인가요?"

박민수의 말에 김병준도 필룡도 이순달의 얼굴로 시선을 돌렸다. 어둠은 이제 깊은 곳으로 잠겨가고 이순달의 목소리는 탄식처럼 들려왔다.

"네, 맞습니다. 중국 거리에서 볼 수 있는 조선 젊은이들 정말 많습니다. 그런데 대부분 믿음직스럽지가 못해요. 뚜렷한 목적이 없이 건너와서는 만만한 일이 뭐 없나 하고 우왕좌왕하다가 사기를 당하기도 하고, 조선에서처럼 관직을 사려고 뛰어다니다가 돌아갈 여비도 없어 길거리를 배회하는 젊은이들도 있습니다. 여러분같은 행색으로 다니는 젊은이들도 많이 볼 수 있죠. 무슨 일을 하는지는 모르겠지만 등짐을 벗었을 때는 한 밑천 잡았는지 씀씀이가 남다른 걸 여러 번 볼 수 있었습니다."

"우리같은 행색요? 아저씨같은 행색은요? 그나지나 선지를 꼭 중국에서 들여올 필요가 있는 건가요?"

김병준은 그렇게 말하면서 내심 이 영감탱이가 적당히 하지 왜 자꾸 세 사람 사이로 비집고 들어오려는지 모르겠다면서 차단막을 내렸다. 이순달 역시 상대가 만만치 않다는 걸 알고 빈틈을 보이지 않았다.

"우리 한지도 우수하지만 서화용은 역시 중국 화선지를 으뜸으로 치죠. 번짐이 우수하니까요."

"대단하십니다. 아무리 그렇다 해도 머나 먼 중국까지 가 재료를 구해오시다니."

"찾는 사람은 정해져 있습니다. 써본 사람만이 아는 법이죠."

"약재도 그런 게 있습니다. 귀한 것일수록 알아보는 사람이 따로 있죠."

박민수가 졸린 듯 하품을 하면서 자리에서 일어섰다. 그게 무슨 신호라도 되는 듯이 김병준도 필룡도 자리를 털고 일어나 방으로 들어갔다.

건너편 산속에 있던 소쩍새가 좀더 먼 숲속으로 자리를 옮겼다. 음색에는 변함이 없었다. 어느 한 순간에는 사람의 소리처럼 들려왔다. 이순달은 혼자 마루에 앉아 묵묵히 그 소리를 듣고만 있다가 잔기침을 몇 번 하고 나더니 이윽고 방으로 들어가 문을 닫았다.

날이 훤히 밝아올 무렵, 필룡이 먼저 일어나 뒷마당에 있는 두엄칸에 오줌을 누었다. 그런데 오줌을 누면서 헛간 너머로 보니까 엊저녁 이순달이 앉아 있던 마루 쪽에서 어찌 이상한 낌새가 느껴졌다. 눈을 부비고 보니까 마루 끝에 커다란 등짐이 보이고, 그 아래에서 뭔가 뜯어먹고 있는 염소 두 마리가 보였다. 우리에 있던 염소들이 빗장이 풀렸는지 밖으로 나와 거기서 뭔가 뜯어먹고 있는 것이었다.

그런데 의아한 생각이 드는 순간 이번엔 퍼뜩 놀라지 않을 수 없었다. 염소들이 뜯어먹고 있는 것은 다름아닌 이순달의 등짐 멜빵인데 그 안에서 종이인지 헝겊인지 허옇게 생긴 것을 입으로 계속 뜯어내 그것을 먹고 있는 것이었다. 등짐 멜빵을 입으로 뜯어내 그 안에 있는 것을 먹고 있는 게 분명했다. 염소들은 멜빵을 계속해서 물어뜯고 있었고, 그럴 때마다 종이처럼 생긴 것들은 그 안에서 꾸역꾸역 나왔는데 염소들은 그걸 맛있게 먹고 있었고, 그 바람에 등짐 주변과 마루 아래는 멜빵 안에서 뜯겨져 나온 것들이 허옇게 널려 있기도 했다.

이순달은 보이지 않길래 고개를 내밀어 안채쪽을 기웃거려보자 그 곳에 있는 우물에서 세수를 하고 있었다. 예삿일이 아니다 싶어 부리나케 두엄칸에서 나와 염소들이 있는 쪽으로 다가가 대뜸 등짐 주변에 흩어져 있는 것들을 살펴보았다. 그리고 소스라치게 놀라고 말았다.

멜빵 안에서 나온 것은 종이인데 뭔가 인쇄가 되어 있는 종이였다.

모두 한글이었다. 그리고 조각난 종이들을 몇 장 들어 그 안에 있는 글자들을 살펴본 순간 두 눈이 휘둥그레지면서 어찌할 바를 몰라 했다. 언젠가 천주교인이 하던 말들이 거기에 글로 적혀 있었기 때문이었다. 그것도 인쇄된 글로.

눈에 띄는 대로 대충만 읽어보아도 첫눈에 알 수 있었다. 예수님이니 하나님이니 십자가라는 단어들이 대뜸 눈에 들어왔다. 원수를 사랑하라, 나사렛 예수, 십자가에 못질하고, 등등 글귀들도 분명하게 읽을 수 있었다.

멜빵은 어깨에 닿는 부분이 두툼하게 만들어져 있었는데 염소들은 바로 그 부분을 집중적으로 물어뜯었던 것이고 그 안에서 종이들이 계속 나오고 있었다. 인쇄된 종이를 새끼를 꼬듯이 꼬아 그것으로 다시 굵은 멜빵을 만든 것이었다.

퍼뜩 엊저녁 능수능란한 솜씨로 짚신을 삼던 이순달의 모습이 눈앞에 어른거렸다. 부들을 엮어 생계로 삼았던 집안 사람들의 모습도 연이어 떠올랐다. 부들을 엮어 뭔가 만들어내는데는 필룡의 집안 어른들을 따를 자가 없다는 게 평소 생각이었다. 필룡 그 자신도 새끼가 되었건 싸리가 되었건 부들이 되었건 가느다란 식물 줄기를 엮어 바구니가 되었건 고리짝이 되었건 만드는데는 누구보다 자신이 있었다.

염소들은 사람이 나타나자 씹던 것을 입에 문 채 장독대 옆으로 내려갔다. 필룡은 순간 생각이 났다는 듯 이번엔 등짐 용기로 사용된 궤짝을 살펴보았다. 역시 예상대로였다. 궤짝은 가느다란 조릿대를 엮어 만들었는데 자세히 보니 조릿대 사이사이에 새끼처럼 보이는 것이 첨가되어 있었다. 필룡은 거침없이 궤짝을 옆으로 눕히고 귀퉁이에 손가락을 넣어 강제로 궤짝을 만든 재료를 뜯어 보았다. 그리고 조릿대 사이에 있는 새끼를 끄집어내는 순간 다시 한번 놀라지 않을 수 없었다. 멜빵을 만든 똑같은 방법으로 인쇄된 종이를 새끼처럼 꼬아 조릿대와 함께 궤짝을 만드는데 사용했기 때문이었다. 전체 궤짝이 그렇게 되어 있을 테니까 종이의 양은 상당할 것이었다. 교묘한 위장이었다. 고수가 아니라면 결코 할 수 없는 일이었다.

"자네 거기서 뭐하나?"

갑자기 이순달이 나타났다. 두 눈을 부라리고 있었다. 세수를 하고 나면 곧바로 떠나려고 마루 끝에 등짐을 올려 놓은 것인데 염소들이 달려든 것이었다. 손에는 호리병이 들려 있었다. 가다 마실려고 챙겼을 것이었다.

"당신!"

필용이 매서운 눈으로 이순달을 노려보았다.

"사실대로 말해. 성경이 왜 여기서 나오지? 당신 대체 누구야? 목이 잘려 죽고 싶어?"

"조용히, 조용히 말하게. 잡히면 나만 죽는 게 아니니까."

"당신 정체가 뭐야? 중국에서 들여온 거지? 당신 천주교인이야, 장사꾼이야? 짚신 삼을 때부터 알아봤지. 이렇게 들여와서 뭘 하려고? 어디로 가는 길이지? 한성으로? 숨어 있는 교인들에게 팔아먹으려고 그래? 어떡할 거야? 내가 살리면 고발해야 하는데."

"이사람아, 조용히 말하라니까. 난 아니야. 난 심부름만 하는 거야. 이러다가 우리 다 죽어. 정말이야. 믿어주게나."

순간 필룡의 주먹이 날아들었다. 퍽, 하는 소리와 함께 이순달이 마루바닥에 널부러졌다. 박민수와 김병준이 어느새 놀란 눈으로 옆에 와 있었다.

"필룡이 너 이게 무슨 짓이야? 왜 이래? 새벽부터!"

박민수가 어쩔 줄 몰라 하는데 김병준은 벌써 바닥에 널려 있는 종이쪽들을 살펴보고 일이 어떻게 된 것인지 알아채고 있었다.

"어쩌죠?"

김병준이 주변을 둘러보며 소리를 죽였다. 주막거리는 아직 고요 속에 잠겨 있었고 깨어 있는 것은 염소들뿐이었다. 박민수는 두 사람의 얼굴을 돌아보더니 정신을 차리려고 애쓰는 이순달의 얼굴을 부여잡고 잠시 생각에 잠겼다. 그러더니 벌떡 일어나 다급히 말했다.

"빨리 여길 뜨자!"

그 말이 떨어지자마자 필룡이 안방에서 등짐들을 내왔다. 그리고 행장을 갖추고 각기 등짐을 지고 일어섰다. 그런데 바로 그때였다.

"꼼짝 말고 거기 있어!"

섬돌을 내려서기도 전에 거친 목소리가 새벽의 주막거리를 흔들어놓았다. 퍼뜩 고개를 돌려보니 이미 열 명도 더 되어 보이는 나졸들이 창검을 꼬나쥔 채 별채를 향해 도열해 있었다.

"어딜 가려고? 포박해!"

그중 나이가 든 군관이 소리치자 나졸들이 우루루 달려들어 세 사람에게서 등짐을 벗겨내고 손을 뒤로 해서 오랏줄로 묶었다. 순식간에 벌어진 일이었다. 나졸들은 방안으로 들어가 샅샅이 뒤지기까지 했다. 그런데 이상했다. 삼인조는 포박당해 끌려가고 있는데 웬일인지 이순달이 보이지 않았다. 그도 그럴 것이 정신이 몽롱한 상태에서 깨어나자마자 사립문으로 들이닥치는 나졸들을 보고 잽싸게 몸을 날려 부엌으로 달아났기 때문이었다. 나졸들은 마루에 나동그라져 있는 이순달의 등짐까지도 마저 챙겨가 버리고 말았다.

"이게 대체 다 뭐지? 너희 뭐하는 놈들이야?"

포구에 있는 임시 관아에서 삼인조는 호되게 문초를 받기 시작했다. 피할 방도는 없었다. 군관은 등짐을 모두 풀어보더니 그 안에서 나온 것들을 나열해 놓고 호통을 치는 것이었다.

금동불상이 다섯 점이나 나왔다. 사리함도 나오고 향로, 베개도 여러 개가 나왔다. 김병준의 등짐에서는 목걸이, 팔찌, 귀걸이, 장식빗, 허리띠, 관모 그리고 청동거울도 수십 점이 나왔다. 골동품들 위에는 인삼이니 영지버섯, 녹용 따위가 수북하게 쌓여 있었다.

"이거 모두 어디서 도굴했지?"

아무 말이 없이 고개만 떨구고 있었다. 김병준이 필룡과 박민수를 끌어들인 건 다름아닌 도굴이었다. 그는 경상도 도굴꾼들과 어울리던 꾼이었다. 박민수와 필룡을 포섭하여 삼인조를 이루고 전문적으로 도굴을 감행하기 시작한 것은 주활동무대를 충청도로 옮기면서부터였다.

진작부터 알고 있는 거간들은 모두 중국을 드나들었다. 그러던 중 오페르트 사건 이후로 쉬쉬하고 있다가 다시 항로가 활기를 띠기 시작하면서 거래도 숨통이 트였다. 상해에서 활동하는 골동품 전문 상인을 포구에서 만나기로 하고 미리 와 대기하기 위해 오늘 도착한 것이었다.

자칫 잘못하면 도굴범보다 더한 형벌을 받을 수도 있었다. 천주교인으로 오인받을 수 있기 때문이었다. 이순달의 등짐도 풀어보고 있으니 이제 그것을 가지고 물어볼 게 분명했다.

"이게 뭐야? 주역, 대학, 시경 아냐? 그리고 화선지고. 당신 책장사도 해?"

군관이 박민수를 보고 눈을 부라렸다. 박민수는 고개를 떨구고 아닙니다만 반복했다. 그러면서 슬그머니 눈길을 들어 올려다보니 군관이 주역을 펼쳐보며 뒤적이는데 뒷부분 절반은 성경이라는 것을 알 수 있었다. 다른 책도 모두 그런 식으로 위장되어 있었다.

그런데 예상치 못한 일이 벌어지기 시작했다. 군관이 이순달의 짐을 샅샅이 뒤지는가 하면 뜯겨져 나간 멜빵까지 자세히 살펴보는데 성경과 관련된 말은 한마디도 물어보지 않았다. 군관이 그곳에 인쇄되어 있는 글을 읽지 못한다는 것을 그때 알았다. 읽을 줄은 안다 해도 그것이 뭘 뜻하는 것인지 전혀 이해하지 못하는 것이 분명했다.

"이거 뭐야? 당신 천주쟁이야? 몰래 들여오다 걸린 게로군."

이랬다가는 빠져나가기가 힘들 것 같았다. 다행히 주모가 그 등짐은 주인이 따로 있다고 말한 후로 더 이상 묻지를 않았다. 그래도 절체절명의 순간이었다. 세 사람은 서로 얼굴을 돌아보고 뜻을 한 군데로 모았다. 그리고 아무 말도 대꾸하지 않았다. 누구도 이순달의 등짐에 대해서 그 어떤 말도 하지 않았다. 군관도 그에 대해서는 더 이상 묻지를 않았다.

그날 오후, 세 사람은 오라에 줄줄이 묶여 관아로 압송되기 시작했다. 이순달은 부엌으로 들어갔다가 황토벽을 뚫고 밖으로 나와 산길로 달아나기 시작했다. 정신없이 가다가 주막이 빤히 내려다 보이는 구릉의 등성이를 차마 넘어가지 못하고 미련이 남아 있는 사람처럼 바위 아래에 쭈그리고 앉아 주막거리를 내려다보고만 있었다.

  얼마나 지났을까. 나졸들의 감시를 받으며 힘겹게 걷고 있는 세 사람이 저만치 건너편 주막거리 앞을 걸어가고 있었다. 해가 떠오르고 있었다. 햇빛이 환하게 비치는 주막거리 아침의 한 장면이었다.

갑질

 부장이 왜 나를 싫어하는지 도무지 그 이유를 알 수 없었다. 엊저녁에는 잠도 잘 오지 않았고, 오늘은 출근하기가 정말 싫었다. 교외로 빠져나가고 싶은 생각이 굴뚝 같기도 했다.
 "박과장, 이 발주서 잘 되긴 했는데 뭔가 뒷맛이 개운치가 못해. 아무튼 수고했어."
 어제 오후만 해도 그 말 한마디에 정신이 아득할 정도로 모멸감을 느꼈다. 무슨 말씀이냐고 물으려고 하는데 벌떡 일어나더니 아침에 소집해 놓은 관리과 전체 회의 시간이라면서 부장실 문을 거칠게 여닫고 나가 버렸다.
 그 뒤를 따라 나가는 박정우 과장의 얼굴빛이 흡사 납덩어리처럼 보였다. 더구나 회의를 진행하는 중간에 예전에 있었던 관리과 직원과 납품업체 사이에 있었던 비위사건을 들먹이는 바람에 또 한 차례 격한 감정에 휩싸이게 되었다. 발주서에 암호로 통하는 단어를 기재해 정보를 주고 받으면서 부정한 짓을 저지른 사건이었다. 밑도 끝도 없이 그 사건을 들먹이면서 주의를 환기시키는데 이따금 박과장쪽으로 시선을 보내 당황이 될 정도였다. 설마 나 들으라고 그런 것은 아니라는 걸 알면서도 어제 오후 있었던 바로 그 '마음이 개운치 못해'로 인해 기분이 엉망이 되어 버렸다.

어저께 처음으로 내가 지금 갑질을 당하고 있다고 생각했다. 주는 것 없이 밉다는 말이 있다. 무슨 짓을 해도 곱게 보이지 않는다는 말도 있다. 처음에는 부장의 태도가 바로 그런 것이라고 생각했다. 그런데 그게 아니었다. 갑질이었다. 부임하면서부터 당한 갑질이 분명했다.

"미운털이 박혀도 단단히 박힌 거야."

무엇보다도 그 원인을 알지 못해 답답하고 때로는 당황이 되었다. 사십이 되도록 원만하고 자상하다는 말을 들으며 살아왔는데 까닭 모를 미운털이라니 기가막히고 어이가 없었다.

박과장은 경력사원이었다. 일 년 전 건축자재를 생산해 주로 동남아로 수출하는 지금의 업체에 입사했다. 그러던 어느날 인사이동이 있었는데 해외에서 낙하산이 내려온다는 말과 함께 지금의 부장이 모습을 드러냈다. 나이는 오십이고, 회장의 조카라고 했다.

사무실 분위기가 달라지기 시작했다. 부장은 예전의 부장이 사용했던 방의 벽을 모두 유리 칸막이로 교체한 다음 일이 있을 때마다 담당 직원을 불러 업무지시를 하기도 하고, 보고를 받기도 했다. 그래서 직원들은 언제라도 안에서 누가 부장을 만나고 있는지 알 수 있었다.

박과장도 그렇게 새로 온 부장의 업무 스타일에 맞게 적응해 가고 있었는데 어느날 생각해보니 자신을 대하는 부장의 태도가 어딘가 유별난 데가 있어보였다. 다른 직원들하고는 이따금 키득거리기도 하고, 팔을 툭툭 치기도 하면서 대화를 하는데 과장하고는 시종 냉랭했기 때문이었다. 한번은 이런 일이 있었다. 간단한 업무보고를 하고 막 나오려는데 박과장, 하고 불러 세우더니 느닷없이 정색을 하고 말했다.

"박과장, 개고기 먹는다며? 어쩐지 옆에 올 때마다 가끔 퀴퀴한 냄새가 나더라니. 요즘도 먹나? 내가 미국서 학교에 다닐 때 말야 개고기 먹는 중국인이 있었는데 말야 주변에서 나까지 사람 취급을 하지 않는 바람에 미쳐 죽을 뻔한 적이 있었지. 조심해, 이사람아. 특히 중역실에 갈 때. 개고기라면 질색팔색하는 사람들만 있는 데야."

이숙경 대리가 말한 것이 분명했다. 데리고 가달라고 하도 조르길래 단골로 다니는 광화문 뒷골목 보신탕집에 한번 같이 간 적이 있었기 때문이었다. 그런데 중역실에 있는 김전무와 박상무 얘기는 하지 않은 것으로 보였다. 그날 거기서 우연히 만난 적이 있었기 때문이었다. 개고기라면 질색팔색이 아니라 소주잔을 주거니 받거니 하면서 즐기는 모습을 본 게 바로 그곳이었다.

그날 일은 마치 비아냥거리듯 말하는 게 썩 기분이 좋지 않았지만 금방 지나칠 수 있었다. 하지만 그 며칠 후 있었던 일은 영 기분이 상해 며칠 동안 머릿속을 맴돌기만 했다. 별 볼 일 없이 부장실로 부르더니 느닷없이 물었다.

"박과장, 알고보니 법대 출신이라면서? 고시에서 떨어졌나보지? 왜 계속하지 그랬어? 왜 떨어졌는데? 내 친구도 다섯 번이나 고시에서 떨어지더니 지금은 구멍가게 하고 있어. 표정이 왜 그래? 기분 나쁜가? 자넨 그게 탈이야. 속마음을 감추지 못하는 거. 고쳐 보도록 노력해봐."

울화가 치밀어 올랐다. 불현듯 뭐 이런 인간이 있는지 모르겠다는 생각이 들었다. 자리에 돌아와서도 한참 동안 일이 손에 잡히지 않았다. 마치 즐기듯이 말하는데 놀림감이 된 듯한 느낌이었다.

한 번은 부장과 업무 면담을 하던 중 갑자기 자네 일본에 대해 어떻게 생각하느냐면서 표정을 바꾸어 이어 말했다.

"문제야, 문제. 위안부 문제도 그렇고, 독도도 그렇고. 왜 그 문제를 여지껏 해결하지 못하는지 이해를 할 수 없어. 내가 예전에 일본으로 출장을 간 적이 있는데 말야 그쪽 사람들이 숙소를 잡아준 호텔 방에서 유카타라고 있잖아, 왜 일본 잠옷, 그걸 입고 있었더니 일본인들이 그런 나를 보고 놀라더라고. 유카타는 호텔에서 준비해 둔 것인데 한국인들은 대개 그걸 보고 이리저리 망설이다 입거나 아예 입지 않는다는 거야. 왜 그런지 이유를 잘 알겠지? 보이지 않는 벽이 아니라 보이는 벽을 우리가 스스로 만들고 있는 거야. 자네는 어떻게 생각해?"

점차 대화가 어디로 튈지 모른다는 생각이 들어 부장 앞에 갈 때마다 위축감이 들곤 했다. 부장이 온 지 한 달쯤 후에는 이런 일도 있었다. 오후인데 부르더니 단도직입적으로 말했다.

"요즘 왜 그렇게 말이 없지? 핸드폰 보는 시간이 너무 많아? 퇴근도 칼처럼 하고 말야. 동료들하고 어울리기 싫은가? 내가 민망할 정도야. 말해보게. 무슨 생각을 하고 있는 게 분명한데 말해봐. 직원들이 자네만 들어오면 대화를 하다가도 뚝 그치고 마는 걸 여러 번 목격했는데 무슨 일이지? 회식자리에도 일부러 피하는 것 같던데? 왜 노래방엔 안 가지? 음치라면서? 그럴수록 노래방에도 자주 다녀야지. 우리 부서에서는 자네가 최고 고참인데 그래서야 쓰나? 안 그래?"

부장이 그렇게 말하는 데는 어떤 저의가 있기 때문이라고 생각하게 된 건 그때 이후부터였다. 좋게 생각한다면 관심이지만 아무리 생각해봐도 관심의 표현이라고는 생각되지 않았다. 복도에서 어쩌다 마주쳐도 처음 본 사람처럼 냉랭하게 지나쳐 버리고 엘리베이터 안에서 만나도 말을 나눠본 적이 없었다. 차가운 시선으로 한 번 힐끗 쳐다보면 그만이었다.

숨이 막힐 지경이었다. 분명 무슨 이유가 있을 것이었다. 회사 안엔 어느 새 머지않아 인사이동이 있을 것이란 소문이 파다하게 퍼져 있었다. 부장이 이따금 개인 면담을 하는 건 바로 그때 사용하기 위한 보고서를 작성하기 위해 자료 수집 차원에서 그런다는 말도 나돌았다. 나에게 차갑게 대하는 이유는 바로 거기에 있을 것이라고 생각했다.

처음부터 부장과 잘못 엮어진 게 분명했다. 하지만 곧 치사스런 생각이 들었다. 부장이 설마 그런 일로 날 냉대하다니, 그런 생각을 하게 된 자신이 참으로 치사스럽게 느껴졌다. 박과장의 하루는 몇 번이나 냉탕과 온탕을 오가는 순간의 연속이었다.

항상 머리 속이 개운치 못했다. 지난 주 금요일엔 퇴근길에 주차장에서 부장을 만난 적이 있었다. 막 출발하려고 하는데 저쪽에서 서서히 다가오는 부장 차가 보였다. 그런데 부장이 갑자기 차를 멈추더니 차창을 열고 고개를 내밀며 말했다.

"박과장, 와이프가 하피스트라면서? 대학에 강습도 나간다고 하대. 미인인데다 대단한 실력가라고 하던데 박과장, 좀 피곤하겠어.

미국서 보면 말야 하피스트 레슨비가 대단해. 박과장보다 수입이 날 걸? 좋겠어."

밑도 끝도 없이 뱉어놓고는 코너로 사라져갔다. 지금 사는 아파트로 이사온 후 직원들을 초대한 적이 있었다. 그때 하프가 거실에 세워져 있는 걸 보고 연주를 부탁해서 아내가 들려준 적이 있는데 누군가 그때 이야기를 한 것 같았다. 출강은 아이를 낳은 이후로 나갈 수가 없었다. 그런데 수입 어쩌고 하는 소리가 꼭 실직을 해도 괜찮지 않겠느냐는 말로 들려 그때에도 공연히 세상 참 치사스럽다는 생각이 절로 들었다.

껄끄러운 날이 계속되던 어느날 이런 일도 있었다. 화장실에서 용변을 보고 있는데 부장이 느닷없이 들어오더니 바로 옆으로 와 오줌을 누었다. 부장은 키가 후리후리하게 큰 사나이였다. 박과장은 좀 겸연쩍은 생각이 들어 몸을 살짝 왼쪽으로 돌려 마무리를 하려는데 갑자기 부장이 지퍼를 올리면서 말하는 것이었다.

"이사람아, 젊은 사람이 오줌발이 그게 뭔가!"

깜짝 놀랐다. 던지듯이 뱉어놓고는 휑하니 나가버리고 말았다. 어이가 없었다. 킥, 하고 마른 웃음도 나왔다. 박과장도 보았기 때문이었다.

"나보다 크지도 않고만 무슨!"

평소와 다른 점이 없는 발주서를 보고 뒷맛이 개운치 못하다는 모멸적인 소리를 들었던 며칠 후 박과장은 외주업체로 출장을 나가라는 명을 받았다. 출근하자마자 어제 중역회의의 안건이라면서 박과장이 직접 나가줘야겠다고 말하는데 말을 들으면서 속으로 잘 됐다는 생각이 들었다. 밖으로 다니다보면 기분 전환이 될 것이기 때문이었다. 하지만 이어지는 부장의 말을 들으면서 차츰 가슴이 오그라드는 듯한 감정이 드는 건 어쩔 수 없었다.

"한 가지 당부할 말이 있네. 자네가 알아서 할 일이지만 염려가 되어서 말이야. 무슨 말이냐 하면 자네의 사람을 대하는 그 태도 때문이야. 몇 번 말한 걸로 아는데 전혀 개선이 되지 않아요. 처음 만나는 사람도 많을 테니까 자네의 그 데데하면서도 뻣뻣한 태도를 고칠 수 있는 시험대라 생각하고 잘해보게. 아무래도 회사의 얼굴인데 좋은 인상을 주어야 할 게 아니겠나!"

몹시 당황이 되었다. 살다살다 처음 듣는 소리였다. 부장은 당연하다는 듯이 훈계조로 말하더니 방을 나가는 박과장의 등에 대고 재차 말했다.

"아니꼽다는 눈으로 곁눈질하지 말고, 침도 튀기지 않도록 조심하라고!"

십오년 남짓되는 직장생활을 하면서 이런 일은 처음이었다. 이건 모욕이 아니라 고문이었다. 계산된 강요이기도 했다. 차라리 오늘 저녁 술 한잔하자고 해놓고 정면으로 따져보고 싶었다.

"부장님, 차라리 단칼에 자르십시오. 하루 이틀도 아니고 이게 뭡니까? 피를 말려 죽여야 속이 시원하시겠습니까?"

후우하고 한숨을 내쉴 때가 있다는 걸 알게 되었다. 이러면 안 되는데, 하면서도 가슴 한쪽 구석이 답답하다는 걸 의식하고 한숨이 저절로 내쉬게 된다는 사실도 알게 되었다. 출장 업무는 대충대충 해치웠다. 회사로 돌아오면서 박과장은 처음으로 사직이라는 걸 생각해

보았다.

퇴근 때 현관에서 이숙경 대리를 만나게 되어 불쑥 물어보았다.

"이대리, 내가 평소에 데데하고 뻣뻣해보여?"

그러자 이대리는 현관이 떠나가라 큰소리로 깔깔대더니 말했다.

"누가 그런 소리를 해요? 우리 과장님처럼 젠틀하고 자상하신 분이 어딨다고요? 박자 따로 음정 따로 가사 따로로 노래를 부르는 게 흠이지만요. 부장님은 중후하면서도 배려심이 깊지만 사원들이 모두 그래요, 과장님만한 분이 없다고요. 우린 행운아들이죠, 뭐. 부장님은 항상 아버님처럼 넉넉하시고, 과장님은 친구같기도 하고, 오라버니 같기도 하니까요. 갑질 없는 데는 아마 우리 부서밖에 없을 걸요?"

박과장은 평소 강약, 대소, 완급, 장단 이 네 가지를 잘 조절하고 융통성을 발휘한다면 안 될 일이 없다고 생각하면서 살아왔다. 그런 면을 이대리가 확인시켜 주어 더없이 고마웠다. 사원들이 부장님을 아버님처럼 넉넉하게 생각하고 있다는 말만 빼고.

그랬다. 드러날 것은 모두 드러났다. 이제 인생의 모토를 수정해야 할 때가 되었다. 그런데 사직를 하면 뭘 하지? 아직 아파트 할부금도 다 갚지 못했는데. 자동차 할부금도 그렇고.

이리 뒤척 저리 뒤척 새벽까지 잠을 이루지 못하다가 잠깐 잠이 들었는데 갑자기 얼굴 위에 누가 있는 것 같아 번쩍 눈을 뜨자 아내가 불도 켜지 않은 채 그의 얼굴을 내려다보고 있었다.

"어? 당신 웬일이야? 자지 않고."

"여보, 당신 무슨 고민 있어?"

"고민? 고민은 무슨! 어서 자!"

아내를 가슴에 쓸어안고 이불을 당겨 덮었다. 그러면서 속으로 말하고 있었다. 여보, 미안하다. 나 사직서 내려고 해. 도저히 안 되겠어.

정말이지 강약, 대소, 완급, 장단 네 가지만 잘 조절하면 인생의 일은 별 어려움이 없으리라 생각했다. 하지만 사직을 생각하면서부터 때로는 비참하고, 때로는 분노가 치밀어 올랐다. 자책감이 들기도 하고, 절망감이 들기도 했다. 이런 기분으로 무슨 강약이고 완급이고 대소, 장단이란 말인가. 뒤죽박죽 기분이 엉망인 때가 자주 있었다.

이틀에 한 번꼴로 출장을 가는데 하루는 열차를 이용하여 지방에 내려가야 할 때가 있었다. 그런데 바로 옆좌석에 앉은 중년의 사나이가 주변을 의식하지 않고 큰소리로 전화를 받는데 박과장에게는 그 소리가 그리 싫지가 않았다. 오히려 귀 기울여 들을 만했다.

"그래, 너도 해봐. 괜찮다니까. 아이고, 그 알량한 월급 몇 푼 때문에 고생하는 것보다야 훨씬 낫지. 중고 트럭 한 대 사가지고 하는데 물건은 골라가면서 살 수 있더라고. 청계천 팔가 황학동에 가면 중고 가전제품만 취급하는 곳이 즐비해. 장사 요령까지 가르쳐 주더라고. 너도 알다시피 컴퓨터, 세탁기, 에어컨 하는 앰프시설 있지? 그것도 다 준비해주더라고. 넌 그냥 틀기만 하면 되는 거야. 며칠만 해보면 금방 요령이 생기는 게 바로 그거야. 언제든지 와. 같이 며칠 다녀봐도 좋고. 이사람아, 때려 쳐. 때려 쳐. 이번 기회에 확 때려 쳐!"

전화를 끊더니 주변을 잠시 돌아보는 게 자기 목소리가 너무 크다는 걸 비로소 안 것 같았다. 박과장은 의욕이 넘쳐나지 않는다면 결코 그렇게 될 수 없다고 생각하면서 사나이를 오히려 두둔하면서 갔다.

그와 함께 이미 머릿속에서는 반짝하면서 생각 하나가 튀어나와 계속 꼬리를 물기 시작했다. 바로 위 형님이었다. 어렸을 때부터 집에 있는 라디오와 전축, 녹음기를 분해하고 조립하는 걸 유일한 놀이로 삼던 형님이었다. 대학 가는 걸 포기하고 수리점을 내달라더니 동네에서 지금까지 가전제품 수리점을 하고 있었다. 다른 일은 못하겠다면서 지금은 직원을 두 명이나 둔 유명 업소의 주인이 되었다.

언젠가 보니까 형님네 창고에 운행하지 않는 소형 트럭이 있었다. 그것이 갑자기 눈앞에서 아른거린 것이었다. 내친김에 뿌리를 뽑고 싶었다.

"형, 저 트럭 내가 사용하면 안 될까?"

"갑자기 왜?"

"사표 내고 고물 가전제품이나 수집하러 다니려고."

"뭐? 돌았니?"

돌긴. 분명 정상적인 상태로 황학동까지 찾아갔다. 이집 저집 찾아 문의해보니 한결같이 친절하게 안내해주었다. 정말 앰프 스피커까지 무상으로 빌려주겠다는 데도 있었다.

그런데 황학동을 나오다가 또 한 가지 알아낸 것이 있었다. 동네 입구에서 생선을 파는 트럭이 있는데 장사가 아주 잘 되고 있었다. 박과장 또래의 남자인데 두툼한 전대를 허리에 차고 있었다. 물어보니 가전제품에 어떻게 비교할 수 있느냐고 했다. 손가락을 모아 동그라미를 만들더니 무슨 비밀이라도 되는 듯 배꼽 아래에서 보여주더니 잘만 하면 일 년 안에 가게를 차릴 수 있다 했다. 생선은 어디서 받아오냐니까 노량진 시장인데 새벽에 누구보다 먼저 가서 기다려야 하는 고충이 가장 크다 했다. 앰프 녹음은 빌려주기도 하지만 자신이 직접

하는 게 좋고, 후쿠시마가 가장 큰 애로점이지만 제주 청정해역을 강조하다보니 오히려 득이 되더라고도 했다.

바쁘게 움직여야 했다. 노량진 시장은 다음 번에 가보기로 하고 출장 첫날 업무를 무사히 마친 다음 늦게 귀사했다. 보고를 마치자 부장이 먹먹하게 듣고 있다가 갑자기 말했다.

"친구 만나고 왔어?"

정신이 번쩍 들었다. 아뇨, 형님 만나고 왔다고 하려다 주춤거리고 있는데 부장의 다음 말이 또 짧게 떨어졌다.

"됐어. 가봐."

속을 훤히 꿰뚫고 있는 듯했다. 다음 날은 노량진에 먼저 갔다. 이미 새벽장은 끝나고 진열을 새로 하고 있었다. 예순쯤 되어 보이는 풍풍한 주인 아주머니에게 찾아온 취지를 말하자 황학동보다 더 자상하게 대해주었다.

"왜 잘렸수? 부지런하고 수단만 좋으면 해볼만한 게 생선이지. 하지만 먼저 앞으로 남고 뒤로 밑지는 게 바로 이 장사라는 걸 알아야 해. 팔리는 놈만 팔리고 안 팔리는 놈은 금방 상해 버리거든. 그런데 그 하얀 손 가지고 어디 하겠어? 갈치고 오징어고 떡 주무르듯이 주물러야 하는데 각오만 가지고 되는 게 아니라오."

뭐라 하지도 않았는데 혼자 코웃음을 날렸다. 그래도 의욕이 샘솟듯했다. 우선 형님의 트럭을 창고에서 끄집어내 세차를 잘 한 다음 아파트 주차장에다 옮겨 놓아야겠다고 계획을 세웠다. 그 다음엔 몸에 익숙해질 때까지 이 동네 저 동네를 다녀보기로 했다.

두 번째 출장 때 귀사는 어제보다 더 늦었다. 부장이 이것저것 묻는데 막힘없이 잘 말해주었다. 끝날 때까지는 최선을 다하기로 한 것이었다. 그런데 부장은 오늘도 곱게 넘어가지 않고 꼬리를 물었다.

"박과장, 오늘은 누구 만났어? 옛날 애인 만난 거 아냐? 적당히 해야지 그게 뭔가, 이사람아! 출장이 무슨 야유휜 줄 알아? 오전 내내 딴 일 보고 오후에나 거래처에 가서는 대충 때우고, 자네 요즘 정신이 딴 데 가 있는 거 내가 모를 줄 알아? 여자를 만나는 절호의 찬스라 생각해서 그런가? 눈감아 줄까? 나만 아는 비밀로 해둬?"

오늘따라 부장의 눈빛이 찌르듯이 느껴졌다. 마주치기 싫어 곧 피해버리고 말았다. 그러면서 사표는 언제 전달하는 게 적당할지 생각해보았다. 오늘이 금요일이니까 아내에게 모든 걸 자상하게 털어놓은 후 월요일에 제출하기로 마음먹었다. 직원들하고 인사는 그 이후에 하는 게 좋다고 생각했다.

박과장에게는 세 살 된 아들이 있었다. 퇴근 후 아들을 재운 후에 아내에게 사실을 털어 놓았다. 그동안 있었던 일을 말하는 중간에 갑자기 아내가 소리치듯이 말했다.

"갑질이네!"

아내가 불쌍했다. 형님의 소형 트럭 이야기도 하고, 전자제품 수거 이야기도 했다. 노량진에 갔다 온 이야기도 물론 빠트리지 않았다.

"놀랄 거 없어. 차라리 빌어먹을지언정 노예처럼 살고 싶은 생각은 추호도 없어. 내가 못할 것 같아!"

갑자기 아내가 두 손바닥으로 얼굴을 가리고 흐느꼈다. 그러더니 금방 손바닥을 떼는데 눈가에 습기가 흥건했다. 무슨 뜻인지 몰라 바라만보고 있는데 아내는 이미 남편의 속내를 알고 단숨에 책을 읽듯이 말했다.

"그러니까 당신이 며칠 있다 매일 우리 동네에 오는 트럭에서 들려오는 소리처럼 세에탁기 삽니다, 콤퓨우터 삽니다, 에어컨, 텔레비전도 삽니다. 이러고 다닌단 말이죠? 먹갈치가 왔어요, 제주도 청정해역에서 오늘 새벽에 올라온 은갈치가 세 마리에 만원, 쭈꾸미, 고등어, 새우도 있어요. 맛 좋은 꼴뚜기젓, 창난젓, 어리굴젓도 있어요. 이러고 다니겠다 이거죠?"

또 얼굴을 손바닥에 묻더니 이번엔 키득거리면서 한참 웃었다. 박 과장도 그 모습을 보면서 같이 웃어 주었다. 그때 갑자기 아내가 남편의 목을 와락 끌어안더니 귓가에 대고 말했다.

"여보 걱정하지 마요. 며칠 전에 백화점 주부교실에서 하프 교습을 다시 해줄 수 없겠냐고 연락이 왔었어요. 아이 때문에 불가능하다고 했더니 주부교실 바로 옆에 유아원이 생겨서 전화한 거니까 생각해보라고 하더라고요. 거기 다시 나갈게요. 조금도 염려 말고 하고 싶은 대로 해요."

이틀 동안 트럭을 운전하면서 주택가 골목길을 돌아다녀 보았다. 아차 하면 접촉사고가 날 것 같았다. 트럭 장사를 하는 사람들이 골목 입구에 차를 세워 놓고 스피커를 크게 틀어놓는 이유를 알 수 있을 것 같았다. 힘들어도 좁은 골목 안쪽까지 누비고 다닐 필요가 있다는 걸 알았다.

월요일 아침, 다른 때보다 일찍 출근하여 부장이 나오기를 기다렸다. 사표는 흰봉투에 넣어 안주머니에 넣어 두었다.

그런데 이상했다. 부장이 아홉시 반이 지나고 열시가 지나도 출근을 하지 않았다. 열두시가 되어서야 이숙경 대리를 통해 전화 연락이 왔다. 일이 있어서 그런다면서 오후에 가겠다고 했다는 것이다. 하지만 퇴근시간이 다 될 때까지 부장은 나타나지 않았다.

직원들을 모두 퇴근시키고 혼자 남아 유월의 태양이 빌딩 사이로 서서히 기울어가는 바깥 풍경을 바라보고 있었다. 이윽고 네온의 불빛이 기다렸다는 듯이 하나 둘 알락달락 비치기 시작할 때에야 부장의 방으로 들어가 사직서를 책상 위에 놓고 마우스피스로 눌러 놓았다.

내일은 늦게 나오리라 마음먹었다. 부장이 일단 사직서를 본 후에 만나는 것이 순서일 것같았기 때문이었다. 하지만 다음 날에도 뭔가 이상했다. 출근해보니 부장이 아직 나오지 않았다는 것이었다. 부장실에 가보니 어저께 마우스피스로 눌러 놓았던 사직서는 보이지 않았다. 늦게라도 사무실에 들어온 것같았다. 그렇다면 곧 연락이 오겠지, 했는데 열시가 넘어서도 아무 연락이 없어 이대리보고 전화를 해보라고 일렀다. 그러나 받지 않는다는 것이었다.

예감이 썩 좋지 않았다. 이번엔 이대리를 중역실로 보내보았다. 그리고 곧 돌아왔는데 사색이 된 체 말을 잇지 못했다.

"왜 그래? 이대리, 왜 그래?"

"부장님이, 부장님이 돌아가셨대요."

혼란스러웠다. 잠시 후, 들려온 이야기는 도저히 믿을 수 없는 말이었다. 부장이 자살했다는 말이었기 때문이었다. 엊저녁에 수면제를 과다복용했다는 것이었다. 부장은 삼 년 전 이혼을 하고 아들, 딸과 살고 있었는데 어저께는 아들이 회사에서 실시하는 연수교육을 받기 위해 집을 비웠고, 딸은 일요일을 집에서 보내고 다니던 기숙

학교로 다시 들어갔다는 것이었다. 거기에다 가사를 돌봐주던 아주머니까지 친정 어머니가 편찮으시다고 가더니 아직 돌아오지 않았다는 것이었다.

가사도우미 아주머니가 전화를 해도 받질 않아 부장의 남동생에게 연락을 해서 강제로 문을 열고 들어가봤더니 부장은 이미 차디 찬 시체가 되어 있었다는 것이다. 남동생에게 연락을 한 건 예전에도 그런 일이 있었기 때문이었다고 했다.

"과장님, 대체 이게 어떻게 된 거죠?"

"어떻게 해요? 부장님이 극단적 선택이라니!"

직원들이 우왕좌왕하기 시작했다. 다음날 장례식장에 문상을 다녀온 후에도 어디서부터 말을 꺼내야 설명이 될지 아무도 가늠할 수 없어 혼란은 계속되기만 했다.

사직서는 어떻게 되었을까? 몇 가지 추측을 해보았지만 바보같기만 해 곧 중단해 버렸다. 착잡한 마음으로 며칠 출퇴근을 하는 동안 사무실은 차츰 안정이 되어갔다. 그러나 어느 곳에서도 사직서와 관련된 이야기는 나오지 않아 종일 세상이라는 곳에서 부웅 뜬 채 보내고 있는 기분이었다.

그렇게 열흘이 지났을 때였다. 점심식사를 마치고 들어왔을 땐데 말쑥한 차림의 남자가 사무실로 들어와 박과장을 찾았다. 부장의 동생이었다. 회사에 인사차 들렀다는 것이었다. 직원들을 향해 이번 형님의 장례에 큰 위로가 되었다면서 고맙다는 말을 전했다. 그러더니 박과장에게 말했다.

"과장님, 따로 드릴 말씀이 있는데 시간을 내주시죠. 일층 로비에서 기다리겠습니다."

로비 한켠에 있는 찻집으로 내려가 마주앉자 동생이 먼저 말을 꺼냈다.

"궁금한 점이 많으실 줄 압니다. 형님은 우울증으로 오랫동안 고생하셨습니다. 입원도 여러 차례 했고 이혼까지 했으니까요. 심했습니다. 최근엔 많이 호전되어 어느 정도 안도감이 들었는데 집에 사람이 없는 틈을 타 일을 저지른 것같아요. 모두들 놀라셨을 겁니다. 사법고시를 다섯 번 실패하고 나서 그렇게 된 겁니다. 다른 사람하고는 일체 대화를 안 해도 저한테만큼은 흉금을 털어놓곤 했죠."

사법고시라는 말을 듣고 박과장이 동생의 얼굴을 건너다 보았다. 부장에게 그런 면이 있었다니, 놀랍기 그지없었다. 동생이 갑자기 안주머니에서 흰봉투 하나를 꺼내 박과장 앞으로 밀어 놓으며 말했다.

"형님의 유품을 정리하다가 발견한 겁니다. 이게 왜 형님의 양복 안주머니에서 발견되었는지는 모르겠으나 과장님이 쓰신 거 맞죠?"

펼쳐보니 틀림없었다. 그것을 왜 이 사람 손을 통해 되돌려 받아야 하는지 그 이유를 전혀 알 수 없었다. 갑질을 떨쳐내고 솟아오르려는 한 개인의 응어리가 어려 있는 사직서인데 제대로 갈길을 가지도 못하고 돌아오고 만 것만은 분명했다. 박과장은 그것보다 순간 궁금한 것이 생겨나 물어보았다.

"우울증이라고 했나요? 전 전혀 그런 면을 발견하지 못했는데요. 오래 같이 생활한 적은 없지만 그런 면은 전혀."

그러자 동생이 눈길을 내려깔더니 차분하게 말을 이었다.

"그러셨을 겁니다. 여기에 오실 때는 좋아졌을 때니까요. 자기의 말이나 행동으로 인해 직원들과 화기애애한 분위기가 조성되면 내심 우울감에서 해방되는 듯한 기분이 든다면서 무척 좋아하셨어요. 갑질은 여전했지만요."

"갑질요?"

"네. 지독했죠. 타인에게 스트레스를 주고 고통을 안겨준 후에도 우울감이 어느 정도 해소된다고 했습니다. 가슴이 후련해지기도 하고, 머리도 맑아지는 기분이었다고 하면서 저한테 꼭 털어놓곤 했어요. 이중적인 그런 증상, 이해 되세요?"

먹먹히 듣고만 있었다. 어느 부분이 이해되느냐고 묻는 건지조차 도무지 이해할 수가 없어 동생의 얼굴을 바라보고만 있었다. 이해 못하는 것이 당연하다는 듯 동생은 일방적으로 말을 이어갔다.

"주로 부하직원을 대상으로 삼았어요. 한 달이고 두 달이고 계속 트집을 잡고 면박을 주면 누구나 심하게 고통을 받게 되죠. 형님은 그 과정을 눈여겨보곤 했던 겁니다. 그리고 상대방이 괴로워하면 괴로워할수록 쾌감이 든다고 했어요. 마음이 차츰 홀가분해졌다고 해요. 우울감에서 차츰 벗어나는 기분이었다고 했죠. 그런 형님을 볼 때마다 그 지독한 우울증에서 벗어날 수 있다는 희망을 가질 정도였으니까요. 그런데 그것이 전부가 아니었어요. 그 말을 하면서 형님은 몹시도 불안해하고 자책하기 시작했기 때문이죠. 때로는 울기까지 했어요. 이해 안 가시죠?"

"그러네요."

무심코 뱉은 말이었다. 동생의 말 속에 시달려온 지난 날이 고스란히 들어가 있다는 사실에 어안이 벙벙해졌다. 동생은 지금 우울증 환자였던 형 정남중 부장에 대해서 말하고 있는 중이었다. 그리고 과장은 갑질을 해대던 부장을 생각하고 있었다. 두 부장이 갑자기 튀어나와 근거리에서 어른거리는데 도무지 종잡을 수가 없었다. 동생은 차분하게 이해가 안 갈 것이라는 이야기를 다시 꺼내기 시작했다.

"그런 일이 몇 번 반복되던 어느날은 저한테 술을 마시자고 하더니 죽고 싶다고 말하더군요. 갑질을 해댄 부하직원이 사표를 내고 회사를 나갔다는 겁니다."

부장은 자기가 너무 잔인한 짓을 했다면서 자책감으로 몸부림치면서 괴로워했다는 것이었다. 그 부하직원의 집에까지 가서 사직을 하고 어찌 지내는지 알아보기까지 했다고도 했다. 병든 노모를 모시고 살면서 어린 자식까지 딸려 있는데 부인이 부부싸움을 크게 하고 가출을 해버렸다고 했다.

"그때 형님이 한 말이 있어요. 왜 나는 빨리 죽지 않을까? 위험신호였죠. 그러다가 약을 먹은 적이 있었기 때문이었어요. 그래서 며칠간 형님 곁을 주의깊게 살폈는데 잠깐 한눈을 판 사이에 또 약을 먹었습니다. 다행히 일찍 발견되어 두 번째도 미수로 그치고 말았습니다."

세 번째는 성공한 셈이었다. 부장의 얼굴이 그리고 목소리가 새삼 떨리고 서러운 모습으로 스며오르고 있었다. 침묵이 흘렀다. 동생도 말이 없고, 박과장도 말이 없었다.

"몰랐습니다, 정말."

박과장의 목소리가 가느다랗게 떨려 나왔다. 동생이 이번엔 박과장 앞에 놓여져 있는 흰 봉투로 눈길을 주다가 나지막하게 말했다.

"혹시."

갑자기 생각이 났기 때문인지 어쩐지는 모르겠지만 동생은 가볍게 미소를 띠면서 물었다.

"혹시 형님한테 갑질을 당하고 사신 건 아니죠?"

"아닙니다. 형님은 젠틀한 분이었고, 직원들은 그런 부장님을 모두 잘 따르고 좋아했습니다."

가슴이 억눌려서 더 이상 말을 할 수가 없었다. 이를테면 부장은 늦게 사무실에 들어와 박과장의 사직서를 보았고, 그 시간 이후 음독을 한 것이었다.

왜 그랬을까? 무슨 생각으로 내 사직서를 안주머니에 넣고 나간 것일까? 부장은 훌륭한 대화자를 동생으로 두었다고 생각했다. 그럼에도 부장은 끝내 자신의 길을 벗어나지 못했다. 박과장은 부장의 그 길을 자꾸 건너다보고 있었다. 거기 어딘가에 다름아닌 박과장 자신이 있는 것만 같아 자꾸 기웃거려 보았지만 그는 금방 정신을 차리고 제자리로 돌아오고 말았다.

"오늘 마음이 한결 홀가분합니다. 직원들한테 형님 말씀 잘해주시기 바랍니다. 그렇게 해주시리라 믿습니다. 그럼 이만."

부장의 동생은 밝은 얼굴로 회사를 떠나갔다. 그러나 박과장은 그 뒷모습을 보면서 또다시 부장의 살아 있던 마지막 시간들을 생각해 보았다.

황학동에 가봤는지도 모르지. 갈치장사하는 그 아주머니한테도 가이것저것 물어보지 않았을까? 언제부터 시작한다고 합디까? 뭐라구요? 앰프 빌려줄 수 없느냐고 해서 반납된 거 보여주었더니 그 뒤로 오지 않는다고요? 반납된 게 많은 걸 보고는 아, 장사가 안 되니까 저렇게 반납한 거로구나, 하고는 안 오는 거겠죠. 아주머니가 또 말했겠지. 후쿠시마 때문에 장사가 안 되긴 해요. 그런데 누구세요? 아내한테는 가지 않았을까?

죽은 부장이 참 자상하게 느껴졌다. 사직서를 꺼내 부욱 북 찢어 로비 구석에 있는 쓰레기통에 넣고 다시 사무실로 왔다.

참 어이없는 나날이 속절없이 지나갔다. 일이고 뭐고 다 싫어졌다.

"왜 하필 나였을까?"

그러면서 우울증이라는 게 그런 것이라면 얼마든지 고칠 수 있을 것이라 생각했다. 차라리 나한데 털어놓고 얘기했으면, 하다가 갑자기 눈물이 솟구쳐 올라 목젖에 힘을 줘 간신히 삼켜 버렸다.

부장이 죽고 난 후 박과장은 시름시름 앓는 사람처럼 지냈다. 가장 난감할 때는 문득 방향감각이 없어졌을 때였다. 부장은 이미 죽고 없었다. 그리고 부장의 갑질 대상은 이따금 낯선 곳에서 사방을 두리번거리고 있었다. 때로 치매환자같았다. 때로 우울증 중증환자같기도 했다.

그러다가 정신이 돌아오면 죽기보다 싫었던 그 출근시간에 맞추어 부지런히 일상을 시작하곤 했다. 그렇게 한 달쯤 지났을 때였다. 하루는 출근을 했는데 직원들이 그를 에워싸면서 박수를 쳐주었다.

"축하드립니다."

이숙경 대리가 꽃다발을 안겨주었다.

"부장님으로 승진한 걸 축하합니다."

복도 게시판에 직원들이 몰려 서 있었는데 인사이동 내용 때문이라는 걸 그때 알았다. 박정우 과장은 박정우 부장이 되었다.

솟대

월요일 아침, 출근하자마자 맘먹었던 대로 솟대를 사무실 창가에 갖다 놓았다. 다섯 번째로 만든 것이었다. 넓은 사각형 수반에 잔자갈을 깔고 높이가 각기 다른 일곱 개의 솟대를 꽂아 놓은 것인데 그것을 보고 직원들이 의외의 반응을 보였다.

"어머! 이거 솟대 아녜요? 누가 갖다 놨어요?"

"김인철 차장님요. 멋있죠?"

뜻밖이었다. 출근하면서 한마디씩 하는데 여느날과 달리 화제만발이었다. 웃음띤 얼굴로 찻잔을 들고 모여들어 아는 체를 하기도 했다.

"솟대는 단군시대부터 있었던 거라며?"

"여지껏 변하지 않은 몇 안 되는 것 중 하나로 알고 있어요."

"참 앙증맞다."

"그런데 새들은 항상 어딜 그렇게 바라만보고 있는 걸까?"

"차장님한테 물어봐."

반응이 좋지 않으면 곧 거둬들이려고 맘먹고 있었다. 그런데 사무실 분위기를 어딘가 부드럽게 해놓는 것만 같아 그대로 두기로 했다.

나는 회계법인 사무실의 중간 관리자이다. 근무하는 동안만은 언제나 열 명 직원들과 한몸처럼 움직이고 있다고 믿고 있다. 하루 중 직장 안과 밖의 나는 전혀 다르다. 직장 안에서는 한 치의 빈틈도 없어야 한다는 것이 신조요 철칙이다. 항상 손바닥 들여다보듯 업무를 파악하고, 인력을 관리한다. 조금의 차질이라도 생기면 하루를 결코 편안하게 넘기지 않는다.

직장과 연관된 일은 부수적이라 생각하는데 이 역시 철두철미하다. 아파트도 분양받았고, 승용차도 가지고 있다. 갖출 것은 다 가지고 산다. 예금통장도 물론 그 안에 포함된다. 인근엔 부모님이 형제들과 살고 계시고, 마흔 셋을 넘기던 작년부터는 결혼 이야기는 아예 꺼내지도 않는다. 그러나 나는 기회만 닿으면 결혼하겠다는 생각을 갖고 있다. 나는 스스로 생각해도 직장에 참 충실한 성실남이다.

휴일엔 어슬렁거리며 종로며 을지로를 걸어다니는 게 유일한 취미다. 참 한심스럽고, 재미없고, 주변머리 없는 남자다. 친한 친구가 있나, 애인이 있나, 그럴싸한 취미가 있나, 갈 데가 있나, 그저 다가오는 시간을 아무 대책도 없이 밟으며 산다.

밤이 지나고 출근을 하면 그게 아니다. 직장 전체가 나와 함께 움직이고 있다는 것을 피부로 느끼며 산다. 나를 통하면 아무리 어려운 일도 곧 해결이 되고, 숨기고 싶어도 그날 안으로 토해내고야 만다. 직장에 있는 동안은 시간조차 내 손 안에 있다.

토요일로 기억이 되는데 점심을 먹고 인사동으로 나온 적이 있었다. 유일한 취미를 위해 주변을 둘러보기도 하고, 골목 안을 기웃거리기도 하면서 걸었다. 그러면서 가끔 사기당하며 살고 있는 것처럼 느겨진다. 그러면 나도 사기꾼이 아닌가 하는 생각이 들 때도 있다. 직장에 있을 때에도 때때로 잠깐씩 무엇인가에 세뇌당하면서 살고 있다고 생각들 때가 있었다. 더 진행이 된 적은 한 번도 없었다. 거리를 걷고 있을 때 그런 생각이 되돌이켜 생각날 때가 있었는데 그때마다 나도 모르게 뒤를 돌아보기도 했다.

때때로 그런 나는 어쩌면 갑자기 죽을지도 모른다는 생각을 한다. 내일이나 모레쯤 이 지상에서 사라질지 모른다는 생각도 한다. 땅속으로 기어 들어가면 어떨까 하는 생각도 한다. 절반쯤 미친 게 아닌가 하는 생각을 할 때가 한두 번이 아니다.

인사동 골목 안으로 들어가 걷고 있을 때에도 그런 생각이 들었는데 문득 눈길을 끄는 어느 건물 현관문 앞에서 발길을 멈추고 말았다. '솟대 전시회'라고 쓰여 있는 포스터가 수줍은 듯이 붙어 있는 유리문이었다.

갑자기 신선한 느낌이 들었다. 서슴치 않고 들어가 보았다. 전시장은 일층에 있었는데 첫눈에 크고 작은, 혹은 높고 낮은 솟대들이 벽쪽으로 진열되어 있고, 입구에는 먼 하늘을 향해 서 있는 어느 자연 경관 속의 솟대가 저녁노을을 배경으로 대형 사진 속에서 오가는 사람들을 맞이하고 있었다.

전시회는 솟대 동우회라는 곳에서 연 것이었다. 8회째였다. 그런 곳도 있구나 하는 생각이 들면서 이번에는 호기심이 일었다.

전시회는 이를테면 솟대를 공예품으로 여기고 작품화하여 전시하는 행사였다. 처음 솟대 전시회라고 해서 신선하게 여긴 건 언제 어디서 보아도 단순한 인상을 주는 것이 솟대인데 전시회라니 무슨 전시회인가 하는 생각이 들었기 때문이었다. 그런데 전시회장에 들어서고 보니 기획 의도가 첫눈에 들어와 다시 신선하다는 인상이 들었다. 솟대를 주제로 해서 다양한 형상으로 제작한 작품들이 즐비하게 늘어서 있었기 때문이었다. 다양한 형상이라고 해서 별다른 면은 없었다. 새와 장대가 기본이었다. 높이와 크기, 숫자가 변화를 주고 있었다. 말하자면 마을 입구나 신당 앞, 성황당 옆에 세워져 있던 솟대를 주제로 해서 다양한 형태로 재현해 보려는 의도를 보여주고 있었다. 큰 것은 2m 정도, 작은 것은 50cm 정도, 그 위에 앉아 있는 새는 커봐야 주먹만했다. 장대는 소나무가 주로 사용되었다. 이따금 대나무도 있었다. 자세히 보니 대나무는 생나무였고, 소나무는 인조목이었다. 새는 무슨 나무인지 생나무로 보였는데 일일이 손으로 깎아 만들었다. 단순하게 만들어졌고 어떤 것은 새의 생김새와 비슷한 부분을 잘라 장대 끝에 올려 놓기도 했다.

그런 솟대들이 서너 개씩 짝을 이루어 모여 있는 것도 있었고, 수십 마리가 무리를 지어 날아갈 듯이 세워져 있는 것도 있었다. 그중 단연 돋보이는 것은 홀로 높이 치솟아 전시회장을 내려다보고 있는 솟대엿다.

한 바퀴 둘러보고 나니 마음이 개운해졌다. 재미있었다. 그래서 나오다가 입구에서 솟대 만드는 재료를 팔고 있는 곳을 보고 갑자기 취미 하나를 가져보고 싶은 생각이 들었다. 그 생각이 계속 머릿속에서 맴돌고 있다가 지하철을 타기 직전에 도로 전시회장으로 가 재료와 공구를 모아 파는 비닐 포대 하나를 사 들고 왔다.

그날 저녁 당장 하나를 만들어보았다. 새만 만들면 될 만큼 과정은 간단했다. 새는 상자 안에 들어 있는 나무토막을 깎아 만드는 것인데 새라는 것을 알 수 있게 할 정도로 간단하게 해도 좋았고, 날개나 눈, 머리 부분을 세밀하게 만들어도 좋았다.

예전 언젠가 본 잡지에서 그 새는 다름아닌 오리라는 것을 알고 있었기 때문에 오리를 염두에 두고 새들을 만들었다. 그러다가 하필이면 왜 오리일까 하는 생각이 들어 컴퓨터를 켜고 검색을 해보자 아니나 다를까 오리뿐이 아니라 기러기도 있고 까치, 갈매기, 왜가리, 까마귀도 있다는 걸 알게 되었다. 그중 오리가 주류를 이루는 것은 오리의 상징성 때문이었다. 물과 뭍을 자유자재로 날아다니는 오리는 결국 하늘과 사람의 매개체 역할을 한다고 본 것이었다. 가장 그럴 듯했다. 그래서 오리를 주로 만들기로 했다.

그런데 잠들기 전에 문득 생각해보니 고대부터 있어 왔다는 그 나무오리가 왜 지금 컴퓨터 속에까지 남아 있게 된 것인지 의구심이 들었다. 당장 해결할 수 있는 방법은 없었다. 단지 창밖을 내다보고 있는 솟대가 다시 보여지고 뭔가 예사롭지 않은 분위기가 느껴지기도 했다.

그러면서 점차 솟대 만들기에 흥미를 가지기 시작했다. 퇴근해서 오면 이번엔 어떤 형상으로 만들까, 하고 궁리를 하다가 하나 둘씩 만들어 나가기 시작했다. 그렇게 만든 것을 어머니댁에 갖다 드렸더니 손뼉을 치며 좋아하시더니 말씀하셨다.

"어머나, 우리 아들 장가가고 싶은가봐. 비손을 하면 소원을 들어준다는 게 바로 이 솟대 아니냐."

누나 댁에도 주었더니 매형이 반기면서 말했다.

"솟대 아냐? 이것이 세워진 집에는 도둑이 숨어 들어와 있는 줄 알아도 관아에서 함부로 수색하지 않았다고 하지. 치외법권의 표상이야. 처남, 우리집을 그렇게 만들고 싶어서 가지고 온 건 아니지?"

두 개는 집에 두고 두 개는 그렇게 선물을 한 다음 다섯 번째 만든 걸 사무실로 가져다 둔 것인데 여직원들은 스마트폰으로 촬영하는가 하면 나름대로 만들어 자기 책상 위에 올려 놓기도 했다.

그리고 자꾸 솟대에 대해 질문을 해대는데 답변이 옹색해 어떨 때는 창피한 생각이 들기도 했다. 그래서 이 책 저 책을 보다가 하루는 장안동에 있는 고서점에 들러보았다. 예전에 관련된 책들을 본 적이 있기 때문이었다. 고대사 관련 책들이 많은 서점이었다. 그런데 책을 골라 보고 있던 중 저쪽 탁자에서 서점 주인과 젊은 사람 세 명이서 주고 받는 대화가 귓가를 솔깃하게 해서 고개를 돌려보았다. 솟대 어쩌고 하는 소리가 들려왔기 때문이었다. 세 명 모두 나이는 이십대 후반쯤으로 보이는데 그중 한 사람은 여자였다.

솟대라는 말에 나도 모르게 고개를 돌려보았는데 젊은이들이 상담을 마쳤는지 자리에서 일어나 밖으로 나가기 위해 내 옆을 지나갔다. 그리고 순간 섬찟한 느낌이 들면서 저만치 가는 그들의 뒤를 망연히 바라보았다.

모두 반소매 차림이었는데 내 옆을 지나갈 때 언뜻 반소매 속으로 보이는 것이 있었기 때문이었다. 솟대였다. 문신이었다. 솟대 문신을 하고 있었다. 세 사람 모두 보일 듯 말 듯했지만 분명 솟대 문신이었다. 언젠가 영화에서 본 어느 비밀결사대원들처럼 보였다.

"저 사람들 뭐하는 사람들예요?"

주인에게 물어보니 고대사 자료를 찾아다니는 사람들인데 오늘은 솟대 관련 자료를 보면 연락해 달라고 말하더라는 것이었다. 팔뚝에 새겨진 솟대 문신이 강렬한 인상이 되어 집에 와서도 눈앞을 어른거렸다.

솟대 만들기는 차츰 나의 취미생활이 되어 갔다. 거의 매일 오리를 조각했다. 그러다가 재료가 맘에 들지 않아 휴일이면 변두리 야산으로 돌아다니며 부러져 떨어진 나뭇가지를 주워 오기도 하고, 농가에 들어가 땔감으로 쌓아놓은 토막 나무들을 얻어 오기도 했다. 그 바람에 거실 한쪽이 늘 너저분했다. 그렇게 시간이 지남에 따라 사무실에 갖다 놓은 솟대는 더 세련된 것으로 교체되기도 했다.

한 가지 달라지지 않은 점이 있다면 오리들의 모습이었다. 어떤 형태로 변화시켜도 오리는 그대로 장대 끝에 있었고, 어디론가 바라보고 있을 뿐이었다. 어떨 때 보면 경이롭기조차 했다. 아니. 시간이 지날수록 나는 점차 솟대에 대한 그 경이로운 감정이 의식 속에서 자라고 있다는 사실을 인정하지 않을 수 없었다.

오리는 어디를 가고 싶어하는 것일까? 어디를 바라보고 있는 것일까? 어디에 있다 내 앞에 나타난 것일까? 지금도 어디로 가고 있는 건 아닐까? 아니 오리는 이미 많은 사실을 말해주고 있는 건 아닐까? 오리는 무엇인가를 기다리고 있는 것인가, 아니면 이미 보고 있는 것인가? 나는 이미 오리와 일방적인 대화를 하고 있는 자신을 의식하고 퍼뜩 정신이 들곤 했던 때가 한두 번이 아니었다.

관련 책은 읽으면 읽을수록 무지에 빠져 있던 나를 일깨워주었다. 현재까지 밝혀진 바로는 이미 송나라 사람이 쓴 사서에 삼한시대 때부터 있어 온 것이라는 기록이 있다는 사실도 알게 되었다. 삼한시대라면 삼국시대가 시작되기 이전을 말하는 것이었다. 그때부터 지금까지 변하지 않은 모습을 하고 내 눈 앞에 나타났다는 사실에 놀라지 않을 수 없었다. 오리는 그때부터 지금까지 갈 곳을 그리워하고 있는 것일까? 아니면 그때부터 지금까지 아직도 어디론가 가고 싶어 하는 것일까?

오리와 교감하는 시간이 길어지면서 나에게는 새로운 일 한 가지가 눈앞에 주어졌다. 현장답사가 그것이었다. 지방에서 발간되는 이른바 향토지를 섭렵해보자 솟대는 아직까지도 지방 곳곳에 남아 있다는 사실을 알게 되었기 때문이었다.

먼저 성능이 좋은 것으로 카메라를 한 대 장만했다. 그리고 토요일이면 솟대가 있다는 지역으로 달려갔다. 현장에 가보면 책에 수록되어 있는 내용과 다른 면이 많았다. 무엇보다 솟대를 발견할 수 없어 낭패감이 들었다. 그러다가 있을 만한 곳을 답사해 한 점 두 점 발견했을 때는 희열감마저 들었다.

솟대는 성황당 돌무더기보다 훨씬 높게 세워진 막대기로 서 있었다. 천하대장군은 며칠 전에 개칠한 모습으로 위풍당당하게 보이는데 솟대는 그 옆에 더 높이 올라가 있기는 해도 언뜻 보면 몰라볼 정도로 초라한 모습을 하고 있었다. 장대는 나무가 삭았는지 금방이라도 부러질 것처럼 기울어진 것이 많았고, 오리나 기러기는 그래도 하늘가를 향해 조용히 앉아 있었다.

솟대는 대개 높이가 다른 서너 개가 한 곳을 향해 서 있었는데 어떤 것은 기다란 장대 끝에 오리 한 마리만 올려져 있는 것도 있어 솟대의 모습이 더욱 처연하게 보였다. 장대의 재료는 한결같이 자연 상태의 나뭇가지였다. 가능한 똑바로 된 부분으로 만들어졌는데 어떤 것은 구부러졌으면 구부러진 대로 잘라 세워 놓은 것도 있었다. 소나무인지 여부는 알 수 없었지만 생긴대로 자란 것을 이용해 만들었다는 것을 확연하게 알 수 있었다.

그런 솟대를 일일이 카메라에 담았다. 마을 입구 장승 옆에 세워져 있는 것도 있고, 고개 마루턱 돌무더기 뒤에도 서 있는 솟대였다. 사람들이 아침 저녁으로 왕래가 잦은 곳에 세워져 있는 것들이었다. 어떤 것은 선돌 옆에 나란히 세워져 있다가 꺾여져 있었고, 또 어떤 것은 당산나무 건너편에 외따로 서 있기도 했다. 앞뒤로, 가까이에서, 조금씩 멀리 떨어진 곳에서도 촬영했다. 높은 곳에 올라 마을과 함께 담아 놓기도 했다.

그때 보면 대부분 지나는 사람이 없었다. 마을의 입구이니까 예전 같으면 누가 지나가도 지나갔을 것이었다. 하지만 한참 기다려 보아도 적막강산이었다. 어느 마을에 가도 빈집이 눈에 띄었고, 어쩌다 보이는 사람들은 모두 노인들뿐이었다.

사람들은 대부분 도시로 몰려간 것이었다. 돌아오지 않았다. 마을로 들어가는 길은 점차 잡초가 차지하고 있었다. 솟대는 그래도 누군가를 기다리듯, 어딘가를 향해 긴 시선을 던지고 있었다. 초라하고, 부러져 넘어질 것 같으면서도 제자리를 차지하고 있었다.

고개 마루터기 성황당에도 더 이상 돌을 던져 놓는 사람이 없는지 돌무더기에 잡초가 무성하게 덮여 있었다. 마을과 마을을 잇는 고갯길이었을 테니까 사람의 발길이 잦아 반듯하게 길이 나 있었지만 언제 그랬냐는 듯이 잡초들이 길바닥을 점령하고 있었다. 솟대는 그래도 그곳에 있었다. 오리도 그대로였다. 내가 매일 새로 만들고 다듬고 있는 바로 그 오리들 그대로였다. 오리를 그대로 만나고 있다는 사실에 반가운 마음이 들었다. 그곳에서도 다각도로 오리를 촬영해 두었다.

충청도 산골에서 그렇게 촬영을 하고 있는데 오랜만에 사람을 만나게 되었다. 반갑게도 먼저 말을 걸어 주었다.

"뭘 그렇게 열심히 찍고 있소?"

굽은 허리에 지팡이를 짚은 여승이었다. 길가 바위 위에 앉아 다리를 쉬면서 한 말이었다. 솟대를 찍고 있다고 하자 거기도 가봤느냐면서 건너편 산을 가리켰다. 그 산을 돌아가면 큰 저수지가 나오는데 신당이 한 군데 있고 오래 된 솟대가 그 신당 앞마당에 있다고 했다.

"저수지를 만들 때 수몰되지 않은 곳이야. 작년에만 해도 본 적이 있는데 지금까지 있는지는 모르겠네."

위치를 자세히 알아두고 찾아가기 시작했다. 산모퉁이를 돌아가자 저수지가 보이는데 길은 점차 험악해지기 시작했다. 원래는 꽤 널찍하고 번듯하게 닦여져 있던 것 같은데 사람들의 왕래가 없어지자 돌부리가 튀어나오고 패인 곳이 많았다. 할 수 없이 차를 세워 두고 저수지를 향해 걸었다.

가서 보니 그 길은 저수지 앞에서 끊기고 마을은 저수지 안에 있었다. 물속에 마을로 들어가는 길이 고스란히 보이고, 그 길 옆으로 포도밭이 그대로 잠겨 있는 모습이 보였다. 포도밭 너머로는 성당인지 교회인지 종각 첨탑이 물 밖으로 드러나 있었고, 몇 채 기와집들이 음산한 모습을 한 채 주저앉아 있었다.

물에 잠기기 전의 마을 모습이 연상되었다. 꽤 큰 마을같은데 지금은 죽은 마을이 되어 있었다. 당연히 사람들도 모여 살고 있었을 것이다. 그러나 지금은 고요한 물속 마을인 채 인적이라고는 어딜 보아도 찾을 수가 없었다.

신당은 언덕진 곳에 있다고 했다. 그러나 아무리 보아도 언덕진 곳에는 잡목만 무성할 뿐 감이 잡히는 곳은 한 군데도 없었다.

그런데 포기하고 돌아가려고 하는데 문득 눈길을 끄는 형체 하나가 있었다. 잡목 숲 사이에서 오리 한 마리가 숨어 있는 모습이 보인 것이었다. 솟대가 분명했다.

잡목들을 헤치면서 들어가보자 바닥에 예전 길의 모습이 선명하게 내려다 보였다. 잡풀이 신당으로 들어가는 길을 뒤덮고 있다는 것을 알 수 있었다. 조심스럽게 다가가 보자 풀숲 너머에 신당의 마당이 나타났다. 신당은 정말 언덕배기 바로 아래쪽에 폐가가 된 채 방치되어 있었다. 신당 옆으로는 부속 건물들이 군데군데 있었는데 그 건물들도 주저앉기 직전의 모습으로 어둑한 공간에 놓여져 있었다.

그리고 솟대가 보였다. 신당 마당 끝에 세 줄기 대나무가 높게 솟아 있고 그 끝에 오리가 각기 한 마리씩 올라가 있는 모습이 보였다. 오리는 저수지쪽을 향하고 있었다. 아니 저수지가 생기기 전에는 마을을 향해 있었을 것이었다. 아니 그보다 더 멀리 마을 너머 먼 하늘 끝을 향하고 있었을 것이었다. 다들 어디로 가고 오리들만 남아 있었다. 잡목이 하늘을 가릴 듯이 뒤덮고 있었지만 오리들만이 목을 내밀고 그곳이 신당이 있는 곳임을 말해 주고 있는 것이었다.

포기하지 않고 오길 잘했다고 생각했다. 신당 앞에 있는 솟대는 처음인 것이었다. 신당은 곧 신단이었다, 제천의식이 이곳에서 이루어졌다. 손진태나, 최남선, 신채호 선생 등은 일찍이 신당의 의식에 대해서 깊이있고 광범위한 지식을 피력한 바가 있었다.

신당에서는 의식을 주관하는 사람이 있었는데 어떤 이는 이를 제사장이라 불렀고, 어떤 이는 천군이라 불렀으며 어떤 이는 부족장, 또 어떤 이는 촌장이라고도 불렀다. 이는 신단이 있는 곳이라면 반드시 그곳을 필요로 하는 집단이 인근에 있다는 것을 의미했고, 그곳에는 그들 나름의 질서와 정서가 깃들어 있다는 점 역시 말해주고 있는 것이었다. 지역에 따라 그리고 시간이 지남에 따라 그 질서와 정서는 그들 나름의 변화를 이루었는데 그중에서도 시종 변하지 않고 남아 있는 것은 다름아닌 솟대라는 걸 선각들은 한결같이 말해주고 있었다. 나는 지금 바로 그것을 발견하고 카메라를 둘러맨 채 당도한 것이었다.

어떤 이들이 살고 있었는지 금방 알아낼 방도는 없었다. 누군가 살고 있다가 무슨 이유에서인지 모두 떠난 것만은 분명해 보였다. 일단 수몰지구가 되면서 떠난 것이라는 생각은 쉽게 가질 수 있었다. 아니면 마을이 수몰되고 사람들의 발길이 뜸해지면서 솟대만 남기고 가버리고 말았을지도 모를 일이었다.

원래 이곳도 신성불가침 지역처럼 관아에서조차 함부로 할 수 없는 곳이었는지도 모른다. 어떤 이는 그런 신당을 범인이 숨어 들어가면 일단 숨겨주는 성당이나 교회와 같은 곳에 비교하기도 했는데 알맞은 비교인지는 가늠해볼 수 없는 노릇이다. 그 이유는 지금이라는 시간까지 이른 과정이 결코 평탄하게만 이어지지 않았을 것이기 때문이었다. 시간이 지나면서 퇴색해 버리고 지워져 버린 게 너무나 많았을 것이었다. 단지 한 가지 이런 점이라도 말할 수 있게 된 것은 그 어떤 때에도 사라지지 않고 살아 남은 솟대가 있기 때문이었다.

신당 앞마당에는 언제 어디서나 솟대를 세워 놓았다. 따라서 솟대는 곧 신당의 소재를 말해주는 표상이 되었고, 오리가 하늘과 인간을 이어준다는 의미를 담고 제의를 올리는 성역의 징표와도 같았다.

카메라 셔터를 누르는 내내 내 마음엔 새로운 인식의 싹이 움트고 있었다. 솟대 전시회에 갔을 때의 신선감, 처음 오리를 깎아 솟대를 만들 때의 설레임, 고서점에서 본 솟대 문신의 강렬함, 모두 한 순간의 감정처럼 내내 가슴 속에서 벅차올랐다. 그것은 내 마음 속에 또다른 파문이 일고 있다는 것을 의미했고, 나는 이미 깨달은 자의 어느 순간처럼 충만감에 사로잡혀 있었다.

그것은 다름아닌 경외감이었다. 덤불 숲의 가시에 찔려 팔뚝 여기저기에 피가 흘렀지만 좀더 마땅한 구도를 위해 카메라 위치를 찾아다니는 데에는 전혀 방해가 되지 않았다. 나는 이미 솟대에 대한 인식을 새롭게 하고 있었고, 여지껏 느껴보지 못했던 경외감을 품게 되었다.

집으로 오는 동안 그 새로운 인식은 점차 내 마음 속에 차오르고 있었다. 이제야 알게 되었다는 자각과 그것이 경외감으로 변해간 순간은 여지껏 체험해 보지 못한 새로운 신선감이기도 했다.

신당 촬영을 마치고 난 후 사진을 모두 인화하여 거실 벽면에 붙여 놓고 더 이상 솟대를 만들지 않기로 했다. 휴일을 택해 이번에는 더 멀리 차를 몰아 솟대를 찾아다니고 촬영을 마친 다음에도 솟대를 더 이상 만들지 않았다. 솟대는 세워져 있어야 비로소 솟대라는 걸 알게 되었기 때문이었다.

여름이 갈 무렵, 내가 살고 있는 아파트의 거실 벽면에는 다양한 형태의 솟대들이 즐비하게 나열되어 있었다. 먼 공간을 향해 서 있는 오리들, 먼 하늘을 향해 기다리고 있는 기러기들, 모두 내 뜻이 반영되어 있기에 새들은 공통의 언어와 이야기를 지닌 채 모여 있었다. 그때 비로소 확실하게 알 수 있는 것이 있었다. 생명이었다. 살아 있는 전설이었다. 새들은 모두 살아 있는 것이었다. 그렇게 벽면에 모아 놓고 보니 솟대는 분명 살아 있었다. 나는 다른 날 같으면 오리를 깎아 만들고 있을 시간에 하염없이 그 솟대들을 바라만 보고 있었다.

공예품 만들 듯이 깎고 어루만지면서 앙증맞게, 예쁘게만 만들어 놓는다면 그것으로 솟대의 세계는 축소되기 마련이었다. 솟대는 세워져 있을 때 솟대였다. 수몰지역의 신당에서 그걸 깨달았다. 잡목 숲 사이에서 고개를 들고 서 있던 솟대가 솟대인 것은 그것이 그곳에 높이 세워져 있기 때문에 가능한 것이었다. 어느 때보다도 강렬하게 그리고 변하지 않은 모습으로 그곳에 있었기 때문에 나의 눈에 뜨인 것이었다.

솟대에 대한 새로운 인식으로 인해 나의 취미는 중단되었다. 뜻밖의 사태에 내 마음은 어느때보다 차분해졌다. 벽면에 붙어 있는 사진들을 보면서 깊이 숨을 내쉰 적도 한두 번이 아니었다. 사진 속의 솟대는 모두 하늘과 가까운 곳에 있었다. 때로는 염원을 담고, 때로는 그리움처럼 한없이 누군가를 기다리고 있기도 했다. 버려지듯이 외딴 곳에 있지만 한결같은 모습으로 나를 기다리고 있었던 것이 바로 솟대였다. 일부러 그렇게 하려고 한 것은 아닌데 벽에 붙여 놓고 전체적으로 보니 대부분 하늘을 배경으로 한 장면이었고, 그것은 곧 내 뜻을 반영하고 있다는 것을 알 수 있었다.

이제는 세워야 했다. 거실 한쪽에서 애를 써가며 작고 예쁘게 선물용이나 장식용으로 만들려는 작업은 이제 중단되어야 했다. 사진들을 보면서 그러면 어떻게 해야 할지 궁리해 보았다.

우선 아파트 단지 바깥으로 나가 철물점을 찾았다. 대나무를 구할 수 있는지 문의해 보았다. 그런 건 고물상에 물어보는 게 나을 거라면서 위치를 알려주었다. 아니나 다를까 고물상 주인은 말없이 고객을 고물상 뒤곁으로 안내했다. 그곳에 대나무들이 다발로 묶여 쌓여 있었다. 하지만 그 기다란 걸 들고 아파트로 들어간다는 게 불가능해 보였다. 그래서 50cm 정도로 잘라 한 다발로 묶어 들고 아파트로 돌아왔다.

예전같으면 광화문에서 동대문까지 걸으면서 상점들을 기웃거리기도 하고, 지나는 차들을 망연히 바라보기도 하면서 보냈을 일요일이었다. 아무 찻집에나 들어가 창가에 앉아 지나는 사람들을 무심히 바라보고 있기도 했다. 그런 나의 일요일이 하루 아침에 달라진 사실에 나는 별로 놀라지 않았다. 재미있었기 때문이었다. 흥미롭기 그지 없었다.

며칠 전엔 매형이 친구 여동생인데 만나보지 않겠느냐고 해서 쾌히 시간을 내 저녁에 만나보았다. 예전같으면 만나긴 해도 좀 귀찮은 생각이 들었었다. 여자의 나이는 마흔이었다. 법학을 전공했다고 들었다. 말쑥한 체격에 소녀같은 얼굴을 하고 있었다. 그리고 말이 많았다. 만난 지 얼마 안 돼 느닷없이 인철씨, 취미가 뭐냐고 물었다.

"취미요? 솟대 아세요?"

엉겁결에 대답했더니 여자가 눈을 똥그랗게 뜨고 곧바로 물었다.

"솥요? 무슨 솥?"

솥이 무쇠솥, 가마솥, 할 때의 그 솥으로 들려 킥, 하고 웃었더니 대번에 얼굴빛이 달라지면서 눈길을 내렸다. 무안을 준 거 같아 곧 설명해 주었다.

"솟대라고 왜 있잖아요, 시골에 가면 마을 입구나 성황당 있는 데에 가면 세워져 있는 긴 장대, 그 끝에 보면 오리나 기러기가 올려져 있죠. 지방으로 촬영하러 다니는 취미가 있어요. 주로 솟대를요."

"아, 그거요? 무당이 그 앞에서 푸닥거리할 때 방울을 걸어 놓기도 하고 알락달락한 긴 천을 흔들어대기도 하는 그거? 무당이세요?"

내가 계속해서 키득거리자 여자가 정색을 하고 다시 말했다.

"지금 속으로 이 여자 되게 무식하네, 하고 있는 거죠? 이번 주에도 가세요? 어디로 가세요?"

치악산으로 간다니까 나도 데려가 달라해서 같이 다녀온 적이 있다. 예전같으면 두 번 다시 만나지 않았을 여자였다. 하지만 싫지 않았다. 하루 같이 다니다 보니 의외로 솔직하고 적극적이어서 좋았다. 호기심도 대단했다.

"어저께 도서관에 가 솟대가 뭔지 알아본 적이 있어요. 그런데 이상하던데요? 처음부터 지금까지 변하지 않은 것이 솟대라는 것이더군요. 신기했어요. 왜 그렇게 오랜 세월이 지났는데도 그 모양 그대로 전해지고 있을까요? 그거 신앙 아닐까요? 사람들이 모르고 있는 사이에 다 변질되고 사라져 갔지만 끝까지 남아 알려주고 싶은 것이 있는 건 아닐까요? 그렇다면 응집되어 있는 것이 분명 있을 거예요. 저도 알고 싶어요."

치악산에 가서는 솟대가 있는 곳에 가면 나보다 먼저 뛰어가 만져보고 올려다 보곤 했다. 그런 그녀의 모습까지 카메라에 담는 일은 새삼 즐거운 시간이 되기도 했다.

나는 더 이상 시내를 배회하는 취미도 갖지 않기로 했다. 지하철을 타고 끝까지 가보지도 않았고, 파고다 공원에 앉아 있지도 않았다. 하지만 생각해보면 그런 내 취미는 전적으로 잘못된 것만은 아니었다. 솟대를 만난 것이 그런 여정의 한 순간이었기 때문이었다.

그래서 때때로 다시 무작정 외출을 해볼까 하고 생각을 할 때가 있다. 뒤죽박죽된 일상을 의식할 때 특히 그랬는데 알고보니 간단한 일로 마음을 돌려 먹을 수 있다는 사실도 알게 되었다. 그런 내가 하찮게 느껴졌다. 날마다 작아지다가 고만고만한 모습으로 꼼지락거리고 있는 자신을 발견하고는 겨우 안도감을 느끼며 살고 있었다.

그런 날 나는 우울하게 하루를 보내곤 했다. 하지만 그것으로 모두 끝나는 것이 아니라 촬영하여 벽에 붙인 솟대들을 바라보면서 그런 나를 차츰 조명해보는 일로 시간을 보내기도 했다. 그러고 나서 어느 순간에 솟대를 한 아름 가득히 가슴에 안고 열중하고 있는 자신을 발견하곤 했다.

대나무 작업은 순조롭게 잘 이루어졌다. 굵은 쪽 끝에 가느다란 줄기를 이어 끼우는 식으로 해보자 3m 정도까지 쉽게 연결되었다. 마치 조립식 낚싯대처럼 다루기가 편해졌다. 오리는 간단하게 만들기로 했다. 형상만 갖추고 날개와 눈만 사실대로 표현해 놓았다. 그것을 대나무 끝에 고정시키기 위해서는 꼭 끼도록 해야 했기 때문에 연결 부위 만드는데 공력을 들였다.

장대와 오리가 만들어지는 동안 내 마음 속엔 벌써 그것을 세워 놓을 공간이 자리잡고 있었다. 아파트 단지 입구였다. 내가 살고 있는 아파트는 높은 지대에 자리잡고 있어 평지에서 오르막길로 올라오면 좌측으로 시가지가 건너다보이는 탁 트인 공간이 펼쳐져 있고, 우측으로는 야트막한 산자락이 기다랗게 이어져 있었다. 그 산자락과 통행로 사이에 잔디가 깔려 있는 널찍한 공간이 있는데 그곳이 바로 내가 마음에 두고 있는 장소였다.

아파트 정원에 세우고 싶었으나 관리인이 그냥 놔두지 않을 것 같았다. 나 없는 사이에 치워 버리거나 누가 이런 걸 자기 마음대로 정원에 세워 놓았느냐고 민원이 들어올지도 모를 일이었다.

그렇다면 솟대 수난이 될 것이었다. 차라리 아래쪽에 세워 놓는다면 괜찮지 않을까 하는 생각이 들었다.

일요일을 택해 준비된 재료를 들고 오랜만에 걸어서 아래쪽으로 갔다. 세 개였다. 하나는 3m 정도로 만들고, 다른 하나는 2m 30cm 정도, 그리고 또 하나는 1m 30cm로 맞추어 끼었다, 그리고 그것들을 정원수 받침목에 묶어 세웠다.

오리들은 모두 시내를 향하도록 했다. 세우는 동안 차를 타고 지나는 사람들이 이따금 차를 세우고 바라보았다. 무슨 말인가를 주고 받는 소리도 들렸다. 아랑곳하지 않고 솟대 세우는 일을 무사히 마쳤다.

솟대를 세우고 나서 손을 털면서 올려다보자 새로운 풍경이 눈앞에 펼쳐진 듯했다. 수천년의 시간이 그곳까지 이어져 와 있었다. 아니 그보다 훨씬 긴 시간이 오리와 함께 그곳에 머물러 있었다. 솟대 전시회에서 느낀 감흥이 결코 가벼운 것이 아니라는 점을 비로소 알고 안도의 숨을 내쉬었다.

집으로 돌아오는데 비가 내리기 시작했다. 솟대에도 비가 내렸다. 있는 그대로 느끼고 있자니 한결 가벼운 마음이 든 채로 홀가분하게 비를 맞으며 돌아올 수 있었다.

다음 날 아침, 출근하면서 보니 솟대는 장승이 있는 동네 입구에 세워져 있던 여느 솟대들처럼 묵묵히 먼 하늘을 향해 서 있었다. 퇴근하면서도 마찬가지였다. 아파트에 살고 있는 사람들도 솟대를 보았을 것이라 생각하니 궁금한 점이 하나 둘 늘어나기 시작했다.

불안감도 있었다. 누군가 뽑아 버리지 않았을까, 뽑아가 버리지 않았을까, 흔적도 없이 없애 버리지는 않았을지 몰라 한밤중에도 나와 보고 싶었다.

정말 그랬다. 아파트의 풍경에 확실하게 변화가 생기기 시작했다. 솟대를 세우고 사흘이 지났을 때였다. 출근할 때 보고 깜짝 놀랐다. 솟대가 더 세워져 있었기 때문이었다. 내가 세운 바로 옆에 두 개가 더 세워져 있는 것이었다. 그것 역시 대나무로 된 것이었다. 오리는 솜씨있게 사실적으로 조각해 앉혀 놓았다.

차를 세워 놓고 내려서 가보았다. 정말 누군가 또 세운 솟대가 거기에 있었다. 한참 올려다보아도 역시 똑같은 솟대였다. 다섯 마리 모두 같은 방향을 향하고 있었다. 신기한 생각이 들다가 금방 아무렇지 않게 여겨졌다.

그리고 그런 일은 며칠 후에 다시 일어났다. 퇴근할 때 보니 이번에는 오리가 다섯 마리나 더 늘어나 있었기 때문이었다. 더구나 그때 보니 내가 세운 솟대가 약하다고 생각이 들었는지 땅을 파고 묻어 단단하게 세워 놓았다.

누가 그랬는지는 물론 알 수 없었다. 솟대는 그렇게 이따금씩 하나 둘 더 늘어났다.

江湖의 文士들
김은신 작품집

- 초판인쇄 / 2024년 10월 15일
- 초판발행 / 2024년 10월 20일
- 발행인 / 김영선
- 지은이 / 김은신
- 발행처/한맥문학출판부
  - 서울시 서대문구 통일로 479-5
  - 등록 1995년 9월 13일(제1-1927호)
  - 전화 02)725-0939, 725-0935
  - 팩스 02)732-8374
  - 이메일 hanmaekl@hanmail.net

값/ 20,000원

잘못된 책은 구입하신 서점에서 바꿔 드립니다.

ISBN 979-11-93702-14-7